U0488077

XI YOU XIN JIE

西游新解

猜枚生◎著

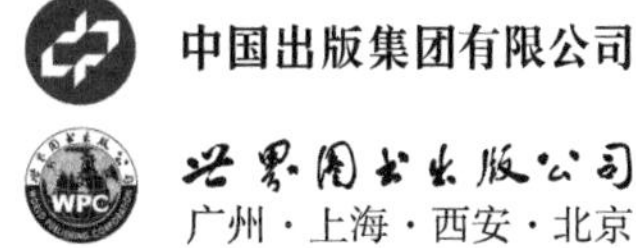
中国出版集团有限公司
世界图书出版公司
广州·上海·西安·北京

图书在版编目（CIP）数据

西游新解 / 猜枚生著. — 广州：世界图书出版广东有限公司，2024. 10. — ISBN 978-7-5232-1759-7

Ⅰ. I207.414

中国国家版本馆CIP数据核字第20241ZJ509号

书　　名	西游新解 XIYOU XINJIE
著　　者	猜枚生
责任编辑	华　进
装帧设计	三叶草
出版发行	世界图书出版有限公司　世界图书出版广东有限公司
地　　址	广州市海珠区新港西路大江冲 25 号
邮　　编	510300
电　　话	020-34203432
网　　址	http://www.gdst.com.cn
邮　　箱	wpc_gdst@163.com
经　　销	新华书店
印　　刷	广州小明数码印刷有限公司
开　　本	787mm × 960mm　1/16
印　　张	19.75
字　　数	306 千字
版　　次	2024 年 10 月第 1 版　2024 年 10 月第 1 次印刷
国际书号	ISBN 978-7-5232-1759-7
定　　价	60.00 元

序

《西游记》成书已经五百年了。

这样说其实并不准确，世德堂本《西游记》刊印于明朝万历二十年（1592 年），距今四百多年。但是，其实在《永乐大典》中就已经收录有《西游记》的片段，如果《西游记》成书早于《永乐大典》（1408 年），那么从此书开始创作至今已经在六百年以上了。

《西游记》讲："大将军怕谶语。"《西游记》中可能有对其自己的谶语，那就是"被压五行山下五百年"。孙悟空被压在五行山下五百年，《西游记》则被压在另一座五行山下五百年，这座五行山就是社会。《西游记》在明朝一度被列为禁书，后来虽得以流传，但主要是被人们看作是证道之书。到了近代，胡适先生与鲁迅先生将其定性为一部神话小说，使此书得以更广泛地流传。但是，这部经典著作似乎永远确实不那么简单，神话小说只是其外表，证道之说亦非其全貌。或许我们今天有必要重读《西游记》，探寻书中真意，不负前人之苦心。

目　录

从“隔板猜枚”说起

唐僧师徒西天取经路上曾经到达了一个叫作“车迟国”的国家，该国有虎力大仙、鹿力大仙和羊力大仙三位国师。在这一难中，他们与三位国师进行了三场斗法，其中有一场比试为“隔板猜枚”，要想读懂《西游记》，这里是一个极佳的切入点。

“隔板猜枚”比试并不复杂，就是在柜子里放进东西，由双方来猜。就《西游记》中的法术而言，猜东西实在是很初级的。在猴王求道时，菩提祖师提到的第一个层级就是“术”字门求仙问卜的技能，虽有预测未来之功，但根本与长生沾不上边，被孙悟空第一个拒绝。而猜柜子里放了什么东西，是猜已经存在的事物，那就是更低级的戏法了。

“隔板猜枚”比试共进行了三场。第一场，皇后在柜子里放进一套衣服，国师先猜，猜中是“山河社稷袄，乾坤地理裙”，而唐僧猜的则是“破烂流丢一口钟”，是孙悟空施法术变化后的结果。“一口钟”指的是一种衣服，大概就是一块布往身上一围，然后在领口处一系，穿着起来像一口钟一样，故得此名。第二场，国王亲自放了一个桃子在柜子里面，孙悟空变成小虫飞进去把桃子吃掉，只留下了一个桃核，国师猜是一颗仙桃，唐僧猜是一枚桃核。第三场，国师把道童徒弟放到柜子里，然后进行竞猜，孙悟空把道童改成了和尚，国师猜是道士，唐僧猜是和尚，自然还是唐僧赢了。

这三次竞猜的设计虽然具有一定的趣味性，但其所表现的只是孙悟空的变化之能，一种能力反复写三次，从创作角度来说实无必要。在整个比赛过程当中，道士们作为主场不仅每次都先猜，而且最后一个环节的道童就是他们安排的，其事先已经知道答案，这使得竞猜毫无公平可言。虽然这样设计可以表现孙悟空的法力高强，但仅从这个角度来说并无必要。因为后面的三场比拼才是孙悟空真正展示实力的时候，借斗法之机除掉三位道士才是斩妖除魔的关键，作者为什么要花这么多笔墨去描述“隔板猜枚”呢?

《西游原旨》批注:“板者，书板。”此处的板表面上指的是柜子的木板，实际上是指印书的刻板。“隔板猜枚”是一种隐喻，其指的就是读书。作者著书就是往柜子里放东西，读者读书就是在猜作者所放的东西。但是，读者所理解的内容，常常已不是作者想要表达的意思。此处的三场猜枚其实是一种提醒，意在讲读此书之难。

作者第一个担心是读者会读错。他怕所放进去的“山河社稷袄，乾坤地理裙”被读者看成“破烂流丢一口钟”。《西游记》所写的是天下治理之道，但读者可能将其只当成一个佛教的故事，而且是被改编得千疮百孔的故事。

《西游记》的笔法绝不啰嗦，但作者在描写首轮竞猜时反复使用了“流丢”一词，共用了七次，这明显是一种强调的笔法。

即变作一件破烂流丢一口钟，临行又撒上一泡臊溺，却还从板缝里钻出来，飞在唐僧耳朵上道:“师父，你只猜是破烂流丢一口钟。”三藏道:“他教猜宝贝哩，流丢是件甚宝贝?”行者道:“莫管他，只猜着便是。”唐僧进前一步正要猜，那鹿力大仙道:“我先猜，那柜里是山河社稷袄，乾坤地理裙。”唐僧道:“不是，不是，柜里是件破烂流丢一口钟。”国王道:“这和尚无礼!敢笑我国中无宝，猜甚么流丢一口钟!”……国王教打开看。当驾官即开了，捧出丹盘来看，果然是件破烂流丢一口钟。国王大怒道:“是谁放上此物?”龙座后面，闪上三宫皇后道:“我主，是梓童亲手放的山河社稷袄，乾坤地理裙，却不知怎么变成此物。”国王道:“御妻请退，寡人知之。宫中所用之物，无非是缎绢绫罗，那有此甚么流丢?”

“流丢”即流失、丢掉之意，其表面上是在讲衣服，实际是在讲读书过程中所存在的问题。借唐僧之口讲“他教猜宝贝哩，流丢是件甚宝贝”，是在强调读者读书时“流丢”的东西才是真正的宝贝。国王说“哪里有此甚么流丢”，其实是在讲“流丢”处处存在。

作者的第二个担心是读者会读漏。放进去一个桃子，打开时只是一个桃核，其中的养分都没有了。《西游记》取材于佛教的故事，但其并非只是在讲故事，早有读《西游记》之人发现《西游记》在借禅说事，而普通读者却常常只关注其中故事的成分，作者担心人们只看到桃核，忽略了那原本是一个桃子。

作者的第三个担心是读者会读偏。放进去一个道士，出来一个和尚，把道教的东西变成了佛教的东西。《西游记》既讲到了佛教的东西，也讲到了道教的东西，但并非只是单纯为了讲述佛教或道教的观点，读者却可能只注重佛教、道教或某一流派的东西。后世解读《西游记》之人很多，佛教之人说它是宣扬佛法的，道教之人说它是弘扬道教的，儒教之人说它是宣扬理学的。《西游记》表面上在讲佛教的故事，但是用道家的方式在讲，佛教的东西在明，道家的东西在暗，读者很容易只注重佛教的东西，忽略其中道家的东西。

《西游记》到底在讲什么？让我们从头说起。

西游记开篇之意

 容易忽略的诗词

混沌未分天地乱，茫茫渺渺无人见。
自从盘古破鸿蒙，开辟从兹清浊辨。
覆载群生仰至仁，发明万物皆成善。
欲知造化会元功，须看西游释厄传。

这是《西游记》开篇之诗。古代小说使用诗词来彰显文采是常有的事，有时用于章回的开始，有时用于章回的结束，或是故事中的重要情节。由于诗词读起来合辙押韵，朗朗上口，可以有效地提升文章的气势，非常受作者的青睐。关注故事的读者对小说中的诗词经常会忽略，认为那只是文辞修饰而已，但就《西游记》而言，诗词可能才是书中最重要的部分。

除篇首之外,《西游记》共有三十回以诗词作为开头。这些诗词有的与故事情节联系紧密，用起来显得很合适。如第七回的开头：

富贵功名，前缘分定，为人切莫欺心。
正大光明，忠良善果弥深。
些些狂妄天加谴，眼前不遇待时临。
问东君因甚，如今祸害相侵。
只为心高图罔极，不分上下乱规箴。

这首词出现于孙悟空被压五行山下，借孙悟空的故事来讲人不可狂妄，与故事的情节联系十分紧密，用得十分恰当。但《西游记》中

也有一些诗词的内容与故事情节关联并不明显，显得有些不合适。如第二十九回的开头：

妄想不复强灭，真如何必希求？
本原自性佛前修，迷悟岂居前后？
悟即刹那成正，迷而万劫沉流。
若能一念合真修，灭尽恒沙罪垢。

这首词意境很高，但其所处的位置却不符合故事情节的需求，因为前一回结尾与这一回开头的故事情节都在讲八戒、沙僧二人与黄袍怪打斗，正处于紧张的战斗当中，此处为什么要加入这样一首词把原本衔接紧密的故事情节断开呢？

再如第七十一回的开头：

色即空兮自古，空言是色如然。
人能悟彻色空禅，何用丹砂炮炼。
德行全修休懈，工夫苦用熬煎。
有时行满始朝天，永驻仙颜不变。

这首词出现的位置正是孙悟空与金毛犼打得不可开交的时候，词的内容与故事情节之间也看不出有什么关联，为什么要用在这里？难道不怕被读者略过？巧合的是，这两首词用的都是《西江月》，是道教经典《悟真篇》中的常用词牌。

《西游记》中的诗词有几百首，而其中并无涂鸦之作，在小说当中实在是非常难得。这些诗词文学水平都很高，意境也颇深，而且其常常是具有独立性的，虽然作者有时会把诗词的内容与故事情节结合起来，但还是能看出诗词所要表达的意思经常是跳出故事情节之外的。由于我们先入为主地认为《西游记》是一部小说，自然认为故事情节才是主要的，诗词只是用于点缀的，但如果反过来呢？有没有可能作者真正想传播的就是这些诗词，为了吸引读者才加入了有趣的故事情节呢?《参同契》《悟真篇》《金丹四百字》等道教经典均是以诗词的形式表达的，如果单独把《西游记》中的诗词拿出来，完全可以与上述典籍相媲美。或许我们应当重新思考一下:《西游记》中的诗词与故事哪个是椟，哪个是珠?

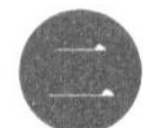 造化会元之功

回到开篇之诗，尾联“欲知造化会元功，须看西游释厄传”点明了全书的主题。什么是“造化会元功”? 书中一开始就讲了这个问题。造是从无到有，化是发展变化，造化即是事物产生与发展变化的过程。会与元都是时间单位，元指的是十二万九千六百年，一元分为十二会，每会为一万零八百年。造化会元就是指天地万物在会元周期之内的产生以及发展变化之事，说明这部书讲的不仅是人一生一世的事情，而是宇宙间上万年发展变化之事。明清时期的许多人认为《西游记》是“证道之书”，凡事一上升到道的层面就会变得玄虚，似乎人如果从中悟到了什么就可以长生不老，其实《西游记》本意并非如此，其只是在讲述世界发展变化的规律而已。所以故事开始先讲到“戌会之终，则天地昏蒙而万物否”，然后世界进入“混沌”状态，作为会元的起点，之后贞下起元，乃有天地之生。作者开篇就已点明全书的主题，读者可能认为《西游记》是一个精彩的故事，但对作者来说，讲故事或许只是一种手段。

会、元的说法源自北宋邵雍的《皇极经世》，该书对于时间的计量方式是一元为十二会，一会为三十运，一运为十二世，一世为三十年。邵雍，字尧夫，谥康节，北宋理学家，其对《易经》的研究极其深入，对后世影响很大。《西游记》开篇即引用邵雍的理论，表明其对邵氏学说的认可。除《皇极经世》外,《西游记》开篇还引用了邵雍的《冬至吟》，借诗中之理讲述天地变化元点的状态。明代刊印的世德堂版本《西游记》全书一百回，分为二十卷，每卷五回，依次以邵雍《清夜吟》“月到天心处，风来水面时。一般清意味，料得少人知”中的一个

字为卷名。这样看来,《西游记》对于邵雍不是一般的认可，而是高度的推崇。同时，这一做法也在告诉读者，这部几十万字的巨著归结起来不过是一首诗而已。

尾联中“释厄”一词用得非常妙！佛教僧人以释为姓，所以此处的“释”可以理解为指代唐僧，厄即困厄、灾难之意,“释厄”即指唐僧取经所经历的灾难，回到故事的主线。但“释厄”还有另一种解释，“释”有消除之意,“释厄”亦可以理解为帮人消除灾难，其在告诉读者此书的功用——《西游记》是可以帮助人消灾解难的。

 错了，但是故意的

细心的读者会发现,《西游记》中有很多东西都写错了，这个问题从一开始就出现了。《西游记》开篇讲到了四象与五行的问题。在中华传统文化中，四象为太阳、少阳、少阴、太阴，五行为金、木、水、火、土，这是古代读书人都非常熟悉的东西，但《西游记》却把这么简单的两个问题都讲错了。书中将日、月、星、辰称为四象，将水、火、山、石、土称为五形。首先来说，这两处名词的使用是完全没有必要的，书中在讲完“有日，有月，有星，有辰”之后，情节交代已经完整了，如果作者拿不准，完全没有必要加上后面“日、月、星、辰，谓之四象”这一句，同样后面也不需要加上“水、火、山、石、土谓之五形”一句。这两句本就是画蛇添足之语，如果作者不懂，完全可以不谈，为什么要加上这两句既无用又有错的话呢？而从另一角度来说，这两处错得又非常有意思，因为日即是太阳，月又称太阴，所以用日、月来代替太阳与太阴是说得过去的，但星、辰与少阳、少阴之间却不能对应，所以这样解释四象有错却也没有全错。孙悟空被压五行山时，书中已经明确写清五行是什么，而此处则错写成“五形”，其内容中“水、火、土”三行是对的，而其他两行则是不对的，同样是有错但不全错的情形。粗读《西游记》即可发现，其对四象、五行学说运用十分娴熟，对于这些基本知识不可能不清楚，为什么会

出现这样低级的错误呢?

《西游记》有三种特有的笔法，此处是第一种——错写之笔。作者故意将某些东西写错，通过“错”来实现更加深刻的表达。其实这种表达方式在中华传统文化中普遍存在，许多书法作品中都有缺少笔画的习惯，而所缺少的笔画却可能是作品的点睛之处，如同“虫（虿）二”代表“风月无边”，张作霖赠外国人的书画作品中故意将“手墨”写成“手黑”，意为“国土不可送人”。《西游记》开头在如此简单的问题上出现如此明显的“错误”可能是一种提醒，告诉读者书中所写有许多“错误”之处。错写是《西游记》极为重要的一种笔法，如果不理解这种笔法，就很难看懂书中之意。

《西游记》的错处很多，其中可能确有作者的失误，作为研究《西游记》之人，首先应当屏蔽光环，避免无原则地维护。但笔者认为，从全书的写作水平以及“错误”发生之处来看，那些“错误”很可能是有意为之，因为有些地方“错”得实在很妙!

四 易理的展示

《易经》是中华文化的根基,《西游记》开篇即将易理融入其中。“易”字上“日”下“月”，其所代表的即阴阳之意。故事从花果山开始，花为阴，果为阳，花果山即为阴阳之山，所指的就是《易经》。花果山是“十洲之祖脉，三岛之来龙，自开清浊而立，鸿蒙判后而成”。十洲三岛是道教传说中的圣地,“十洲之祖脉，三岛之来龙”可以理解为道教源于《易经》。而从《易经》本身的角度来说，还可以有另一种解释。十洲指四面八方及上下等十个方位，三岛指儒、释、道三家。“十洲之祖脉”可以理解为《易经》总括十面八方,“三岛之来龙”则可理解为《易经》是三家之源;“自开清浊而立，鸿蒙判后而成”是指易理自天地之始即是宇宙变化所遵循的规律。

理解了花果山这个名字的由来，就能理解水帘洞名字的含义。山显现在外为阳，洞隐藏在内为阴。《西游记》中大量地把山与洞结合使用，就是用以表明有的东西是表现出来的，容易看到；而有的是隐藏在里面的，不容易被发现。花果山是《易经》，水帘洞在花果山中，证明其是《易经》当中的内容，但它所代表的是《易经》中隐藏的部分，即内在的智慧。水帘洞有两个特点：一是内部设施齐全，有天造地设的家当；二是洞口被水帘遮挡，不容易被发现。这一设计是在比喻《易经》当中有隐藏的部分，它可以提供人们所需，但由于被遮挡而难以发现，只有那些有勇气、有决心的人才能探得其中的奥秘。花果山喻示的是《易经》的体，水帘洞喻示的是《易经》的用，花果山上什么都有，表明《易经》包罗万象，而水帘洞可以提供保护，使人不受风雨之侵，意为如果能用好《易经》就可以满足人们一切所需。《西游记》的故事从花果山讲起，表明这本书与《易经》之间有着十分密切的联系。

石猴进洞故事寓意是想领略《易经》的智慧其实并不难，它看起来很神秘，不知里面有多深，其实却只是洞口被遮挡，里面根本没有水。《易经》的智慧就像窗户纸一样，一捅就破，但大多数人却没有去捅破它的勇气。石猴能够成为美猴王，寓意是人一旦能够进入此中，便可以称王称圣。故书中诗云：

内观不识因无相，外合明知作有形。
历代人人皆属此，称王称圣任纵横。

为什么此处只讲王与圣，却没有像书中其他地方讲佛与仙呢？因为王、圣是儒教的提法，儒教的目标即是内圣外王。《易经》虽被称为中华文明的群经之首，但其却是由孔子传下来的，为儒家“五经”之一，因此这里所讲的正是儒家的内容。

一阴一阳之谓道，阴阳配合才是完整的《易经》，《西游记》的故事就是遵循易理设计的。表面上《西游记》讲的是玄奘法师西行取经的故事，这是故事的阳；而故事中的另一角度则是在讲孙悟空的成佛之路，这是故事的阴。《西游记》中讲述《易经》、运用《易经》的地方很多，这是《西游记》的阳；而《西游记》对《易经》最关键的表达是其所遵循的正是《易经》的理念，这是《西游记》的阴。阴阳之结合即是《西游记》的道，明确了这一点，就可以理解《西游记》中许多设计灵感的来源。西行取经之人是唐僧，唐僧是取经者之名；而悟得空性却是一路西行的经验，悟空乃取经之实，一名一实构成了取经的整体。

继而书中讲到了山顶的仙石“三丈六尺五寸高，按周天三百六十五度”，其所指的是空间；“二丈四尺围圆，按政历二十四气”，其所指的是时间。古人把天地四方称为“宇”，古往今来称为“宙”，所以空间与时间加在一起即是宇宙，石猴由此而生喻生命生自宇宙。“上有九窍八孔，按九宫八卦”，九宫八卦乃是《易经》的基础，九宫相当于棋盘，八卦相当于棋子，九宫与八卦的结合即是《易经》的用法，可以看出这里所讲均为《易经》的内容。

回头再讲花果山，书中是这样描述的：

势镇汪洋，威宁瑶海。势镇汪洋，潮涌银山鱼入穴；威宁瑶海，波翻雪浪蜃离渊。木火方隅高积上，东海之处耸崇巅。丹崖怪石，削壁奇峰。丹崖上，彩凤双鸣；削壁前，麒麟独卧。峰头时听锦鸡鸣，石窟每观龙出入。林中有寿鹿仙狐，树上有灵禽玄鹤。瑶草奇花不谢，青松翠柏长春。仙桃常结果，修竹每留云。一条涧壑藤萝密，四面原堤草色新。正是百川会处擎天柱，万劫无移大地根。

这里貌似在描述自然景观，其实所讲的是《易经》当中的太极图。太极图通常以圆为基础，内有四象：太阳、太阴、少阳、少阴。过去由于技术受限，展现在人们面前的太极图通常是平面二维的（下页图左），但如果从三维的角度去理解的话，其实太极图应当是立体的（下页图右）。

平面的太极图其实只是一个切面，在立体的太极图中，阴阳的区分除了切面上的分布之外，还包括升降。以阳为凸起，阴为凹陷，汪洋、瑶海为大的凹陷，其所代表的是太阴；丹崖、奇峰为大的凸起，其所代表的是太阳；峰头上的石窟、“万劫无移大地根”指的是位于太

阳中的少阴；“东海之处耸崇巅”“百川会处擎天柱”指的是位于太阴中的少阳；“一条涧壑藤萝密”所代表的则是太阳与太阴之间的界线；“四面原堤草色新”所说的则是四象。

太极是《易经》当中的基础，作者开篇对花果山的景象进行详细描述就是要打牢这个基础。书中后续的内容中有许多地方用到了《易经》当中的内容，有时使用某一卦，有时使用卦中的某一爻，有时讲述某一卦的变化，有时把卦结合起来运用。要想真正理解这些卦、爻使用的原理，核心还是在于太极这个基础。

花果山位于傲来国，“傲来国”这个名字有什么含义吗？应该是有的，《西游记》中没有一个名字是随便使用的，每个名字都在传达信息。在《西游记》中，国的位阶较高，在州府县之上，称傲来国为国，而花果山位于其中，说明其是包含《易经》而位阶更高的东西。在中华文化中，《易经》为群经之首，那还有什么东西是比《易经》位阶更高的吗？只有一个——道。何谓“傲来”？“傲”字的读音是“道”字读音的后一半，从这个角度来说可以解释为“傲”从“道”中来，故名“傲来”。傲来国即道之国，所以国中才会有代表《易经》的花果山。书中特别提到傲来国“国近大海”，大海代表水，此意或是源自于《道德经》中水“几于道”的观点。花果山代表《易经》，傲来国代表道，寓意为《易经》的智慧是蕴含于道之中的。

除了上述内容，《西游记》开篇还讲到了全书的宗旨——三家合一。

三家合一的主张

《西游记》的故事是有真实历史取材的，即唐代玄奘法师西行取经之事，这件事在中国佛教发展史上影响很大。唐朝国教本为道教，玄奘法师对于佛教在中国的传播发挥了极大的作用，这件事是令佛教引以为自豪的，也对后世中华文化的发展产生了重要影响。然而，这部讲述佛教故事的小说，在过去的几百年中，居然大受道教人士追捧，实在是一件趣事。明清时代先后出现了《李卓吾先生批评西游记》《西游证道书》《西游真诠》《西游原旨》等书，都认为《西游记》是证道之书。这些著述虽各具价值，但尚难以令人真正信服。胡适先生在点评《西游记》时说，它在过去三四百年间被道士、和尚、秀才玩坏了，道士说它在讲金丹妙诀，和尚说它在讲禅门心法，秀才说它在讲正心诚意的理学。先抛开《西游记》的主题不谈，一部小说能够得到三教的争抢，本身就是文化史上少有的事。其实这一现象可以反映出《西游记》中佛家、道家、儒家的东西都有，而且内容均较为丰富，各成体系，所体现的理念也都颇有深度，道士、和尚、秀才们只是各取所需而已。儒、释、道三家的内容在《西游记》中都包含，但包含哪一家不等同于尊奉哪一家，事实上,《西游记》是一部囊括三家的书。

一 三家合一

《西游记》对儒、释、道三家都很推崇，因为其真正的主张是三家合一。儒、释、道三家在本质上是一样的，都在探寻智慧，都在关爱世界，虽然角度与方法上的侧重有所不同，但核心的理念其实是相同的。

在第一回中，当孙悟空忧虑生死的时候，通背猿猴告诉他有三等名色不伏阎王管，“佛与仙与神圣三者，躲过轮回，不生不灭”。为什么猿猴名“通背”？背指反面，即事物的另一面。“通背”即通晓事物的另一面，所以他才会知道什么人可以脱离生死。这里面的三者分别指代三家，佛代表了佛家，仙代表了道家，而神圣所指代的是儒家，是对圣人的神化。

讲到长生不老的话题，佛与仙是容易理解的，这里为什么要加上儒家呢？儒家所追求的目标是“圣人”“贤人”，但圣贤与长生不老却是不沾边的，书中为什么会这么讲呢？其实，在儒教传说中圣人也是有神通的，可能由于孔子“不语怪力乱神”，所以儒教很少讲这方面的问题。孔子的弟子商瞿到了四十岁还没有孩子，他母亲非常着急，去问孔子，孔子告诉她商瞿将来会有三个儿子，而且都很有出息，后果如所言[①]。明代的大儒王阳明也有这方面的能力，他有一天坐在家里，忽然派家人出门去迎接远道而来的朋友，而朋友们并没有事先通知他，说明他也是有预测未来的能力的。尽管儒教并不提长生不老这一目标，但作者在此处用“神圣”一词，意思就是圣人也可跳出轮回。此处在讲长生之事时特意把儒家拉进来，一方面表明其对三家同等重视，同时也是在讲三家均可修成正果。无论宗奉哪一家的思想，只要学问修为到了，都能达到不生不灭的境界。在龙宫求宝时，孙悟空说“走三家不如坐一家”，就是在讲三家均可达成同一目标。

《西游记》主张三家不必过分强调各自的理论边界，更不应孤立使用。在菩提祖师讲道的时候，书中是这样写的：

天花乱坠，地涌金莲。
妙演三乘教，精微万法全。
慢摇麈尾喷珠玉，响振雷霆动九天。
说一会道，讲一会禅，三家配合本如然。
开明一字皈诚理，指引无生了性玄。

① 关于此事的记载见《史记·仲尼弟子列传》。

菩提祖师在小说中是一位重量级人物，孙悟空的本领都源自于他的传授，所以读《西游记》的人无不对菩提祖师极为重视。正因他是一位重量级人物，所以作者通过他的口中所说之语不可等闲视之。“说一会道，讲一会禅，三家配合本如然”就是作者借菩提祖师表明自己的态度，其主张三家的理论与思想其实是相互配合的，并非是相互对立的，不要局限于某一家。

《西游记》认为三家的理论不需相互竞争，互相排斥。在宝林寺师徒对月吟诗时，沙和尚讲道：

水火相搀各有缘，
全凭土母配如然。
三家同会无争竞，
水在长江月在天。

“三家同会无争竞”直截了当地表明了观点，本书既非单纯地推崇道家，也不是单独崇尚佛家，而是主张儒、释、道三家相互配合；“水在长江月在天”则是表明三家的理论各有其不同的应用场景与对象，各安其位就好。以上是书中较为明显地表达出作者关于三家合一的主张，其实如果细细研读的话，就会发现，《西游记》全书中对于三家合一的理解和表达其实是非常深刻的，这部巨著绝不是某一家的独角戏。

二《西游记》对佛家的认可

或许与创作的时代背景有关，《西游记》对佛教的态度其实并不友好，但其对佛家的态度却是截然不同的。之所以会产生这样的差异，是因为佛教与佛家是有区别的。佛家可以说是一种思想体系，而佛教可以理解为以佛家理论体系为依据，结合历史背景与社会现状，体现在人的衣食住行等各方面的事物与行为总和。佛教的东西不等于佛家的东西，寺院是佛教的，但修行的人不一定在寺院，秉持佛家思想的人也不一定要去做和尚；经书是佛教的，但经书只是佛家思想的载体，并非佛家思想本身；和尚是佛教中人，但并非每位和尚都能真正领悟佛法。从明代学者李卓吾对《西游记》的批评用语中即可看出，当时的人们对于僧人是有微词的。正因佛教与佛家有区别，所以《西游记》虽然对当时佛教的有些作为不满，但并不影响其对佛家思想的认同。

（一）对佛教经典的推崇

《西游记》的故事主题是唐僧师徒西天取经，故事中出现一些佛经是非常自然的，所以《西游记》中出现许多佛经并不能视为其对佛经的推崇。历史上玄奘法师从印度带回经书六百多部，而《西游记》中称其共取回经书三十五部，极大地压缩了经书的数量，说明作者并非真正在宣扬佛教。但是，有一部佛教经典却是《西游记》高度认可并推崇的，那就是——《心经》。

在高老庄收了猪八戒之后，唐僧师徒三人继续前行，他们来到了浮屠山，在这里遇到了乌巢禅师并得授《心经》。“浮屠”是“佛陀”另一种音译，所以书中虽然没有介绍乌巢禅师的真实身份，但其所在地点为浮屠山，自然是佛的化身，所以其法力才会明显高于孙悟空，而且能知过去未来之事。《西游记》此处全文收录了《心经》，明显具有传播之意。其清晰地写明《心经》共五十四句，二百七十个字，这种如数家珍的介绍足见其对此部经书的重视。佛教禅宗自五祖之后常常认为《金刚经》才是佛经中最重要的，但《西游记》却持不同说法，其将《心经》捧到了最高的位置，称为“修真之总经，作佛之会门”。在历史上，《心经》不仅在佛教界有重大影响，在全社会亦有非常广泛的传播。道教对《心经》也是非常认可的，丹阳子马钰就认为，学道之人都要认真地去读《心经》。《心经》有多种汉字译本，《西游记》中所收录的正是玄奘法师的译本，也是后世流传最广的译本。

《西游记》除了全文收录《心经》之外，还在后续的故事中通过孙悟空与唐僧的对话反复提到《心经》中的内容，这是一种用公案来诠释《心经》的做法。尤其是第九十三回，故事临近结尾的时候，书中设计了孙悟空为唐僧解《心经》的桥段，更是可以从中看出作者对

《心经》的领悟。

行者道："师父，你好是又把乌巢禅师《心经》忘记了也？"三藏道："《般若心经》是我随身衣钵。自那乌巢禅师教后，那一日不念，那一时得忘？颠倒也念得来，怎会忘得！"行者道："师父只是念得，不曾求那师父解得。"三藏说："猴头！怎又说我不曾解得！你解得么？"行者道："我解得，我解得。"自此，三藏、行者再不作声。旁边笑倒一个八戒，喜坏一个沙僧，说道："嘴脸！替我一般的做妖精出身，又不是那里禅和子，听过讲经，那里应佛僧，也曾见过说法？弄虚头，找架子，说甚么晓得，解得！怎么就不作声？听讲！请解！"沙僧说："二哥，你也信他。大哥扯长话，哄师父走路。他晓得弄棒罢了，他那里晓得讲经！"三藏道："悟能、悟净，休要乱说，悟空解得是无言语文字，乃是真解。"

这段内容绝非师徒间随意的插科打诨，其所表达的是作者对《心经》的领悟。孙悟空以"无言语文字"解《心经》，乃《心经》中"识不异空，空不异识，识即是空，空即是识"的实践。"再不作声"即为"以空解空"，既然所识所悟终究为空，又怎么可以用语言来解呢？所以唐僧称其为"真解"，以这种方式解经即是知行合一。

除了《心经》之外，书中还较多地运用了另一本经书中的内容——《六祖坛经》。所不同的是，《心经》的运用为明用，而《坛经》的运用为暗用，亦十分符合《易经》阴阳配合的理念。《西游记》中许多地方都能找到《六祖坛经》的元素，如菩提祖师向孙悟空半夜传道的桥段很明显就是出自《坛经》。唐僧取经的路程为十万八千里，《坛经》中讲所谓十万八千其实指的是人身中的十恶八邪。十恶是身三恶（杀生、偷盗、邪淫）、口四恶（绮语、妄言、恶口、两舌）、意三恶（贪心、嗔心、痴心）。八邪是指邪语、邪见、邪思维、邪业、邪命、邪精进、邪念、邪定。十万八千取经之路，即是屏除十恶八邪的修炼历程。

《坛经》有云：

慈悲即是观音，喜舍名为势至。

能净即释迦，平直即弥陀。

人我是须弥，邪心是海水。

烦恼是波浪，毒害是恶龙。

虚妄是鬼神，尘劳是鱼鳖。

贪嗔是地狱，愚痴是畜牲。

这段话中的内容，很可能是《西游记》中许多角色及场景等元素设计的灵感来源。

（二）对佛家理念的体现

《西游记》对于佛家理念是认同的，在灵山传经的过程中，首先传的是无字真经，后来才换为了有字真经。有字真经为一藏之数，五千零四十八卷；而无字真经接近三藏之数，共有一万五千一百零五卷（有兴趣的读者可以自己核算一下）。《西游记》以五千零四十八为一藏，这一数字单位的出处应为《大藏经》，即佛教的经典合集，数量为五千零四十八卷（后世版本的数量有所增减）。作者为什么要安排阿傩、伽叶二人负责传经，因为这二人是现实中传经之人。伽叶即为迦叶，是佛的大弟子，为禅宗一祖，即“佛祖拈花，迦叶微笑”故事中的主角，他从佛祖那里所传得的就是无字真经。释迦牟尼涅槃之前，召集众弟子在一起，欲宣讲佛法却不开口，手中拈花，所有人都肃然，唯迦叶“破颜微笑”。于是佛祖说：“我有正法眼藏，涅般妙心，实相无相，微妙法门，不立文字，教外别传，付嘱摩诃迦叶。”阿傩即为阿难，是释迦牟尼的弟弟，为禅宗二祖，他是众多经书的写作者，是传有字真经于世的尊者，人们熟悉的“如是我闻”一语就出自他的手笔。在小说中，二人先传无字真经，是把最好的给唐僧，但唐僧师徒不能识得，故退而求其次，再传有字真经。这一安排其实是在提醒学佛之人，不要把有字之经看得太重，其实最好的经并没有取回来。

三《西游记》对道家的遵从

《西游记》中出现的道士多为反面人物，这使得读者容易认为《西游记》在贬低道教人物，但实际情况却恰恰相反。《西游记》中虽然有许多反派道士给读者印象深刻，但这些人都是妖精，而不是真正的道士，所以表面上看其在贬低道士，但所贬低的其实是假道士，当然不能视为是对道家的贬低。事实上，从整部作品来看,《西游记》对道家的态度是——遵从。

（一）对道教经典的运用

《西游记》在道教典籍方面却没有把哪一部经典像《心经》一样全文收录，但故事中通过各种运用所展示的道教经典有很多。如在真假猴王闹上灵山的时候，如来佛祖正在讲经：

不有中有，不无中无。不色中色，不空中空。非有为有，非无为无。非色为色，非空为空。空即是空，色即是色。色无定色，色即是空。空无定空，空即是色。知空不空，知色不色。名为照了，始达妙音。

这段经文看起来极像佛教经文，却是出自道教经典《太上升玄消灾护命妙经颂》。佛祖讲经，放着那么多佛教经文不用，却讲道教的经典，其用意是很明显的。再如第三十六回唐僧师徒赏月时，对话中也运用了道教经典。

行者闻言，近前答曰："师父啊，你只知月色光华，心怀故里，更不知月中之意，乃先天法象之规绳也。月至三十日，阳魂之金散尽，阴魄之水盈轮，故纯黑而无光，乃曰晦。此时与日相交，在晦朔两日之间，感阳光而有孕。至初三日一阳现，初八日二阳生，魄中魂半，其平如绳，故曰上弦。至今十五日，三阳备足，是以团圆，故曰望。至十六日一阴生，二十二日二阴生，此时魂中魄半，其平如绳，故曰下弦。至三十日三阴备足，亦当晦。此乃先天采炼之意。我等若能温养二八,九九成功，那时节，见佛容易，返故田亦易也。诗曰：

前弦之后后弦前，
药味平平气象全。
采得归来炉里炼，
志心功果即西天。”

这段当中的以月喻法内容出自道教经典《抱一子三峰老人丹诀》，而结尾的诗则改编自道家经典《悟真篇》。原诗为：

前弦之后后弦前，
药味平平气象全。
采得归来炉里煅，
炼成温养自烹煎。

《西游记》中对于道家经典的运用均为节选式运用，不同于对《心经》的全文收录。相比之下，其对于佛教经典提及名字的很多，但真正展示的却并不多；而对于道教经典，提及得看似不多，且较为零散，但从整体篇幅上来说，并不少于佛教。《心经》共二百七十字，而上述两部分相加其实已经不止二百七十字了。另外，唐僧取经所经历的磨难的数量为什么是九九八十一？书中说出家人九九归一，但佛教经典中似乎并无此说法，这一数字很可能与《道德经》共有八十一章有关。

（二）道教修炼之法

在明清时代，许多人认为《西游记》是一部“证道书”,《西游记证道书》《西游真诠》《西游原旨》等均认为《西游记》是以小说的方式讲述修炼金丹之道。《西游原旨》认为,“金丹”是道教的说法，佛教的说法为“圆觉”，儒教称之为“太极”；就修丹的理论和方法而言，在释家来说即是《金刚经》《法华经》，在儒家则为河图、洛书、《易经》，在道家则为《参同契》《悟真篇》；唐僧所代表的是人的本体，而人体内又包含金、木、水、火、土五行，孙悟空是水中金，猪八戒是火中木，沙和尚是真土，三位师兄弟合在一起构成了五行，而攒簇五行则是修炼金丹的方法，故整个故事是以师徒取经路上的经历来比喻修炼金丹之法，任何人悟得此法后均可修炼成圣、成佛、成仙。

上面这些观点看似很玄，但并非凭空猜测，书中内容明显包含有这方面的意思。书中第一回就讲到：

三阳交泰产群生，仙石胞含日月精。
借卵化猴完大道，假他名姓配丹成。

这几句诗已经明确告诉人们，《西游记》就是借讲孙悟空的故事之机，阐述修丹之事。在猴王求道时，菩提祖师的诗中也明确提到了“金丹”：

难！难！难！道最玄，
莫把金丹作等闲。
不遇至人传妙诀，
空言口困舌头干！

金丹之说一直为道教中人所主张，从书中内容来看，确实提到了“金公”“木母”“黄婆”“婴儿”“姹女”“坎离”“龙虎”“玉兔”“金乌”“龟蛇”等道教修炼中常用的术语，所以这种观点并非是穿凿附会，后世也一直有人主张按照《西游记》去进行修炼。应当说，《西游记》中讲述了道家所主张的修炼金丹之法，但是，至于所谓金丹之道是否真的存在，笔者则不敢妄言。

依前人所说，金丹之道非常玄妙，似乎可以使人长生不老，成佛成仙。笔者不知道金丹到底指的是什么，但是释迦牟尼八十二岁涅槃（一说八十岁），有舍利子传世；丘处机八十岁仙逝，葬于北京白云观；张三丰传说活了两百多岁，但也终有寿终正寝的一天。这些人的修为已是人所不及，尚不能长生不老，指望通过读《西游记》长生不老明显是不可能的。即使是《西游记》的作者，无论此人是谁（学界对此一直有争论），都已经不在这个世界上了，写《西游记》的人尚且未能长生不老，读《西游记》的人想长生不老，这可能吗？

关于用小说记载金丹之道的做法，笔者还存有一个疑问：如果这部书是讲述修炼之法，有长生不老的妙诀，何必要写成一部如此精彩的小说呢？小说写得精彩容易为读者所接受，也有利于传播，但是，姑且先不说成佛成仙的问题，如果有长生不老之术，全天下的人都会抢着去看去学，完全不需要在精彩程度上下这么大功夫。明清时代的人们科学水平还较低，就这样的书而言，无论你写得多么生硬都会有人追捧，直接把道理讲清楚、方法说明白就可以了，这样篇幅更短，更便于阅读和理解，何必要如此大费周章呢。而且《西游记》中对于金丹修炼的方法采用了很多隐喻的方式，增加了理解的难度，如非具备一定道教理论功底之人是很难读懂的。这一做法相当于把修炼金丹之术隐藏在小说之中，虽符合道家“不传之传”的理念，但似乎并无必要。作者为什么要这么做呢？

从另一角度来说，《西游记》被当作证道之书则无疑是一件好事，因为这样一来可以实现该书的流传。在明朝，《西游记》曾一度为禁书，如果不是因为其中有所谓证道的内容而受人重视，该书可能早就失传了。当人们认为《西游记》中包含有金丹之道的时候，即使其读不懂金丹之道是什么，也会先将书保存下来，留待慢慢研究。而致力于弘扬道法的人则更会不遗余力地加以传播，所以后来才有《李卓吾先生批评西游记》《西游证道书》《西游真诠》《新说西游记》《西游原旨》《通易西游正旨》《西游记评注》《西游记记》等书的问世，这些书的作者之所以愿意投入精力来传播《西游记》，主要就在于他们相信这是一本证道之书，希望有更多的人从中悟道。现在我们所能读到的《西游记》虽有世德堂版本作为基础，但如果没有其他那些证道之书加以辅助，该书的内容也是达不到目前这样的完整程度的。尽管这些书的作者没有一位能长生不老，但《西游记》却因此得以流传。

所谓长生不老并非虚语——《西游记》确有长生不老之功，但不是对于我们人类的，而是它自己的。

（三）对道家理念的体现

讲道家经典的人未必是道家，按道家理念去做事的人才是真的道家。如《淮南子》是道教经典，而主持编纂这部书的人淮南王刘安却不能算是真正的道家人物，因为其行事风格并未遵循道家理念。作为汉武帝的叔叔，在武帝向他请教道家思想时为其讲道家思想是可以的，但当汉武帝罢黜百家，独尊儒术之后，淮南王仍在自己的封地推崇道家，这就不符合道家的理念了。真正的道家人物是在该讲道家的时候讲道家，该讲儒家的时候讲儒家，而不是机械地在任何情况下都讲道家。那么什么是道家思想呢？道家思想博大精深，人们通常将其简化为一句话——“无为而治”。从行为表现上看，道家做事有时“不用”，有时要“用”，有时“不用之用”，有时“用之不用”，让人感觉很玄。其实这些做法可以概括为一句话——“当用则用，当不用则不用”。《西游记》在道家的代表人物——“三清”的剧情安排上就很好地体现了这一理念。

“三清”在故事中的剧情很有意思，只是在故事开始阶段有一次集体亮相，此后元始天尊与灵宝道君再未出场，而太上老君的相关剧情较为丰富。元始天尊与灵宝道君明明可以发挥很重要的作用，但却不使用，这种安排体现的正是道家“无为”的理念，而太上老君几乎无处不在的身影又体现了“无不为”的理念。在后续的故事中，元始天尊还有两次间接出场，镇元大仙前往听讲就是受他邀请的，而这一邀请在客观上给孙悟空闯祸制造了机会；黄眉童儿能够下界也是由于弥勒佛受元始天尊邀请而离开。明明发挥了作用，但他并没有出场，这种安排属道家理念中的“不用之用”。

太上老君的多次出场对道家理念的诠释则更为全面：

第一次是孙悟空偷吃了太上老君的金丹。以太上老君的法力，他当然可以知道是谁干的，而且以他的能力完全可以自己解决，但是老君不这么做，他去找玉帝报告。这一次所体现的理念是“不用”。有人偷了我的东西，我虽有能力却不自己解决，这就是不用。但不用不等于不管，他把事情告诉该管的人，由他去处理，不直接使用自己的能力，而是按照正常的规则去解决问题。

第二次是捉拿孙悟空。如果想捉拿孙悟空，太上老君自己完全可以做到，他的法力总不会低于银角大王，只要用紫金葫芦或羊脂玉净瓶，一下就可以收了孙悟空，用幌金绳也能抓住孙悟空，但他不做。可你说他不做，他又非完全不做，在二郎神捉拿孙悟空的时候他从旁协助，用金钢琢帮忙打了孙悟空一下。从后面的故事中可以看出，如果用金钢琢可以十分轻易地收了金箍棒，解除孙悟空的武器，但他却大材小用，把金钢琢当作暗器来用，只是用它打了孙悟空的头一下。此处所体现的理念是“用弱不用强”，有能够直接捉拿孙悟空的能力而不用，却只发挥协助的作用；金钢琢本身是威力很大的兵器，却只当作暗器来用。这些安排表面上看起来不容易理解，但其实恰是符合《道德经》“弱也者，道之用也”的理念。

第三次是炼化孙悟空。这件事稍有复杂，表面上太上老君是在帮玉帝解决问题，处理孙悟空不能被消灭的问题，但实际上他是在帮助孙悟空，把他炼成火眼金睛。炼丹炉中巽位可以避火，太上老君作为炉的主人不可能不知道，那么把孙悟空放进炼丹炉简直就是放他一条生路；而且在把孙悟空丢进炼丹炉之前，老君没有没收孙悟空的金箍棒，金箍棒本就是太上老君炼出来的，他比任何人都熟悉这件兵器，但他却没有收回；另外在孙悟空入炉之前，他还特意把穿进孙悟空琵琶骨的刀都取下来，还孙悟空自由，无论从结果来看还是从过程来看，都很明显是在帮助孙悟空。这一次所体现的理念是“用之不用”。表面上我是要消灭孙悟空，实则是由于孙悟空吃了金丹之后需要进一步炼化，再帮他一把，表面上是要杀他，而真实的目的却是要帮他。

第四次是金银童子下界。这次的事情也有点儿复杂，因为如果要给唐僧师徒在取经路上设一难，这件事情老君完全可以不参与，他却派了两个童子下界参与此事。在两个童子被孙悟空打败之后，分别装到了紫金葫芦和羊脂玉净瓶里，老君又出来，表面上是讨要这些法宝，实际上他就是要告诉唐僧师徒，设此一难是观音菩萨的意思，不是我想要做的。这一次所体现的是“用即是不用”的理念，表面上是我在做，实际上并不是我在做。

第五次是金丹救乌鸡国王。老君经常炼仙丹，但他自己并不吃，那为什么要炼？当然是为了救人。但是他炼好了丹之后却又不拿去救人，而是等着别人来找他拿金丹去救人。这一次所体现的是“不用即是用”的理念，救人的是孙悟空，乌鸡国王从头至尾也没感谢过太上老君，但如果不是太上老君的金丹，他哪里能够重生呢？太上老君为了救人炼还魂丹，但他自己并不去救，而是假手于人，最后的结果救人的并不是他，但又离不开他。

第六次则是太上老君亲力亲为的一件事——收服青牛精。青牛精偷了金钢琢下界为妖，无人能够制服，孙悟空经佛祖指点找到太上老君，老君带着芭蕉扇收服了青牛。为什么这一次老君要亲自出面去做呢？因为这是他该做的事。道家的无为并非什么都不做，该做的事情是一定会做的。自己的人当然自己要管好，这一次老君所做的事就是该他做的事，所体现的理念是“当用则用”。

除了上述直接出场的表现之外，老君的间接出场也遵循了道家的理念。孙悟空的金箍棒、猪八戒的钉钯、金毛犼的金铃都是老君制造的，老君为他们供兵器和法宝，但没有一件是老君直接交给他们的，此为“不用之用”。虽然取经是佛教的事，但队伍中有两人的兵器都是老君提供的，道教也间接出了力。还有他那些暗中的作为，如果从追究责任的角度来说都追究不到太上老君的身上，但每件事的背后却都有老君的影子。炉火掉下凡间后，老君完全可以用芭蕉扇灭了那里的火，但他却没有。可你如果说他就此事不管也不对，因为他派看炉的道人下界在火焰山做土地，等候唐僧师徒的到来。把合适的事留给合适的人去做，自己只是从旁帮一把。

从上述罗列中可以看出，太上老君做的事情常常都不是自己直接去做的，捉拿孙悟空的是二郎神，他从旁协助；炼化孙悟空表面是要消灭他，实则是在帮助他炼火眼金睛；派二童子下界并不是他的意思，而是受观音菩萨所托；救乌鸡国王提供了一粒金丹，看起来只是在给孙悟空帮忙；青牛精下界明明是他的意思，但却是假借掉了一粒金丹，让童子偷吃后睡着了，然后让青牛自己下界；他并未直接出面帮助唐僧师徒西天取经，但孙悟空与猪八戒的武器都是他制造的，这不能不说是对取经队伍极大的帮助，而这些兵器却又都不是老君送给他们的，而是假手于人；观音菩萨的金毛犼作为坐骑其实并不需要紫金铃，但如果下界为妖则需要，但你不能说老君送给观音菩萨紫金铃就是让它下界为妖；他掉了一粒金丹，送了一瓶酒，并不能作为其想让青牛、九头狮子下界的证据，但这些因素却是促成其下界的关键；他与燃灯佛祖讲道给孙悟空偷丹制造了有利的机会，但你又不能说是他让孙悟空去偷丹的；火焰山的土地配合孙悟空捉拿牛魔王，在整个事情中发挥了非常重要的统筹协调作用，但表面上看老君只是罚他下界而已。所有这些都体现出了道家不用之用的理念，做即是不做，看似没做，但实际上却都做了。

不仅太上老君的行为符合道家的理念，连他身边的童子、青牛的做法也是符合道家理念的。《西游记》中神仙的童子与坐骑下界为妖是常有的事，太上老君身边的金银童子与青牛也都下界为妖，但他们下界为妖并不以道士的形象出现，而且其与其他妖精也是不同的。金银童子下界为妖，阻拦唐僧西天取经，虽然看似做了坏事，但其实并不是，因为他们实际上是观音菩萨请下来的，就是用来考验唐僧的。观音菩萨是西天取经的总策划，他们下界是在给观音菩萨帮忙，不算是做坏事，无损道家的形象。看似做坏事，其实却不是做坏事，也非常符合道家的辩证思想。青牛精下界为妖，想吃唐僧肉，但是他的做法与其他妖精不同。他并没有主动去抓唐僧。他只是在自己的洞府设了个局，是唐僧自己钻进那个圈子的。孙悟空此前要外出化斋，先在地上画了一个圈子，并告诉唐僧等人不要走出这个圈子，但他们不听，走出了这个圈子，走进了青牛精的圈子，是他们自投罗网。并且青牛精也不是在他们一进圈子时就拿住他们，是猪八戒偷了人家的纳锦背心，与沙和尚穿在身上后变成绳索捆住了他们才惊动了妖精。其他妖精都是主动去抓唐僧回来吃，而青牛精却是守株待兔，看来即便是当妖精，道家的做事方法也是与其他妖精不同的。遇到那些捉拿唐僧的妖精，唐僧被拿的责任在妖精；而在青牛精这里，唐僧被抓的责任完全在自己。

四 《西游记》对儒家经典的融入

《西游记》中佛家与道家的东西很多，相比之下，似乎儒家的内容很少，其实不然。书中大量使用了儒家的元素，但却很容易被读者忽略：

1. “人而无信，不知其可”（第一回，出自《论语》）

2. “获罪于天，无所祷也。”（第八回，出自《论语》）

3. “出其言善，则千里之外应之；出其言不善，则千里之外违之。”（第八回，出自《易经·系辞》）

4. “幼而学，壮而行。”（附录，出自《三字经》）

5. “道不同，不相为谋。”（第二十四回，出自《论语》）

6. “父母在，不远游，游必有方。”（第二十七回，出自《论语》）

7. “五刑之属三千，而罪莫大于不孝。”（第三十一回，出自《尚书》）

8. “父兮生我，母兮鞠我。”“哀哀父母，生我劬劳！”（第三十一回，出自《诗经》）

9. “不教而善，非圣而何！教而后善，非贤而何！教亦不善，非愚而何！”（第四十七回，出自邵雍《戒子孙文》）

10. “德者本也，财者末也。”（第五十六回，出自《大学》）

11. “行不由径”（第六十一回，出自《论语》）

12. “方以类聚，物以群分。”（第六十二回，出自《易经》）

13. “夜行以烛，无烛则止。”（第六十七回，出自《礼记》）

14. “外受傅训”（第七十一回，出自《千字文》）

15. “有事弟子服其劳”（第七十二回，出自《论语》）

16. “七年男女不同席”（第七十二回，出自《礼记》）

17. “以告者过也”（第七十四回，出自《论语》）

18. “不信直中直，须防仁不仁。”（第八十回，出自《增广贤文》）

19. “人将礼乐为先”（第八十二回，出自《名贤集》）

20. “父在，子不得自专。”（第八十五回，出自《论语集注》）

21. “上官欧阳”（第八十七回，出自《百家姓》）

《西游记》中使用了这么多儒家经典，无疑是在有意添加这方面的元素。而且，书中分别将《周易》和《论语》这两部著作称为“圣经”，足见其对儒家经典之尊重。除了上述直接引用外，书中还有些间接引用。如“道不须臾离，可离非道也”（第八十八回），此诗句明显源自《中庸》“道也者，不可须臾离也，可离，非道也”。来到宝林寺门前时，孙悟空对唐僧说：“你老人家自幼为僧，须曾讲过儒书，方才去演经法。”（第三十六回）很自然地把儒教扯了进来。“那厢因你欲为人师，所以惹出这一窝狮子来也。”（第九十回）所表达的则是《孟子》“人之患在好为人师”的观点。《西游记》对于儒家经典的应用看似零散，但其实却插入得非常合适。因为儒家的特点就是贴近生活，很容易融入到各种情节当中。

《西游记》对于儒家元素的运用不止上述内容，本书后面会讲到，唐僧西天取经故事情节的主线就是按照儒家经典《大学》中“修身、齐家、治国、平天下”的顺序展开的。

五 三教归一

《西游记》既主张三家合一，也主张三教归一。三家不等于三教，三家思想是无形的，而儒教、佛教、道教三教则是有形的。三家各有一套较为完整的思想体系，而一旦成为教，就是思想理论的有形化，而在有形化的过程中，思想的体现会因各种现实因素的影响而发生变化。《西游记》主张三家合一，因为三家本就合一，三家的理论本质上是一致的。《西游记》倡导三教归一，因为现实中三教是分离的，而且还互相竞争，所以《西游记》以三家合一为基础原理，希望能够引导三教归一。车迟国斗法胜利后，孙悟空对国王说的是：

望你把三教归一，也敬僧，也敬道，也养育人才，我保你江山永固。

这是作者借孙悟空之口，讲出了想要对当时执政者说的话。僧、道代表了佛道二教，而人才指的就是儒教。儒教是入世的代表，为官执政者多数都可归入儒教。当然，人才也可作更宽泛的理解，法家、墨家、兵家、阴阳家、农家、医家、名家、纵横家等都可以归入人才的范围，所以此处的人才也可以指代佛、道两教之外的百家。车迟国斗法讲的是佛、道两教的争斗，本没有儒教什么事，为什么结束后要把儒教扯进来呢？就是因为作者在全书的写作中始终坚持着三教归一的主张。现实中三教相争，除了在理论上侧重点看似有所不同之外，最主要的目的还是争夺社会资源，而社会资源的核心在于皇权，此处从君王的角度上讲，希望君王能够把三教归一，更好地为社会服务。

唐僧师徒在隐雾山遇到豹子精时，孙悟空说：

李老君乃开天辟地之祖，尚坐于太清之右；佛如来是治世之尊，还坐于大鹏之下；孔圣人是儒教之尊，亦仅呼为夫子。

这是孙悟空斥责妖精之语，本来随便指责两句就可以了，但作者却是有板有眼地把三教的代表人物都捧出来。三教并举，也是表明三家并重之意，同时也表明谦虚是三家共有的品格。

另外,《西游记》的情节设计中也体现了三教归一的内容。首先来说，取经这项事业就是在三教的共同支持下完成的。取经之所以能够闯过九九八十一难，除了唐僧师徒自身的努力之外，也离不开灵山（佛教）、天庭（儒教）、兜率宫（道教）的帮助。其次，在取经队伍中，三位徒弟孙悟空、猪悟能和沙悟净分别代表了佛教、儒教与道教（理由详见后文）。另外，就《西游记》的故事设计而言，在西天取经这条主线之前还有三条支线，分别是孙悟空的故事、唐太宗的故事与陈玄奘的故事，这三个故事分别对应代表了道教、儒教与佛教。玄奘法师前世为如来佛的二弟子，一出生就被和尚收养，长大后即落发为僧，代表的是佛教。儒教是治世的力量，唐太宗作为皇帝，他的故事代表儒教。孙悟空的故事代表道教。孙悟空的身份在《西游记》中是有变化的，其在取经过程中通常是佛教的代表，而在取经之前却是道教的代表。

这一细节书中曾有两次提及，一次是孙悟空向三星求助时：

寿星道："我闻大圣弃道从释，脱性命保护唐僧往西天取经，遂日奔波山路，那些儿得闲，却来耍子？"

另一次是通过太乙救苦天尊之口：

行者朝上施礼，天尊答礼道："大圣，这几年不见，前闻得你弃道归佛，保唐僧西天取经，想是功行完了？"

"弃道从释""弃道归佛"都说明孙悟空在观音菩萨劝服之前是属于道教的。

这样设计取经前的故事铺垫一方面表达了三教归一的主张，同时亦表达了三教之间的区别。西天取经与三教都有关，但三教对于取经的态度是有区别的。玄奘法师取经的原因是因果循环，因为前世轻经，所以这一世要千辛万苦地去取经，取经是他的宿命。唐太宗代表了儒教，其派遣玄奘法师西天取经的目的是为了更好地治理天下，"阴司里无报怨之声，阳世间方得享太平之庆"，取经是出于治理天下的需求，主动想取经。而孙悟空参与取经的原因与他们不同，他是由于被压在五行山下，为了恢复自由而取经，是不想取经的取经，符合道家的理念。

不仅主角如此，故事中的配角也有三教之分，最典型的就是牛精。《西游记》中的牛精给人印象深刻，每次牛精出现，都是孙悟空无法自己战胜的，要寻求外援。故事中共有三次收服牛精的大战役，第一次是青牛精，第二次是牛魔王，第三次是犀牛精。青牛精是太上老君收服的，是道教之牛；牛魔王最终归顺佛家，是佛教之牛；三只犀牛精是天庭派四木消灭的，是儒教之牛。

六 东西合璧

在一部如此精彩的小说中能够把三教融合在一起实在是一件了不起的事，但《西游记》所做的不止于此，它甚至可能还融合了西方文化，其中有些内容似乎与基督教有关。

1. 比赛求雨的故事。在车迟国时，唐僧师徒与三位国师之间就求雨之事比试斗法，这一桥段在《圣经》中有类似的故事。耶和华的先知以利亚一人与异教神巴力的先知四百五十人比赛求雨，巴力的先知们先求无果，而以利亚求得了雨，获得了国王的信任（《旧约·列王记上》）。

2. 捕鱼的故事。《西游记》中袁守诚通过卜卦告诉张稍在哪里捕鱼会丰收，致使泾河龙王恐慌。《圣经》中耶稣乘坐渔船，发现渔夫一整天都没有捕到鱼，就指给他们捕鱼的地方，使渔夫满载而归。

3. 十二月二十五日。在凤仙郡求雨的故事中，玉皇出巡的日子为十二月二十五日，恰好是西方的圣诞节。虽然《西游记》中所用的日历应为农历，与圣诞节不是一天，但这一日子的选择似乎也有混淆之意。现在人们普遍认为民间传说玉皇大帝出天庭的时间就是十二月二十五日，但很难说这一传说是否早于《西游记》。

4. 立帝货。在乌鸡国时，为了劝说太子，孙悟空变成了一个二寸长的小和尚，自己取名叫“立帝货”，能“上知五百年，下知五百年，中知五百年，共一千五百年过去未来之事”。关于“立帝货”这个名字的含义一直难以解释，有人认为此处是刊印错误，“立帝货”应为“立帝贸”，是英文 Redeemer 的音译，而这个英文单词所指的正是耶稣。他能知一千五百年的事，而《西游记》成书时间也大致在公元一千五百年左右，就《西游记》所选取的时代背景而言，应为公元六百多年，前面已经过去了一个五百年，后面还有一个五百年，此时正处于中间的五百年。在这段故事中，《西游记》特意通过太子之口讲到：

> 自古以来，《周易》之书，极其玄妙，断尽天下吉凶，使人知所趋避，故龟所以卜，蓍所以筮。

"立帝货"能知一千五百年，而《周易》的推演却是没有时间限制的，将二者放在一起来讲，似有将东西方文化进行比较之意。

5. "圣经"的称谓。《圣经》是基督教的经典,《西游记》中有两次使用"圣经"这一称谓：

圣经云："出其言善，则千里之外应之；出其言不善，则千里之外违之。"（第八回）

圣经云："父母在，不远游，游必有方。"（第二十七回）

第一次所指的是《易经》，第一次所指的是《论语》。这两部经典在我们中华文化中确实可称为"圣经"，但却很少有人这样称呼,《西游记》如果是在基督教已经传入中国的背景下有意使用这一称谓，那作者的用意就比较明显了——西方有西方的"圣经"，中国有中国的"圣经"。

6. 在第一回中美猴王向菩提祖师求道的时候，他来到斜月三星洞不敢敲门，在洞外松枝上玩耍，随即便有一仙童主动开门来接他。这一桥段可以从很多角度解读，而对于熟悉《圣经》的人来说可能最先想到的就是"他们尚未求告，我就应允。(《旧约·以赛亚书》)"

故事情节相似在文学史上实属常事，而且各种文化之间有许多内容是相通的，上述内容有可能只是巧合，仅依此说《西游记》有意借鉴基督教的文化有穿凿附会之嫌。但从时间上说,《西游记》于万历二十年刊印，此时基督教已经传入中国。《西游记》中能够找到这么多与基督教有关的元素，不排除此书的作者有关于这方面的考虑。其或许是想促进东西方文化的融合，故将这些元素融入故事中；也可能有对于外来文化影响的担忧。其把立帝货的形象描述为一个二寸长的和尚，如果说指的是耶稣，那么写错了，因为耶稣并非和尚的形象。如果作者已经知道《圣经》，却仍把中华经典称为"圣经"，那可能又是在故意混淆视听。这些也可能是《西游记》的错写之笔，用以影响西方文化在中国的传播。但不管作者真实意图如何，如果其确能把各种文化元素不留痕迹地融合在一起，变成一个完整的故事，单从文学角度上来说，已足以让我们叹服！

孙悟空的故事

一 孙悟空的原型

许多小说中的角色都是有其原型的，孙悟空也不例外。孙悟空这个角色在现实中有多个可与之对应的原型。

（一）悟空禅师。唐代僧人，本名车奉朝，曾经去印度取经，时间上晚于玄奘法师，善使一条三十六斤的熟铁棍。故事中的孙悟空与他有三点关联之处：

1. 他们都有西行取经之举。

2. 孙悟空是唐僧的弟子，自然是晚辈，而悟空禅师也可以算是玄奘法师的晚辈。

3. 孙悟空的金箍棒与悟空禅师的武器熟铁棍很相似。

（二）石磐陀。玄奘法师取经途中所收的印度弟子，是玄奘法师西行的向导，在取经途中曾经想杀死玄奘法师。孙悟空与他也有三点关联：

1. 他们都是玄奘法师西行途中所收的弟子。

2. 他们在取经途中都曾经想杀死玄奘法师。

3. 孙悟空为“猢狲”，按照古人的说法，石磐陀为“胡僧”，“胡僧”与“猢狲”的发音有些相似。

（三）无支祁。传说中大禹治水时所收服的妖精，长得像猴子，火眼金睛。孙悟空与他的关联有两点：

1. 他们都是火眼金睛的猴子。

2. 无支祁与大禹有关，而孙悟空的金箍棒是大禹治水时留下的，说明孙悟空也与大禹有关；另外传说中大禹和他的儿子启都是从石头里生出来的，而孙悟空也是从石头里蹦出来的。

（四）六祖惠能。除了上述原型之外，从“悟空”这个名字和书中的其他交代来看，其原型中成分最多的其实是佛教禅宗六祖惠能。

1. 时间上合理。惠能法师亦是唐朝人，晚于玄奘法师，二者在时间上符合师徒的设定逻辑。

2. 孙悟空名“悟空”，悟空本意就是要悟得空性，而六祖惠能在佛教禅宗当中以悟空性著称，《六祖坛经》当中对于空性有极为精深的论述。

3. 孙悟空又名“行者”。佛教中修行之人均可称“行者”，“行者”亦是对惠能的称呼。《六祖坛经》记载，惠能刚承继衣钵之时，众僧追寻，欲夺衣钵。后来有一僧名为惠明追上了惠能，他当时说的是“行者！行者！我为法来，不为衣来”“望行者为我说法”。悟空与行者是内外两个方面，内在思想上悟空性，外在表现上为行者。

4. 二者均与《金刚经》有密切关系。猴王求道时拜须菩提祖师为师，须菩提长老是《金刚经》中除佛以外最重要的角色，可以视为《金刚经》的代表。六祖惠能系因《金刚经》而开悟的，猴王以须菩提祖师为师，说明两者的智慧来源是相同的。《金刚经》有多个译本，流传较为广泛的是鸠摩罗什的译本，而玄奘法师也曾翻译过《金刚经》，所以孙悟空以唐僧为师与惠能因《金刚经》而开悟之间亦有一定的关联性。

5. 小说中运用了六祖见五祖时的桥段。第二回写猴王求道时的情节是这样的：

祖师闻言，咄的一声，跳下高台，手持戒尺，指定悟空道：“你这猢狲，这般不学，那般不学，却待怎么？”走上前，将悟空头上打了三下，倒背着手，走入里面，将中门关了，撇下大众而去。……原来那猴王，已打破盘中之谜，暗暗在心，所以不与众人争竞，只是忍耐无言。祖师打他三下者，教他三更时分存心，倒背着手，走入里面；将中门关上者，教他从后门进步，秘处传他道也。

这里的故事所运用的正是六祖见五祖时的桥段。五祖弘忍欲向六祖惠能传道之时，为了不让他人知道，就是只用杖敲了三下，其他什么也没说，但六祖已经领悟，于是半夜到五祖方丈室中求道。菩提祖师向孙悟空传道与五祖向六祖传道的情节十分相似，二者都是通过打哑谜的方式传递信息，时间都是在半夜众人熟睡之际，地点都是在老师的房间。

6. 故事中山洞的名字。“菩提”可以理解为智慧，祖师名字先为“须菩提”，为《金刚经》中的人物，后为“菩提”，已由人物转换为智慧。猴王拜访菩提祖师所到的地方是“灵台方寸山，斜月三星洞”，“灵台”“方寸”都是心的代称，“斜月三星”则是“心”字的形状，这些名字指代的都是心，所以这个故事的意思是说菩提祖师在“心”里，孙悟空到“心”里来寻找“菩提”祖师。六祖惠能讲过：“菩提只向心觅，何劳向外求玄。”作者费尽周折所安排的求道其实要表达的就是这层意思。表面上是到“灵台方寸山，斜月三星洞”访得菩提祖师，其实是在讲智慧返求于心。所以最后在猴王离开菩提祖师的时候，特别强调“只说是我自家会的”，智慧乃向心中觅得，当然是自家会的。

7. 故事中角色的提示。除了孙悟空之外，六祖惠能在小说中还有另一形象，在第一回就出现了。孙悟空在上山寻找菩提祖师时首先遇到了一位樵夫，这位樵夫在故事中的作用只是为孙悟空指路，按说不用介绍得很仔细，但书中却在这一角色身上花费了不少笔墨。除了通过樵夫之口所唱之词、樵夫与孙悟空之间的一系列对话之外，书中对于这位樵夫的形象也进行了详细的描述：

头上戴箬笠，乃是新笋初脱之箨。
身上穿布衣，乃是木绵捻就之纱。
腰间系环绦，乃是老蚕口吐之丝。
足下踏草履，乃是枯莎搓就之爽。
手执衡钢斧，担挽火麻绳。
扳松劈枯树，争似此樵能！

从讲故事的角度来说，樵夫这一角色虽较为关键，但并非十分重要。作为一位指路的向导，明确其身份也就可以了，为什么还要如此详细地描述其装束呢？因为作者是在通过对其形象的描述来表明角色的真实身份，这段描述其实是一个字谜！

樵夫头上的形象是“新笋初脱”，是竹笋刚从地里冒出来的样子，其所喻为“惠”字的顶部。木绵常为制作袈裟的原料，身穿木绵纱指的可能是袈裟，暗示其和尚的身份。腰间的环绦用的是蚕丝，这其实不太符合樵夫的身份，为什么要这么安排？蚕即是虫，环绦系在腰间就是在“虫”字中间加一横，这正是“惠”字中间的部分。草鞋的形状可以说与“心”字有几分相似，其所对应的是“惠”字的底部。“手执一钢斧”的描述既符合樵夫的职业特点，也与“惠”字中间的一横一点形状相似。这样一来这段介绍从上到下讲出了一个“惠”字，而结尾一句最后一字恰好为“能”字，二者加起来就是六祖的法号“惠能”。

樵夫与菩提祖师是邻居，孙悟空问他为什么不随祖师去修行，他答因有老母在堂，无人奉养，不能出家，孙悟空称其为孝子，“向后必有好处”。惠能出家前就是一位樵夫，想要前往黄梅学法，但因有老母在堂而离不开，幸遇好心客商赠送十两银子回家供奉母亲，因此成行。从描写手法上来说，《西游记》此处的孙悟空与樵夫都是惠能，孙悟空是出家的惠能，樵夫是在家的惠能，作者的意思是无论当时惠能做出怎样的选择都不影响其最后的福报。

惠能的形象在故事的后期还出现过一次，就是在隐雾山遇到豹子精的时候。唐僧被妖精绑在后园，发现园中还有一位樵夫。这位樵夫有老母在堂，只他一人奉养，这个樵夫所隐喻的也是六祖惠能。虽然两个樵夫在故事中相差八九百年，但所指代为同一人。这里再次安排惠能出现，有对前文回应之意。在第一回中，作者说惠能无论出家还是在家都会很好，出家的孙悟空已经成仙了道，那在家的惠能如何呢？依然是个孝子，在家侍奉母亲。但不修行还是有问题的，不能把命运掌握在自己手里，因为樵夫只是个普通人，被妖精拿在洞中差点吃掉。当然，由于他遇到了孙悟空（出家的惠能），得到搭救，应验了前文中

“向后必有好处”的说法。

对于某些元素,《西游记》在前文中运用一次后，其在后文中还会再次运用，这是《西游记》三种特有笔法的第二种，笔者称其为再现之笔。两次遇到樵夫的设计就是再现之笔，相似情节再次出现时，其与前面所使用的元素看似相同，但意思已经有所不同。两次悟空遇樵夫的情节都表达出这样的意思：谁能够帮你——只有你自己。无论是樵夫帮助悟空，还是悟空帮助樵夫，其所表达的都是这样的含意。而

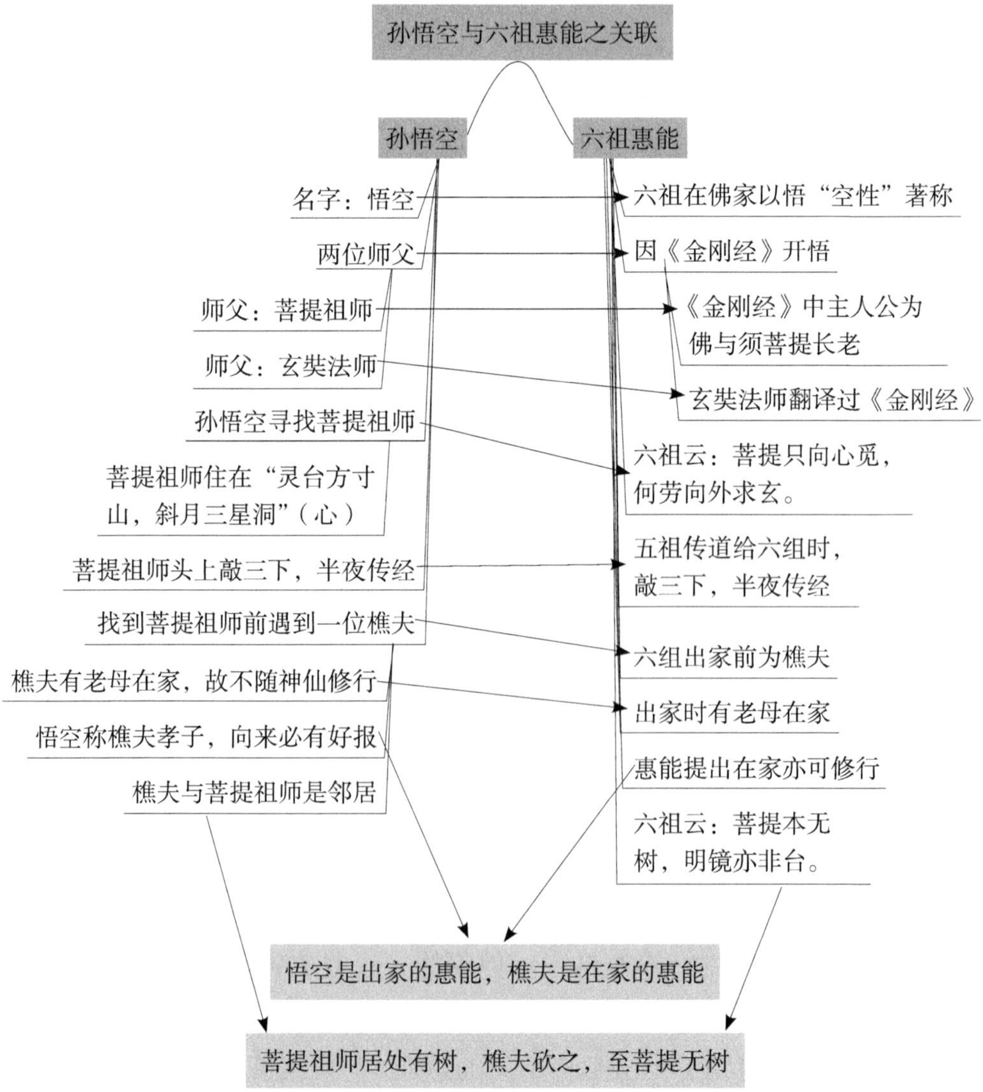

孙悟空与六祖惠能之关联

孙悟空

六祖惠能

名字：悟空

六祖在佛家以悟“空性”著称

两位师父

因《金刚经》开悟

师父：菩提祖师

《金刚经》中主人公为佛与须菩提长老

师父：玄奘法师

玄奘法师翻译过《金刚经》

孙悟空寻找菩提祖师

六祖云：菩提只向心觅，何劳向外求玄。

菩提祖师住在“灵台方寸山，斜月三星洞”（心）

菩提祖师头上敲三下，半夜传经

五祖传道给六组时，敲三下，半夜传经

找到菩提祖师前遇到一位樵夫

六组出家前为樵夫

樵夫有老母在家，故不随神仙修行

出家时有老母在家

悟空称樵夫孝子，向来必有好报

惠能提出在家亦可修行

樵夫与菩提祖师是邻居

六祖云：菩提本无树，明镜亦非台。

悟空是出家的惠能，樵夫是在家的惠能

菩提祖师居处有树，樵夫砍之，至菩提无树

两者不同之处在于：樵夫指引孙悟空找到菩提祖师，是在家的惠能帮助了出家的惠能；孙悟空在隐雾山救樵夫，是出家的惠能搭救了在家的惠能。

隐雾山樵夫获救回家后请唐僧师徒吃了一顿非常丰盛的素宴，素食菜肴达几十种，作者为什么要安排这样的情节？这个情节可能是在暗喻惠能混迹四会猎人中引导猎人吃素的故事。惠能经五祖传衣钵后，不为众僧接受，逃回广东，混迹于四会猎人中间十五年，猎人所狩猎的动物经常被惠能放生，然后惠能做了很多素菜，让猎人们“但吃肉边菜”。作者此处列举这么多素菜，不是在介绍素菜知识，其所暗指的就是这一典故。

小说的作者对于主角的倾注一定是最多的，如果作者对于六祖惠能不是发自内心的崇敬，不会把这些形象刻画得如此到位。尽管《西游记》对于故事中的佛教人物多有戏谑之意，但其以惠能为原型创造了孙悟空这个角色，充分说明了作者对于真正的佛家大师之敬仰。

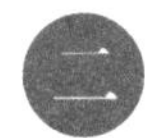

二 菩提祖师的身份

菩提祖师在《西游记》中是一个非常神秘的人物。他是孙悟空的师父，只传了一部分本领给孙悟空，就已经造就了一位大闹天宫的英雄，说明其法力无比高深。以菩提祖师的法力，加上“祖师”的名号，他似乎应当是与如来佛、太上老君等同等段位的神仙，但他似乎又没有什么影响力，蟠桃会的名单中根本没有他的名字。在猴王求道之后，菩提祖师未再出现；书中说祖师门下出去的弟子不计其数，但孙悟空四海闯荡却没碰到过一个师兄弟，这些都引发了读者的许多猜想。

有人认为菩提祖师的徒弟不仅有孙悟空，还有猪八戒。菩提祖师在传艺给孙悟空时说他有两套本领，一是三十六般变化，一是七十二般变化，孙悟空所学为七十二般变化，而猪八戒的本领就是三十六般变化，恰好是祖师所提到的另一套本领，容易令人产生联想。由于孙悟空与猪八戒的兵器都是太上老君所造，如果说菩提祖师是太上老君的化身，其以祖师的身份传授本领给孙悟空和猪八戒，又通过另外的渠道把量身打造的兵器交给他们，也是有一定合理性的，故有人认为菩提祖师是太上老君的化身。

也有人认为菩提祖师是如来佛的化身，主要依据有二：一是祖师所在的地方为西牛贺洲，那里是如来佛的地盘，在同一块地盘上有两位法力无边的大神是不正常的，而如果二者同为一人则十分合理。二是孙悟空在压龙山向狐狸精下拜时自言自语地说过，他一生只拜过三个人，如来佛、观音菩萨与唐僧。但从书中交代的情节来看，他所拜过的人是菩提祖师、观音菩萨和唐僧三人，他虽被如来佛降伏，但在这个时候还没有拜过如来佛，所以这样一来，菩提祖师所对应的自然就是如来佛。虽然孙悟空求道时曾经承诺过不把菩提祖师的事情说出来，但在压龙山时孙悟空的话是内心的独白，并非说给别人听的，所以他所说的话可信度是没有问题的。

上述说法都有一定的道理，但如果从作品中的表达来分析，或许会有不同的结论。分析菩提祖师的身份，可以先从名字入手。书中介绍菩提祖师的名字共有三次，第一次称为“须菩提”，后两次则只称“菩提”。

樵夫道：“不远，不远。此山叫做灵台方寸山。山中有座斜月三星洞。那洞中有一个神仙，称名须菩提祖师。（第一回）

见那菩提祖师端坐在台上，两边有三十个小仙侍立台下。果然是：

大觉金仙没垢姿，西方妙相祖菩提；
不生不灭三三行，全气全神万万慈。
空寂自然随变化，真如本性任为之；
与天同寿庄严体，历劫明心大法师。（第一回）

话表美猴王得了姓名，怡然踊跃；对菩提前作礼启谢。（第二回）

须菩提长老是《金刚经》中的主角人物，是佛的弟子之一。他在佛的弟子中悟空性第一，是佛教的代表人物。如来佛在西牛贺洲，所以如果是佛的弟子也在西牛贺洲是完全合理的。而且须菩提长老也是修为很高之人，说他有极高深的法力也是比较合理的。这样看来，他应当是佛教的人物，但从另一个方面来看，他又像是道教的人物。《西游记》中对于菩提祖师的形象没有直接描述，但猴王到菩提祖师处学道时，为其开门的是一位道童。美猴王上山遇樵夫时，樵夫告诉他神仙教给他的是《黄庭经》，亦为道教经典。身边的童儿是道童，对外传扬的是道教经典，再加上后文中太乙天尊等人讲孙悟空“弃道归佛”之语，那么似乎菩提祖师应是一位道士才较为合理。另外，如果从菩提祖师教授孙悟空的情况来看，其所运用的似乎又是典型的儒教的方法。作为老师，其对于一只前来求学的猴子亦不拒绝，体现了“有教无类”的理念；教授孙悟空时先用七年时间让他学习洒扫应对，是在学“礼”，正是儒教的本门功课；祖师在传授时首先并没有告诉孙悟空要学什么，而是先点醒他不该学什么，与儒家经典《论语》的理念是高度一致的，在学之前先明确不该学什么[①]；教筋斗云是根据孙悟空的个人情况量身设计的，体现的是儒教因材施教的理念。综合以上三个方面来说，菩提祖师是一个糅合了三教元素的人物。

就菩提祖师的身份而言，其实未必非要将其视为故事中某个角色的化身，“菩提”是梵语，可以理解为智慧，而菩提祖师出现在这里，其所代表的就是智慧。书中第二回的篇目为“悟彻菩提真妙理　断魔归本合元神”，很明显地指出这一回在讲如何悟得智慧。虽然故事情节讲的是如何找到菩提祖师，但作者真正的意思是引导人去领悟智慧。菩提祖师虽以人物形象出现，但其寓意是无形的智慧，故书中对菩提祖师的形象和服饰都没有直接的描述，以免禁锢读者对这一形象的想象。书中将“须菩提”转换为“菩提祖师”，相当于借佛教人物的身份出场，但一出场就马上转换了角色。其虽借佛教人物的名字出现，却有着更多道教的元素，行事风格又合乎儒教的理念，这样安排真正意义不在于展示人物，而是把他作为智慧的化身。

菩提祖师居住在“灵台方寸山”“斜月三星洞”，这一安排深藏玄

① 此观点详见《论语新裁》，世界图书出版公司 2023 年出版。

机。“灵台”“方寸”“斜月三星”都是“心”的代称，所以人们会将这个桥段的安排理解为菩提祖师住在心中。猴王到灵台方寸山寻找菩提祖师，即是向心中觅得菩提之意。理解到这一层面尚未触及作者思想的核心，此处的“心”所指的到底是什么，这才是问题的关键。《西游真诠》说：“以此心为天地之心则可，以此心为人心之心则失之远矣。”《西游原旨》中也持这一观点。但什么是“天地之心”呢？笔者认为，“灵台方寸山”即“心山”，“斜月三星洞”为“心洞”，虽然两者所指代的都是心，但并非指同一个“心”。山为有形之物，“心山”为阳，是为有之心；洞乃中空之物，“心洞”为阴，是为无之心。既要明有之心，又要悟得无之心，方为菩提。“斜月三星洞”是位于“灵台方寸山”之中的，这个心不同于前一个心，而是“心中之心”，或许这就是作者所讲的“菩提”之所在。

 术流静动在讲什么

拜师之后，看故事的人都急于让孙悟空快些学到本领，但作者却先安排孙悟空跟着师兄们学了七年的洒扫应对。这七年的学习对于读者来说很容易忽略，但对孙悟空来说却是很重要的，因为这七年当中他所学的是礼，也就是为人处世的基本规则。如果没有这一基础，也就没有孙悟空后来的成就。

学礼之后，菩提祖师讲道时，孙悟空识得妙音，于是祖师问他来了多长时间了。

悟空道：“弟子本来懵懂，不知多少时节。只记得灶下无火，常去山后打柴，见一山好桃树，我在那里吃了七次饱桃矣。”祖师道：“那山唤名烂桃山。你既吃七次，想是七年了。”

此处使用七这个数字，有七日来复之意，按《易经》变化之法，由《乾》卦开始，每一阳爻依次变为阴爻，经六次变化之后即为《坤》

卦，而《坤》卦第一爻再变化为阳爻即是第七次变化，此即是地雷《复》卦。

这里为什么会出现一座烂桃山呢？如果单从故事情节设计上来说，菩提祖师居于灵台方寸山，孙悟空去山后打柴、吃桃都很容易理解，为什么要给山后之地特别加上一个“烂桃山”这样的名字呢？《西游记》不轻易用名，“桃”是“逃”的谐音，美猴王学道的目的就是要逃离生死，一山好桃树是在比喻人们会接触到许多种看似不错的逃离生死之法。而山名“烂桃”说明那些其实不是好桃，不是正确的逃离方法，也是别人用过的腐烂方法，所以称之为“烂桃”。在烂桃山吃过七次饱桃，意思是已经把别人的所谓长生之法都试过了，但均不可行，所以才回到菩提正道上来。也正因为他已经尝试过了那些方法，菩提祖师才认为他可以进一步修行了。人如果不知道什么是不好的，也就很难知道什么是好的，此处的烂桃与后来蟠桃园的仙桃形成了鲜明的对比。

在祖师问孙悟空想学什么的时候，孙悟空的回答很妙，他说的是“但凭尊师教诲，只是有些道气儿，弟子便就学了”。这个回答正是道家理念的体现——不要之要。孙悟空求道的目的非常明确，就是要求得长生之法，但当祖师问他的时候却不直接说，只是委婉地说“只是有些道气儿”就行，这就是中国人的智慧。但随后祖师提出术、流、静、动四门之时，孙悟空却是毫不犹豫地拒绝了，这就是不要之要。想要的是什么心里很清楚，但嘴上不能说出来，因为说出来就不合适了。但不说出来不等于不表达出来，所以祖师所提出的东西只要不能长生的一律不学。人真正的态度是通过行为表现出来的，而不是通过语言。什么都直说层次就太低了，效果也通常不好。孙悟空此处的表现说明其已经深通人情事故了，与遇见樵夫时直来直去的状态已经不一样了，会这样回答问题正是其七年学礼的结果，有了此处的铺垫，其在后文中能够猜破菩提祖师的哑谜也就是理所当然的了。

祖师所提到的术、流、静、动四门，内容分别如下：

术字门：请仙扶鸾，问卜揲蓍，能知趋吉避凶之理；

流字门：儒家、释家、道家、阴阳家、墨家、医家，或看经，或

念佛，并朝真降圣之类；

静字门：休粮守谷，清静无为，参禅打坐，戒语持斋，或睡功，或立功，并入定坐关之类；

动字门：有为有作，采阴补阳，攀弓踏弩，摩脐过气，用方炮制，烧茅打鼎，进红铅，炼秋石，并服妇乳之类。

作者此处把术、流、静、动四门拿来讨论目的是什么呢？笔者认为其作用有二：一是纠正，二是比较。

菩提代表智慧，作者在此处通过菩提祖师之口提出术、流、静、动四门皆不能长生，意在告诉人们，这些都不是真正的智慧。长生不老是《西游记》作者本人也没能做到的事，所以对于其中的所谓长生之法不必太过当真，但从读书的角度来说，理解作者的意思仍然是有价值的，其有利于对于中华文化的传承。笔者并不懂长生之法，此处仅依书中所写试着解读一下作者之意。此处的论述所围绕的核心问题只有一个——能否长生，作者所划分的术、流、静、动四门是有着清晰的逻辑关系的。

首先说术字门，在谈到这一门时的说法与其他三门不同，其他三门均用了一个比喻，而对于术字门则没有。术字门的本领是预测，预知未来对于我们来说虽然是神奇的，但明显不具有长生的功效，不需要进一步解释，所以作者没有打比方。既然这一门明显与长生不沾边，作者为什么还要提到它呢？这就要结合全书来看才能理解作者的用意。《西游记》与《易经》是有着很深的渊源的，在乌鸡国时就借太子之口称赞《周易》极为玄妙。从某种角度上来说,《西游记》就是在讲《易经》，但世人常常把《易经》只是当作算命占卜之书，所以作者在此处其实是在告诉人们，不要把《易经》只当成卜卦之术，如果仅是那样的话就会忽略其真正的价值了。

对于流字门，初看之下似乎是作者把诸子百家都罗列其中，但并非如此，作者只列举了六家，而没有在后面加上“等”“之类”等语，所采用的是一种穷尽列举的方式。为什么这样做，因为这六家当中儒、释、道三家是本书探讨的重点，而另外三家则是与“长生”这一主题有一定关系的。阴阳家的理论中有养生的内容，认为人应当保持阴阳平衡，可以说与“长生”有关。医家本就是专注于人身健康的，也可以说是与“长生”有关。墨家在中国古代是很注重科技的，科技的发展对于人的健康是有帮助的，那么人是否可以借助科技的力量而长生呢？比方说当人体的器官、组织出现老化、病变的时候，如果能够通过科技进行移植、更换，那么人有没有可能长生呢？所以从这一角度来说，科技与“长生”也是有关的。美国学者在《未来简史》中就提到，将来的人们借助科技的力量是可以“永生”的，但《西游记》并不赞成这一观点。就算人类的科技发展到了出神入化的地步，但人类的生存仍然离不开的是地球，离不开空气，离不开水，离不开阳光，当地球毁灭、太阳毁灭，甚至整个银河系都毁灭的时候，人类即使有再强大的科技也是没有用的，这其实就是作者所谓“壁里安柱”之意。各流派均有自己的一套理论支撑，能够起到一定作用，但这一支撑却并不长远，当整个理论体系坍塌的时候，这个支撑一样要倒。而百家当中其他如兵家、纵横家、法家等理论本身就不涉及这一领域，所以此处完全没有提及。

对于静字门，作者喻其为“窑头土坯”，比“壁里安柱”的境界要进一步。作者此处所列举的“休粮守谷……入关坐定”等内容有一个共同之处——仅靠个人修炼，系通过自己的内在修炼来追求长生。这些练功之法有没有作用呢？应当说是有用的，其在修身养性、益寿延年等方面都是有帮助的，但能否实现长生呢？恐怕不行。从作者的评价来看，他认为这种修炼不够坚固，尚达不到有恒的境地，想籍此长生亦是不可能的。

而对于动字门，作者认为其境界又高一层，比喻为“水中捞月”。水中虽捞不到月亮，但是可以看得到的，在程度上又进了一步，因为前面尚未达到能看到的境界。动字门可以看到长生的要诀，这一点非常重要，了解这当中的含义，我们才能理解作者在后面所讲的“金丹之道”到底是什么。所以，我们应当重点发掘一下，在这一境界中可以看到什么？对于动字门，其中所记载的都是道教的一些功法，这些功法都有一个共同特点——借助外界的因素，这是动字门与静字门最显著的区别。这样看来，作者或许认为长生之法不能仅靠内在修炼，也要注重向外而求。但此处所列举的功法也是道教流传下来的功法，作者意为这些方法也还是不对的，但至于真正该求什么、怎么求，此处并没有讲。此处所隐含的意思就是，要想长生，不能仅靠个人内在修炼，还需向外求索。从全书的逻辑来看，如果作者在书中讲了这方面的内容，那么其应当蕴含于孙悟空悟道与唐僧成佛的故事中。此处作者所做的是“破”，而“立”的内容则是在后文当中。

作者罗列出上述内容首先是在纠正人们的固有观念，这些东西在元明时代的生活中应当是较受重视的，就当时的社会教育水平而言，能够学到这些东西已经比较难得，但作者却在此告诉人们，那些并不是真正的智慧。

除此之外，在评述这四门的过程之中，作者还不动声色地做了一件事——对佛道两教的修炼之法进行了比较。在介绍流字门时，作者将佛、道两教一并列出，同时也还列明了其他诸家，说各家均达不到长生的境界，这是在讲佛道两教都有这一层次上的内容。在介绍静字门时，作者也同时提到了佛、道两教的修炼方法，“休粮守谷，清静无为”“睡功”“立功”指的是道教的功法，“参禅打坐，戒语持斋”“入定坐关”指的是佛教的功法，两教的功法仍都不行，但在这一层次上也都是有的。而在介绍动字门时，则只有道教的功法，没有佛教的功法了。虽然道教的功法仍达不到长生的境界，但有更高一层的东西，而佛教则没有这一层次的功法了。这样看来，虽然佛道两教都没有真正的长生之法，但道教似乎更进一步。

这样不动声色地拿佛教与道教进行比较，其实在《西游记》中还有。在驼罗庄遇红蟒时，通过庄众对此前除妖经历的讲述，拿和尚与道士进行了一番比较。

那个僧伽，披领袈裟。先谈《孔雀》，后念《法华》。香焚炉内，手把铃拿。正然念处，惊动妖邪。风生云起，径至庄家。僧和怪斗，其实堪夸：一递一拳捣，一递一把抓。和尚还相应，相应没头发。须臾妖怪胜，径直返烟霞，原来晒干疤。我等近前看，光头打的似个烂西瓜！

那道士：头戴金冠，身穿法衣。令牌敲响，符水施为。驱神使将，拘到妖魑。狂风滚滚，黑雾迷迷。即与道士，两个相持。斗到天晚，怪返云霓。乾坤清朗朗，我等众人齐。出来寻道士，淹死在山溪。捞得上来大家看，却如一个落汤鸡！

虽然和尚与道士都不是妖精的对手，但从表现上来看，和尚惊动了妖精，道士拘到了妖精，道士的手段要更高明一些；和尚须臾被妖精打死，道士却是与妖精斗了一天，说明其法力也比和尚强。所以，两者相比，还是道士略胜一筹。不仅如此，和尚死后，村民们赔了其弟子很多钱，而且弟子还要打官司；道士死后则没有这些麻烦。说明两者的品行也不同。和尚与道士的比较，其实就是佛教与道教的比较，通过上述比较可以看出《西游记》对于两教的态度是有差别的。

四　孙悟空是如何成仙的

孙悟空是如何得道成仙的，这是读者们都很关心的一个问题。

猴王求道访得菩提祖师时，菩提祖师坐在台上，两边有三十个小仙侍立台下。“三十”这个数字在《西游记》中多次使用，为什么弟子的人数刚好是三十个，因为三十乃五六之数，六是《易经》中阴爻的代称，三十所代表的就是五个阴爻，祖师在上为阳爻，加下正面的五个阴爻构成了山地《剥》卦。这一卦出现在求道的故事中是很妙的，求道不是学知识，而是领悟智慧。老子曰：“为学者日益，为道者日损，损之有（又）损，以至于无为。”用这一卦来比喻此后孙悟空求道的经历也十分相似，五阴爻代表五个非智慧的层面，其一开始学习了七年的洒扫应对，并没有学习什么高深的本领，可以对应一阴爻，而后术、流、静、动四门均不学亦可各对应一阴爻，经历了这五阴爻之后，才现出一阳爻，即最后孙悟空所领悟的智慧。作者是在用《剥》卦来解释什么是智慧：一层一层地剥掉，剩下的就是智慧。前面五阴爻所代表的都不是智慧，但智慧又离不开这五个阴爻。

关于猴王求道的成果，人们通常只注重七十二变和筋斗云，其实孙悟空真正得道却是缘于菩提祖师半夜所传。《西游记》把五祖向六祖传道的桥段用在了猴王求道的故事中，在《六祖坛经》中，讲到五祖深夜传法给六祖时，五祖用袈裟遮围，为六祖说《金刚经》，讲到“应无所住而生其心”时，六祖大悟，悟得一切万法不离自性。当时六祖讲道：

何期自性本自清净，
何期自性本不生灭，
何期自性本自具足，
何期自性本无动摇，
何期自性能生万法。

五祖知六祖悟得本性，作偈曰：

有情来下种，
因地果还生。
无情亦无种，
无性亦无生。

而在《西游记》中，此时菩提祖师传给孙悟空的是“显密圆通”一诗：

显密圆通真妙诀，惜修性命无他说。
都来总是精气神，谨固牢藏休漏泄。
休漏泄，体中藏，汝受吾传道自昌。
口诀记来多有益，屏除邪欲得清凉。
得清凉，光皎洁，好向丹台赏明月。
月藏玉兔日藏乌，自有龟蛇相盘结。
相盘结，性命坚，却能火里种金莲。
攒簇五行颠倒用，功完随作佛和仙。

这首诗明显具有道教元素，但却很可能是作者对于《坛经》中上述内容的进一步注解，《西游记》被道教认为是证道之书，这首诗就是全书的关键。孙悟空求道真正的智慧就在这里，与其相比，七十二变、筋斗云都只是技术层面的问题。“显密圆通”一语来自佛教经典，其用在此处代表《西游记》的世界观。《西游原旨》说："显、密、圆、通四字，乃金丹作用之着紧合尖处。"从字面意思解释，显指的是看得见的部分，即是我们依靠感官可以感受的外界；密指暗中存在的部分，即看不见、摸不着，是只能用心去体会的东西；圆表明二者构成世界的整体，完整的世界不仅由可感知的部分组成，还有另外的一部分；通的意思是说二者是交互的，这两部分是相互作用的。2022 年诺贝尔物理学奖颁发给了证明了"量子纠缠"理论的几位科学家，其实"量子纠缠"理论可以说就是"显密圆通"，古人虽未能用科学方法证明，但早就提出了这样的观点。"性命"是儒教的提法，《中庸》讲"天命之谓性"，儒教讲究的就是性命之学。"惜修性命"用在此处可以代表《西游记》的人生观，即人认识到世界的真相之后，安身立命即应如此。"精气神"则是来自道教的提法，《化书》中讲："虚化神，神化气，气化形。"形即是有形之物，也就是"精气神"中的精。牢藏"精气神"则是《西游记》的方法论，也即修炼之法。

这首诗第一句"显密圆通真妙诀"意思是说佛教讲得很对；第二句"惜修性命无他说"意思是儒教讲得也不错；第三句"都来总是精气神"意思是归根结底还是要回到道教的体系中来，此后又以此为基础继续展开讲"休泄漏""得清凉""相盘结"等道教的修炼之法。这首诗的观点与《西游记》的整体理念是高度一致的：主张"三教归一"，但最推崇的还是道教。

这首诗中到底包含着怎样的修炼方法笔者并不清楚，但诗中提出了一个很重要的观点，就是"攒簇五行颠倒用"，这可能也是关于修炼方法的，书中后续的故事其实就是通过取经来解释什么是"攒簇五行"，什么是"五行颠倒"。

五行在故事中由五圣所代表，在故事结尾"五圣成真"时，书中以诗明示：

一体真如转落尘，合和四相复修身。
五行论色空还寂，百怪虚名总莫论。
正果旃檀皈大觉，完成品职脱沉沦。

经传天下恩光阔，五圣高居不二门。

这首诗是对取经团队的定论，其中讲到“五行论色空还寂”，表明唐僧、孙悟空、猪八戒、沙和尚和白龙马五圣所代表的就是水、金、木、土、火五行（关于取经队伍中五人的五行属性后文中有论述），聚在一起就是“攒簇五行”。在中华传统文化中，地图方位为上南下北左东右西，相当于把现代人所使用的地图旋转了一百八十度，位置刚好对调。五行每种元素都有自己的方位，火为南方在上，水为北方在下，木为东方在左，金为西方在右，土在中央（如下左图）。关于什么是“五行颠倒”，我们看一下唐僧师徒的取经队伍是如何安排的就清楚了。唐僧为水，白龙马为火，唐僧骑着马是水在上、火在下，上下颠倒了；孙悟空是金，本应在西方，但却生自东胜神洲，来自东方，猪八戒是木，本应在东方，但其却是在西牛贺洲出现，二人属于左右颠倒了；沙僧为土，土的功用是承载与调和，本应居中不动，但他却是牵马之人，牵马即引领前进的方向，所以这个土由不动变为动，是内外颠倒了（如下右图）。所以，前面讲到“攒簇五行颠倒用”是提出一种主张，而在后续的故事中则是用取经队伍的组合模式对此进行了诠释。

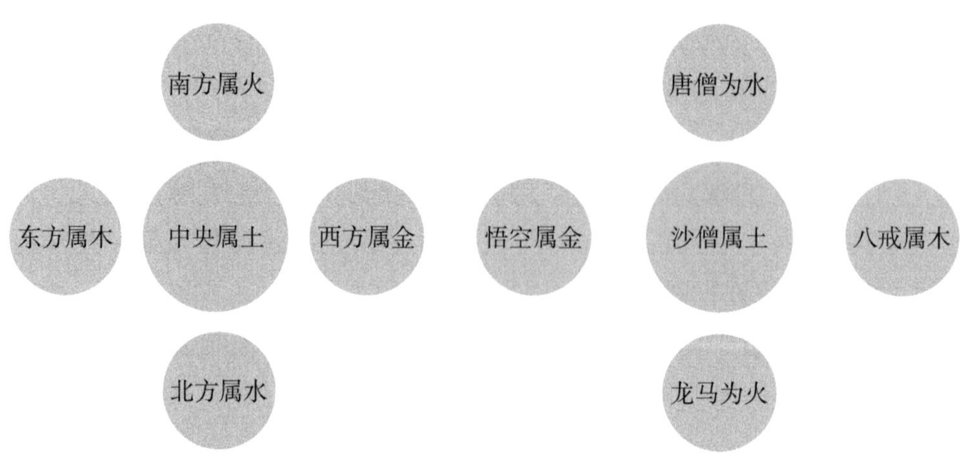

《西游记》中讲：土乃五行之母，水乃五行之源。按照这一理念来说，上面的五行分布图应是这样的：

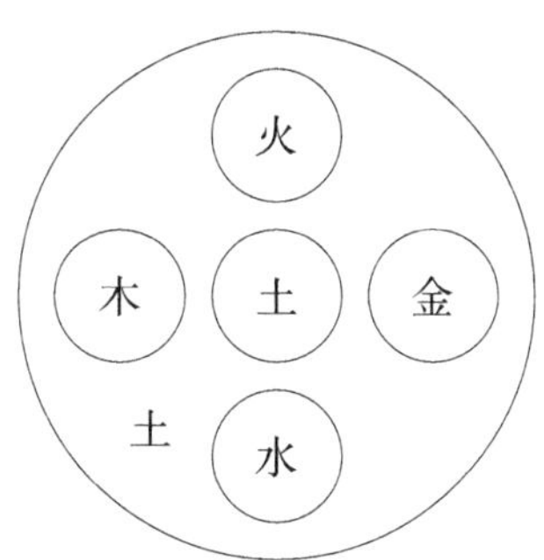

此处的土有两个，一是整个大圆为土，其是五行存在的基础，金、木、水、火、土都是在这一基础之上的存在，这个土在故事中所指的就是大地。灵山的弟子、花果山的妖精、天上的元帅与将军、海中的龙子都降落到凡间，来到大地上，合“土乃五行之母”之意。而五行的中央还是土，这个土就是作为五行中一行的土，而其亦是存在于前面所讲的土之上，因此就形成了土中之土。土中之土用文字来代表就是“圭”字，书中在诗文中经常使用“圭”字来指代沙和尚，说明沙和尚的属性即是土中之土。

西天取经从唐僧出发开始，合“水乃五行之源”之意。抛开土不谈，五行中其他四行相生的顺序是金生水、水生木、木生火，顺序依次为金、水、木、火，其是顺时针的顺序（如下左图）。而书中的安排却是相反的，取经队伍的加入顺序是唐僧、孙悟空、白龙马、猪八戒，四人依次为水、金、火、木，是逆时针的顺序（如下右图）。五行运动的关系始于金与水的关系，由金至水为顺生，由水至金为逆用，恰合五行颠倒的理念。

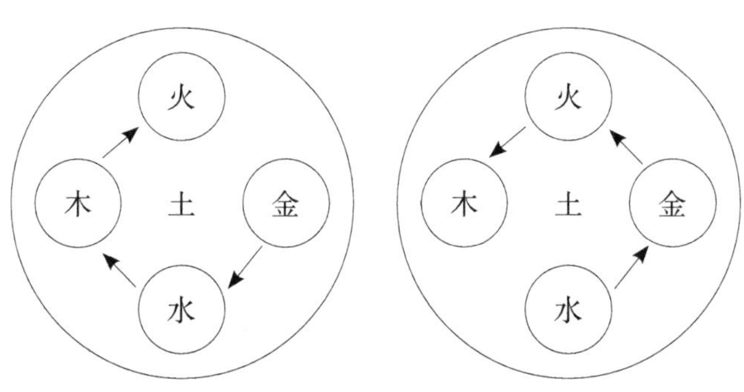

这首诗看完了之后会让人有一个感觉，虽然五行颠倒是作者的核心主张，但其在诗中提出这一观点的时候似乎却有些突然。作为诗来说，这首诗虽然不长，却也已经明显超过了绝句和律诗的长度，常见的诗歌体绝句是四句，律诗是八句，而这首诗有十六句，说明作者对于这首诗不想受到篇幅的限制。由于不受篇幅限制，这首诗较多地采用了回文的修辞手法，如“休漏泄”“得清凉”“相盘结”，这种修辞手法的运用使得诗文内容的逻辑非常紧密，一环环展开，但是到了最后两句的时候却一下子改变了此前的风格，转变得有些突然。既然该诗是整个故事的核心，又不受篇幅限制，应当在讲完“火里种金莲”之后继续展开，最后才归结到“攒簇五行”，而不应转折如此之大。笔者猜想，转折处原本可能还有几句诗文，但被作者故意删掉了，其故意留下一个如此大的跳跃，目的就是要引起读者的注意，引发读者的思考，亦有经不轻传之意。但以《西游记》的风格来看，这几句诗虽然在此处删掉了，但并不会消失，作者很可能把它巧妙地应用到了书中的其他部分，或是以其他方式来表达，留待有缘人自寻。

五 龙王家族的喻意

悟空龙宫借宝时，四海龙王首次出现，他们的名字分别按东、南、西、北依次是敖广、敖钦、敖闰、敖顺，这些名字有什么含义吗？可能有，但作者并未讲明，所以我们只有从书中所表达的信息来进行猜测。故事为角色安排姓氏是没有限制的，所以作者随便讲龙王姓什么都可以，那么选择姓敖有没有特殊意义呢？应该是有的。敖是中国的姓氏之一，相传颛顼（五帝之一）有位老师名为太敖，子孙即以敖为姓。龙是中华民族的图腾，在封建社会中，龙是帝王的代表，皇帝自称为真龙天子，所以龙王家族的身上隐含有皇家的元素。敖姓本就与帝王家有关，用来指代皇帝是比较合适的。据记载，元代《锦归堂敖氏族谱》中就记载了敖广、敖润、敖钦、敖顺四兄弟，与故事中角色名字基本一致。但《西游记》中的人物名字都不是随便使用的，有的角色有名字，有的角色没有名字，有的角色有姓无名，有的角色只有乳名或小名，所有这些安排都是为了整部作品的主题。所以作者使用这四个名字，可能不是因为其与敖家的渊源，而是因为这四个名字符合作品的需要。

为什么设计龙王家族姓敖？在我国古代，龙是皇帝的象征，敖是熬字的上半部，熬字上敖下火，敖即放在火上煎熬之物，龙王以敖为姓所表达的意思可能是皇帝这个位子就是放在火上煎熬的。另外，前文提到傲来国的“傲”字其实是“道”字的一部分，而“敖”字又是“傲”字的一部分，以此推之，作者可能亦有为君王者当循道而为之意。广、钦、闰、顺这四个名字似乎在分别对应历史上的某位皇帝。东海龙王名广，东方为木，其似乎在指代隋炀帝杨广，杨广时期都城在洛阳，属东，杨姓中含木，故其为东海龙王。南海龙王名钦，其似乎在指代北宋最后一位皇帝宋钦宗，南方为离火之位，宋朝以火德立国，又称炎宋，故其为南海龙王。北海龙王名顺，似乎可以对应到元顺帝，是元朝最后一个皇帝，明朝建立政权后，元朝退至关外，史称北元，故其为北海龙王。这三位皇帝的共同特点都是亡国之君，再配以敖姓，说明当皇帝并不见得是好事。关于敖闰所指的是谁，笔者尚未找到可与之对应的现实人物。如果名字的来源是“敖润”，而在书中变成了“敖闰”，或者作者又是在通过错写来引起注意。“闰”字有欠缺之意，闰年、闰月中的“闰”字即是此意，而西海龙王以“闰”为名或许表达的就是这里还欠缺一位。这可能是一种留白的写法，高明的画师在作画时都是留有空间供人们想象，文学作品也是如此，其或许是在提醒明王朝的统治者：这里还空着一个位子哩！

在中国人语言习惯中，如果讲到四个方位，排列顺序一般为“东、南、西、北”或“东、西、南、北”，但孙悟空初到龙宫时，敖广介绍其他三位龙王时说的是“舍弟乃南海龙王敖钦、北海龙王敖顺、西海龙王敖闰是也”，后来战红孩儿请四海龙王帮忙时仍是按这一顺序排列，除去敖广这位兄长之外，其他三人是按照“南、北、西”的顺序排列，显得有些不正常。或许作者暗含的意思就是前三位龙王都是有真实原型的，而只有西海龙王没有原型，故而将其放在最后。

在孙悟空龙宫借宝时，“敖闰”是西海龙王的名字，“敖顺”是北海龙王的名字，但在后面的故事中却反复发生变化。

回目	故事内容	西海龙王	北海龙王	其他情节
第三回	龙宫借宝	敖闰	敖顺	
第八回	观音菩萨收玉龙	敖闰		
第十五回	玉龙变为白龙马	敖闰		
第四十一回	大战红孩儿	敖顺	敖闰	位于半空
第四十三回	黑水河擒鼍龙	敖顺		摩昂出面
第四十六回	车迟国斗法		敖顺	
第七十七回	狮驼国救护		敖顺	
第九十二回	金平府擒犀牛精	敖顺		摩昂相助

故事中同一角色的名字前后矛盾，可能是作者的笔误，人民文学出版社在《西游记》第四版中对此进行了调整，把西海龙王的名字统一使用“敖闰”。应当说这一工作做得非常仔细，但这一做法却可能改变了书中原意，因为作者有可能是故意把名字写错的。书中之所以会出现这样的错写，可能与一位主角——白龙马有关。白龙马的身份本来是敖闰龙王三太子，敖闰是西海龙王，他的身份应为西海太子。而后面故事中出现的西海太子为摩昂，二人均为西海太子，这就有了冲突。虽然从书中称谓来看，二人一个是太子，一个是三太子，似乎是兄与弟之间的关系，其实不然。太子不同于皇子，在封建时期，太子只有一个，是法定的皇位继承人，根本不存在“三太子”之说。这样一来，故事中就有两个西海太子，这是矛盾的。但每次摩昂出现时，书中都明确介绍此时西海龙王为敖顺，这个冲突就自然化解了。

从故事情节来说，白龙马虽是敖闰龙王之子，但他却是被敖闰告上天庭判死罪的，父子之间的关系无疑很复杂。玉龙三太子因观音菩萨保荐而获救，这样一来其与敖闰之间的关系就变得很微妙，如果他再次遇到敖闰，父子之间该是怎样的场景呢？读者或许只是把白龙马当成一种高级交通工具，并不关注他的人格，但作者却没有忽略，西天取经途中各龙王多次出场，但从没有一次让白龙马与敖闰相见。战红孩儿时孙悟空请龙王帮忙，只是在一座山头降雨，本来只请一位就足够了，但是却把四海龙王都请来了。这样小题大做的目的或许就是要借机调整龙王的名字，因为在整个取经过程中西海龙王还没有露过面，而这也是取经途中敖闰唯一一次前来。但书中一直强调四海龙王均在半空之中，而白龙马则是在树林当中，自然就避免了让白龙马与敖闰相见。而当每次摩昂太子出现的时候，西海龙王名均为“敖顺”，表明摩昂与玉龙三太子并非亲兄弟，因此就少了一层纠葛。

龙王家族中另有一位角色可能还包含有其他含义，那就是曾经两次出现、帮了孙悟空大忙的太子摩昂。为什么要起这样一个名字？“摩昂”这个名字按发音合在一起就变成了另一个字——莽。中国历史上其实有一位以此为名的皇帝，但却不被人们认为是皇帝，而是被定性为乱臣贼子，那就是王莽。在历史上，王莽篡位之后，认为中国应当富有四海，而当时已有东海郡、南海郡与北海郡，唯独没有西海郡，于是其积极与西面的民族进行联系。这或许就是西海龙王名“闰”的用意，以及作者为何要将摩昂的身份设置为西海太子的原因。

 孙悟空没有胡“闹”

孙悟空求道有成，开了悟，学会了七十二变，又学到了筋斗云，有了这么大的本事，很多人认为他从此开始了自由自在、任意妄为的生活。孙悟空回到花果山后，大闹龙宫，大闹地府，后来又大闹天宫，给人的印象就是无所畏惧、敢于斗争。这样理解没有问题，但仅仅这样理解是不够的，因为以《西游记》笔法来说，如果只是想表现孙悟空斗争精神的话，是不会在一个问题上花费这么多笔墨的，作者想表达的内容其实很多。表面上看，孙悟空到处去“闹”，似乎是想要破坏天地间的一切秩序，但这并非作者之意，因为孙悟空的“闹”是有章法的。

孙悟空回山后做的第一件事是什么？消灭混世魔王。在孙悟空外

出求道期间，花果山被混世魔王强占，他抢走了花果山的许多石盆、石碗，还抓走了许多小猴。《西游原旨》说混世魔王居住在直北下坎源山水脏府，这个地名所指代的是肾脏，混世魔王代表后天至阴之浊水，与其相对花果山则处于其正南方，乃心君之所在，孙悟空自称为水帘洞洞主表明真水在南；混世魔王全身皆黑，系纯阴无阳之象，孙悟空穿红色衣服，勒一条黄绦，中下踏乌靴，系藏火、地、水三行之象。孙悟空与混世魔王之战中可能确包含有道教修炼之功法，但仅从故事角度来看，孙悟空此时所做的事情同样值得琢磨。孙悟空打混世魔王的目的是倚强凌弱、去冒犯别人吗？不是，他只是要夺回自己的领地，满足自身的生存所需。如果没有花果山，孙悟空和猴群就没有了生存之地，所以孙悟空打杀混世魔王是为了自保，而不是在惹事。

孙悟空回山后做的第二件事是把猴群组织起来操练队伍，因缺少兵器而到傲来国盗取兵器。操练队伍、盗取兵器，其目的很明确，是为了增强防护力量，保卫自己的家园。此后孙悟空到龙宫求宝，取得金箍棒和盔甲，同样也是为了增强战斗力。这些事情的目的都很明确，就是要确保自身安全，满足关于安全的需求。

孙悟空做的第三件事是结交牛魔王等六兄弟。这六位魔王虽然都是妖精，但应当都是有本领的，以牛魔王为例，其武艺、法力均不在孙悟空之下。孙悟空在夺回家园、确保安全之后开始结交四方豪杰，此处所讲的是孙悟空的社会交往。其通过与这些魔王结拜而拓展自己在社会上的人际关系，是在满足关于社会交往的需求。

孙悟空做的第四件事是被迫的，他被勾死人锁去了地府，在这里他不仅销了自己的死籍，还把猴属之类的死籍全都销了。此处同样也是在满足孙悟空的需求，不过其所针对的是两项需求。第一项是脱离生死的需求，强销死籍之后孙悟空已经长生不老。但他还做了第二件事，销了其他猴子的死籍，这件事所满足的是他的第二项需求，关于族群的需求，也可以说是身份认同的需求。人都不愿意寂寞，如果只是自己长生不老，但在社会上没有什么亲戚朋友，那也很难快乐，所以族群的陪伴是很重要的，所以孙悟空带着其他部众一起长生不老，这样就使其可以长久拥有自己的族群，同时也可以长久拥有其作为猴王的权力和地位。

最后，孙悟空两次上天为官。在第一次太白金星下界招安时，孙悟空说他正想上天走走，他只是想去天上看看、游玩一圈吗？不是，他想去天上做官，而且要做大官。所以当玉帝封他为弼马温后，他便家也不回了，一心把马养好，后来得知官阶太低才反出天宫。第二次上天封为齐天大圣后，他的愿望才得到了满足。天庭的官职所满足的是孙悟空关于尊重的需求，他不仅要在花果山称王，还要整个天地之间都认可他、都尊重他。

按照马斯洛的需求层次理论来说，人的需求从低到高依次有生理需求、安全需求、归属与爱的需求、尊重需求以及自我实现的需求。我们回头看孙悟空上述一系列行为，看似到处胡闹，其实正是由低到高满足需求的过程。

1. 夺回花果山是为了有地方住，有东西吃，所针对的是生理需求；

2. 傲来国盗兵器、龙宫求宝是提升军事实力，所针对的是安全需求；

3. 救护同类、社会上交友，所针对的是归属与爱的需求；

4. 上天做官，针对的则是尊重需求。

那孙悟空有没能自我实现的需求呢？其实也是有的，只是此时还未能实现。他的自我实现需求就是在偷老君金丹时所说的那一句，“也要炼些金丹济人”。炼丹济人之事对他人的帮助无疑是极大的，如果孙悟空做到了这一点，其自身价值就得到了充分的体现，这就是其自我实现的需求。

仅关注情节的读者会认为孙悟空学会法术之后只是到处惹事，读者可能也希望看到他到处打打杀杀，这样故事才显得精彩。但作者所讲的其实是孙悟空是如何回归社会的，即便是开悟之人、法力高强之人，进入社会也要遵循社会的逻辑，孙悟空所做的事情就是遵循自己的需求等级，一步步来实现。马斯洛生于二十世纪初，而《西游记》早在几百年前就已经在讨论人的需求层次问题。

这部分当中还有一个问题，那就是孙悟空为什么会死？他出外学道的目的就是要“学一个不老长生，常躲过阎君之难”，后来菩提祖师给他术、流、静、动四门让他选，由于均不能长生他都不学，然后才有打哑迷半夜传道之事。后来的东西孙悟空进行了学习，这样说来他所学的应当就是长生不老之术。那么，为什么学了长生不老之术还会死呢？其实这个问题不难解释，学了长生不老之术不等于实现了长生不老，就如同医生学会医术不等于已经给病人看好病是一样的，一个是能力，一个是成果。孙悟空学会了长生不老的方法，还要去认真实践方可。

当初学道的时候，孙悟空艺成之后因卖弄变化之术惊扰了祖师，被祖师借题发挥将其赶走，说的是:“你快回去，全你性命，若在此间，断然不可!”

从祖师的话来看，祖师当时非常急着赶走孙悟空，似乎他知道留给孙悟空的时间已经不多了。祖师只能教他长生之法，却不能直接使其长生不老，其所授的是“渔”而不是“鱼”。

孙悟空来到地府见到阎罗王了吗？当然见到了，但原著中的记载却和许多人在影视作品中所形成的印象是不一样的。民间传说地狱中由阎罗王掌管，但在《西游记》中地府并非只有一位阎王，而是十位，称为十代冥王：秦广王、初江王、宋帝王、忤官王、阎罗王、平等王、泰山王、都市王、卞城王、转轮王。一般认为十位阎王的说法也是来自佛教,《西游记》所讲述的是佛教的故事，所以当中带有宗教色彩是正常的。但以《西游记》的风格，如果其运用了佛教当中的内容，通常会加以改动，这是《西游记》的一个小心机。然而其对于十代阎王的说法却没有如此，这是为什么呢？因为道教中已经将十代阎王的说法记载于其经典《地府十王拔度仪》当中，这些内容已经属于道教文化当中的一部分，所以《西游记》没有动手脚。

大闹天宫的妙笔

关于孙悟空的故事，人们最津津乐道的莫过于大闹天宫，而这正中了作者的下怀，因为其恰好可以借此实现自己的真实意图，把想要表达的信息隐藏在这段故事当中。

 道教角色的植入

《西游记》所讲述的是佛教的故事，佛教的角色很容易使用到当中，而道教的角色则不同。但《西游记》真正尊崇的却是道教，所以其在故事中植入了大量道教的角色。《西游记》对于道教人物常常作为配角使用，在戏份上并不喧宾夺主，但在形象上却都非常正面，用得不知不觉，浑然天成。如在孙悟空大闹天宫的故事中，首先出现的就是道教的四大天师。

忽有邱弘济真人启奏道："万岁，通明殿外，有东海龙王敖广进表，听天尊宣诏。"

《西游记》中多次提到了张、葛、许、丘（邱）四大天师，丘天师是四大天师中第一位出场的，而这位天师却是一处错写之笔。四大天师均为道教的人物，应当都可以在历史上找到对应的人物——除了丘弘济。张天师为张道陵，东汉人士，是三国张鲁之祖，系五斗米教创始人，在故事中他还给红孩儿算过命；葛天师为葛玄，三国人士，系葛洪的祖先；许天师为许逊，晋代道士，曾为旌阳县令，故又称许旌阳。这三位天师身份、称谓都没有问题，而丘天师却不同。

道教中姓丘的人当中名气最大的当属宋元时期的长春子丘处机

（亦有称邱处机），字通密，道号长春子，是王重阳的弟子，丹阳子马钰的师弟，曾任全真教掌教，龙门派创始人。他曾远赴西域为成吉思汗讲道，劝其止杀，元朝时被封为国师，逝后葬于北京白云观。元军南下时，只要家中有丘处机像或题字的，即可免于侵掳。南怀瑾先生说，丘处机有功于天下、有功于百姓，但后世儒生写史时由于立场不同，把他的功绩给抹杀了[①]。虽然丘处机的影响大，但我们不能只要提到丘真人、丘天师、丘道长就认为指丘处机。据《三丰祖师全集》记载，张三丰年轻时曾遇丘真人点化，后来出家悟道，但我们不能仅以此位真人姓丘而断定他就是丘处机。同姓之人很多，仅依据姓氏来确定人的身份是不充分的。书中对丘天师称呼为“丘弘济”，“弘济”二字并非丘处机的名或号，书中如果要把丘处机称为丘真人，完全可以使用“长春”“通密”等名字，为什么要使用“弘济”一名呢？可能与丘处机的弟子李志常有关，李志常亦曾担任全真派掌教，追封“真常妙应显文弘济大真人”，这可能是“弘济”二字的出处。

猜想：作者为什么要把丘天师写错呢？一是突出与其他三位天师的不同，二是回避。丘处机与《西游记》之间的关系实在是太微妙了，道教中人在很长一段时间内认为《西游记》系丘处机所著，《西游真诠》《西游原旨》即持此观点。后来随着《道藏》的公布，人们得知李志常随丘处机远赴西域后，著有《长春真人西游记》一书，才知道此前将此书与《西游记》搞混了。但尽管如此，《西游记》与丘处机和全真教之间也仍然有着非常密切的关系。

《西游记》对于道教人物通常用笔很轻，但形象正面，刻画得也较为生动。如在朱紫国故事的结尾出现了一位紫阳真人，紫阳真人名张伯端，本为北宋时期的人物，神话故事允许虚构，其出现在唐朝的故事中是正常的。在故事中，他送了金圣宫娘娘一件棕衣保全清白，事后又不受感谢，体现出了道家“功遂身退”的理念。

《西游记》中佛道两教出场的人物都有很多，两教不同之处在于，佛教出场的人数多，道教出场的情节多（唐僧师徒除外），这一点在大

---

① 《中国道教发展史略》，南怀瑾著述，复旦大学出版社。

闹天宫的时候体现得尤为明显。大闹天宫中出场的神仙多为道教经典中的人物，每个人的名字都在故事中完整出现。四大天师在故事中虽然并未显露法力，但每一位天师的出场都是有精心安排的，四位是依次出场的，只有在太上老君来的时候才是四位一起通报。除了四大天师之外，还有许多人物也是如此。如孙悟空从八卦炉中出来后，遇到的对手是“佑圣真君的佐使王灵官”，一下子介绍了两位道教人物，然后派出去请如来佛祖的是“游弈灵官同翊圣真君”，又介绍了两位道教仙人。而接下来介绍佛教人物时则是不同的。

那二圣得了旨，径到灵山胜境，雷音宝刹之前，对四金刚、八菩萨礼毕，即烦转达。

佛教的四金刚、八菩萨，人数虽多却是一笔带过，书中的罗汉、揭谛在数量上是以百、千来计的，但对名字根本不提，不能给读者留下深刻印象。取经途中十八罗汉虽曾出场，但只有两人有台词，整体戏份都很轻。

 什么是内外相同之理

如果把《西游记》只是当成一个神话故事，那么对于其中的人物台词都不用太当真；但如果从学术研究的角度来说，则不可轻易放过。孙悟空搅乱蟠桃会后，错入兜率宫，看到了太上老君的金丹，他说了一句“自了道以来，识破了内外相同之理，也要炼些金丹济人”，这句话中的“内外相同之理”指的是什么呢?

想理解这句话，先看一下孙悟空当时所处的情境。孙悟空说这句话的时候，既是其刚在蟠桃会上闯完祸的时候，也正是其巅峰时刻。

1. 在菩提祖师处修道成仙，学会了七十二变与筋斗云；

2. 有了超强的武器和装备，从四海龙王处获得了金箍棒、凤翅紫金冠、锁子黄金甲和藕丝步云履；

3. 地府销了死籍，已无生死之忧，还有了永远跟随自己的族群；

4. 封为齐天大圣，在天地间官至极品，乐享大圣府，权管蟠桃园；

5. 享用了蟠桃盛宴，蟠桃园中的上品仙桃以及为满天仙佛准备的珍品佳肴、天宫仙酒俱为他一人所享用。

此时的孙悟空已经实现了绝大多数人心中的梦想：长生不老，法力高强，遨游四海，在天地间有崇高的地位，又享用了天地间顶级的美酒佳肴，可以说其已经达到了个体在这个宇宙中的极致状态，正是在这样的情况下，其说出了一句“内外相同之理”，讲到要“炼些金丹济人”。他讲这些话是什么意思呢？或者说作者想通过孙悟空之口表达什么呢？

回过头来看，孙悟空此时的成就虽大，但亦有局限性，因为他的所有成就都只是他自身的！虽然在地府销死籍时，许多山中猴属也因之免死，但他们不过是孙悟空的附属品而已，是孙悟空的跟班，所以归根结底受益人还是孙悟空。在这样的情况下，书中抛出“内外相同之理”，似乎是在进一步将话题范围向外扩展——人修炼不应仅为自己，还要考虑到外在的世界。

道教认为《西游记》讲的是金丹之道，而在道教理论中，金丹又有内丹与外丹之分。张三丰在《上天梯》中讲到，他遇到火龙真人的时候，真人知他内丹已成，授他外丹之功。关于什么是内丹，什么是外丹，笔者一无所知，但结合《西游记》的故事来看，或许内丹所指的是个人自身方面，即自我如何修炼；而外丹指的可能是外部世界，即天下问题该如何处理，或是自身与世界的关系问题。孙悟空所说的“内外相同”，或许意思是外丹的修炼在原理上与内丹其实是相同的。这就引申到了儒家“修身、齐家、治国、平天下”的理念之上，而这一理念在《西游记》中恰为西天取经故事情节的逻辑顺序（详见后文）。从内外相同的角度来说，在整部《西游记》中，讲内即是讲外，讲外亦是讲内。

《西游记》为什么要讲“内外相同之理”？因为《西游记》尊奉道教，而道教需要这一说法。在人们的印象中，道教中人服气炼丹，称其可益寿延年，传说中还能飞升成仙，但这些东西在道教理论的源头——《道德经》当中几乎是没有的。流传下来的《道德经》八十一章，当中与气功修炼、养生等有关的不过三到五章，而且还不是专门讲这方面内容的。道教奉老子为教主,《道德经》系理论源头，但对于《道德经》中原本没有的东西，在后世道教的发展过程中成为了其文化当中很重要的一部分，其来源的正当性是需要合理解释的。《道德经》主要在讲天下之事，在讲社会该如何治理的问题，硬要说当中哪些内容是在讲成仙之道是很牵强的。但我们中国人很聪明,《道德经》讲的是天下之道，而依据"内外相同之理"，天下之道也即人身修炼之道，这就为道教的各种修炼之法提供了正统的理论依据。

 二郎神的真实身份

小说不仅仅是在讲故事，作者可以把很多东西放置其中。但是，《西游记》中的许多真实意思我们今天都很难读懂，究其原因除了读书之难外，还有一个重要因素，那就是有另一部小说似乎专门给它添乱，这部小说就是《封神演义》。《封神演义》是刊印于明朝的另一部神话小说，成书时间晚于《西游记》，但取材的历史背景却早于《西游记》，让人感觉是在讲述《西游记》之前的故事。两部小说中有许多角色交叉或相关，所以人们常会用《封神演义》里的情节来补足《西游记》的情节。把这两部小说联系到一起来读会让人感觉非常过瘾，似乎可以对那个虚无缥缈的神仙世界了解得更全面，但是，这样一来我们就在不知不觉中掉入了《封神演义》的陷阱，因为该书中的相关情节并不是用来补足《西游记》的，而是用来给《西游记》添乱的，其中最为典型的就是二郎神。

孙悟空大闹天宫时，李天王对孙悟空束手无策，观音菩萨经过深思熟虑举荐了玉帝的外甥二郎神。现在一提到二郎神，人们都认为他姓杨名戬，有三只眼，会七十二变，是玉帝的外甥，武器是三尖两刃刀，有一只哮天犬。但是，我们在历史却很难找到一位真正的人物与

其相对应。宋朝有位宦官名叫杨戬，并非正人君子，他在《水浒传》中也出现过，如果说这样一个人物是二郎神的原型估计大家也不会接受。成都都江堰有座供奉二郎神的二王庙，景区介绍说据《列仙传》和《搜神记》记载，二郎神姓杨名戬，笔者为此仔细地查阅过《列仙传》和《搜神记》（有兴趣的读者可以去核实一下），这两本书中均无关于二郎神的记载，所以景区的这一说法可能有误。

二郎神的真实身份是秦国蜀郡太守李冰的二儿子，父子因修建都江堰有功，本着"生而正直，死而为神"的传统受到人们纪念，被奉为神明。都江堰古称灌县，《西游记》中讲二郎神住在灌江口，这一信息是基本吻合的；据清人钱茂《历代都江堰功小传》记载，元朝至顺元年李二郎被封为"英烈昭惠灵显仁祐王"，书中的二郎神为"昭惠灵显王"，二者在称谓上也是能对应得上的。所以，《西游记》中的二郎神指的是李二郎。现在民间认为二郎神叫杨戬实际上是受到了《封神演义》及其后相关作品的影响，为了使故事的逻辑完整，民间传说中更是演化出了二郎神本名杨戬，为了修都江堰而投胎成为李冰之子的说法。

二郎神这一角色在《西游记》中承载着非常重要的信息，为了表达这一信息，书中故意不交代二郎神的姓名。《西游记》中并没有说二郎神姓李，但也没有说二郎神姓杨，只是说他的父亲姓杨。如果二郎神姓李，而他的父亲却姓杨，那不是成了"李二郎的父亲杨老爷子"吗？这确是《西游记》之意，但却不是调侃，而是一个巧妙的设计。杨为"木易"，书中讲二郎神的父亲姓杨，意思是二郎神为"木易"之子——既为"木"之子，亦为"易"之子。"木子"为李，二郎神为"木"之二子即是李家的二儿子，符合实际状况，这是他作为人的身份来源。而"易"之子则是指《易经》之卦，第一卦为《乾》卦，第二卦为《坤》卦，二郎神为"易"之二子即说明其所代表的是《坤》卦。

为了表明其这一属性，书中还给出了许多信息：

1.《坤》卦每一爻都是阴爻，阴爻断开为两段，故此其名二郎神。

2. 曾斧劈桃山救母，山为《艮》卦（☶），从中劈开顶上的阳爻就变成了《坤》卦（☷）。

3．手下梅山六兄弟，代表了三爻的《坤》卦三个阴爻分为六段。

4．一千二百草头神，指六爻的《坤》卦分成了十二段。

5．二郎神为什么居于下界而不在天上？因为《坤》卦所代表的是大地。

6．为什么二郎神听调不听宣？因为《坤》卦的精神是厚德载物、牝马之贞。所谓“牝马之贞”就是像母马一样的品德，跟从公马而行。这种品德是跟从而不是服从，母马受公马带领，但不等于受公马指挥，这就是听调不听宣之意。玉帝调遣二郎神和派遣李天王是不同的，其派众神仙去打花果山，只要发号施令即可，但调动二郎神却是附有条件的。

二郎神代表的是《坤》卦，而孙悟空代表的则是《乾》卦（理由后面再讲）。但是，孙悟空所代表的并不是静态的《乾》卦，准确地说，他代表了《乾》卦的前五爻初九至九五，而第六爻则是不确定的。易的本意就是变化，这才是《易经》的精髓。孙悟空是变化的，其有时代表《乾》卦，而有时不是。为什么孙悟空的元素中只包含了《乾》卦的初九至九五呢？因为《乾》卦的最后一爻上九“亢龙有悔”是不好的，所以作者在为这个角色注入元素时止步于九五这一爻，希望其不要达到“亢龙有悔”的程度。孙悟空后来被封为齐天大圣，在天庭位至极品，就是《乾》卦九五“飞龙在天”的状态，但他仍不知约束自己，大闹天宫，欲占天庭，最终被押五行山下五百年，正合“亢龙有悔”之意。

孙悟空为什么称“齐天大圣”？那是因为当其第六爻也为阳爻时就是完整的《乾》卦，乾为天，成为了完整的天，故称“齐天”，所以当二郎神看到该称号时才会发出赞叹。二郎神之所以能够战胜孙悟空，所体现的是柔能克刚的理念，制服《乾》卦就要靠《坤》卦。但单纯依靠《坤》卦也不能战胜《乾》卦，所以才需要外力的帮助。二郎神擒孙悟空的章回题目为“小圣施威降大圣”,《乾》卦为天是大圣,《坤》卦为地是小圣。二郎神为何一到前线时就提出要与孙悟空赌斗变化？因为他们的身份各自代表《乾》卦与《坤》卦，他二人斗变化就是在讲《乾》《坤》两卦的变化。

二郎神一到战场就提出其要与孙悟空“斗个变化”，所以当孙悟空变成麻雀之后，二郎神虽然有弹弓却不用，而是变成雀鹰去打。弹弓就是用来打鸟的，可孙悟空变成麻雀后，书中特意交代他“卸下弹弓”，就是在提醒读者要注意，这里所讲的不是普通意义上的打斗，而是要讲变化。孙悟空依次变了五次，对应的是《乾》卦从“初九”爻到“九五”爻依次由阳爻变为阴爻；而二郎神则只变了四次，其代表的是《坤》卦从“初六”爻到“六四”爻依次由阴爻变为阳爻。在前四轮的变化过程中，孙悟空依次变为天风《姤》卦、天山《遁》卦、天地《否》卦、风地《观》卦，二郎神则依次变成地雷《复》卦、地泽《临》卦、地天《泰》卦、雷天《大壮》卦。到了第五次变化时，孙悟空变成山地《剥》卦，书中讲他变了一只花鸨，并讲“花鸨乃鸟中至贱至淫之物”，为什么要这么说？表面上是在讲花鸨的习性，其实是在讲这一变所变化的是《乾》卦的九五爻“飞龙在天”，所谓九五至尊，是最为尊贵的，现在放弃不要了，所以变化之后就是与之相对的“至贱至淫之物”。二郎神至此为何不再变化？表面上讲是因为花鸨“不拘鸾、凤、鹰、鸦都与交群”，所以二郎神不敢傍身，但这一逻辑其实是有问题的，因为二郎神可以不变鸟类，其完全可以变成鳄鱼或老虎吃掉对方，而作者却没有这样安排。二郎神之所以不再变化，是因为如果其再继续变化就变成了泽天《夬》卦，夬是决定之意，决定与执行分开，二郎神要擒拿孙悟空，他是执行者，这样一来相当于把决定权交给对方，那就没法擒拿了，所以他恢复本相，这时才拿出弹弓来使用。虽然二郎神的变化到《夬》卦为止，但《西游记》前后呼应，书中第二次写赌斗变化（孙悟空与牛魔王）的情节正是从《夬》卦开始的。

孙悟空五变之后是《剥》卦,《剥》卦上山下地，所以接下来才有“滚下山崖”之语，否则故事情节就会解释不通。因为孙悟空第五次变化时，水蛇变成花鸨是在“蓼汀之上”的，蓼汀应当是类似沼泽一样的地方，并不在山崖上。按照《周易》的变化规则,《剥》卦再变是保持最上的阳爻“上九”不变，从最下一爻“初六”开始变，即变为山雷《颐》卦,《颐》卦上下两爻为阳爻，中间四爻为阴爻，像是一个方框，所以孙悟空变化后的土地庙才会“大张着口”。《乾》卦继续往后变化还有很多，但作者没有再浪费笔墨，而是直接跳到《乾》卦变化的极致——《坤》卦。二郎神所代表的就是《坤》卦，所以书中写孙悟空变成二郎神的模样，意思就是他变成了《坤》卦。孙悟空共变化了七次，而二郎神只变化了四次就变不下去了，所以在这次斗变化的过程中胜利者其实是孙悟空。虽然二郎神表面上看一直处于上风，最后还擒住了孙悟空，但是就比变化而言他已经输了。虽然孙悟空变化时始终不弃“上九”，但后来擒拿孙悟空时，老君先用金钢琢打天灵盖，就是打掉“上九”。为什么这么安排？还是因为“亢龙有悔”是不好的。接下来的情节是细犬咬住了孙悟空的腿肚子，腿在下面，腿肚子代表的是《乾》卦的“初九”爻“潜龙勿用”，这一爻看名字就知道也是不能用的，这一安排意在表明这一爻也是《乾》卦的弱点。

细犬是二郎神重要的助手，擒孙悟空、胜九头鸟，关键时刻靠的都是它。在《西游记》中它并没有名字，哮天犬也是《封神演义》中的名字。《封神演义》的作者是读懂了《西游记》的，二郎神为《坤》卦,《坤》代表地，与其相对的是《乾》卦，代表天，细犬为地之犬，所以以“哮天”为名是十分恰当的。为什么细犬总是能够在关键时刻发挥作用呢，因为其所代表的是《坤》卦中的“用六”。《易经》中每一卦都有六爻，对应有六爻辞，只有两卦有七爻辞，即是《乾》《坤》两卦，分别有“用九”与“用六”的爻辞。细犬所代表的即是“用六，利永贞”。这一爻非常重要，所以每到关键时刻都要靠它来发挥作用。二郎神战孙悟空时，关键时刻细犬发挥了作用；二郎神战九头虫时，关键时刻也是它发挥了作用。九头虫所代表的也是《乾》卦，孙悟空与九头虫都是《乾》卦，所以孙悟空不能战胜九头虫，而要靠《坤》卦二郎神。为什么九头虫腰间还有一个头？这个头就是《乾》卦的“用九”，战胜“用九”则要靠《坤》卦的“用六”，所以非细犬不可。

可以说，为了表达二郎神这个角色的含义,《西游记》绞尽脑汁进行了一系列的设计，可在《封神演义》面世后，人们都认为二郎神名叫杨戬,《西游记》的用意一下就被忽略了。其实《封神演义》中杨戬后来肉身成圣，封清源妙道真君，并没有讲杨戬就是二郎神，只是杨戬有八九元功、三尖两刃刀、哮天犬，收服梅山七圣，这些因素与《西游记》的二郎神有诸多关联之处，就被人们把二者联系起来，再经民间说书艺人广泛传播，二郎神名杨戬一事就被人们普遍接受了。

四　不起眼的“化胡之说”

孙悟空大闹天宫时有两次胜利和两次失败，两次胜利都是打败了李天王的进攻，两次失败则是一次败于二郎神之手，一次为如来佛所擒。二郎神擒拿孙悟空时有人从旁帮忙，这个人就是太上老君。太上老君使用了自己的法宝金钢琢来帮助二郎神，他在介绍金钢琢的时候很不经意地提到了一件事——“化胡为佛”。

《西游记》中两次提到“老子化胡”之说。第一次就是二郎神与孙悟空打斗时，太上老君拿出金钢琢对观音菩萨讲：

这件兵器，乃锟钢抟炼的，被我将还丹点成，养就一身灵气，善能变化，水火不侵，又能套诸物。一名“金钢琢”，又名“金钢套”。当年过函关，化胡为佛，甚是亏他。

第二次是青牛下界为妖时，众神皆不能胜，太上老君亲自出马收服。谈到青牛精所用的宝贝时，他又对孙悟空说：

我那金钢琢，乃是我过函关化胡之器，自幼炼成之宝。凭你甚么兵器、水火，俱莫能近他。

两次提到“老子化胡”之说，从小说的角度来说，增添了故事的趣味性，但对于佛教与道教来说，这却无异于是一颗原子弹！

从汉代开始，就已经有老子为佛陀之师的说法，后来西晋王浮编撰了《老子化胡经》。佛教在中国的势力发展状大之后，即要求焚毁《老子化胡经》。唐朝高宗李治曾经让二教代表就此进行辩论，后来在武则天时期曾两次下令毁经，但未能彻底执行。后来到了元朝，因丘处机远赴万里为成吉思汗说法，使得道教成为元朝的国教，丘处机开创了龙门派，地点就在长春宫。到了元宪宗蒙哥时期，忽必烈主持两教辩论《老子化胡经》的真伪，佛教以少林寺长者福裕为首，与西藏萨边派首领八思巴参会，道教以张志敬为首，结果佛教获胜，道士代表被送往龙光寺削发，还被骂为驴马、畜类。忽必烈时期，八思巴门人胆巴建议，在大都长春宫（即白云观）召集佛道两教人物再次辩论，仍是佛教获胜。佛教的这两次获胜，其直接结果就是导致《老子化胡经》尽数被毁，后来的人们只是从敦煌的资料中发现了此经的部分内容。

对于佛教煞费苦心毁掉的《老子化胡经》，《西游记》则是轻描淡写地就把它传播开来。虽是点到即止，但讲得十分自然，似乎这件事情就像“盘古开天”“女娲补天”一样，所有人都应当知道，根本不需要论证。而且太上老君两次讲话的对象一为观音菩萨，一为孙悟空，二人都是佛教之人，在太上老君讲出“化胡为佛”之后，二人未作任何反驳，看来对此毫无异议。虽然在小说中，大家相安无事，但这样一来，《西游记》无疑就是在同整个佛教作对。《西游记》如果想很好地传播，应当尽量去讨好一切潜在的读者，它捅这个马蜂窝干什么？

据考证，《老子化胡经》的大致内容是老子带关尹子一起西行出关来到西域，让关尹子投胎成为了释迦牟尼。这样一来，老子就成为了佛陀之师，那么道教自然应当成为正宗。而这样一部书被毁，对于道教而言自然是极大的打击。

关于《西游记》与《老子化胡经》，二者之间似乎存在着千丝万缕的联系，《西游记》的创作有可能与《老子化胡经》被毁一事有关。事实上，“西游记”这个名字可以应用于很多场景，任何人只要是去西部游览一圈都可以称为“西游”。丘处机西行去为成吉思汗讲道，李志常撰写了《长春真人西游记》，其称为《西游记》很正常。吴承恩所著《西游记》被归入“地理类”，故有学者认为该《西游记》可能只是吴承恩对西行时所发现的地理情况的记载。如果换个角度来看，《老子化胡经》所讲乃老子西行出关之事，难道不可称为“西游记”吗？老子

让弟子投胎到西域成为佛陀，自然是带去了真经，而在《西游记》的故事中如来佛让弟子投胎到东土，然后再到西天取经，两者之间似乎是一来一往的关系。《老子化胡经》讲的是东土传经给西域的事，《西游记》讲的是西域传经给东土的事，两者之间似乎有一定的关联性。

另外，《西游记》的故事设计与“老子化胡”的情节是诸多相似之处：1. 都有一位祖师级的人物主导这件事，一是老子，一是如来佛；2. 都是派自己的弟子去完成，老子派出的是关尹子，在正史中其并未拜老子为师，但老子的《道德经》确是传给他的，所以可以将其视为老子的弟子，如来佛派出的是自己的二弟子金蝉子；3. 都以投胎的方式来实现，关尹子以投胎的方式成为释迦牟尼，金蝉子以投胎的方式成为唐僧；4. 都是到西方去，一个是先去到西方再投胎，一个是投胎后再到西方；5. 最后结局都是成佛，《老子化胡经》中关尹子变成释迦牟尼，因悟道、修炼而成佛，《西游记》中唐僧则是因取经而功德圆满而成佛。这样看来，《西游记》似乎与《老子化胡经》之间存在着某种微妙的联系，甚至从某个角度上说，《西游记》可能就是《老子化胡经》的变形！

五　天下神仙知多少

神话小说当然离不开神仙。人们通常所说的神仙其实是一种泛指，只要是那些有神奇法术、能长生不老的角色都是神仙，《西游记》将其统称为仙，分为天仙、地仙、神仙、人仙、鬼仙等五类，神仙只是其中的一种，似乎也只是其中的中级等级而已。天仙是最高级别，其中又有金仙与散仙之分。孙悟空封为齐天大圣后，其已是太乙天仙，但仍属散仙，尚未达到金仙的级别。

《西游记》中到底有多少神仙呢？在孙悟空初登上界的时候，作者并没有借机把天上的神仙系统地介绍一遍，当时有剧情的神仙只有四五位：太白金星请旨招安，增长天王率众守门，武曲星君保荐官职，木德星君送其上任。书中第一次比较全面地介绍仙的时候是孙悟空掌管蟠桃园的时候，通过仙女之口介绍了天上神仙的大概情况。

仙女道："上会自有旧规。请的是西天佛老、菩萨、罗汉，南方南极观音，东方崇恩圣帝，十洲三岛仙翁，北方北极玄灵，中央黄极黄角大仙，这个是五方五老。还有五斗星君，上八洞三清、四帝、太乙天仙等众，中八洞玉皇、九垒、海岳神仙，下八洞幽冥教主、注世地仙。各宫各殿大小尊神，俱一齐赴蟠桃嘉会。"

从这次介绍来看，仙分为六个团体：五方五老、五斗星君、上八洞天仙、中八洞神仙、下八洞地仙以及各宫各殿的尊神。

书中第二次比较全面介绍仙的时候是在如来降伏孙悟空之后，玉帝设宴感谢如来，邀请了天上许多重量级的人物。

玉帝传旨，即着雷部众神，分头请三清、四御、五老、六司、七元、八极、九曜、十都、千真万圣，来此赴会，同谢佛恩。

与上一次相比，这次介绍更加正式，层次也更加分明。虽然书中并没有讲这些神仙的级别，但本着以稀为贵的原则，自然是数量越少的等级越高。仙女们的介绍所代表的是基层仙人的划分方法，是一种非正式的分类；而此次玉帝传旨则是代表官方的意见，是一次正式的分类，其确定了《西游记》中仙体系的基本架构：三清、四御、五老、六司、七元、八极、九曜、十都、千真万圣。当来宾们到达的时候，书中介绍：

那玉清元始天尊、上清灵宝天尊、太清道德天尊、五炁真君、五斗星君、三官四圣、九曜真君、左辅、右弼、天王、哪吒、元虚一应灵通，对对旌旗，双双幡盖，都捧着明珠异宝、寿果奇花，向佛前拜献。

应当说，把这几次介绍放在一起逻辑上是有些混乱的，首先来说，从这当中我们看不清玉帝到底处于哪个位置。仙女们把玉皇归入中八洞神仙，那么玉皇是不是玉帝呢，难道说玉帝的位阶只是如此？同时其又讲到上八洞有三清和四帝，那玉帝在不在“四帝”之中呢？“四帝”与后面的“四御”是否相同呢？

其实书中除了这三次介绍之外，后面还有关于天上地下各处势力范围的划分。在平顶山功曹传信时，孙悟空对变作樵夫的功曹说道：

若是天魔，解与玉帝；若是土魔，解与土府。西方的归佛，东方的归圣。北方的解与真武，南方的解与火德。是蛟精解与海主，是鬼祟解与阎王。

这里讲到了四面八方的情况，这样一来，仙界的人物又增加了土府、圣人、真武等，角色增加了，相互之间的关系就更复杂了，更加让人看不懂他们之间的格局与关系了。

首先来说，神鬼无凭，这些神仙都不是真实存在的，人们最多只是从传说中去寻找其出处，而这些传说很多还未必早于《西游记》，所以用其他传说来介绍《西游记》中的仙只能起到增加故事趣味性的作用，并不能帮助对《西游记》的理解。人们出于好奇会想知道天上到底有多少神仙，另一部神话小说《封神演义》就为人们提供了更为详尽的神仙清单，相当于给神仙进行了一次普查，其中有些角色与情节和《西游记》相近，于是读《西游记》时对于书中没写的信息便自然会想到去《封神演义》中去寻找，但如果用《封神演义》的情节来补足《西游记》的有关信息，就会曲解《西游记》的意思。我们如果要考证这些原本不存在的神仙的相关信息，其实是和自己过不去，最好的办法是对于神仙的身份不去计较。

但是，不计较不等于轻易放过，唯有不放过才能读懂书中之意。尽管仙界的人物与格局看起来有些混乱，但混乱当中有不乱。不乱的至少有三点：1. 三清为玉清、上清和太清，是道教人物；2. 西天佛老、菩萨、罗汉是五老中的一老；3. 三清排名在五老之前。通过这样的设计，作者想要表达的就是“仙”当中最高的等级就是三清，全部系道教的，而佛教的仙排名在道教之后。《西游记》中使用了这么多佛、道两家的人物，读者对于两教出场的人物不进行比较是不可能的，小朋友听《西游记》故事的时候最想搞清楚的就是谁最厉害。《西游记》在对仙进行介绍的时候，把包含佛道两教人物在内的各方人物混在一起，让人看不清整个架构的情况，但是没关系，只要能看清该看清的那部分就够了。

 谁的法力最强

神话中最吸引人的是神仙们的法力，那么《西游记》故事中谁的法力最强呢？如果把孙悟空的法力作为衡量神仙们法力的标准，其在大闹天宫时与如来佛、玉帝和太上老君都有过接触。玉帝针对孙悟空的手段是用官职招安，在孙悟空造反时派兵将擒拿，在擒拿失败后请人帮助，而他本人从未展示法力。在 86 版的电视连续剧《西游记》中玉帝在孙悟空大闹天宫时躲到了桌子底下，在原著中他并没有那么狼狈，他与孙悟空从未正面交手，也没有受到孙悟空的攻击。

其实，在孙悟空二次闹天宫时，似乎玉帝已经惊慌失措，其实原著之意并非如此。孙悟空出了炼丹炉后，“九曜星闭门闭户，四天王无影无形”说明只是这个级别的神仙躲了起来，而当时与之交战的“佑圣真君的佐使王灵官”，其在天庭的级别明显不高，但二人基本上打了个平手。而且他出战的原因是他在“执殿”，也就是说那天因为他负责执勤，所以才出战，换句话说，天庭随便一个值班的神仙都可以与孙悟空僵持半天。接下来佑圣真君“又差将佐发文到雷府，调三十六员雷将齐来”，表明天庭的秩序一直没有乱，大家仍在按照制度办事，同时也表明事态其实并不紧急，否则哪里还有时间走发文的流程。惊动玉帝后，玉帝派遣了两人前往西天请佛祖。派遣两人也表明事情并不紧急，因为如果想快速执行的话当然是立刻派一人前往。而两人到达灵山后也同样不急，他们先“对四金刚、八菩萨礼毕”，然后“即烦转达”，表明他们到达灵山后有先与下面的人叙礼的过程，而后他们又把

事情经过详详细细地跟佛祖介绍了一遍，表明从头到尾他们都没有慌乱，一点儿也不急。这说明孙悟空的闹天宫在天庭神仙眼中其实没什么，面对孙悟空的闹天宫，只是随便叫几个人拖住他，然后再去请人而已。

太上老君与孙悟空有过一次肢体接触，是孙悟空在炼丹炉里出来后，把老君捽了一个跟头，这样看来老君的武艺和法力似乎都不怎么样。而如来佛则是先与孙悟空斗法获胜，后又将其压在五行山下，擒拿孙悟空易如反掌。这样一来，人们通常会认为《西游记》中法力最高强的人是如来佛，尽管其排名并不在最前。除了此次制服孙悟空外，真假猴王争斗时，在观音、天庭都不能分别的情况下，唯有如来佛识破了假猴王的身份并轻易擒住了他；狮驼国大鹏法力比孙悟空还高，仍是如来佛出面将其收服。似乎如来佛在故事中无所不能，法力第一。但如果细分析，故事中似乎另有玄机。

太上老君的青牛下界在金兜山为妖，唐僧师徒被困金兜山时，孙悟空搬了许多救兵无果，到灵山问妖怪身份时，如来佛当时说的是：

那怪物我虽知之，但不可与你说。你这猴儿口敞，一传道是我说他，他就不与你斗，定要嚷上灵山，反遗祸于我也。

从这段话可以看出，如来对青牛精是有所顾忌的，完全不像一个法力无边的佛祖所该有的态度。后来他派出十八罗汉带着金丹砂想去陷住妖怪，结果金丹砂都被妖怪收去了。虽然如来最后告诉了孙悟空妖怪的来历，但看来似乎其对此妖没有办法，最后还是由太上老君出面才将其制服。

另一个例子是毒敌山的蝎子精，她在灵山听经时扎了如来佛的手指，连如来佛也疼痛难忍，这说明如来佛并非是金刚不坏之体，也会受到伤害。而且如来佛还会感到疼痛难忍，这说明其法力其实也是有限的。

那么，道派人物代表太上老君的法力又如何呢？读《西游记》容易让人感觉太上老君法宝很多，而且每件都很厉害，但本人法力似乎不怎么样。这主要是由于孙悟空大闹天宫时，太上老君的表现似乎平平，用金钢琢偷袭了孙悟空一下，让二郎神抓住了孙悟空，然后把孙悟空带回去炼了四十九天，没伤到孙悟空半根毫毛，孙悟空从八卦炉里出来时把太上老君捽了个倒栽葱，感觉老君似乎没什么本事。此后太上老君出面时，也都没有显露法力。虽然收青牛精是太上老君出面解决的，但那是他自家的青牛，而且靠的是芭蕉扇。当时太上才君还说，还好青牛只偷了金钢琢，如果连芭蕉扇也偷去的话，他也不能降服。所以这样看来，太上老君只是法宝厉害，其法力似乎真的不怎么样，但事实真的如此吗？

青牛精的下界凸显了金钢琢的厉害，这个法宝不惧水火，能收一切兵器法宝（芭蕉扇除外），但它第一次出现却是在大闹天宫的时候，太上老君把它当作暗器使用，用它打了孙悟空一个跟头。太上老君为什么不直接用金钢琢收了孙悟空的金箍棒呢？那样的话二郎神不是很容易就能战胜孙悟空了吗？而且由于没有收走金箍棒，导致孙悟空从炼丹炉里出来后又可以持棒四处逞凶，这是为什么呢？究其原因，这是由于太上老君是道教的代表人物，其行事风格遵循着道家的理念——“用弱不用强”。《道德经》云：“反也者，道之动也；弱也者，道之用也。”作者之所以让金钢琢在金兜山大显神威，就是要表现太上老君“用弱不用强”的风格。金钢琢的厉害太上老君不可能不知道，但他并不轻易加以运用，只有青牛精这样的角色才会拿着法宝四处张扬，老君是不会这样做事的，他不用法宝厉害的地方，而只是用其非常普通的一面，把厉害的金钢琢当成石子来用，这才能体现出人物的修为。所以他被孙悟空捽了个跟头并不能说明其法力不如孙悟空，其只是不用而已。与如来佛相比，太上老君在全书中没有受到过任何人的伤害，至多只是被身边人偷法宝和丹药而已（谁知他是不是有意的），所以太上老君的法力其实是深不可测的。

至于玉皇大帝，他在整个故事中从未施展过法力，似乎他没有法力一样。其实稍加分析即可以看出，玉帝在故事中所有的行为都遵循同一个理念，即按照规则办事，所以他自己从不施展法力。孙悟空偷蟠桃玉酒时他让纠察灵官去查，而非自己做出认定；擒孙悟空时他请

二郎神，请如来佛，自己并不出手；真假猴王闹上天宫时，他请李天王用照妖镜来照，发现辨别不了就算了，并不运用自己的法力。研读《西游记》的人常常认为玉帝是真正有智慧的人，他从不运用法力，这样就没有人知道他的法力到底如何，所以才能稳坐宝座。萨孟武先生就说，玉帝不肯施展法力，这就是他能够永葆仙界九五至尊的原因。至于他这么做的理由其实也很简单，因为他也代表了一个教派，所以他的行为要遵循该教派的理念。

所以，这三位顶级人物相比，玉皇大帝不显露法力，人们不知其到底有无本领；太上老君的法力没有充分发挥，人们不知其本领上限；如来佛既显露了其法力之高深却也有不能之处，所以关于谁的法力最高其实难有定论。作者是有意这样安排的，他既想说出三人本领的强弱，而又不肯轻易让读者看明白。

《西游记》之于两教

伴随着孙悟空被压五行山下，大闹天宫的故事告一段落，接下来书中开始交代取经之事的缘由。前面讲过，错写之笔是《西游记》特有的三大笔法之一，将错写作为一种笔法在书中运用是正常的，但如果这种情形集中在某个问题上就值得注意了。

 总在佛教身上出错

前文中讲过,《西游记》对于佛家是高度认可并推崇的，但其对于佛教的态度却不一样。在关系到佛教的相关问题上,《西游记》总是出错！在讲到取经之事的由来时，书中讲是由于如来佛认为南赡部洲之人问题严重，因此欲向东土传经。在这段情节里，书中对于佛教的人和事进行了较多描写，但当中却出现了几处明显的错误，在此后的故事中也是如此。

1. 盂兰盆会。如来佛收服孙悟空后，有一天召集众人要办盂兰盆会，当时如来说的是:“我有一宝盆，具设百样花、千般异果等物，与汝等享此‘盂兰盆会’，如何?”按这一说法,“盂兰盆”似乎指的就是如来佛的那个宝盆，此处为错写。“盂兰盆会”指的是佛教中目连救母的故事,“盂兰盆”并不是宝盆，其系梵语的音译，意为“倒悬”，而书中却偷换概念，把它说成了一个盆。

2. 三藏真经。历史上，释迦牟尼涅槃后，弟子们就开始对佛生前的讲述进行整理，成为佛经，分为经、律、论三藏，系整个佛教典籍的基础，后世的佛教经典集成《大藏经》也是采用这样的体例。《西游记》中如来佛关于三藏真经的说法是“法一藏谈天，论一藏说地，经一藏度鬼”,“法”与“律”意思相近，这样的说法偏差并不大，但其

对三藏经书内容的介绍则明显是偏差很大的，“法藏谈天，论藏说地，经藏度鬼”是杜撰之语，这样的说法容易使不了解佛经的人产生误解。

3. 四大天王。孙悟空第一次到达南天门时遇到的是增长天王，后来在观音院借避火罩时去南天门找的是广目天王，四大天王在故事中多次出现，但都在天庭。唐僧来到宝林寺的时候，“见有四大天王之相，乃是持国、多闻、增长、广目，按东北西南风调雨顺之意”。四大天王是佛教的护法天神，这种设计在寺庙中较为常见，书中对此情形的描述是非常合理的。但是，此处出现的只是四大天王的塑像，而《西游记》中四大天王所居之处乃是天庭，经常在南天门或东天门外，把他们写成是天庭之臣，而非佛门护法。在收服牛魔王时，佛门派四大金刚前往协助孙悟空，分别是五台山秘魔岩神通广大泼法金刚、峨眉山清凉洞法力无量胜至金刚、须弥山摩耳崖毗卢沙门大力金刚、昆仑山金霞岭不坏尊王永住金刚。其实这四大金刚即四大天王，但从书中的写法来看，四大金刚与四大天王名字不同，所居不同，俨然是不同角色。在收服大鹏的时候，孙悟空来到灵山见如来，故事中特意设计了其被四大金刚拦住的情节。

须臾间，按落云头，直至鹫峰之下，忽抬头，见四大金刚挡住道：“那里走?”行者施礼道：“有事要见如来。”当头又有昆仑山金霞岭不坏尊王永住金刚喝道：“这泼猴甚是粗狂！前者大困牛魔，我等为汝努力，今日面见，全不为礼！有事且待先奏，奉召方行。这里比南天门不同，教你进去出来，两边乱走！咄！还不靠开！”

孙悟空每次到南天门时都有四大天王相迎，而此次到灵山又有四大金刚阻拦，而且还有意提到南天门，这样的设计似乎就是要把人搞糊涂。

4. 六道轮回。佛教中有“六道轮回”的说法，一般是指天道、人道、修罗道、畜牲道、饿鬼道与地狱道，生命在六道之间轮回，但小说中通过唐太宗在地府见闻所讲的六道为仙道、贵道、福道、人道、富道、鬼道，看似差不多，其实在不知不觉中混淆了六道的内容。

5. 七佛之师。唐僧骗孙悟空戴上了紧箍儿之后，在鹰愁涧观音菩萨为了收白龙马而前来，孙悟空见到观音菩萨时第一句话就是："你这个七佛之师，慈悲的教主！你怎么生方法儿害我！"按说此时孙悟空所遇到的最主要的矛盾是降伏玉龙的问题，其见到观音菩萨应当首先讲玉龙吃马之事，但其却首先报怨紧箍儿之事。作者其实是在通过这个由头引出七佛之师的说法。佛教中七佛之师为文殊菩萨，但书中却故意将这一称号加在了观音菩萨身上。

6. 八戒。猪八戒是故事中一位深受大众喜爱的角色，人们会因此而关注"八戒"指的是哪八条戒律。佛教中的八戒分别是不杀生戒、不偷盗戒、不淫戒、不妄语戒、不饮酒戒、不着香花戒、不睡卧高大床褥戒、不非时食戒。而《西游记》中唐僧为猪八戒取这一名字的时候是由于他戒了五荤三厌而如此称之，容易让人认为八戒指的就是五荤三厌，篡改了佛教用语的含义。

7. 天龙八部。天龙八部是佛教八大护法神，包括天众、龙众、夜叉、乾闼婆、迦楼罗、紧那罗、阿修罗和摩侯罗迦，因以天众和龙众最为主要，故统称"天龙八部"。但在小说中，白龙马修成正果后，被如来佛封为"八部天龙马"。这一称呼其实有些怪，白龙马升为天龙马是没问题的，但以"八部"为名则不太合适，而把八大护法神变成了一匹神马，又是把佛教的事情说错了。

8.《心经》。《心经》全称《摩诃般若波罗密多心经》，除去标题共五十三句，二百六十个字,《西游记》将标题一并算了进去，称其五十四句，二百七十个字。这种计算方法也说得通，不能算错，但书中多处将其简称为《多心经》《蜜多心经》等，这些简称则明显错了，因为"波罗密多"是梵语中的词汇，不能简单地把其中的"多"字或"密多"拿来单独使用。《西游记》对《心经》全文收录，对于这部经书是极为推崇的，作者对于此经书应当非常熟悉，对于经书的简称不应该搞错，所以这些错误的出现只能说明是其有意的。

9. 如来佛。《西游记》中最大的错写就是如来佛，因为"如来佛"这一称谓本身就是不当的。在佛教经典中,"如来"是佛的称谓之一，而非某位佛的名字，如燃灯古佛亦称"燃灯如来"。作者是不是搞错了呢？不是。在大闹天宫时，如来对孙悟空说“我是西方极乐世界释迦牟尼尊者”，说明作者对于如来佛的身份是十分明确的。书中对于释迦牟尼佛先称“如来”，后称“佛祖”，都是合适的，但在收服孙悟空之后即将其称为“如来佛祖”，这一称呼就开始出错了，因为那相当于称其为“佛佛祖”。此后就开始经常使用“如来佛”“我佛如来”等称呼，把“如来”的含义由佛变成了名字。这种错的方式非常巧妙，让人不知不觉间接受了其错写的称谓。事实上，正是由于《西游记》在民间的巨大影响，致使“如来佛”的名号深入人心。

《西游记》对于佛教的态度

《西游记》故事取材于佛教，几个主人公也或多或少都能在佛教历史上找到对应的原型。唐僧的原型是玄奘法师，孙悟空的原型前面已经讨论过了，除此之外，有人认为猪八戒的原型是朱士行法师，而白龙马则可以对应到晋代白马驮经的典故，可以说这部小说的主人公许多都来自佛教。另外从《西游记》的故事来看，整个故事当中给人感觉法力高强的如来佛是佛教的第一号人物，在整个故事中起到重要作用的观音菩萨也是佛教人物，故事中出现的燃灯古佛、接引佛祖、弥勒佛以及结尾处出现的诸佛及菩萨充分展示了佛教力量的强大，让人感觉明显是在宣扬佛教。但从前面那么多出错可以看出，《西游记》虽然表面上看起来是一部宣扬佛教的书，对于真正的佛家人物也有着发自内心的敬意，但其对佛教的态度其实并不友好。

孙悟空在车迟国遇到五百和尚的时候，讲到和尚出家的原因时说：

父母生下你来，皆因命犯华盖，妨爷克娘，或是不招姊妹，才把你舍断了出家。

来到禅林寺的时候，喇嘛僧讲到出家原因时说的是：

我们不是好意要出家的，皆因父母生身，命犯华盖，家里养不住，才舍断了出家。

这两处的对话，简直是把天底下的和尚都骂遍了。唐僧师徒来到灭法国时，书中描写“那城中喜气冲融，祥光荡漾”，“虽是国王无道杀僧，却倒是个真天子，城头上有祥光喜气”，这样的表述其用意显而易见。还有沙僧本是妖怪，加入取经队伍后，其形象只有一点改变，就是唐僧为其剃去了头发，这时他的形象就是一个没了头发的妖怪，但书中说他“真有和尚家风”，很明显是对和尚的讽刺。除了这些地方之外，书中还有许多对佛教暗讽之笔。

1. 良莠不齐

如果要贬低一个团体，不需要抨击当中的所有人，只要攻击当中的个别人物即可。《西游记》深谙此道，其看起来是在通过讲佛教的故事来宣传佛教，但同时也提到了一些素质不高的和尚，而这对于攻击当时的佛教来说已经足够了。在故事中，玄奘十八岁的时候与众人讲经参禅，有个酒肉和尚被玄奘难倒，然后对其大骂出口。人们看小说的时候通常只关注主角，所以只要唐僧品行好就会觉得该书对佛教友好。但是别忘了，酒肉和尚也是和尚，他的素质低下所反映的就是和尚的素质低下，这个设计等于在说，有的和尚既喝酒又吃肉，而且不修心养性，不修口德，品德较差，用一个非常简单的情节设计就贬损了佛教的形象。

唐僧来到了观音院的时候，金池长老已经二百七十岁了，是个地地道道的和尚，而且是在观音菩萨眼皮底下的，这个人怎么样？节操有问题，平时与妖精往来密切；有虚荣心，听到孙悟空说他们有袈裟为宝就很轻视，拿出一堆袈裟来炫耀；更为要命的是他贪心且狠心，看到了唐僧的锦襕袈裟就起了侵占之意。而他的两个弟子广智、广谋，居然出主意要把唐僧师徒烧死，老和尚也同意了。接下来全寺几百个僧人一起参与执行他们的阴谋，没有一个发善心去救唐僧，连一个通风报信的都没有，这些和尚都是真正的佛教中人，心肠居然如此恶毒。

另外这些人还很没有骨气，他们在看到孙悟空的法力神通之后，吓得胆战心惊、奴颜婢膝，所表现出的嘴脸实在丑陋。

唐僧师徒来到宝林寺的时候，唐僧因嫌孙悟空等人嘴脸丑陋，怕冲撞了别人，主动提出由他去借宿，结果被寺里的和尚灰头土脸地赶了出来，足见这些和尚之冷漠无情。唐僧被赶出时说自己“又不曾拜谶吃荤生歹意，看经怀怒坏禅心；又不曾丢瓦抛砖伤佛殿，阿罗脸上剥真金”。这几种行为明显是与和尚的生活相关，唐僧的话所表达的意思就是“我不是那样的和尚”，他的语气中明显可以感觉到自己被冤枉了。这样的感叹表面上是说唐僧并无此不良行为，但从另外一个角度却是在暗示和尚中有这些行为，只不过唐僧属于操行好的和尚罢了。另外，此处经寺里和尚之口，还说出以前来的行脚僧人来到这里贪图享受，破坏寺里的物品，不守规矩，其实所有这些人犯的错误和毛病都得记在佛教身上。而接下来当孙悟空出面用金箍棒威胁寺里的和尚时，和尚们马上就软了下来，服服帖帖地让出禅房来给唐僧师徒休息，欺软怕硬的性格表露无余。

后来唐僧师徒来到了天竺国布金禅寺，该寺的老僧已经一百零五岁了，玉兔精把天竺国公主掠到他那里之后，老僧恐该女子为众僧玷污，就说她是妖怪，公主也配合装疯作怪。这个桥段明着在写老僧的善良，暗中却在表明其他一干僧众的人品不可靠，老僧当然是了解自己的弟子的，他对自己的弟子不放心到如此地步，充分说明了问题。

还有那些在镇海禅林寺被老鼠精吃掉的和尚，虽然是受害者，但自身修为也是有问题的。通过孙悟空后来的试验就知道老鼠精所采用的方法是色诱，如果这些和尚能抵住诱惑就不会轻易被害，但三天六人被害，证明这些和尚的修为还差得远，没有一个人能抵得住女色的诱惑。所有上述这些情节都是对和尚的贬低，贬低和尚自然也就是在贬低佛教。

2. 不讲信用

在大闹天宫的过程中，当孙悟空从八卦炉里逃出来之后，天庭无人能制，玉帝派人请来如来佛，如来佛出面与孙悟空进行赌斗，然后如来佛把他压在了五行山下。在赌斗之前，如来佛说的是：

我与你打个赌赛：你若有本事，一筋斗打出我这右手掌中，算你赢，再不用动刀兵苦争战，就请玉帝到西方居住，把天宫让你；若不能打出手掌，你还下界为妖，再修几劫，却来争吵。

但是，赌斗结束后，如来佛不由分说，直接手掌一翻把孙悟空压在了五行山下，并没有执行此前的约定让孙悟空下界为妖。这虽可表现如来佛的法力高深，但如果说法力高强就可为所欲为，不讲诚信，那就是丛林法则，而不是佛法了。

观音菩萨在流沙河收沙僧的时候，当时的承诺是"功成免罪，复你本职"。沙僧的本职是卷帘大将，取经之后应当复原职才是，但结果是将其收入佛门，封为金身罗汉，没有履行之前的承诺。

3. 打诳语

出家人不打诳语，但《西游记》中佛教人物的表现却明显有违背这一原则的地方。唐僧为了让孙悟空戴上紧箍儿，采用的就是欺骗的手段。

又见那光艳艳的一领绵布直裰，一顶嵌金花帽，行者道："这衣帽是东土带来的？"三藏就顺口儿答应道："是我小时穿戴的。这帽子若戴了，不用教经，就会念经；这衣服若穿了，不用演礼，就会行礼。"行者道："好师父，把与我穿戴了罢。"三藏道："只怕长短不一，你若穿得，就穿了罢。"

这么复杂的一套谎话，怎么可能是顺口无心之答，明显是有意的欺骗。而为了突出这一点，书中在前面的情节中安排孙悟空说自己刚从龙王家喝茶回来，唐僧对他说了一句"出家人不要说谎"，这句话刚说完，唐僧自己就说谎，这样的安排明显就是要突出唐僧说谎的问题。在故事中，不仅唐僧说谎，观音菩萨、地藏王菩萨、如来佛都说谎。

在水陆大会上，玄奘法师讲述经书时，观音菩萨对他说，你讲的这些都是小乘教法，度不得亡者超升，只可混俗和光，然后引导唐僧去西天取经。但是，当唐僧走到双叉岭刘伯钦家里的时候，给刘伯钦的亡父做了一场法事，超度他往中华富贵长者人家投胎去了。此时唐僧还没有走出大唐地界，这说明唐僧原本所学已经能够超度亡者脱生，观音菩萨此前的说法是不成立的。

在辨别真假美猴王的时候，地藏王菩萨是能辨别得出来的，他案下的谛听已经听出了谁是真谁是假，但是，鉴于假悟空神通广大与真悟空一样，于是告诉地藏王菩萨要装作分辨不出来。在佛教经典中，地藏王菩萨是舍身要度地狱所有生灵的，居然只是因为害怕就说了假话。

那兽奉地藏钧旨，就于森罗庭院之中，俯伏在地，须臾抬起头来，对地藏道："怪名虽有，但不可当面说破，又不能助力擒他。"地藏道："当面说出便怎么?"谛听道："当面说出，恐妖精恶发，搔扰宝殿，致令阴府不安。"又问："何为不能助力擒拿?"谛听道："妖精神通，与孙大圣无二。幽冥之神，能有多少法力? 故此不能擒拿。"地藏道："似这般怎生袪除?"谛听言："佛法无边。"地藏早已省悟，即对行者道："你两个形容如一，神通无二，若要辨明，须到雷音寺释迦如来那里，方得明白。"

如来佛在意欲传经东土时，讲了天下四大部洲的情况：

我观四大部洲，众生善恶，各方不一：东胜神洲者，敬天礼地，心爽气平；北俱芦洲者，虽好亲生，只因糊口，性拙情流，无多作践；我西牛贺洲者，不贪不杀，养气潜灵，虽无上真，人人固寿；但那南赡部洲者，贪淫乐祸，多杀多争，正所谓口舌凶场，是非恶海。

按照如来的说法，东胜神洲很好，北俱芦洲也是可以接纳的，最好的就是西牛贺洲，而南赡部洲问题很多，需要改造，所以才要往那里传经。但是，结合整个西游记后面的故事来看，玄奘法师西天取经，在大唐境内只遇到了几个级别很低的妖精——寅将军、熊山君、特处士，而这三个妖精还是很有节制的，只吃了唐僧的随从，没有吃唐僧。而进入西牛贺洲后，一路上全都是妖魔鬼怪，虽说有一些是如来佛、观音菩萨派去考验唐僧师徒的，但也有很多是原生的，白骨精、狐狸精、蝎子精、蜈蚣精、树精杏仙，尤其是狮驼国，全国的人都被大鹏给吃了，但是如来佛都没有管，这些与他所讲的西牛贺州“不贪不杀，养气潜灵”形成了鲜明的反差。而且，后来唐僧来到天竺慈云寺的时候，那里的和尚说他们都想投胎到大唐去，说明大唐比天竺还要好，这一说法与如来的说法完全是相反的。

4. 贪图名利

大闹天宫时，如来佛制服了孙悟空之后，玉皇大帝召开答谢会，各路神仙都来了。由于如来佛立了大功，大家请如来佛为此会起名。虽然如来佛有功，但这里毕竟是玉帝的地方，强宾不压主，如来佛应该推让才对。按理他应该讲“贫僧只是略尽绵薄之力，起名之事当由玉帝方可”之类的话，但如来佛未曾推辞，毫不客气，直接就立了一个“安天大会”。而在安天大会上，玉帝请如来佛坐首席，虽然如来佛有功，但从礼节上说还是应由玉帝坐首席才对，所以如来接受这个座位的安排也是不合礼数的。

接下来，王母娘娘带着一班仙娥奉上蟠桃玉酒，各种珍馐美味，大家相饮甚欢，如来佛对此安排亦很是受用。回到灵山后，如来佛对一干僧众讲了自己在天庭的所作所为，颇为开心，讲自己如何降伏了孙悟空，玉帝如何摆了酬谢宴，还请他坐了首席。在这些言语当中，分明有沾沾自喜之意。这样的表现如果发生在普通人身上很正常，但是作为佛祖，以其应有的修为，这样的表现是欠妥的，作者的这种写法实际上是一种讽刺。后面如来召开盂兰盆会之时，大家献了三首诗，分别是福诗、禄诗和寿诗，有人通过这三首诗认为《西游记》在佛学方面造诣不深，其实并非如此。因为作者紧接着在这三首诗之后就用了两句很有禅意的诗句——“禅心朗照千江月，真性清涵万里天”，在禅的境界方面与前面三首诗明显不在一个层次上，说明作者的佛学功底并不是真的那么差。福禄寿乃世人之所求，如来佛怎么会求福禄寿呢？献这三首诗的安排其实是一种讽刺。

5. 心胸狭隘

唐僧师徒来到宝林寺时，遇到乌鸡国王的鬼魂求助。原来乌鸡国王被青狮精推下井三年，究其原因是如来佛曾派文殊菩萨前来，欲度乌鸡国王为金身罗汉，但由于文殊菩萨以凡僧的形象出现，用言语责难乌鸡国王，乌鸡国王就把他当坏人捆起来，在御水河中浸了三日三夜，然后六甲金身救出文殊菩萨，回报如来，如来佛令文殊菩萨的青狮精到此处推乌鸡国王下井，以报三日水灾之恨。虽然表面上从故事的安排来说，如来佛做得很周到，所派去狮子是骟了的，不会坏了纲常伦理，而且又让乌鸡国三年风调雨顺，似乎是不错，但如果细分析就会发现这里是有问题的。乌鸡国王由于好善斋僧，如来佛就想要度他归西，事情的起因在佛教，与乌鸡国王无关，且未经其同意，而这件事又被文殊菩萨办砸了。身为菩萨前去度人，无论以什么样的身份形象去做这件事，都应当采用有效的方法，但他化为凡僧以言语责难，让乌鸡国王认为他是坏人，这是办事能力有问题。明明是文殊菩萨办事不力，但是如来佛祖、文殊菩萨却把责任推到了乌鸡国王的身上，身为佛祖、菩萨居然为了这点事情进行报复，而且由于他们的影响力大，乌鸡国王还无处申冤，根本体现不出任何宽容与仁慈，甚至可以说是不讲道理。这个故事表明斋僧是有风险的，遇到办事不力的菩萨，给佛教做好事不但得不到好报，还会遭受厄运。

另一个例子是朱紫国的国王，他年轻时打伤了孔雀佛母大明王的孩子，然后孔雀明王就立意要报复，让他拆风三年（夫妻分居）。而观音菩萨的坐骑——金毛犼，听到了之后就自觉去执行这一方案。从这个故事中也可以看出孔雀佛母大明王心胸狭隘，而金毛犼及其背后的观音菩萨，则都有给孔雀明王拍马屁的嫌疑，这些做法都不光彩。小说在这里都讲到了同一句话“一饮一啄，莫非前定”，其实是在偷换概念。佛家讲因果循环，并不是睚眦必报。

6. 专制

唐僧的前世是如来佛的二弟子金蝉子，由于不认真听佛讲经，被如来佛以轻慢佛经为由贬下界来。这个设计虽然对于小说来讲，可以令唐僧自带光环，会使整个故事变得很精彩，彰显因果循环之意，但是当中所包含的对于佛教的攻击也是很明显的。弟子不认真听讲并不是大错，提醒他一下也就是了，直接把他贬落凡尘受苦，这种做法实在是太霸道了，明显过分了，说明小说中的佛祖是一个滥用权力的人。虽然唐僧最后通过西天取经修成正果，提升等级成了佛，但这一皆大欢喜的结局并不能掩盖权力滥用的本质。

唐僧出世后被金山寺法明禅师所救，这位长老后来就是唐僧的师父。他救了唐僧之后，看了血书，知道了他的来历，托人将他抚养到十八岁，然后就叫他削发修行。唐僧并不知道自己的身世，只知道自己是师父养大的，师父的旨意当然要听从，所以师父让出家自然就出家。但法明和尚知道唐僧的父母是谁，虽然他父亲不在了，但是他母亲还在，如果此时要让唐僧出家应先征求他母亲的意见。法明和尚把唐僧养大并不能代表他有权决定其一生的选择，即使他有神通，能预测到唐僧将来肩负取经大任，但是否出家也应由他自己来决定，至少要征求其母亲的意见。事实上，唐僧是否出家并不影响他寻亲报仇，法明和尚完全可以等到他们一家团聚之后，再由人家对是否出家自己做出选择，但他并没有这样做，而是直接就替他做了决定。

这种专制还表现为唐僧对孙悟空的不信任。唐僧救出孙悟空之后，由于孙悟空杀了六贼，被唐僧指责，孙悟空直接驾云去了东海，然后观音菩萨化身为一老母，送了紧箍儿和紧箍咒给唐僧，孙悟空回来后受骗戴上。其实在这一情节中，孙悟空到了东海之后是自愿返回的，并不是由于他人的强制，因此说明其态度上是归顺的，但唐僧不管，回来就先把紧箍儿戴上再说。而且此时孙悟空犯错的事已经过去了，而接下来唐僧仅仅为了试验紧箍咒是否好用就反复地念，这一做法就更为过分。紧箍咒对于孙悟空来说是十分痛苦的，读者容易因为孙悟空有金刚不坏之体而觉得问题不大，但在道理上这是说不通的。如果犯了错惩罚他无可厚非，但此时只是为了测试就这么做，哪里符合出家人慈悲为怀的精神呢？

通过这些情节，可以看出作者想表达的是对佛教专制作风的攻讦。让你出家就必须出家，不征得你父母意见；听佛讲经必须全心全意，稍不留神就被严厉惩罚。另外还有如乌鸡国王，佛想让做罗汉你就得服从，完全不征求你的意见。

7. 自相矛盾

唐僧取经的起因是如来佛要传经东土，这件事本身就是一个很大的问题。如来佛说自己有三藏真经，想要送到东土，因此才派观音菩萨去寻善信来取经，这种理念表面上看起来没错，但是细分析起来境界就差远了。《易经》当中《蒙》卦对于这个问题有着非常明确的观点：匪我求童蒙，童蒙求我。这是教育的基本理念，也是最核心的理念，在佛家思想当中一样是这个道理。经是用来取的，而不是用来传的，一取一传，相差得远了。《金刚经》讲，要度一切众生有情，但不可生度人之念，否则即为着相。而小说中如来佛有传经度人的念头，坚持要把自己的三藏真经传至东土，着相的意味明显太重了，已经背离了佛家的基本思想。其实佛为众生讲经，通常都是别人来向佛请教，你让佛自己去讲，他就不知该讲什么了，因为讲出来的都不对，在没有具体背景的情况下，哪里有经可讲呢？小说当中如来佛想用自己的经书改变南赡部洲，这样的念头已经明显降低了佛祖的境界。

唐僧救出孙悟空后因为孙悟空杀六贼而发怒，唐僧认为六贼有罪，但罪不至死，所以不该杀，应当以慈悲为怀。但是换个角度来说，六贼有错要慈悲为怀，那孙悟空杀六贼有错唐僧为什么不能慈悲为怀呢？唐僧对孙悟空没有任何宽容的态度，尽其所能进行惩罚，孙悟空戴上紧箍儿之后，唐僧为了试验紧箍咒是否灵验就反复地念，他这种惩罚孙悟空的行为与孙悟空杀六贼的行为性质是一样的，很明显在自己和徒弟的问题上，采用的是双重标准。

再说女儿国的蝎子精。蝎子精劫走了唐僧之后，孙悟空和猪八戒降伏不了，观音菩萨告诉他们去找昴日星官，他讲到了一段缘由，说这个蝎子精在雷音寺听佛谈经，如来见了不合用手推她一把，她就转过钩子，把如来左手中拇指上扎了一下，如来也疼痛难禁，着金刚拿她。这种介绍确实有给蝎子精打广告的作用，连如来佛都吃了她的亏，能够显示出蝎子精法力高强，但是从另外一个角度来讲，如来为什么要推她一把？佛祖讲经蝎子就不能听吗？佛家不是主张众生平等，皆可成佛吗，难道如来佛心中还有区别之念？号山遇红孩儿时，观音菩萨听到红孩儿假扮她的时候居然会动怒，实在不像一位菩萨该有的修为。

8. 贪婪

再说一下灵山传经。唐僧师徒历经千辛万苦来到灵山，如来佛祖命阿傩和伽叶传经给他们，二僧竟向唐僧索要人事，闻听唐僧没有人事，他们取笑道，“白手传经继世，后人当饿死矣”，然后传下了无字经书给唐僧。经燃灯古佛暗中帮助之后，唐僧师徒发现经书中没有字回来换经，如来佛祖告诉他们，阿傩、伽叶索要人事的事他是知道的，而且认为是正当的。最后唐僧把紫金钵盂送给阿傩作为人事，阿傩和伽叶才重新传了有字真经给唐僧。虽说这个桥段所表达的是经不可轻传之意，但是，唐僧师徒历经千辛万苦来取经，已足够表示诚心，在这样的情况下，佛祖仍然允许阿傩和伽叶索要人事，未免有些过于世俗功利。

9. 明哲保身

孙悟空三打白骨精之后，被唐僧驱逐回山，其所做的第一件事就是杀了上千名进山的猎户。孙悟空自己说：“千日行善，善犹不足；一日为恶，恶自有余。”这里情节的安排，是在针对佛教许多逃避问题的做法。佛教教义中有诸多禁忌，不让人们去做，但如果已经做了怎么办？佛教常常不能给出有效的解决办法，似乎如果这一世做了恶就只能下一世还。孙悟空三打白骨精，在唐僧看来，这是杀了三个人，他处理此事的方法是先用紧箍咒加以惩处，然后驱逐，看似进行了有效的处理，但处理的结果是使更多人遭殃。如果唐僧不驱逐孙悟空，那一千多名猎户明显不用死，所以，唐僧的驱逐行为在客观上导致上千人的死亡。而且，唐僧对于孙悟空杀人的一个极大的顾虑是怕连累自己，唐僧当时的说法是：

你在这荒郊野外，一连打死三人，还是无人检举，没有对头；倘到城市之中，人烟凑集之所，你拿了那哭丧棒，一时不知好歹，乱打起人来，撞出大祸，教我怎的脱身？

唐僧肉眼凡胎，不认识白骨精是正常的，在这一点上不宜对唐僧要求过高。但唐僧本就是一位有修为的高僧，其如此害怕受牵连是不正常的。对于孙悟空所存在的问题，唐僧采取的方法是逃避，为了回避问题而将孙悟空逐走，而他的做法造成了更大的问题。

如果《西游记》是一部宣扬佛教的故事书，为什么会有这么多贬损佛教的地方？表面上看是为了使故事具有趣味性，但在道教的问题上却没有使用这些手法。将两者相比较即可看出，这部小说并不是宣扬佛教的，其对佛教的态度是明捧暗讽。理解了这一点，就会明白作者并非对于某些情节看似没有处理好，也就理解了为什么有那么多错写发生在佛教身上，作者或许想做的就是影响佛教传播。但是作者对于这些情节的运用非常巧妙，且由于取经的主人公唐僧师徒都是佛门中人，使得这些事情看起来都是发生在其内部的事情，容易让人觉得这只是在讲人情世故，并非是针对佛教的。

三《西游记》对于道教的态度

《西游记》对于道教的态度与佛教明显不同，《西游记》中涉及道教人物的情节也非常多，但却很少有负面表现。虽然故事中有几个道士是反面人物，看起来是在贬损道教，但仔细分析就会发现其并非如此，因为那些反面角色都是假道士。书中对于道教人物的态度是真假有别，对于假道士不吝笔墨去丑化，而对于真道士则是不一样的。

（一）对假道士的贬损

唐僧师徒在取经路上所遇到的道士给人印象较深的都是反派角色，如乌鸡国的国师、车迟国的国师、比丘国的国师等，都与唐僧师徒作对，而且本领也不怎么样，几乎都不是孙悟空的对手。但是，这些道士有一个共同的特点——其真实身份都是妖精。

1．乌鸡国国师。他本是文殊菩萨座下的青狮精，把乌鸡国王推下井里三年，然后变成乌鸡国王的样子霸占了王位。就在孙悟空要除掉他的时候，文殊菩萨出面讲情，说明他是如来佛祖派来报复乌鸡国王的，也没有干其他坏事，那自然就不用受惩罚了。对这一段内容分析即可发现，乌鸡国国师虽然是个道士，但还不能算是个很坏的道士，如果非要把他归入坏人的行列，那么别忘了，他其实是佛教派去的。青狮精是故事中第一个以道士身份出现的妖精，作者安排他来自佛教，就是想提醒读者对于书中出现的妖精道士，要对其真实身份加以辨别。

2．车迟国的三位国师。虎力大仙、鹿力大仙和羊力大仙是三位道士，但都是妖精变的。这三个妖精其实并没干什么坏事，他们凭法力战胜了车迟国的和尚，赢得了国王的信任，此后一直保护车迟国风调雨顺，国泰民安。他们在与和尚的比试中取得胜利靠的是真本事，是公平竞争，他们得到国师之位是合法的。他们并没有吃唐僧肉的企图，只是在受到了孙悟空戏弄之后才产生了雪耻的念头，所以孙悟空除掉他们其实是没有正当理由的。孙悟空也意识到了这一点，于是对国王说是他们看你气数未尽所以还不敢妄动，否则就会害你，国王闻言省悟，李卓吾先生点评认为国王“省悟得太速些”，有些不合情理。其实孙悟空所讲的只是推测，没有任何依据，国王在三位国师已死的情况下当然只能同意孙悟空的说法，而读者则容易因为唐僧师徒是取经的主角，受光环效应影响而认为他们除掉妖怪就是正义的，但这一逻辑是不公平的。孙悟空本身也是妖精出身，《西游记》中还有那么多干坏事的妖精最后都得到了好的出路，而这三个没干坏事的妖精却在此处被杀，明显是不公平的。

这段故事中作者还借用了道教传说中“张三丰七戏方士”的故事。

有位方士学过一种称为“五雷法”的道术，能役使五方雷霆，想入京师借法术图个进身之阶。张三丰在途中候着他来，教他“六雷法”。方士到了京师，先向权贵演“五雷法”，博得了权贵的信任，而后又演“六雷法”，结果把妖怪招了出来，把权贵一家迷得精神失常，方士也被人斩为两段。《西游记》中可能参考了这一传说，在斗法过程中也提到了“五雷法”。

那道士心中焦躁，仗宝剑，解散了头发，念着咒，烧了符，再一令牌打将下去，只见那南天门里，邓天君领着雷公电母到当空，迎着行者施礼。行者又将前项事说了一遍，道：“你们怎么来的志诚！是何法旨？”天君道：“那道士五雷法是个真的。他发了文书，烧了文檄，惊动玉帝，玉帝掷下旨意，径至九天应元雷声普化天尊府下。我等奉旨前来，助雷电下雨。”

从这段文字来看，作者其实是在告诉人们“五雷法”是真有效果的，而这一法术是道教的。

3. 比丘国的国师。他本是寿星的坐骑白鹿，带着狐狸精迷惑国王，并且让国王在全国取一千一百一十一个小儿的心肝作药引，这个妖精差点儿被孙悟空除掉，幸亏被寿星所救。但这个国师也不是真正的道士。作者安排其以道士身份出现，其实是在影射一段真实的历史事件（详见后文）。

4. 黄花观的多目怪。唐僧师徒过了盘丝洞之后来到黄花观，在那里碰到一个道士，也就是七个蜘蛛精的师兄。他一开始较为友好，后来听到蜘蛛精的投诉，才采用下毒的方法来对付唐僧师徒。写到这里，他的行为还都是可以令人理解的。但是在他了解真相之后，甚至七个师妹生死存亡之际，他仍然只想吃唐僧肉，其角色邪恶的一面完全展露了出来，最后被毗蓝婆菩萨收服。但他是蜈蚣精，也不是真正的道士。

5. 落胎泉的如意真仙。唐僧与猪八戒误饮了子母河水之后，孙悟空前往落胎泉取水，受到如意真仙的阻拦。这位如意真仙也是道士形象，他在西游记中虽被孙悟空打败，并没有现出原形，但他是牛魔王的弟弟，自然应该是牛精，所以也不是真的道士。如意真仙是上述角色中唯一孙悟空能杀却不杀的，其剧情安排另有用意。

（二）对于真道士的维护

《西游记》中出场的真正的道家人物形象普遍都是正面角色。

1. 三清。三清在道教中的地位是至高无上的，关于三清的称谓，书中在答谢如来佛时写明为“玉清元始天尊、上清灵宝天尊、太清道德天尊”，后来在车迟国时通过猪八戒之口称之为“元始天尊、灵宝道君、太上老君”。元始天尊是三清之首，太上老君为三清之末。书中对于三清角色的安排是有所不同的，太上老君多次出现，而且除了他本人之外，其身边的童子、道士、青牛以及各种法宝不断亮相，出镜率是比较高的。而相比之下，元始天尊与灵宝道君的出场几乎令人忽略，只是在如来佛降伏孙悟空后拜谢如来时三清同时出现了一次，并且都无剧情。但在后续的故事中，元始天尊与灵宝道君又有所不同，二人虽都未出现，但元始天尊有两次间接出场，一次是通过镇元大仙之口，一次是通过弥勒佛之口。整体上说，三清在整部书中的表现并无不当之处。

2. 太上老君。道家的代表人物首推老子,《西游记》中明确太上老君就是老子，这在孙悟空偷吃金丹时已经提到，其对于道家形象的展示也大部分集中在太上老君身上。太上老君在《西游记》中发挥作用的方式有两种，一种是直接出场，即老君自己的行为；另一种是间接出场，老君自己并未出现，通过其他的信息表现出来。太上老君的直接出场主要有六次，还有一些间接的出场，形象上都是正面的。

3. 金银童子与青牛精。他们都是太上老君身边的，这些人下界为妖，虽然敬道士却没有以道士的形象出现。而他们本领又都很高强，单论武艺而言，他们都不输给孙悟空，且所持的法宝又都很厉害。最后金银童子是被自己的法宝紫金葫芦和羊脂玉净瓶拿住的，青牛精是被老君收服的，都很好地维护了道教的颜面。

4. 赤脚大仙。赤脚大仙容易被读者忽视，似乎只是一个普通的神仙角色，但其实作者对于这个角色是比较重视的。赤脚大仙的身份是道士，因为孙悟空在蟠桃会时遇到他的称呼是“老道”。在如来佛擒拿孙悟空后，玉帝设安天大会答谢如来佛，三位有对白的角色分别是王母娘娘、寿星和赤脚大仙，这一安排意在表明赤脚大仙的身份是比较特殊的。另外，卷帘大将犯错的时候，正是由于赤脚大仙的求情，才得以脱死罪改贬流沙河。他虽然在蟠桃会上被孙悟空所骗，但其行为表现并无不当之处。

虽然赤脚大仙在《西游记》中并无特殊身份，但从作者着墨的情况来看，这个角色并非普通角色，因为他的戏份完全可以转移到另一位较为有名的神仙身上。赤脚大仙这个角色很可能是有其原型的，是作者生活中较为熟悉的某个人，亦较受作者敬重，故将其写入故事当中。

5. 镇元大仙。镇元大仙是位道士，他虽然也是阻碍唐僧取经的一难，但却没有给人任何的反感。他是地仙之祖，法力高深，可以轻易拿住孙悟空，但我们喜欢这个角色却不仅是因他法力高强。这个人有情有义，他感谢金蝉子传茶之情，以非常珍贵的人参果招待唐僧；感谢孙悟空活树之功，与其八拜结交；虽然两次捉拿唐僧师徒并加以惩处，但明显是有理的，属于依理维权；为人大度，在观音活树之后再未追究孙悟空偷果子的责任。这个角色各方面的形象都是正面的，无疑是对道教形象的正面宣传。

6. 太乙救苦天尊。太乙救苦天尊并不是《封神演义》中的太乙真人，他是道教经典中的一个人物，其角色与佛教经典中观世音菩萨比较相似，都是救苦救难的。他在《西游记》中出场只有一次，是收服九灵元圣，也就是他自己的坐骑九头狮子。书中并未过多地描写他法力如何，但通过对九灵元圣高深法力的描写，侧面衬托出了太乙救苦天尊的法力之高。如果把太乙救苦天尊与观音菩萨进行比较，二者的法力难以直接比较，但比较二人的坐骑则十分明显。观音菩萨的金毛犼法力平平，只是法宝紫金铃比较厉害；而九灵元圣的法力则是让孙悟空束手无策的，其明显高出金毛犼很多。这样看来，太乙天尊与观音菩萨的法力比较也就可见一斑了。

7. 真武大帝。孙悟空在小雷音寺遇到黄眉老佛中，因不能取胜，前去武当山请真武大帝，也就是荡魔天尊。天尊派遣座下龟蛇二将前往相助，但亦不是黄眉老佛的对手。这段情节的安排对于取经并没有很大的帮助，但却为真武大帝做了一次推广宣传，而其宣传手法与许多佛经中的写法有些类似。

上帝祖师，乃净乐国王与善胜皇后梦吞日光，觉而有孕，怀胎一十四个月，于开皇元年甲辰之岁三月初一日午时降诞于王宫。那爷爷：幼而勇猛，长而神灵。不统王位，惟务修行。父母难禁，弃舍皇宫。参玄入定，在此山中。功完行满，白日飞升。玉皇敕号，真武之名。玄虚上应，龟蛇合形。周天六合，皆称万灵。无幽不察，无显不成。劫终劫始，剪伐魔精。

不仅如此，在平顶山遇日值功曹时，孙悟空将真武大帝与佛祖并列，说明二者地位是相近的。

8. 紫阳真人。紫阳真人张伯端是北宋时期道教著名人物，为金丹派南宗始祖，著有《金丹四百字》，另外他所著《悟真篇》与汉魏伯阳的《参同契》并称“丹经王”。故事中只安排他出场一次，送了一件霞衣给朱紫国金圣宫娘娘，以保其清白，其施恩不望报的形象无疑为道家的形象加分不少。

9. 四大天师。小说中的四大天师在前面已经讲过，四大天师在故事中主要承担向上报告及向下传达的工作，虽从未展示法力，但其行为没有不当之处。

10. 金顶大仙。金顶大仙在玉真观，其位置处于灵山脚下，在佛教圣地的出入口安排一个道观。作者这样安排，其用意或许是：想求取佛家的真经，必先经过道家的领地。

另外，《西游记》中每个寺院中几乎都有道士存在，但道士都是要服从和尚管理的。如观音禅院、宝林寺等很多寺院中都有道士出现，而这些道士都是帮和尚们打杂的，这种细节上的安排所体现的可能是当时道教人物的生存状态。这些道士虽然没有地位，但却不做坏事，

最典型的就是观音禅院，参与放火的道士一个都没有，但受罚时所有的道士都与和尚一起受罚。另外，车迟国的道士虽是反派，却是很讲人情的，孙悟空变成道士去说情，说和尚中有他亲戚，想要释放，两位小道士很痛快地答应了。后来孙悟空强人所难，说五百个和尚都是他亲戚，两位道士才予以拒绝。《西游记》中只有一位凡人道士可算是反派角色，就是落胎泉如意真仙的弟子，在阻挠沙和尚取水时被打断了胳膊，但在这一难当中佛道两教的身份是互换了的，所以表面上看起来这个反派角色是位道士，但其实他真正的身份却算不得道士（理由详见后文）。

四 《西游记》对于佛道关系的处理

（一）佛道之辩

《西游记》中非常巧妙地安排了佛道两派进行辩论。唐僧师徒来到比丘国时，书中安排了一次佛道两教的争辩，代表佛教出场的是唐僧，而代表道教出场的则是比丘国师。其实比丘在梵文中指的就是佛教的修行者，这一地点取名“比丘国”，作者意思即是将其作为佛教的大本营来看待，在佛教的大本营进行辩论，颇具有登门较量之意。

三藏闻言，急合掌应道：“为僧者，万缘都罢；了性者，诸法皆空。大智闲闲，澹泊在不生之内；真机默默，逍遥于寂灭之中。三界空而百端治，六根净而千种穷。若乃坚诚知觉，须当识心：心净则孤明独照，心存则万境皆清。真容无欠亦无余，生前可见；幻相有形终有坏，分外何求？行功打坐，乃为入定之原；布惠施恩，诚是修行之本。大巧若拙，还知事事无为；善计非筹，必须头头放下。但使一心不行，万行自全；若云采阴补阳，诚为谬语，服饵长寿，实乃虚词。只要尘尘缘总弃，物物色皆空。素素纯纯寡爱欲，自然享寿永无穷。”

那国丈闻言，付之一笑，用手指定唐僧道：“呵！呵！呵！你这和尚满口胡柴！寂灭门中，须云认性，你不知那性从何而灭！枯坐参禅，尽是些盲修瞎炼。俗语云，坐，坐，坐，你的屁股破！火熬煎，反成祸。更不知我这修仙者，骨之坚秀；达道者，神之最灵。携箪瓢而入山访友，采百药而临世济人。摘仙花以砌笠，折香蕙以铺裀。歌之鼓掌，舞罢眠云。阐道法，扬太上之正教；施符水，除人世之妖氛。夺天地之秀气，采日月之华精。运阴阳而丹结，按水火而胎凝。二八阴消兮，若恍若惚；三九阳长兮，如杳如冥。应四时而采取药物，养九转而修炼丹成。跨青鸾，升紫府；骑白鹤，上瑶京。参满天之华采，表妙道之殷勤。比你那静禅释教，寂灭阴神，涅槃遗臭壳，又不脱凡尘！三教之中无上品，古来惟道独称尊！”

那国王听说，十分欢喜，满朝官都喝采道，“好个惟道独称尊！惟道独称尊！”长老见人都赞他，不胜羞愧。

故事可以荒诞，但此中辩论的内容绝无戏谑之意，作者对于双方的观点都是非常认真地阐述的。作者对于佛道两家的理论都很熟悉，其对佛家观点的阐述绝非断章取义，而对于道家理论的阐述也不是哗众取宠，虽然故事中的人物情节是假的，但作者所要展示的观点却是真的。小说中在辩论时以道士占优结束，为道教扬眉吐气，但在整个环节最终又以妖道被收服结束，告诉大家那是个妖精，为佛教找回了颜面。但仅就佛道之辩这一环节来说，作者真正的意思是两家的思想要配合使用。佛家之言讲的是“知本”，而道家之言则为“知用”，两家配合才是真正的价值，如果两家竞争，只会适得其反。

《西游记》在与佛教争辩方面，还找来了儒教为道教做帮手。在唐太宗魂游地府回来之后要办水陆大会时，对于这一佛事到底该不该办，群臣是有争议的。其中“反佛斗士”傅奕是反对派的领袖。

傅奕闻旨，即上疏止浮图，以言无佛。表曰：“西域之法，无君臣父子，以三途六道，蒙诱愚蠢，追既往之罪，窥将来之福，口诵梵言，以图偷免。且生死寿夭，本诸自然；刑德威福，系之人主。今闻俗徒矫托，皆云由佛。自五帝三王，未有佛法，君明臣忠，年祚长久。

至汉明帝始立胡神，然惟西域桑门，自传其教，实乃夷犯中国，不足为信。”

太宗闻言，遂将此表掷付群臣议之。时有宰相萧瑀，出班俯囟奏曰：“佛法兴自屡朝，弘善遏恶，冥助国家，理无废弃。佛，圣人也。非圣者无法，请置严刑。”傅奕与萧瑀论辩，言礼本于事亲事君，而佛背亲出家，以匹夫抗天子，以继体悖所亲，萧瑀不生于空桑，乃遵无父之教，正所谓非孝者无亲。萧瑀但合掌曰：“地狱之设，正为是人。”太宗召太仆卿张道源、中书令张士衡，问佛事营福，其应何如。二臣对曰：“佛在清净仁恕，果正佛空。周武帝以三教分次：大慧禅师有赞幽远，历众供养而无不显；五祖投胎，达摩现象。自古以来，皆云三教至尊而不可毁，不可废。伏乞陛下圣鉴明裁。”太宗甚喜道：“卿之言合理。再有所陈者，罪之。”

首先，仅从故事安排来说，这个情节本非必要。唐太宗在地府已经承诺要办水陆大会，那回来直接落实就可以了，这是皇帝的权力，尤其在小说中问题更是可以这样安排，完全不需要考虑人力、财力等方面的限制。既然小说要写的是唐僧取经的故事，那赶紧进入正题岂非更好，这里为什么还要添加其他情节，写一段群臣争论的故事呢？这个情节的安排虽然以“挺佛派”的胜利而告终，但其实际上却是给“抑佛派”亮相的机会，使傅奕这位“反佛斗士”的观点得以宣扬。作者表面上在写佛教的获胜，实际上是在写对佛教的微词。

在这次辩论当中，傅奕的观点有理有据，萧瑀和张道源、张士衡很明显不能够驳倒他的观点，最后只能让唐太宗从功利的角度来进行衡量。而且，唐太宗“将此表掷付群臣议之”，“掷付”有扔在地上的意思，说明他已经不太高兴，皇帝已经先表明了态度，那还讨论什么，大臣们自然会顺着皇帝的意思去说。这次的所谓辩论根本就不是辩论，只是一次顺着皇帝意思的帮腔而已。在这次辩论中，“挺佛派”战胜了“抑佛派”，但是，结果上的胜出不等于观点上的胜出，“抑佛派”的观点根本没有被驳倒。傅奕言“自五帝三王，未有佛法，君明臣忠，年祚长久”是很有说服力的，上古时代中国根本没有佛法，但实现了圣人之治，说明佛法对于中国来说并非是必要的。而二张所对的“自古以来，皆云三教至尊而不可毁，不可废”的说法就很有问题了，“自古”是自哪个“古”？释迦牟尼与老子、孔子大致是同时代的人，再古亦不过到这个时候，而三皇五帝、文武周召等圣人均比释迦牟尼早了许多年，这一点是“挺佛派”无法回避的。且二人所举的例子都是较为晚期的，而最后又说是“自古以来”，其说法是没有说服力的。像这样的写法，表面上是站在佛教一边的，讲佛教是怎样被大唐皇帝认可的，但实际上却是把对佛教的反对观点展现出来。如果要适当地给佛教泼一点儿冷水，又不想让崇佛的人太反感，最好的做法就是写一场辩论，借书中人物之口把自己对佛教的负面观点都讲出来，然后再让佛教最终获胜挽回颜面，这样就既把想说的话说了，看起来又不那么明显。这是一种很高明的写作手法，贬即是不贬，不贬即是贬。

（二）佛道之斗

唐僧师徒行至车迟国时，与虎力大仙、鹿力大仙、羊力大仙之间的斗法所喻示的即是佛道两教的比斗。在这场斗法当中，唐僧师徒代表的是佛教，而三位国师所代表的则是道教。这场斗法的起因是车迟国二十年前遭遇大旱，三位道士来到车迟国与和尚们一起求雨，结果和尚念经拜佛，求不到雨，而三位道士却能呼风唤雨，最终救了车迟国。于是，国王认为和尚们没用，下令拆了寺庙，毁了佛像，并且让和尚做苦力，由道士负责监工。唐僧师徒到来后，孙悟空看到和尚们受苦，于是进行搭救，首先带着猪八戒和沙和尚戏弄了三位道士，然后与三位道士斗法。他们的斗法一共分四个阶段，第一个是比求雨，第二个是比坐禅，第三个是比隔板猜枚，第四个就是比法术。

在这四个环节当中，第一场比求雨道士先出场，道士的求雨方法是有效的，即所用的五雷法，但是，由于孙悟空在天庭人脉广，被他暗中阻止了，最终唐僧获得胜利。这一场的寓意就是从实用性的角度来说，道教并不比佛教差，但是现在由于是佛教被奉为正宗，掌握了更多的话语权，因此道教的本领和能力受到了打压和限制。

第二场比坐禅，这个比试其实可以说是一场赤裸裸的挑衅，因为

坐禅是佛教的基本功夫，是佛教最擅长的，所以唐僧师徒中出战的是一点法力都没有的唐僧。选定这样一个比赛项目，表达的寓意是道教不惧怕佛教，敢拿佛教最擅长的项目来挑战。读《西游记》的人通常喜欢打斗、法术比拼之类的，对于坐禅这样的项目，似乎是比较乏味的，如果不是有双方互相暗算的环节，让人觉得没什么看点。但是，作者对于这一环节其实是很重视的，这个项目所讲的是坐禅的境界。坐禅并不是打坐，《六祖坛经》云：何名坐禅？此法门中，无障无碍，外于一切善恶境界，心念不起，名为坐；内见自性不动，名为禅。比试中之所以要把坐禅的地点选在五十张桌子之上的半空，意指坐禅并非普通的打坐，其所代表的是“外于一切善恶境界”。唐僧说自己会坐禅，但上不到半空，作者是在讽刺佛教中人不懂什么是“坐”。书中说坐禅不能动手，其实是错写之笔，真正不该动的是自性，是心念，所以当唐僧被臭虫叮咬时觉得痒其实就已经输了。孙悟空特别强调唐僧很诚实，说自己会坐禅就一定会坐禅，这一写法其实是反写，其意思是和尚不一定真懂坐禅。

第三场隔板猜枚前文已经讲过，这里不再重复。

第四场较量是孙悟空一个人分别对付虎力、鹿力、羊力三位大仙，分别比的是砍头、剖腹、下油锅，项目都很残酷。从故事情节上设计这样的比赛似乎是可以用来除掉妖怪，但其实作者的意思是佛教虽然在某些项目上可能会更胜一筹，但这些项目本身都不是值得夸耀的。实际上无论是学佛也好，学道也好，人的目的通常都是为了健康长寿，离苦得乐，而佛教胜出的项目却是这种血淋淋的项目。另外这一场比赛还有一层暗示，佛教出场的三场比赛都是孙悟空同一个人，其他几个人行不行呢？此时唐僧还是凡人的身份，当然不行，那么猪八戒和沙和尚都是天神下界，他们行不行呢？也不行。如果他们都可以的话，没有必要三阵都是孙悟空出场，而且在孙悟空下油锅的时候，猪八戒和沙和尚都看得目瞪口呆，他们讲的是，“我们也错看了这猴子了，平时间劖言讪语，斗他耍子，怎知他有这般真实本事”，这句话表明猪八戒和沙和尚并没有这样的本领。而且当孙悟空戏耍猪八戒，假装自己被炸化了的时候，猪八戒和沙和尚是相信了的，这就说明即使对于猪八戒和沙和尚他们这种有法术的人，想要下油锅里接受煎炸也是难以做到的。分析到这一步可以得出一个结论，虽然在这一场比试中佛教胜出，但是佛教的这些技能是只有少数人甚至个别人才能掌握的，并不是适于推广的，而相比之下，道教出场的三位选手，每人都有自己擅长的项目，这些项目他们自身都是有能力独立完成的，并没有说大话，只不过是受到了孙悟空的阻碍和干扰才失败。虎力大仙砍头之后，本来是没问题的，但孙悟空变了一只狗，把他的头叼走了，所以虎力大仙才死了。鹿力大仙剖腹后，孙悟空变了一只鹰，把肠子给他叼走了。羊力大仙可以下油锅是因为自己炼了冷龙，本来也是没问题的，却让北海龙王给收走了，然后才被炸化了。所以综合这几场比拼，从比赛结果上来讲，佛教全部胜出了，这种写法是看似对佛教有利的描述，但是如果从背后分析的话，则分别表现出了道教的不服。求雨我能做到，是你捣乱，在暗中破坏，缺乏公平竞赛的精神。比坐禅是用我的弱项比你的长项，表明了一种自信。而最终的第四场比赛项目则是说明你们佛家的东西即使能胜出，但是有什么用，它真的是能带来真善美吗？就算全世界的人都学会了下油锅洗澡，这有什么意义？这些项目本身的设计就是有问题的。但是作者的写法上非常注意读者的感受，尤其会注意到对佛教颜面的照顾，所有的项目都是道士提出来的，云梯显圣坐禅的时候也是道士们先施暗算的，斗法中先动手脚的也是道士，最后三位道士的失败和死亡都可视为咎由自取，很好地维护了唐僧师徒的主角光环。

（三）佛道之争

《西游记》中设计了佛道两教相比、相辩、相斗，其根源在于现实中的两教相争，书中用隐含的情节影射了这段历史。前文中讲过，对于落胎泉如意真仙的情节，作者的安排与其他几处道士的安排是有所不同的，这一环节虽然不起眼，但其所表达的意思却很深刻。在这一环节，孙悟空两次与如意真仙对战，可见他的办法就是依靠武力，但第一次只能占上风却不能取水，所以第二次由沙和尚协助取水，在取水后孙悟空才真正与如意真仙进行较量，战胜后把他的如意钩折成四

段。在这段故事中，作者真正想要表达的意思是什么呢？

落胎泉即“落胎权”，也就是是否允许堕胎的问题。在这段情节的安排之中，作者系以堕胎的问题为切入点，发起对佛教的攻诘，而该段故事所代表的正是佛道之争。

那婆子道：“就有药也不济事。只是我们这正南街上有一座解阳山，山中有一个破儿洞，洞里有一眼落胎泉。须得那井里水吃一口，方才解了胎气。却如今取不得水了，向年来了一个道人，称名如意真仙，把那破儿洞改作聚仙庵，护住落胎泉水，不肯善赐与人。但欲求水者，须要花红表礼，羊酒果盘，志诚奉献，只拜求得他一碗儿水哩。你们这行脚僧，怎么得许多钱财买办？但只可挨命，待时而生产罢了。”

守护泉水的仙人名为如意，其武器为如意钩，与孙悟空的兵器“如意金箍棒”同名。孙悟空的如意金箍棒所代表的是佛教学说（理由见后文），作者通过取名的安排已经表明了如意真仙的真实身份其实是佛教之人。如意钩所代表也是佛教学说之一——禁止堕胎，所以最后才被孙悟空所毁。如意真仙守护落胎泉，不让人轻易堕胎，明显是在维护佛教的观点。佛教认为堕胎是有罪的，而孙悟空则是代表可以堕胎的主张。作者的意思是，人本来是有堕胎权的，但随着佛教的兴起，这一权利受到了限制，不能随便自行决定堕胎，如果确实要堕胎，那也要按佛教的一些规则来办理。这段故事结束时，特别提到老妇人请求把剩下的水送给她，说这些水很值钱，这一情节的安排所反映的应当是《西游记》成书时期的社会现状，在那时如果想顺利地堕胎需要花费不菲的代价。

故事中设计唐僧与猪八戒两个男人怀孕，为的是回避对于堕胎正当性的讨论。人们对于堕胎是否应当允许一直是有争论的，我们提倡尊重生命，尽量不要堕胎，但如果生产本身会给人带来不能承受的结果，甚至可能危及孕妇的生命，难道也不能堕胎？其实这个问题不可一概而论，但这个问题却是很复杂的，两种观点都很难说服对方，因此《西游记》直接采用归谬的方式提出：难道男人怀孕了也不能堕胎吗？

为了使用意不太过明显，作者在故事中进行了角色的调换。守护落胎泉的如意真仙，虽然守护的是佛教的观点，但作者将他的身份安排为道士；而孙悟空虽然是佛教人物的角色，实则是为普通人争取堕胎权的人，在此处变成了与佛教相反的立场。在这个环节当中，如意真仙与孙悟空的角色是互换了的。为什么孙悟空打败了如意真仙之后并没有杀他，而且还允许他继续看守落胎泉？这表明作者也认可对于堕胎之事要加以限制，但其所反对的是借堕胎进行敛财的行为。

关于这个环节中相关情节的安排，设计得也很有深意，比如为什么只安排唐僧和猪八戒在子母河中喝水，而沙和尚却没有喝水？如果只是简单为突出孙悟空在降妖除魔方面的作用，完全可以安排三个人都喝水，孙悟空一个人救三个人，对故事的精彩程度没有任何影响，但却故意留下了沙和尚，让他有机会去帮助孙悟空。事实上，虽然孙悟空是在沙和尚的帮助下取回泉水的，那么是不是说如果没有沙和尚的帮助，孙悟空就不能成功呢？如果认真去分析小说中的情节，就会发现即使没有沙和尚，孙悟空自己一样可以完成这一任务。因为在取得泉水之后，孙悟空与如意真仙又大战了一场，在这场战斗中，孙悟空完胜，还夺过了如意钩。假如孙悟空第一次和如意真仙打斗时就这样做，他早就降伏如意真仙了，完全可以取水回去。但小说中特意安排孙悟空回去搬一次救兵，把沙和尚找来，两师兄弟声东击西配合取水，这样的安排并不是孙悟空第一次打斗时没发挥好，而是作者另有意思要表达。

这段故事内容在讲佛道之争，而其所影射的很可能是历史上真实的佛道之争。我国历史上曾经在两个朝代发生过大规模的佛道之争，分别是唐朝和元朝，而且每个朝代都发生过两次。孙悟空战胜如意真仙后之所以要将其兵器折成四段，其所暗指的可能就是这四段历史。孙悟空和如意真仙分别代表了佛教与道教进行竞争，书中安排沙和尚的出现，其所代表的是另一种力量，或是一个未能参加佛道之争的重要人物。现实中的佛道之争均是佛教获胜，而故事中的佛道之争却是佛教失败，原因就在于有沙和尚的帮助。作者的意思可能是，如果当时有沙和尚这份力量支持道教，那么道教或许能够获胜。

（四）佛道之合

《西游记》中佛道两教并非都是对立的，故事中也有两教相互借鉴的地方，比如书中可能有用道教的行为印证佛教理论的设计。在平顶山遇到银角大王的时候，孙悟空被银角大王用三座山压住，然后派出两个小妖精精细鬼和伶俐虫用紫金葫芦和羊脂玉净瓶去收他。孙悟空在他们到达之前已经获救，变成了一个道士，用金箍棒绊倒了两个小妖，又变化了一个假的葫芦说是能装天，在哪吒等众神的帮助下成功欺骗了两个小妖，然后用一个假的葫芦换了两件真的宝贝。孙悟空为什么不直接打死两个小妖，抢夺宝贝，而非要费尽周章地采用骗的方法呢？书中的解释是孙悟空怕白日抢夺，坏了名头，但这与其后面的行为是明显相矛盾的。因为在紧随其后的情节中，孙悟空从狐狸精手中抢走幌金绳的时候，毫不犹豫地打死了妖精。同样是从妖精手中抢宝贝，为什么前后两次处理时想法如此不同呢？

猜想：此处所暗含的是佛家所谓因果循环的观点，孙悟空的行为是在回报别人。孙悟空明明可以用金箍棒打杀两个小妖，但却只用它来绊他们一下，这是道家用弱而不用强的理念。正因其用弱不用强，所以放着强抢这种简单的方法不用，而是采用骗这种较为费力的方式。这么做可以解释为是在回报一个人——太上老君。当年太上老君帮助二郎神拿孙悟空的时候，用的是金钢琢，金钢琢可以收孙悟空的金箍棒，但老君却只拿它当暗器用，也是用弱不用强的理念。这两个小妖是金角和银角的手下，而金角和银角是太上老君的童儿，所以也可以说这两个小妖与太上老君有渊源。当年太上老君对孙悟空手下留情，所以现在到了老君童子手下的小妖身上，孙悟空也投桃报李。而那个狐狸精，与太上老君没有什么关系，自然就不用客气了。在这样一个看似不太重要的情节中，作者把佛道两教的理念完美地融合在了一起，说明作者并非是想把两教对立起来的。

在金兜山金兜洞对付青牛精的时候，孙悟空去找如来佛祖，此处如来佛的做法完全是道家的理念。你说他不帮孙悟空，他派出了十八罗汉；你说他帮孙悟空，十八罗汉并没有制服妖精的本领；但你如果认为他不帮孙悟空，他又告知了降龙、伏虎二罗汉下一步该告诉孙悟空去找谁，这完全是道家的行事风格。

从这些内容来看，作者应是希望佛教与道教能够摒弃门户之见，各自发挥自己的优势。书中第五十回讲到“道化贤良释化愚”，这句话不应理解为谁比谁强，或是谁的等级更高，其意思是两教各有不同的适应对象，各有各的用处。社会上的人生活条件不同、文化水平不同、悟性不同、生活经历不同，对于世界与人生的认识理解本就是存在的，如果仅用某一教的思想去引导人们，是不符合现实需要的，两教配合使用才能取得更好的效果。

西天取经的两段序曲

《西游记》有多少回？一百回。现在流传的《西游记》所采用的是一百回加《附录》的体例，其中《陈光蕊赴任逢灾　江流僧复仇报本》篇被作为《附录》，这样说来《西游记》可以说有一百零一回。但从《西游证道书》《西游真诠》《西游原旨》的编排来看，《附录》篇为原书中第九回，现代版本中将其列为《附录》后，将原第十回与第十二回这三回分拆成四回，作为第九回至第十二回，使全书仍保持了一百回的体例。而《附录》这一篇的内容在全书中确实让人觉得其与整个故事虽有密切联系，但不像故事中情节，更为恰当地说其应属故事的背景。这样看来，一百回当中有一回其实不算故事中的内容，所以整个故事就变成了九十九回。这一设计也是《西游记》三种特有的笔法之一，笔者称其为似是而非之笔。作者在书中较为重要的问题上使用了一到十这十个数字的平方数，而每次使用的时候又都做了特别的设计，使其并不完全与该平方数吻合。在全书的章回数目上所使用的便是十的平方数，全书既是一百回，也可以说是九十九回。关于其他数字的平方数，在后文中会逐一提到。

《西游记》给人印象深刻的故事主要是大闹天宫与西天取经，但其实除了这两部分之外，书中还安排了两段插曲，分别是唐僧身世与唐王游地府。这两段故事都是为西天取经所作的铺垫，当中隐藏着许多可以解密作者原意的信息。

而这两段插曲有一个共同之处——都始于贞观十三年。

一　贞观十三年

唐僧是什么时候出生的？贞观十三年。

唐僧取经是什么时候出发的？也是贞观十三年。

问题来了，唐僧出生于贞观十三年，报仇时已经十八岁，按说此时应当是贞观三十一年（历史上贞观时期共二十三年）。唐僧取经出发时不应晚于这一时间，即至少应是贞观三十一年，但书中交代仍为贞观十三年。这不是明显的矛盾吗？《西游原旨》说，西游有破绽处即是有大有口诀处，其首先所举的就是此例。这一安排是书中很重要的一处错写之笔。为什么要这样写？作者要籍此来交代故事中主人公唐僧的身份含意。

唐僧身份的含意是用数字来揭示的，这一数字就是唐僧的年龄。唐僧的年龄在书中直接提到过两次，一是报仇时为十八岁，二是到达天竺国时四十五岁。唐僧取经历时十四年，根据其到达天竺国时的年龄，可以推算出其出发时为三十一岁，而三十一恰好是十三与十八之和。

故事中为什么要等到唐僧十八岁才安排他去寻亲报仇？我国现行法律规定十八岁具有完全民事行为能力，但古时不是这样。据史料记载，隋唐时期男子以二十一岁为成人，开始承担赋税、徭役等，但从诗歌作品（如李白的《长干行》）中又可以看出，十四五岁即可结婚。从故事中的情节来说，唐僧十五六岁时已完全具备了报仇的能力，等到十八岁再报仇完全没有必要。但作者需要使用十八这个数字，故安排唐僧到了十八岁时才有事发生。

作者设计唐僧出生时间与取经出发时间均为贞观十三年，出现这样的错误可能是为了制造一种对称。出生于贞观十三年与出发于贞观十三年是矛盾的，出发时间至少应为贞观三十一年与出发时为三十一岁仍是矛盾的。因为如果贞观十三年时唐僧已经三十一岁，那么他在贞观元年就已经十八岁，自然不可能是贞观十三年出生。两处十三之错，对应的是两处三十一之错。如果用数轴来表示，按唐僧出生于贞观十三年，那么从贞观元年到贞观十三年距离为 13，贞观十三年到贞观三十一年为 18，系在 13 之后出现一个 18；而如果按照贞观十三年唐僧已经三十一岁来计算，则是贞观元年到贞观十三年为 13，而从贞观元年向前推算至唐僧出生之时亦为 18，系在 13 之前出现一个 18。

一前一后，两者是对称的（见下图）。

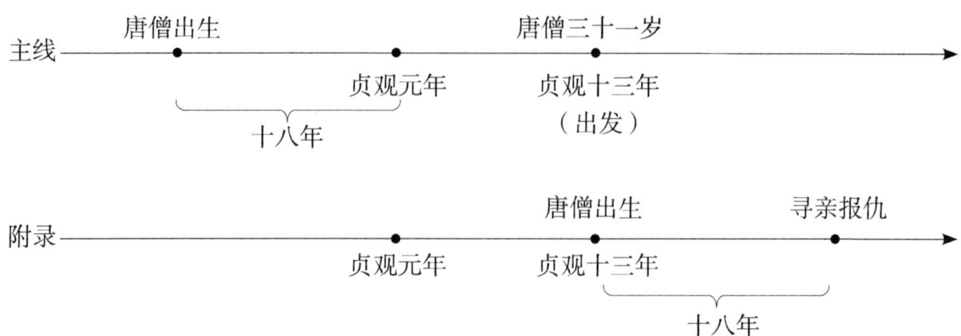

十三、三十一、四十五这三个数字所代表的可能是《易经》当中的信息。《易经》中阳爻的代称为“九”，阴爻的代称为“六”。十三、十八、三十一这三个数字可能与《易经》中的《坤》卦有关。《坤》卦六爻均为阴爻，十三为十二之后的开始，而十二为二六之数，其所代表的是《坤》卦的前两爻，十三所代表的是《坤》卦第三爻的开始。三十一为三十之后的开始，而三十为五六之数，其所代表的是《坤》卦的前五爻，三十一即为《坤》卦第六爻的开始。这些信息昭示唐僧的身份与《坤》卦有关。十八是三六之数，其所代表的是《坤》卦的内卦三爻，内卦代表内部因素，所以唐僧十八岁之前的故事都是他自己家的事。

唐僧出生于贞观十三年，十八年后报仇时已是贞观三十一年，三十一在三十之后，即在五阴爻之上，喻其为《坤》卦“上六”，爻辞为：龙战于野，其血玄黄。所以，唐僧报仇之时，有洪江龙王现身，仇人被杀于江边。唐僧取经出发时已为三十一岁，前面已经过了三十年，即表明其位于五六之后，为《坤》卦之“上六”，这样才能与孙悟空配合起来。因为孙悟空为“初九”至“九五”等五阳爻（理由见后文），加上唐僧的“上六”，二者合在一起构成了《易经》中的一卦——泽天《夬》卦。在《易经》当中，当五阳爻与一阴爻组成一卦时，阴爻便是卦中最主要的,《夬》卦即决定之意，所以唐僧的角色就是虽然没有法力但有决定权。

唐僧西天取经出发于贞观十三年，十三在十二之后，喻其此行始于《坤》卦之“六三”，爻辞为：含章可贞，或从王事，无成有终。而此时所对应的情节正是唐僧受大唐皇帝之命前去取经，所执行的恰是“王事”。《西游记》对于取经的真正态度其实是消极的，与“无成有终”之语暗合。

四十五为五九之数，所喻为《乾》卦“九五”爻：飞龙在天。唐僧到达天竺国时四十五岁，到达天竺国系成佛前的最后一站，“上六”居于“九五”之上，其意或为达到“九五”之后方能成佛。

书中两次提到贞观十三年，都与唐僧有关，从逻辑上讲明显存在矛盾，但只有这样才会引起注意，让人把这些数字联系起来，从而理解书中之意。

唐僧身世

历史上的玄奘法师是隋末唐初之人，姓陈名祎，父名陈慧，其系家中第四子，并非从小出家，而是在十三岁时受其二哥影响而出家。《西游记》中玄奘法师有好几个名字，陈玄奘、唐三藏、唐僧、江流、金禅子，却始终未使用其本名陈祎，并且对其身份的相关元素都做了改动。作者这样做并非只是任意虚构，而是在为书中角色赋予其所需的元素。

1. 外祖父殷开山。殷开山是历史上的真实人物，本是唐朝大将，与玄奘法师并无亲戚关系，在故事中被错写为丞相，还成为了玄奘法师的外祖父。为什么要使用这个人物？因为他与故事角色的匹配度是最佳的。这个名字当中包含哪些元素呢？殷与阴同音，其所代表的是《易经》中的阴爻。“开山”这个名字其实与二郎神劈山救母的意思是一样的，山为《艮》卦（☶），“开山”自然就变成了《坤》卦（☷），所以这个名字所喻即为《坤》卦。为什么把将军的武将身份变成丞相的文官身份呢？是不是作者搞错了呢？其实不是，因为在第九回唐太宗坐殿的时候，书中罗列了多名文官与武将，其中殷开山是被归入武

将行列的，这说明作者其实是清楚殷开山的真实身份的。明知其为武将，为何此处要把他的身份写成丞相呢？因为武将性刚，文官性柔，而《坤》卦属性阴柔，与将军的属性不相称，故而将其改为丞相。最终擒拿刘洪时，本来，只需要皇帝下旨派一位太监或大臣前往缉拿即可，但书中安排却是殷丞相带六万御林军前往擒拿。捉拿一个冒名的官员，并非去平定叛军，哪里需要如此浪费兵马钱粮，而且到江州后也是直接围了府衙就拿下了，完全不需要动用军队。此处安排六万御林军，仍是因为六为阴爻的代称，再次明确殷丞相阴爻的属性。

2. 母亲殷温娇。在玄奘法师母亲这个角色上，作者首先使用的仍是殷姓这个元素，喻其阴爻的属性。温乃温和之意，娇为娇柔之意，所比喻的都是阴爻的属性。而殷温娇又名满堂娇，意思是这一卦中所有的爻都为阴爻，其所喻仍为《坤》卦。在八卦之中,《坤》代表地，其五行属性为土。

3. 父亲陈光蕊。在故事中，玄奘法师的父亲姓陈名萼，字光蕊，不用其真名陈慧，亦是在表达故事角色的信息。萼即花萼，蕊即花蕊，花为阴，萼与蕊皆为阴。光为阳，所以陈光蕊的名字所构成的卦象是两阴夹一阳，为《坎》卦。《坎》卦为水，故陈光蕊为海州人士，中状元后除江州之主，遇难在洪江之中。唐僧名江流，这个名字表明其五行亦为水，所以后来殷温娇看见玄奘“好似与丈夫一般”，张氏看见玄奘“和我儿子光蕊形容无二”，这些情节表面上在讲父子二人相貌相似，实则在讲二人所代表的是同样的东西——水。

4. 祖母张氏。书中为何设计陈光蕊的母亲姓张？可能还是和其五行属性有关。关于张字的五行属性说法不一，繁体的张（張）字十一画，十一为水数，从这一角度来说喻其为水。唐僧父为水，父之母亦为水；母为《坤》，母之父亦为《坤》，这种设计看起来是对称的，可能比较符合作者的原意。

综合以上四位人物的属性来看，故事为唐僧所注入的先天元素兼具水的五行属性与《坤》的八卦属性。

5. 刘洪为金。刘（劉）字由金、卯、刀组成，喻这一角色属金，且具有攻击性。土生金，殷温娇属土，故刘洪对殷小姐霸占而不杀害，因其需要依土而生。陈光蕊属水，木克水，而金不能克水，故刘洪杀害陈光蕊不能独立完成，而需要木的力量，这一木的力量即是故事中的李彪。

6. 李彪为木。李字中含有木字，彪字中含有虎字，虎亦属木，明示李彪为木。故事中处死李彪之前，有一个情节是先将其钉在木驴上。在封建社会中，木驴是民俗中的一种惩罚，相当于肉刑与耻辱刑的结合使用，主要是对不守妇道的女性使用的，而谋财害命之人是不会用到木驴的。故事中这样的安排仍是错写，用“木驴”之刑意在提醒李彪木的属性。

7. 家童。故事中说刘洪先打死家童，后打死陈光蕊，这个设计是有破绽的。陈光蕊把家童带在身边是不合理的，陈光蕊对母亲很孝敬，那么母亲张氏生病在店中居住，就算陈光蕊有公务在身，不能留下照顾母亲，那为何不留下家童在店里照顾生病的老人，而是夫妻二人将家童带在身边？这样的设计还是要回到《易经》中来理解。陈光蕊为水，其带着妻子与家童前去赴任，三人所组成的仍是《坎》卦，陈光蕊为《坎》中阳爻，而妻子与家童则为二阴爻。刘洪对于三人的做法所指代的是先去掉下面的阴爻，然后再除去中间的阳爻，只保留最上面的阴爻。道教修炼之法中所主张的捉坎填离，所谓捉坎是指取《坎》中阳爻，而此处刘洪所取的却是《坎》中阴爻，喻其做法是错的。

8. 洪江龙王。陈光蕊所救的金色鲤鱼就是后来救他的洪江龙王，《西游原旨》说，陈光蕊即龙王，光蕊救龙王，龙王救光蕊，都是自己救自己，这种分析是有道理的，因为《西游记》的理念是只有自己才能救自己。书中描写“有一个人提着个金色鲤鱼叫卖，光蕊即将一贯钱买了”，此处两次使用数字一，系在突出“一”这个元素。因为作者既可以将此情节设计为由两个人叫卖，也可以把价格改为三贯钱、五两银子等，但其并没有这样做。“一”为水数，此处使用两个“一”，喻此金色鲤鱼与陈光蕊属性相同。洪江离府距离为十五里，仍是在描述卦象。阴爻为六，阳爻为九，十五乃六与九之和，喻为一阴爻与一阳爻。陈光蕊往洪江放生自然要走完这十五里的路程，在卦象来说即是有一阴爻、一阳爻在下，金色鲤鱼即是卦中第三爻。所以放生之后，说“此店已住了三日了”，喻三爻已经陈述完毕，三爻所组成的是《坎》卦。后文中唐僧寻其祖母时，母亲告诉他万花店在“到洪州西北地方，约有一千五百里之程”，“西北”在后天八卦中指代的是《乾》卦的方位，一千五百亦是表达十五之意，这些信息所表达的都是《易经》当中的元素。

需要说明的是，这些内容均源于《附录》。按郭健先生考证，世德堂本《西游记》中并无《附录》这一章的内容，其出现在小说中始于《西游证道书》，并为其后的版本所接纳。按照这一说法,《附录》可能并非原著当中的一部分，这就可以解释为什么《附录》当中有些内容与后文存在矛盾。如后文中唐僧的师父为法明和尚，而在《附录》中所交代的是迁安和尚。但是,《附录》除了在故事情节中能够补足唐僧经历的前几难之外，还有很重要的一点，就是其与《西游记》全书保持了高度一致的风格，其中所传递的许多信息都与整个故事高度吻合，所以其现在已经是《西游记》故事中非常重要的一部分。

 渔樵问答

唐太宗派遣唐僧前往西天取经之事缘起魏征梦斩泾河龙王，而泾河龙王之祸却是源于一场渔樵问答。这段问答的内容主要是一些诗词，关注故事的人对于这段情节的安排很容易忽略，对于一部神话小说而言，在两位渔夫与樵夫之间的生活比较好像与主题无关，作者为什么要花费这么多笔墨来写这场问答呢?

这场问答的双方分别为樵夫张稍和渔夫李定，书中介绍二人是“不登科的进士，能识字的山人”，表明二人颇有些学问，却不争名利，恰是道教中人的形象。两人诗词之中所表达的都是淡泊名利、归隐田园的乐趣，正合道家清静无为的理念。《西游记》在每个角色的姓名当中都注入了信息，这两个名字亦是如此。两人一姓张，一姓李，这两个姓氏看似平常，但作者却不是随意用的，而是有意的设计。为什么选择这两个姓氏？因为这两个姓氏均与道教有关。道教奉老子为教主，

老子姓李，所以李姓与道教的关系是很明显的。而最早的道教是汉代张道陵所创立的五斗米教，这样一来，张姓也自然就成为与道教有密切关系的姓氏。通过这两人姓氏的安排，作者想表达的可能是此处是两位道教人物在辩论。

“稍”与“艄”谐音，艄公是做水上生意的，所以渔夫名张稍；而定即是止，是《易经》中《艮》卦的本意,《艮》卦代表山，所以李定是山中樵夫。《论语》中讲：智者乐水，仁者乐山。张稍与李定所用来比较的正是水上人家的生活与山林人家的生活，在这段故事中作者亦融入了儒教的元素。水与山的区别是：水会随着外界的变化而变化，这也是智者的聪明之处；而山则是任风吹雨打而岿然不动，其正是仁者的品格。老子留下一部《道德经》，悄然而逝，其未设教也从没把自己当成什么教主，任后世或褒或贬，他就在那里，这就是山的品格。张道陵创教传世，其后代在汉中实行政教合一，此后迁至龙虎山传教，称为张天师，因外界变化而变化，所遵循的是水的智慧。

张稍与李定的问答其实是在斗诗词，二人先后比了五首词、一首七律、一首长诗。五首词词牌分别为《蝶恋花》《鹧鸪天》《天仙子》《西江月》《临江仙》，这些诗词其实都有自己的主题。《蝶恋花》讲的是心态,《鹧鸪天》讲的是食物,《天仙子》讲的是居住条件,《西江月》讲的是生活中的快乐,《临江仙》讲的是幽雅，律诗讲的是闲情，最后一首长诗则是双方各自的总结。通过这些诗词可以看出，二人都很热爱自己的生活。

从表面上看来，此处作者似乎是在这一情节当中展示文采，但其或许另有深意。双方虽然进行了一番比斗，但其实并未分出胜负，说明作者安排这段情节的目的并非是要在水上人家的生活与山林人家的生活之间分出高下，其所表达的是这些人均很满足自己的生活。渔樵问答中融合了儒、道两教的元素，表明在儒、道两教思想的指引下（道教元素成分更重），中国人完全可以过好自己的日子。而从全书的安排来看，这段情节置于取经开始之前，也就是说在没有佛教的情况下，中国自有儒、道两教指导人们生活。生活虽平淡但很快乐，说明本土宗教是足以满足本国社会生活需求的。

作者在渔樵问答上花费这么多笔墨，就是要在讲述取经故事开始之前先表明观点：取经本无必要。

四 泾河龙王的喻义

就取经而言，孙悟空来自东海，唐僧始于洪江，李世民缘起泾河。把这三个因素放在一起不难看出，整个西游故事皆因水而起。《关尹子》曰："观道者如观水，以观沼为未足，则之河之江之海，曰水至也，殊不知我之津、液、涎、泪皆水。"虽然《关尹子》可能是一部伪书，并非出自老子传《道德经》的那位关令尹喜，但该书却是收录在《道藏》之中的，为道教经典之一。

《西游记》在西天取经开始之前的故事有三个方面，孙悟空源自东海，陈光蕊遇害洪江，袁守诚妙算施于泾河，其所做之事就是带领我们观河、观江、观海。而后故事中设计有江流用舌尖为婆婆舔眼复明的情节，舌尖舔眼所用的自然是唾液，这就是在用津、液、涎、泪，作者真正所指向的目标只有一个——道，所以称《西游记》为证道之书是有依据的。

为什么是泾河？泾河是渭河的支流，泾河水清，渭河水浊，两河交汇处水一清一浊，泾渭分明，绵延数里，是西安（即唐代长安）的一处壮观之景。故事中有渭河吗？有，但却是在地府。唐太宗游地府还魂的最后一站就是在渭河看见了一对金色鲤鱼。泾河引出泾渭的话题，而后面唐太宗与魏征下棋则是引出黑白的话题，因为他们下的是围棋。泾渭、黑白其实所指代的是同一样东西——易经。书中诗云：

棋盘为地子为天，
色按阴阳造化全。
下到玄微通变处，
笑夸当日烂柯仙。

这首诗用来形容围棋是很合适的，如果用来形容《易经》也同样很贴切，乃是双关之语。

龙在古代是皇帝的象征,《西游真诠》认为，泾河龙王指代的是李渊,《西游原旨》则没有这一说法。笔者认为，就《西游记》的风格而言，如果泾河龙王指代帝王的话，其所指代的更可能是唐太宗李世民。龙王向太宗求救时说的是“陛下是真龙，臣是业龙”，他说李世民是真龙，而他自己自然是真龙。所谓业龙指的是有罪的龙，表面上是在讲龙王改了下雨的圣旨因而获罪，所以自称“业龙”，但从后面唐王游地府的信息来看，建成、元吉对李世民恨之入骨，烟尘、草寇都是唐太宗的冤业，所以唐太宗正是“业龙”。

《西游记》主张只有自己才能救自己，孙悟空与樵夫之间的反复配合表现自己救自己的意思，陈光蕊与洪江龙王之间的故事也是表达自己救自己之意，而此处唐王游地府的故事所表现的则是自己不救自己的情形。由于唐太宗没能救活泾河龙王，以致自己身死。唐太宗还魂从渭河而回，泾渭本是一条河，龙王因泾河而死，唐王因渭河而生，所以泾河龙王指代的应当是唐太宗。唐太宗离开地府前所见到的一对金色鲤鱼即是唐太宗与泾河龙王，因为前在洪江龙王处已经讲到金色鲤鱼乃龙王所变，天子即龙，唐太宗许救而不救，是自己不救自己；泾河龙王阴司折辩致唐太宗之死，是自己害自己。自己不救自己，故泾河龙王与唐太宗皆死，而此处见到一对金色鲤鱼翻波跳动，已是自己与自己和解，故唐王可以还阳。正因泾河龙王就是唐太宗，所以袁守诚才让他去求唐太宗，而不是让他直接去求魏征。虽然魏征是有名的直谏大臣，但在故事中却是很讲人情的，唐太宗能还阳主要靠他周旋，所以魏征并不是不可以求的。但书中要表达反求诸己的意思，所以虽然魏征也可以去求，但真正该求的还是自己。

故事中唐太宗的问题就在于不依靠自己，而总是依靠别人。不能安睡由叔宝、尉迟守前门，魏征守后门，到地府靠崔珏帮忙，出路受阻借相良一库金银渡难，靠刘全送瓜还人情，什么事都靠别人，而忽略了最重要的——靠自己，所以才会有西天取经之事。因为西天取经也还是靠别人，别人取得真经后，成佛的是别人。唐僧取回真经后，

唐太宗并没有成佛，说明只靠别人终究还是不行的。

先生为何名袁守诚？袁即是元，指的是事物的基础，诚即诚意，这个名字的意思是恪守诚意是人的根本，即《大学》所述修身之根本。这个角色的出现有承上启下之意，其解释了开篇所提到的“贞下起元”，事物的基础是价值，诚是贞的范畴，所以守诚之元才是好的基础。而这一故事又是后文中宝象国故事的伏笔，宝象国是取经途中所到达的第一个国家，其所讲的即是诚信的问题，所以该处第一次展示了唐僧的通关文牒，提到了唐王游地府的事情。

“属龙的本命，属虎的相冲。寅辰巳亥，虽称合局，但只怕的是日犯岁君。”这段话看起来只是算命先生的口头禅，其实含有丰富的信息。龙指的是皇帝（包括泾河龙王），皇帝本命是说唐太宗的问题。虎指的是大臣，对应了后文中的魏征，魏征梦斩泾河龙王，从而导致唐太宗之死，这就是相冲之意。寅辰巳亥对应五行属性分别为木土火水，五行缺金，补金方全，刘姓属金，故后来故事中前往进瓜之人名为刘全。

《西游记》的故事设计始终遵循着《易经》的理念,《易经》的主题思想是一阴一阳之谓道，所有的问题都有正反两个方面。比如说在斋僧的问题上,《西游记》设计了两个案例。刘全的妻子李翠莲因斋僧被丈夫骂不守妇道，继而自缢而死，说明斋僧不好；相良夫妻因斋僧布施，在阴间存下了十三库金银，又说明斋僧是好的。那么斋僧到底好不好呢？回答是：不一定。因为凡事都很难简单地说好还是不好，好与不好都要结合具体情况、具体环境等各方面因素综合判断，这才符合《易经》的理念。故事中这样的设计还有多处，如观音菩萨货卖宝物时讲，宝物有好处，有不好处，有要钱处，有不要钱处，就是辩证思维。在与金圣宫娘娘合力对付金毛犼的时候，孙悟空先讲了一句“断送一生惟有酒”，然后马上又说“破除万事无过酒”，这两句引用的都是宋代黄庭坚的诗，第一句在讲酒的问题，第二句在讲酒的用处，也是辩证地在讲问题。另外，相良阴间施金银，阳间获报，得建生祠相国寺；刘全阳间舍命献瓜，阴间获报，夫妻一同还魂，这样的设计也使故事情节显得具有对称性，十分符合《易经》阴阳互补的理念。

五 骂人的艺术

文人也会骂人，而最高明的骂人方式就是称赞。

《西游记》中对唐太宗有许多直接的称赞，刘全送瓜时阎王说“好一个有信有德的太宗皇帝!”李翠莲借唐御妹还魂后，唐太宗将御妹的妆奁陪赠，书中称“好一个有道的君王”。另外书中还有一首诗专门称赞唐太宗死而复生之事。《西游记》的写作手法是很含蓄的，以其笔法来说，如果称赞过于明显，其可能就不是称赞。没有人会在夸人的时候顺便揭一下短处，如果要称赞李世民，应当讲他的贞观之治，讲他的文治武功，而不会讲玄武门之变。在玄武门之变中，李世民为了夺皇位，杀了自己的哥哥李建成与弟弟李元吉，虽然历史上有太多的人为夺皇位杀害自己的至亲之人，但任何人做了这样心狠手辣的事都是不光彩的。

唐太宗到地府之时，

只见那街旁边有先主李渊、先兄建成、故弟元吉，上前道:“世民来了！世民来了!”那建成、元吉就来揪打索命。

这里所影射的是李世民化家为国，杀死亲兄弟，逼夺父位，这些事在道德层面是很难让人没有微词的。唐太宗获准还阳的归途中，也遇到了许多冤魂，这些人虽不都是他亲手所杀，但都是他成功路上的垫脚石，这些人的枉死也是他的责任。

判官道:“陛下，那些人都是那六十四处烟尘，七十二处草寇，众王子、众头目的鬼魂；尽是枉死的冤业，无收无管，不得超生，又无钱钞盘缠，都是孤寒饿鬼。陛下得些钱钞与他，我才救得哩。”

一来一回的情节设计，是在说唐太宗之天下是逼父杀兄、杀戮无数的情况下得来的，这样的天下当然不稳，所以需要取经超度地府之亡魂，明褒暗贬。

表面上这一段写的是唐太宗，但其实亦有影射明成祖之嫌。明成祖朱棣与唐太宗李世民是有相似经历的，二人都是开国皇帝之子，但都不是太子，均具有较强的军事能力，曾在夺取江山的过程中立下汗马功劳。而二人的皇位其实都是夺来的，李世民以玄武门之变杀了太子建成，后逼父李渊传位；朱棣则是用武力夺取了自己的侄子建文帝的皇位。唐太宗需要取经，谁说明成祖就不需要呢？

书中讲门神的时候又用了错写之笔。门神在中国传统文化中由来已久，《山海经》即已有记载，门神为神荼、郁垒，但《西游记》却是把秦琼和尉迟恭写成了门神。差不多与《西游记》同时期的《三教搜神大全》中也把秦琼和尉迟恭当作门神，而由于《西游记》的影响巨大，在该书问世后，秦琼和尉迟恭也就真的被民间当作门神了。是不是由于作者对于《山海经》不熟悉而没有使用神荼、郁垒呢？答案是否定的，因为在故事中魏征守后门时，作者用了一首诗来描写魏征的形象，当中有一句是“压赛垒荼神貌”，此处的垒、荼二字指的自然是神荼、郁垒，说明作者对此很熟悉。那为何还要重编门神的故事呢？这样的设计意在说明唐太宗的宫门上本是没有门神的，那么已经存在几千年的门神为何到了唐太宗时没有了呢？其实是在说唐太宗没有得到神明的保佑。

书中将徐茂功、护国公、尉迟公称为三公，又是一处错写之笔。护国公指的是秦琼，这三位都是凌烟阁功臣图上的人。三公是一个专用名词，在周朝时指的是太尉、太傅、太保，唐朝时指的是太尉、司徒、司空。后文中出现了一个角色——朱太尉，这表明作者知道三公指的是什么，但此处却将这三位帮助唐太宗夺天下的三个人称为三公，可能是在讽刺唐太宗治理天下只倚重这些人，或许这也是书中特意提到凌烟阁之意。

故事中设计崔珏这个角色也很妙。首先来说，此人曾是李渊的臣子，而李世民是一直跟随李渊打天下的，在魏征说起崔珏的时候，他居然不知道此人，这自然与其圣明的形象不相符。另外，在后世之人的印象之中，李渊似乎是个无能之辈，但其手下的臣子死后位登鬼仙，说明其生时亦非碌碌之臣，而能够有这样的臣子辅佐，说明李渊这个皇帝也非平庸之辈。

书中写唐太宗命为观音菩萨画像的人为吴道子，也是一处错写。吴道子是唐代画家，时间上晚于唐太宗，神话小说中这样虚构本来没有问题，连宋朝的张伯端都可以出现在唐朝的故事中，用一位时间上稍晚的历史人物自是没有问题。可作者偏偏要画蛇添足，特意提到他是画凌烟阁功臣图的人，就是要提醒读者其另有用意。凌烟阁是贞观十七年修建的，唐太宗把一起打天下的功臣二十四人画像陈列，有纪念之意，但更主要的是政治作用。画凌烟阁功臣图者实为阎立本，书中故意写成吴道子，就是要借用这个名字。“吴”与“无”同音，吴道子即是“无道子”，作者或许想说的是画功臣图之人不是吴道子，建凌烟阁之人才是“无道子”。

《西游记》中没有一个角色的名字是随便用的，此处却给两个戏份不多的角色都起了名字，一个是唐御妹李玉英，一个是刘全的妻子李翠莲，这两个名字都有特别用意。先说唐御妹李玉英，皇帝的妹妹称为“御妹”是正常的，所以“唐御妹”指的就是唐太宗的妹妹，这是很容易理解的。可是，这么好理解的称谓刘全却不能理解，还魂之后，他说听到“唐御妹李玉英今该促死”，然后问“唐御妹”是什么地方，这一问很不正常，作者是想借此表明“唐御妹”在此指的并不是身份。所谓“唐御妹”是“唐遇魅”的谐音，魅即鬼魅，指唐太宗遇泾河龙王索命一事。“玉英”的谐音是“御应”，御指皇帝，“玉英今该促死”即是“御应（今）该促死”。整句话连起来就是唐太宗遇到泾河龙王索命之事，其应该死。那李翠莲这个名字是什么意思呢？这还是要回到《西游记》对待佛教的态度上来理解。“翠”是“啐”的谐音，表示气愤；“莲”是“怜”的谐音，表示值得同情。李翠莲是一位斋僧的妇女，用这个名字的意思是这样的人既可气又可怜。

看懂西游的代码

想看懂《西游记》是很不容易的，因为书中有太多的隐喻，甚至每个细节当中都被作者植入了某些东西，所以想真正看懂这部小说不仅需要较为丰富的文化功底，还需要花费许多精力去琢磨。《西游记》问世后，有人进行批注，有人进行解读，有人进行续写，有人进行演绎，但这些人当中很难讲有谁是真正读懂了《西游记》的。比如明代出现了一本《后西游记》，讲唐僧只取得真经，但未带回真解，于是又安排了一支类似的队伍再次上西天求解。这部小说在整体思路与风格上与《西游记》比较相像，但其在主旨方面却是以佛教而主，而非延续《西游记》三教合一的理念，已经不符合《西游记》的思想了。明代董说写了一本《西游补》，在当世亦有较大影响，但这本书其实只是借用了《西游记》的品牌，内容上与《西游记》并无关系。这些作品从创作角度来说也与《西游记》存在明显的差距，当他们想把某些学术主张或是观点放进小说的时候，表现得非常明显，让人很容易感受到说教的意味，这可能也是这些书未能如《西游记》般成功的一个原因。这些续补类的小说就像是往水里掺了酒，让人一喝就能尝出酒味，这对于不喜欢喝酒的人来说当然是难于接受的。而与其相比,《西游记》则是一杯鸡尾酒，其内容是分层的，最上面一层是水，往下喝就能品出酒的味道，而越往下品，酒味越醇厚甘烈，而且似乎永无穷尽。这样一来，对于不喜欢喝酒的人来说，只要喝上面一层水就好，喜欢喝淡酒的浅尝即可，喜欢喝烈酒的则可以一直深挖下去。

人在读书的时候，如果对于书中的角色与情节都已经熟悉，就会觉得这些都是理所当然的，可是，如果我们把时光倒回至著书的时代，站在作者的角度来说，情况其实并非如此。摆在作者面前的只是一张白纸，所写下的东西都是他绞尽脑汁，精心打磨的结果。而要想读懂书中真意，我们就要去理解作者对于每个细节的设计。比如说，“孙悟空”这个名字大家已经极为熟悉，似乎他本来就应当叫“孙悟空”，就如同故事中唐太宗就应该叫“李世民”一样。但李世民是历史上的真实人物，可孙悟空不是，作者当初为这个角色起名字的时候，为什么要选择姓“孙”而不用其他的姓，为什么以“悟空”为名，而不叫“悟行”“悟一”呢？天蓬元帅下界时为什么会变成猪而不变成狗或者是羊呢？为什么三个师兄弟当中一个是猴，一个是猪，而沙和尚却只是晦气脸色的妖怪而不是其他动物呢？猪八戒的兵器为什么是九齿钉钯，而不是五齿、七齿呢？唐僧取经要经历九九八十一难，可到达灵山时少了一难，观音菩萨为什么会出现这样的失误呢？如来佛要传经，为什么不派大弟子，不派小弟子，而要派二弟子下界呢？所有这些设计当中，都包含了作者的深意。

五圣化五行

《西游记》中的取经队伍一行五位，从五行角色来说是有其象征意义的，许多解读《西游记》之书都发现了这一点。以孙悟空为例，《西游证道书》认为，孙悟空所代表的是心，心五行属火，所以他的五行属性应当为火；而《西游真诠》与《西游原旨》则认为，孙悟空地支属申，申五行属金，所以其五行属性应当为金，由于他来自东海，故为水中金，兼具金与水两种属性。这些说法各有其道理，孙悟空所代表的确实是心，心五行属火，但在取经队伍当中，孙悟空所代表的五行元素却并不是火，而是金。为什么会这样呢？因为在进行角色设计时，五行只是维度之一，作者在设计角色的时候使用了多个维度，孙悟空用来指代心系其在修炼方面的象征，而指代金则是队伍五行方面的象征。如果仔细分析故事中的五位主角，就会发现每位主角在象征意义方面都有多个维度的。

先讲五行这个维度。《西游记》中五行元素运用非常频繁，其经常以五行作为对人物的代称，如第三十二回标题为“莲花洞木母逢灾”，而在故事内容中则是猪八戒在莲花洞被擒，说明木母指代的是猪八戒；

第三十八回标题为“金木参玄见假真”，而对应的故事情节是孙悟空和猪八戒到井中救出真乌鸡国王的尸身，金、木所对应的分别是孙悟空与猪八戒；第八十九回标题为“金木土计闹豹头山”，故事情节则是孙悟空、猪八戒、沙和尚三人一起用计到豹头山取回兵器，三兄弟分别对应了金、木、土。清代的证道之说中，通常认为孙悟空为水中金，猪八戒为火中木，沙和尚为真土，三兄弟合为五行。但笔者觉得，西天取经的队伍共有五位，如果要指代五行的话，最合理的设计应该是每位指代一行。

1. 唐僧是水。唐僧的原型是历史上的真实人物玄奘法师，唐僧在故事中还有两个名字，一个是江流，一个是金蝉，这两个名字就在表明其五行属性。江流这个名字喻意很明显，江里流动的是什么？当然是水，所以这个名字就在昭示着唐僧在队伍中的五行属性是水。五行中金生水，唐僧前世名金蝉，从名字来看属性为金，前世为金，后世为水，合五行中金生水之意。唐僧的父亲是海州人士，后来被派往江州为官，遇害地点在洪江，这些地名中都包含有水的元素。唐僧出生在江州，逃生时顺江而下，都与水有关。其到金山寺被救，因金而生，仍是运用金生水之意。唐僧出生后的第一难是出生几杀（在全故事中为第二难），来源是水贼刘洪，而到达灵山前的最后一难（第七十九难）遇到的是寇洪。两个人的名字都为洪，这种始于洪、终于洪的设计仍是在强调其水的属性。唐僧出家的寺院是洪福寺，名字中也有一个“洪”字，也在强调其水的属性。

《西游记》对于五行的理解不是静态的，而是动态的。唐僧之水为木中水。五行中水生木，从这个角度来说，木中水也就是已经用于生木之水，系已经发挥作用的水。或许《西游记》的意思是，五行单独分开静态来讲是不行的，那会使人的思想陷入孤立的状态，对于五行要动态地看、动态地用。因为五行就应被简单地理解为构成世界的元素，其实五行的基础是气，五行只是气不断变化的五种形态而已。三这个数字五行属木，三藏这个名字就具有木的属性，故唐僧先名江流，后名三藏，喻其本性为水，继而因水生木，而成为木中水，是为真水。

唐僧身上五行元素俱全。前世为金蝉子，具有金的属性；系如来佛的二弟子，二属火，具有火的属性；唐僧是十世修行的好人，十属土，具有土的属性。加上水、木两方面的属性，这个角色五行俱全。由于金、火、土的属性均不是其在取经队伍中的角色，因此不妨碍上文中属性的确定。

2. 孙悟空是金。孙悟空出生后化作一个石猴，之所以作者安排他化成猴而不是其他动物，因为猴对应地支为申，在五行中属性为金，所以作者用孙悟空所代表的五行为金。孙悟空为什么是从石头里蹦出来的，因为五行中土生金，石头其实也是土，只不过是比较坚硬的土而已。

孙悟空之金为水中金。道教中人认为，孙悟空代表先天真乙之气，又名水中金。从故事情节来看，孙悟空的家水帘洞就在东海龙宫之上，他的神兵金箍棒也来自东海，这些元素的设计都表明其水中金的属性。孙悟空是唐僧的大弟子，一属水，为其增加水的属性。其为猴在先，为徒在后，五行中金生水，故其为水中之金，也是动态的金，喻其为真金。

孙悟空也是五行俱全的。闹地府时，孙悟空生死簿上记载年龄为三百四十二岁，对应三、一、四、十、二等五个数字，分别代表木、水、金、土、火五行，说明其已五行俱全。正因五行俱全，所以后来如来佛在压他时要用五行山，因为五行相生相克，所以要用五行来压制五行。

3. 猪八戒是木。天篷元帅落到凡间错投猪胎，猪对应地支为亥，在五行中属水，但书中反复强调猪八戒的属性是木，难道是作者搞错了吗？不是，此处为错写之笔。亥为水，猪八戒本应属水，作者之所以安排其为天篷元帅时掌管天河水军，就是要表明这一点。五行中水生木，可以戏说水是木的母亲，所以作者将猪八戒称为“木母”，这一称谓是可以理解的。继而又运用错写笔法，把“木母”与“木”混淆起来，所以猪八戒就成了木。为了表明这一属性，书中还特意交代了一些相关情节。名为“八戒”，八的五行属性为木；其先配卵二姐，“卵二姐”在较早的版本中作“卯二姐”（人民文学出版社第四版中已改为“卯二姐”），卯属木；后来又娶了高家的三小姐高翠兰，三的五

行属性也是木；猪八戒住在云栈洞中，云为水，栈为木，此洞名含有由水生木之意。

八戒之木为火中木。猪八戒是二师兄，二属火，其先为木，后为火，五行中木生火，故为火中木，喻其为真木。

猪八戒五行不全，缺少的是土。猪八戒受罚时被打两千锤，二属火，具有火的属性；武器为九齿钉钯，九属金，具有金的属性。加上水、木的属性，五行中具备了四行，只是不具有土的属性，所以其虽然在天上掌管天河水军，但下界后却没有住在水里，而是先住在山上，又入赘高老庄，山、庄皆为土，合缺土补土之意。

4. 沙和尚是土，且为真土。土乃五行之母，按理说其应当先于其他四行出现，可为什么沙和尚却是最后一个加入取经队伍的呢？因为沙和尚是土中之土，用文字表示就是“圭”，所以书中以“刀圭”作为沙和尚的代称。由于沙里含金，其以沙为姓，有土有金，是为金中土，喻其为真土。

沙和尚五行不全，缺少的是水。卷帘大将犯错后被打了八百，八属木，具有了木的属性；下界后七日一次受飞剑穿心之苦，七属火，具有了火的属性；沙和尚此前吃了九位取经人，九属金，具有了金的属性。加上其自身土的属性，也具备四行属性，只是不具有水的属性，所以下界后住在流沙河，合缺水补水之意。在元曲《大唐三藏取经诗话》中，流沙河本来指的是沙漠，并不是河，但在《西游记》中变成了一条河，且书中讲到观音菩萨为沙和尚取名时“指沙为姓”，也说明河里面应是沙而不是水，但《西游记》为了全其五行，而将其确定为一条河。

5. 白龙马是火。在地支中，辰为土，午为火，白龙马原本是龙，五行属土，后来变成了马，五行属火。五行中火生土，由龙而变为马，是由土而变为火，是为土中火，喻其为真火。玉龙三太子因烧了明珠而犯罪，后来取下明珠变成了马，由土生火，这是五行的逆用；白龙马修成正果，加升为八部天龙，是由火而生土，为顺用。玉龙三太子因纵火烧了明珠而犯罪，海中太子为何要纵火呢？其意在表明他的属性。火不是一直燃烧的，而是需要点燃的，所以在宝象国，当三位徒弟都不在的时候，这把火就开始发挥作用了。

白龙马五行不全，缺少的是水。白属金，白龙马具有金的属性；犯错后被打了三百，三属木，具有木的属性。龙、马分别为土、火，五行中具备四行，缺少的是水，所以生自海中，住在鹰愁涧里，合缺水补水之意。

五圣当中只有唐僧与孙悟空五行俱全，这或许是取经队伍中最后仅此二人成佛的原因之一。

 四众合四象

《易经》中四象为太阳、少阳、太阴、少阴，取经队伍中亦包含有这样的设计。如果在五圣当中选取四位来对应四象的话，该选哪四位呢？正常来说会有两种方案，一是选取师徒四人，因为白龙马容易被人忽略；二是选取除唐僧以外的四人，这样的话唐僧就是四象的核心。笔者认为,《西游记》的设计所采取的是第二种方案。对应故事中的角色来说，太阳可以理解为给人感觉本领高强，用处很大；太阴可以理解为给人感觉没有本领，没有用处；少阳为阴中之阳，基础是阴，让人感觉没什么本领，但阴中有阳，有时也是有一定用处的；少阴为阳中之阴，基础是阳，给人感觉也比较有本领，但功夫还不到家，关键时刻不能攻坚克难。那么，按照这样的理解，取经队伍中四象的代表分别是谁呢?

1．孙悟空为太阳。孙悟空的特点就是本领高强，作用很大，是典型的太阳属性。孙悟空性格刚强，象征着《易经》中的《乾》卦，这一属性与太阳完全吻合。

2．猪八戒为少阴。猪八戒其实是有一定本领的，有三十六般变化，武艺也不错，刚加入队伍就打死虎先锋立了功，在一路上除了不少妖怪（弱者居多），所以他的底层属性为阳，属于有本领的人。但他的本领有限，一遇到强敌就不行了，表现出来的就是懦弱无能，属于阳中之阴的表现，是为少阴。

3. 沙和尚为太阴。沙和尚在队伍中似乎是本领平平的一位，不以能力见长，他甚至不会变化，给人感觉法力较弱，很多读者会认为他在队伍中其实没有什么作用，符合太阴的属性。但他毕竟是卷帘大将下凡，说他一点儿本领都没有很难令人信服，为了进一步明确这一点，书中安排他的宝杖是月宫之物，月又称太阴星，用兵器进一步明确其属性。

4. 白龙马为少阳。白龙马只是唐僧的坐骑，在取经队伍中常常会被忽略，这说明其基础属性为阴，所发挥的作用不明显。但此阴中有阳，还是具有一定的本领的，所以在宝象国唐僧遇难时，白龙马也曾尝试变化了去救唐僧，虽然未能战胜黄袍怪，但其本领也是不容忽视的。另外朱紫国制药时，关键在于龙马之尿，这一情节安排告诉读者不要忽略白龙马，他并非没有本领，只是极少运用而已，这种表现可以称为阴中之阳，是为少阳。

三 三徒喻三教

在故事中，三徒加入取经队伍后均归属于佛门，身份上均为和尚，都是佛教人物，但是，作者真实的设计意图却是用三徒来分别代表儒、释、道三教。为什么这么说呢？这就要结合玉华州的故事来看。当唐僧师徒到达玉华州时，三徒分别收三位小王子为徒并传授武艺，此时发生了一件事——师兄弟三人的兵器都被偷了。偷兵器是附近的妖精黄狮精所为，而黄狮精偷了三样兵器之后要举办“钉钯宴”，这里面的情节值得仔细分析。如果我们比较一下三位师兄弟的兵器，通常会认为其中孙悟空的金箍棒是最厉害的，但为什么黄狮精设宴的主题却放弃了金箍棒而选择了九齿钉钯呢？要想搞清楚这个问题，就要先弄清楚三件兵器代表的是什么。

在三师兄弟的兵器丢失之后，书中用了一首诗：

道不须臾离，可离非道也。

神兵尽落空，枉费参修者。

这首诗源自儒教经典《中庸》，诗中的“神兵”指的应该就是三件兵器，丢失也就是诗中所谓“离”。虽然三徒平时兵器都是不离身的，但此次兵器被盗表明这些兵器与他们是可以分离的。兵器与身体可以分离是理所当然的事，但书中用了这首诗，意在提醒三件兵器能够丢失表明它们是可离之物，进而告诉读者这三件兵器“非道也”，不是“道”。兵器本身是有形的物品，而“道”是无形的，兵器当然不是“道”。这么简单的道理，作者为什么要花费这么多笔墨来讲呢？这就是要引发我们思考的问题。

打个比方来说，我们说矿泉水不是纯净水，这是有意义的，因为两者性状相似，容易被人认为是相同的东西。但如果我们说石块不是纯净水，通常是没有意义的，因为二者之间的区别太明显了。作者精心设计了一个故事，使三件兵器被盗，突出这三件兵器与主人是可以分离的，然后提醒大家“可离非道也”，说明三件兵器所代表的一定是与道非常容易混淆的东西，而不是兵器本身。不仅如此，诗中还有一句“枉费参修者”，说明落空的神兵是被“参修者”用来参修的，这就更说明此处的兵器所代表的不是兵器本身，否则何来参修之语。综合这两方面就可以得出这样的结论：神兵是用来参修的，但不是道。以此看来，神兵所代表的东西应当是容易被人认为是“道”的东西，也就是儒、释、道三教的学说。三教的学说正是人们所参修的，但三教的理论学说虽然都很精深，但都不是“道”。

在取经的过程中，孙悟空代表的是佛教，猪八戒代表的是儒教，沙和尚代表的是道教。前文中已经分析过孙悟空的原型是六祖惠能，其代表佛教是易于理解的，下面分别解释一下其他两位。

猪八戒代表的是儒教。在神兵被盗这一段故事当中，书中有言：“那厢因你欲为人师，所以惹出这一窝狮子来也。”此处明示“狮”即是“师”，黄狮，就是皇师，指帝王之师。什么是帝王之师？每位帝王都有自己的老师，但在中华几千年封建王朝中，如果有一样东西可称为帝王之师的话，那就是儒教思想。儒教学说自汉代之后即为历代帝王所尊崇，无论其真正采取的是道家还是法家，但表面上一般都尊崇儒家。黄狮精把钉钯摆在中间，金箍棒与宝杖放两边，喻意为帝王家对于三教的理论都尊崇使用，但是以儒教为主，这段故事所表达的就是儒教学说被帝王奉为权威之意。儒教经典为四书五经，四五之和为九，故猪八戒的钉钯有九齿。这段故事中两个小妖名古怪刁钻与刁钻古怪，比喻帝王之师所教出来的尽是古怪刁钻之辈。书中介绍九齿钉钯时是这样描述的：

此是锻炼神冰铁，磨琢成工光皎洁。老君自己动钤锤，荧惑亲身添炭屑。五方五帝用心机，六丁六甲费周折。造成九齿玉垂牙，铸就双环金坠叶。身妆六曜排五星，体按四时依八节。短长上下定乾坤，左右阴阳分日月。六爻神将按天条，八卦星辰依斗列。名为上宝沁金钯，进与玉皇镇丹阙。

其中提到乾坤、阴阳、六爻、八卦，这些信息都与《易经》有关，而《易经》为儒教“五经”之一，也是群经之首，所以钉钯所代表的就是儒教经典。为何安排钉钯是老君所造？其暗含的可能是孔子曾问礼于老子、儒家思想源自道家之意。

在这段故事中，书中安排三位小王子各自仿照三徒的兵器重新打造兵器，所打造出的金箍棒有千斤，九齿钯与降妖杖各有八百斤，那么三徒的兵器原本重是多少呢？孙悟空的金箍棒重一万三千五百斤，猪八戒的钉钯与沙和尚的宝杖都是五千零四十八斤。三位小王子的兵器重量比他们的兵器轻得多，作者在其中隐藏的意思是三教学说虽为帝王推广运用，但其所推广运用的只是其中的一小部分。作者在该段故事的结尾还特意安排了一个细节，给三徒每人重新做了一身衣裳。注意，此处只是给三徒做了衣裳，没有给唐僧做。为什么这么安排？表面上看，是三徒打斗中衣裳被狮子精抓破了，唐僧未参与打斗，所以不需要；但其实不是这样，因为书中只讲猪八戒一个人的衣服破了，为什么要三徒都做衣服呢？就是因为三徒代表的是三教，而衣服也就是包装，作者的意思是帝王家在运用三教学说时，对三教都进行了包装。

猪八戒为什么会称为“呆子”?“呆子”即“书呆子”之意，儒教中人常常比较古板，所以才用了这样一个称呼。佛教、道教给人感觉常常是出世，而儒教的特点则是入世，勇于承担社会责任。猪八戒在故事中就是一个入世的角色，他贪吃好色，正是世俗之人的形象，充分体现了告子“食色性也”的观点。而他的身上也有很多优点，使其能够适应世俗生活。通天河结冰时，唐僧师徒从冰上通过，这时是猪八戒给马蹄上绑上草，防止打滑，又让唐僧横拿禅杖，防止掉进冰凌。荆棘岭荆棘阻路，猪八戒用钉钯开路，这一安排寓意正是儒教在社会生活中为人们扫除了诸多障碍，开辟道路。稀柿衕八戒立臭功，把那些污秽之物全部吃光，其所体现的正是儒教在现实生活中的担当精神。这些事情之所以不安排神通广大的孙悟空去做，而交给猪八戒，作者所要表达的就是这方面的寓意。沙僧入队最晚，但挑担的重活还是由猪八戒负责，而没有交给“沙师弟”，因为挑担指的就是社会责任之担；救活乌鸡国王之后，猪八戒把一半的担子交给国王来挑，所喻的就是儒教与王权的结合其实就是在分担社会责任，所以猪八戒最后在佛祖处的评语是“挑担有功”。

孙悟空这个名字意为要悟得空性。为什么要悟空性，因为其缺乏空性，念头太多，想为王，想长生，想做大官，想占天庭，想得成正果，心中不空所以要悟空，取这个名字的意思就是补缺之意。猪八戒的名字为什么要叫“悟能”呢?其实与“悟空”这个名字是一样的，取补缺之意，缺少能，因此叫悟能。猪八戒本领并不低，为什么说他缺少能，这个能并不是指能力，而是什么能做，什么不能做。儒教之人常有“明知不可而为之”的勇气，但《西游记》对此似乎有保留意见，故望其于此有悟。而在故事中，猪八戒什么都想要，各种欲望俱全，从内心来讲其需要知道自己能做哪些，不能做哪些，即自律。内部需要自律，外部自然需要约束。八戒，就是八个方面的戒律。儒家思想的精髓是因材施教，有的放矢，而后来被捧得过高，认为自己是放之四海而皆准的，想用一套制度体系约束所有人就出了问题。这两个名字也有配合之意，内心要知道什么事情是自己能做的，外在需要相应的约束。

沙和尚所代表的是道教。关于沙僧，人们普遍认为其在历史上并无原型，在文学作品中的原型是《大唐三藏取经诗话》中的深沙神。在元曲《西游记》中，沙和尚是玉皇殿前的卷帘大将军。笔者认为，沙和尚不仅有其原型，而且其原型还非常重要，其应当为道教一位非常有名的人物。其与《西游记》有很深的渊源，或许因为某件事而耿耿于怀，所以作者将其作为故事中的角色。这个问题放到后面再讲，此处先讲其名字。为什么叫“悟净”？因为心中不净，所以才需要悟净。沙和尚这个名字关键在于“沙”字，其以沙为姓是很有深意的。为什么又叫沙和尚，若从身份上来说，唐僧师徒四人都是和尚，为什么只有沙悟净被称为“沙和尚”呢？“和尚”本身为“以和为尚”之意（见《西游记》第八十三回），所以这个名字本身是带有敬意的。而加上以沙为姓变成了“沙和尚”，其所要表达的似乎就是对佛教中人的轻视之意。有人将“沙和尚”理解为“杀和尚”，因为沙僧曾经吃了九位取经人，确实做过杀和尚之事，但笔者认为此解欠妥，能写出这样一部巨著的作者应不是心肠如此狠毒之人。此处的沙可能有大浪淘沙之意，意为“沙汰和尚”。

沙和尚的职责是牵马，看似是很粗俗的工作，但牵马即是引领前进方向之意。孙悟空是负责开辟道路的，相当于汽车的发动机；猪八戒是挑担承载的，相当于汽车的车厢；而沙僧却是把握方向的，相当于汽车的方向盘。三徒的分工所体现的就是三教在现实社会中各自的专长，如此组建取经队伍所表达的正是三教配合之意：佛教金刚能断，可以克难碰硬；儒教勇于担当，承载社会责任；道教清静无为，为社会前进指引方向。

而就三人的兵器而言，九齿钉钯代表的是儒教的学问主张，而金箍棒和宝杖则分别代表了佛教和道教的学问主张。孙悟空的金箍棒和沙和尚的宝杖除了外观造型与颜色不同、重量不同之外，其功能与使用是差不多的。棒与杖形态相似，人们通常只注意金箍棒大可撑天，其实宝杖也是一样的。书中在介绍宝杖时说“或长或短任吾心，要细要粗凭意态”，与如意金箍棒一样可随心变化。金箍棒重一万三千五百斤，宝杖重五千零四十八斤，重量虽然有差距，但都是极重的兵器，属于神兵的范围。两者不同之处在于金箍棒两头是金箍，中间是一段乌铁；宝杖外为月宫之木，内有一条金趁心。二者都有内外不同之别，所不同的是一个是两端与中间的区别，是横向看的；一个是内趁心与外部包裹的区别，是纵向看的。兵器是拿来使用的，其所代表的是各教所运用的理论学说。金箍棒与宝杖相近，意思是佛道两家的理论是相似的；金箍棒两头有金箍，为两端约束之意；宝杖内有金趁心，外为月宫木，有《坎》卦（☵）之意。坎卦上下两爻为阴爻，月为太阴星，故其木取自月宫；金趁心喻中间的阳爻。坎为水,《道德经》称“上善若水”，水“几于道”，水的精神正是道教的核心主张。

三件兵器的安排还有一个巧妙之处，孙悟空的金箍棒是太上老君炼出来的，猪八戒的九齿钉钯也是太上老君炼出来的，而沙和尚的宝杖不是。或许作者想说的是，佛教与儒教的理论其实都源于道家，而道家的理论则是“道法自然”。

至此可以看出，整个取经队伍的设计就是三教合一，合和四象，齐聚五行。

四 师徒演乾坤

《西游记》与《易经》之间有很深的渊源,《易经》六十四卦中最基础的是《乾》《坤》两卦,《西游记》两位主角孙悟空与唐僧分别与这两卦有关。

孙悟空出自《乾》卦。孙悟空的金箍棒重一万三千五百斤，其在生死簿上为一千三百五十号，在孙悟空身上两次出现了同一个基础数字一百三十五。这个数字的出现并非偶然，作者两次使用这个数字，是在告诉读者这个数字就是孙悟空的内涵。这个数字的寓意是什么呢？我们先来看一下这个数字是怎么得来的。《西游原旨》在讲到龙宫借兵器的时候，对几件兵器的重量进行了分析:《易经》中阳爻代称为“九”，认为九股叉代表《乾》卦之四九,四九三十六，故重三千六百斤；方天戟代表了三九、四九与上九三爻之合，按三九、四九、一九相加合计为七十二，故重七千二百斤；而金箍棒则是因为乾元用九，计九千斤，再加上九五一爻四千五百斤，合计一万三千五百斤。

龙为阳爻的代表，龙宫即阳爻汇聚之所，其所代表的是《易经》中的《乾》卦。上述这些数字确与《乾》卦有关，但未必尽如该书之意。一百三十五这个数字刚好是一九至五九之和，这个数字说明孙悟空所代表的是《乾》卦中从第一爻“初九”到第五爻“九五”这五爻。从孙悟空的性格来看，其非常符合《乾》卦之“天行健，君子以自强不息”精神，所以他所代表的是《乾》卦。但是在西天取经的过程中，这一卦已经发生了变化，即通常所说的“变卦”。

首次擒拿孙悟空时为何安排由太上老君帮忙，而又要突出细犬的作用呢？表面上作者是设计了一次精彩的擒拿情节，其实作者仍是在讲述《易经》的卦象。孙悟空在大闹天宫时所代表的是完整的《乾》卦，金钢琢打到了孙悟空的天灵盖上，喻为把《乾》卦的“上九”爻变为“上六”；细犬代表《坤》的“用六”，咬住了孙悟空的腿肚子，喻为把《乾》卦的“初九”爻变成了“初六”。这样一来，《乾》卦就变成了泽风《大过》卦，意为按照《乾》卦一刚到底就会产生大过。

唐僧出自《坤》卦。前面已经讲过，在西天取经的途中，唐僧为《坤》卦的上六。孙悟空拜唐僧为师，师父自然应当在上，初九至九五再加上上六，二者所组成的是泽天《夬》卦。夬是决定之意，孙悟空能力无限，但要把事情的决定权交给唐僧，这样一来对两个人来说就都完美了，这可能也是最后唐僧与孙悟空师徒一同成佛的原因之一。

孙悟空为什么要戴紧箍儿呢？紧箍儿代表的是《乾》卦中的“用九”。《周易》中每一卦都有六爻，但有两卦却有七爻辞，即《乾》《坤》两卦。《乾》卦有“用九”，《坤》卦有“用六”。“用九”的爻辞为：用九，见群龙无首，吉。“用九”即是要能够驾驭“九”，而不要为“九”所用。紧箍儿是用来约束孙悟空的，有了它唐僧才能指挥孙悟空，正合“用九”之意。所以，《西游记》把《乾》卦的元素充分体现在了孙悟空的身上，但并非简单展示，而是对其加以运用，系动态的《乾》卦。

孙悟空与唐僧分别出自《乾》卦与《坤》卦，但并不能据此简单理解他们就代表《乾》《坤》二卦，其实他们是对《乾》卦与《坤》卦的应用。那么书中有没有角色完全对应静态的《乾》卦与《坤》卦呢？有的，二郎神即是静态的《坤》卦，而对于静态的《乾》卦后面遇到时再讲。

五 心性意情和

心、性、意、情都是很深奥的哲学问题，如果要解释清楚什么是心，什么是性，什么是意，什么是情，可能每个概念都要用几本书去讲，此处就不作讨论了。《西游记》中的几位主人公分别代表心、性、意、情，这种设计与儒教的心性学说有关，其寓意或许亦与所谓金丹之道有关。

1. 孙悟空是心。第七回中有诗云："猿猴道体假人心，心即猿猴意思深。"此明示孙悟空所指代的就是心。另外，小说的章回标题中经常出现"心猿"，表明猿即是心，而从对应的故事情节来看，其所指代的也正是孙悟空。如"五行山下定心猿""心猿归正　六贼无踪"等。将孙悟空称为"心猿"，意为孙悟空代表的是心。正因为孙悟空代表的是心，所以用于约束孙悟空的紧箍咒才称为"定心真言"。修行之人常说定心最难，故事表面上在讲用紧箍咒约束孙悟空，实际上是在讲如何定心的问题。为这个角色取名"悟空"，表明就修炼而言心要悟空，不可执着于任何念头。

但孙悟空有时也代表性，第二十回在黄风岭孙悟空与猪八戒配合打死了妖精虎先锋，该段所配的结尾诗句为"法师有难逢妖怪，情性相和伏乱魔"，而代表情的是猪八戒，那么从该句来看孙悟空在该处所代表的不是心而是性。

2. 唐僧是性。"外道迷真性　元神助本心"一回中，故事情节为唐僧被银角大王所骗，天上诸神帮助孙悟空，说明"真性"指的是唐僧，"本心"指的是孙悟空。《西游记》中所讲的性指的是本性，而不是生理上的性。第一回中菩提祖师问孙悟空姓什么的时候，

猴王又道："我无性。人若骂我，我也不恼；若打我，我也不嗔，只是陪个礼儿就罢了。一生无性。"祖师道："不是这个性。你父母原来姓甚么？"

此处意为所谓性指的并不是人的性格，而是人的本性。表面上看来是在问他的姓氏，其实是在问人的来处。

那么什么是性呢？儒家经典《中庸》有云："天命之谓性。"上天赐予人的使命就是人的性，也可以说人来到这个世界的目的就是性。唐僧前世为如来佛的二弟子金蝉子，他投胎大唐目的就是要完成取经之事，这就是他的性。

心、性是古人非常重视的学问，也是《西游记》所讨论的最主要的东西。《坛经》云：

心是地，性是王，王居心地上。

性在王在，性去王无。

性在身心存，性去身心坏。

佛向性中作，莫向身外求。

《坛经》的这段内容可以更好地帮助我们理解《西游记》中关于唐僧与孙悟空二人的身份与情节设计。前文中以孙悟空为"初九"至"九五"五爻，唐僧为"上六"，唐僧身为师父在孙悟空之上，二者组成了《夬》卦；如果从心性的角度来说，这一逻辑也是成立的，唐僧是性，孙悟空是心，唐僧在孙悟空之上正合"王居心地上"之语。

3. 白龙马是意。"鹰愁涧意马收缰"一回讲的是收服白龙马的故事，标题中的"意马"所指代的自然是白龙马，所以白龙马代表的是"意"。意可以理解为自我的心意，玉龙三太子火烧明珠即是按自我的心意行事，但是这样不行，"意"若放纵便会惹出事端，因此要加以约束。那么，不按自我的心意行事要怎么办呢？要回归到"性"的层面，即按唐僧的意志去行事，所以白龙马是唐僧的坐骑，他要按照唐僧的方向前进。"意马收缰"便是加以约束之意，其位于唐僧之下便是要受到唐僧的控制。在西天取经的过程中，马是有人牵的，说明"意"需要控制。故事中，孙悟空有两次打马之举，这两次便是"意"脱离控制的时候。一次是在四圣试禅心之前，前有任意之举，后有禅心之试；一次是在无名高山遇强盗之前，人若任意而为，便引心贼而至。

4. 猪八戒是情。在金兜山遇青牛精的那一回，标题为“情乱性从因爱欲”，故事中对应情节孙悟空画了个圈子，让唐僧他们不要走出这个圈子，之后猪八戒要出圈子，唐僧表示同意。从情节设计来看，“乱”的是猪八戒，“从”的是唐僧，说明“情”指的是猪八戒，“性”指的是唐僧。情可以理解为我们对外在世界的反应，也可以说是外在世界对我们的影响，猪八戒就是一个很容易受外在世界影响之人。

5. 沙和尚与其他四位不同，他是和，起调和作用。心、性、意、情之间是相互关联的，既能齐心合力，也会产生冲突，因而需要调和。当心、性、意、情齐集之后，调和才是队伍中最重要的。无论从五行的角度还是心性的角度，沙和尚这一角色都是队伍中最重要的。为了表明沙和尚的重要，在其加入取经队伍的时候，书中用了一首诗：

五行匹配合天真，认得从前旧主人。
炼己立基为妙用，辨明邪正见原因。
金来归性还同类，木去求情共复沦。
二土全功成寂寞，调和水火没纤尘。

“二土”为圭，指的就是沙和尚。沙和尚没立什么显眼的功劳，看起来本领不大，碌碌无为，即“寂寞”，但其真正的作用是“调和水火”。佛祖最后给他的评语是“登山牵马有功”，其牵马即“调和水火”。唐僧是水，龙马是火，唐僧骑马已是水火既济之意，为何还要调和呢？因为唐僧是“性”，龙马是“意”，“意”为走想走的路，是自我层面的，“性”为走该走的路，是本我层面的，两者是有区别的，但“性”之行需借“意”而实现，故唐僧需要骑马；但“性”与“意”是有分别的，两者的方向常常会出现偏差，故此安排沙和尚牵马，“马若不牵，恐怕撒欢走了。[①]”牵马即按照本性，引导意念走上正确的道路。

① 见第二十三回。

调和的目的是要达到净的境界，脱离浊的境界，所以要悟净，故沙和尚名“悟净”。为什么把沙和尚入队的时间安排在“乌巢授心经”之后，因为《心经》是使人认识到心、性、意、情的体，而和则是在告诉人们心、性、意、情的用，授《心经》时沙和尚尚未加入，就是怕读者将沙和尚误认为其他层面的东西。

六 《西游记》之道

五圣齐聚的过程既是组建队伍的过程，也即《西游记》讲述金丹之道的过程。金丹始于心，代表心的是孙悟空，但孙悟空并非一开始就代表心，而是在忧虑生死之时才开始。石猴初生之时是一种无心的状态，乐享天真，但突然之间开始忧虑生死了，这就是心之动。修炼即是修心，但这个心指的不是心脏，而是一种超自然的境界，就如同《楞严经》对于心在何处进行了详细的讨论，让我们说不出心是什么，也说不清心在哪里，但心又是一切的关键。心动是一切的根源，一念生则百念生，一切都会随之而动，生命因此而改变。或许正是因其有生死之忧，所以才有了生死之事。人自出生后若能一直不动念，就是天真的最佳状态，但没有人能够做得到，总会动心。既然心已动，那就要遵循动的方式去走。

心动首先要去除心上所蒙之尘，故需要开蒙，所以猴王才要外出学脱离轮回之法。心动需要去领悟智慧，故有菩提向心觅之举。领悟智慧虽可借助外力的帮助，但本质上还是向内而求，故通过猴王求道的故事提出菩提应向心中而觅，因而有灵台方寸山遇菩提之说。遇到菩提祖师之后，猴王先只是得名，此时祖师在告诉他要首先认识自我，故要问“你姓什么?”赐给孙悟空名字目的就是要让他知道自己是谁。得姓名之后，祖师用七年时间让他学习洒扫应对的礼数，意为首先要学的还是生活中的人情事故。而后，菩提祖师半夜传道，只是告诉了悟空“显密圆通”一诗，在其悟透智慧之后，又过了几年才传授其变化之法。悟得菩提之后，要回归原本的生活，所以孙悟空学成之后，祖师告诉他，“从哪里来，回哪里去”，“在此间断然不可”。作者意思是心动要先向内动，内求智慧，但并非要居于一个所谓智慧的境地，而是要回归现实生活，生活就是智慧。

内动之后亦需外动，人生于斯，长于斯，自然应当与这个世界进行交互，故而亦需考虑外界各因素，同时也可以向外索求。傲来国偷兵器、龙宫求宝、与七魔王结义是说明虽已悟得菩提，回到现实生活中则需遵守现实生活的法则，需要为此后的经验进行一些准备。傲来国偷兵器是为了自保，而龙宫求宝则是为了进击，与魔王结义则是扩大势力，乃是为了有更大的作为。这些需求都是为了在自己生活中的体验，但由于均是从自我出发的，所需失偏，故有天庭征伐之事。心悟菩提之后，回到自己的生活中，仍是按自我意识去行事，当然有失偏颇。

心动终归于定。闹天宫之后，“五行山下定心猿”，意为心需要定，如何定，定于五行。也就是这个世界，活在当下。《西游记》前七回被《西游原旨》等书称为全书的要义所在，其实这部分所讲的就是从心动到心定的修炼历程。

讲完了心的事，接下来就是性，人当认识自己的性。所谓性，从形而上的角度上讲，可以说是生命来到这个世界的目的，我想来这个世界体验什么，什么就是我的性，但这个我却不是有形的自我，而是本我。唐僧即代表性，其名为江流，意为以水为性，水不争，因势而动，是在告诉人们如何认识自己的性。唐僧前世为金蝉，因轻经而被贬，取经就是其此生之性。明此性后，不管他是由于自我对佛法的向往，还是大唐皇帝的委派，这都是自我层面的认识，但这一认识与本我的目的已经归于一致。但书中仍要安排妖精吃掉唐僧的随从，因为随从是皇帝派来的，意在点醒唐僧，其取经并非由于皇帝的意志，而是自己的本性，故金星说他“本性元明”。

认识到性之后，要找回自己的心。心是一切的基础，离开心将无所作为，故唐僧先要将孙悟空招入队伍。但要明确心需约束，所以紧箍咒为“定心真言”，孙悟空脱离了五行山后，心解脱了束缚，但仍需约束，故需要咒语来定心。唐僧收悟空为徒，喻心性合一。

心性合一后，要学会对意的驾驭，白龙马为意，故其在此时加入取经队伍。意是生命运动的方式，乃性之用，若不动意，性无法展开，故白龙马是唐僧前行之脚力。

性与意均是内在的，是由内而外发出的，而世界是自我与外界的统一，不能忽略外部世界而孤立地去考虑自身问题，因此要重视内外相通的情，故接下来将代表情的猪八戒收归队伍。情是对于外在世界的反应，喜欢也好，憎恶也罢，其实都是外界对人的影响。

心、性、意、情都不是单独的存在，需要对四者进行调和，所以在四者齐聚之后安排沙和尚加入，沙和尚的作用就是调和。和的任务是使心性意情向净的方向发展，故名悟净；其任务为和，目标为尚，故又名和尚。

笔者并不懂金丹之道，但依《西游记》的讲述其理或许如此，作者以故事的方式把金丹之道大致讲述了一遍，但这指的是后天的金丹，继而作者通过五庄观的安排在告诉读者什么是先天的金丹。

《西游记》之于儒教

《西游记》当中佛、道两教的信息非常明显，相比之下当中的儒教人物容易被忽略，但其实作者对于儒教人物的形象亦是刻画得非常丰满的。书中讲仙分为天仙、地仙、神仙、人仙和鬼仙，其中的人仙和鬼仙中就有许多儒教人物。袁守诚、魏征、崔珏都是儒教人物的代表，说明《西游记》认为儒教之人亦可登仙。

《西游记》中儒教的典型代表则是玉皇大帝。玉帝本是道家经典中的角色，但在《西游记》的故事中他却是儒教的角色，因为他所代表的是封建社会的君王，或者说是社会的管理者。我国封建王朝自汉武帝以来都是以儒教思想来进行社会治理的（至少表面上是这样），所以这一角色所代表的是儒教。玉帝在孙悟空大闹天宫时派兵、求援，调动了各种力量，就是自己不动手，好像法力很差，其实玉帝历经一千七百五十劫，每劫十二万九千六百岁，法力应当是很高深的，所以如来、老君都很敬重他，但他却从不施展法力。这是为什么呢？其实这所要表现的就是儒家的思想——无为而治。你们一定认为我说错了，“无为而治”不是道家的思想吗？其实它也是儒家的思想。请看儒教经典中是怎么说的：

子曰：“无为而治者，其舜也与？恭己正南面而已。”（《论语·卫灵公》）

子曰：“为政以德，譬如北辰，居其所而众星拱之。”（《论语·为政》）

如来佛、太上老君与玉皇大帝分别是佛教、道教与儒教在《西游记》中的最高级别的人物，故事以三人为首建立起了佛系、道系与天庭三个仙佛体系。西天取经的故事开始了，你以为故事的进展还是在围绕着佛、道两教相争展开，其实作者此时已经把主线索切换至儒教。

《西游记》的故事设计在大闹天宫阶段脉络是比较清晰的，孙悟空从一只普通的猴子，学会了高强的法术，继而四处逞强，最终被如来收服。但到了西天取经部分，除了前面依次收服四圣、组建队伍之外，后面的情节似乎没有什么章法。人们对于取经的故事基本上感觉逻辑上似乎是不断重复的：走到一地方（或山或岭，或涧或河，或城或国），遇到妖精想吃唐僧肉，孙悟空识破妖精但却没办法，因为唐僧肉眼凡胎总是被妖精欺骗，然后妖精抓走了唐僧，孙悟空再想办法打败妖精，救回唐僧，如果实在自己打不赢妖精，就请其他神仙帮忙。事实上，这样的情节在《西游记》中只出现过四次，分别是白骨精、银角大王、红孩儿和老鼠精，但这四次就几乎给读者留下了固定的印象。那么，西天取经的故事情节安排是否是作者随意挥洒的呢？不是的。《西游记》是有逻辑性的，其对于取经路上的情节设计是有着完整的思路的，这一思路就是儒家经典《大学》中所讲的“修身、齐家、治国、平天下”这四个层面。

据前文的分析,《西游记》是崇道抑佛的，从这个角度来说，如果《西游记》想要站在道教的角度打压当时的佛教，只要讲佛、道两教的事就够了，为什么还要讲这么多儒教的东西呢？或者说为什么一定要坚持三家合一与三教合一呢？因为《西游记》在思考人们通常不会去思考，甚至是不敢去思考的问题。

人为什么要学佛？是为了解脱生死，离苦得乐。人为什么要学道？是为了长生成仙，逍遥自由。相比之下，学儒的目标就差多了，只是好好做人而已，虽然这一目标也很难，但与前面成佛、成仙相比距离近得多，也更有可能实现。三者不可同日而语，为什么前面讲了个人修炼的要旨之后，后面又要用如此大的篇幅讲社会问题呢？《传习录》言：仙佛到极处与儒者略同。我们这么考虑是因为那么多人去学佛却不能成佛，求道也不能成仙，连自身生死的问题都没能解决，自然就不会去考虑后面的事情。但《西游记》却不是这样的，它所思考的是如果一个人能够成佛成仙，以后又该如何呢？假设你已经变得像孙悟空一样，与天地同寿，不用忧虑生死，法力高强，天地之间任你遨游，是不是整天只顾自己享乐就行了呢？对于天下亿万苍生难道不需要去理会吗？自释迦牟尼涅槃后，至今已有两千多年，学佛之人数以百万计，但有几人修炼成佛呢？说明学佛之事即使能够有成就也是极其偶然的，那么对于天下不可计数的人来说，他们该归于何处呢？因为无论是学佛还是学道，都只有极少数人能领悟当中的智慧，智慧本身就是小众的东西，那么对于大众该怎么办呢？关爱大众就是儒家的价值。佛家想普度众生，道家也想普度众生，而到头来真正能帮助众生的却是儒家，佛法与道可以引导人开悟但只适用于极少数人，而儒家则可以让更大比例的人活得更好。引导一个人成仙成佛，和引导千万人过上幸福生活相比，哪一个功德更大呢？或许后者才是更大的慈悲之心，也是更多人有可能追求的目标。所以，想修真正的功德就要回到儒家思想上来，因此《西游记》才花了这么多笔墨在讲儒家的东西。

取经第一阶段——五行齐聚言修身

五行学说是中华传统文化中的重要内容,《西游记》对此运用得炉火纯青，其不仅充分运用了五行相生相克的基础理论，还明确提出自己的观点——攒簇五行颠倒用。这一理念可以用于许多领域，天下间的事物都可以归入五行的属性，而以一个人而言，身内的五脏可以按五行来划分，所以从唐僧出发到取经队伍组建完成的故事中，如果理解为是人身内五行的道理，就可以与修身这一层面相对应。当然，如果仅从团队组建的角度来看，把五个角色视为团队的五行也是可以的。取经第一部分的故事从五行的角度来说可以理解为五行齐聚和五行颠倒的问题。

从故事的设计来说，取经首先要组成取经的队伍。唐僧西天取经由唐僧自长安出发开始，取经队伍的加入顺序依次是唐僧、孙悟空、白龙马、猪八戒和沙和尚。《西游记》并没有急于去完成取经队伍的组建，其在每一位成员加入队伍后又安排了一些其他情节，这种安排的目的值得我们去思考。唐僧出发时带了两名随从，而后安排的情节是妖精把两名随从吃掉了；接下来孙悟空加入队伍，然后安排了除六贼与戴紧箍儿的情节；接下来白龙马加入队伍，然后安排了观音院与黑风山的情节；随后加入队伍的是猪八戒，然后安排了乌巢授《心经》与战黄风怪的情节；最后入队的是沙和尚。可以看出，在每两次人员入队之间都插入了一定的情节，为什么这些情节不等所有成员聚齐之后再安排呢？其实，在这一过程当中，作者用巧妙的设计告诉人们何谓五行、何谓攒簇五行、何谓五行颠倒。

一　由水而始

取经之事由唐僧从大唐出发开始，这是正常的故事逻辑，而从五行的角度来说，唐僧为水，取经由唐僧开始暗含“水乃五行之源”的意思。在真实的历史事件中，玄奘法师西行是为当时的法令所禁止的，还遭到政府的拦截，但在小说中则不必这样。在故事中，唐僧出发时只带了两名随从，这一设计其实是不符合逻辑的。唐僧所带随从并非他的弟子，也不是僧侣，而是唐太宗所派遣的护卫。历史上派人出使他国，至少都是几十人的队伍，而在故事中又可以不受客观条件限制去虚构，皇帝派人到十万八千里外去取经，完全可以带领一支上万人的队伍，至少也可以带上几百人沿途护卫。唐太宗对取经之事如此重视，为什么只安排两个人呢？《西游记》有破绽处即有深意处，这一设计其实是一种暗喻，唐僧与两位随从各自代表《易经》卦中的一爻。三人中以唐僧为主，唐僧是担负取经任务的人，因此唐僧代表的是阳爻，两随从为辅，代表的是阴爻，三爻中唐僧自然应当处于居中的位置，三人所构成的卦象是两阴夹一阳，其所构成的是坎（☵）卦，代表的是水，还是回到由水而始的意思上来。

《西游记》对于地点名称的处理不是随意编排的。唐僧获救于金山寺，出家在洪福寺，发愿在化生寺，出发后首先到达了法门寺，然后又住进了福原寺，都是发生在寺院里的情节，为什么对于寺院要进行变换？除了可以使故事内容更加丰富、生动之外，更主要的原因是不同的名字有不同的寓意。唐僧获救于金山寺，系因金山寺而生，取金生水之意。历史上玄奘法师曾在弘福寺主持译经，弘福寺在故事中变成了洪福寺，二者音虽相同，意却不同。唐僧出家在洪福寺，取经归来后仍是回到洪福寺，洪即是水，这种始于水终于水的设计，既说明《西游记》在故事设计时具有完整性，首尾呼应，也说明水的元素在整个取经过程中实际是一条主线。唐太宗命人举办水陆大会发生在化生寺，唐僧主持大会、发取经之愿也是在化生寺，“化生”二字说明变化由这里开始。那么这里的变化指的是什么变化呢？其实是五行的变化。关于五行，人们常常将其理解为构成物质的五种元素，是中国古代朴

素的世界观。但曾仕强先生指出，五行由气转化而来，实际上是气的五行状态，不要把其固化为五种元素。把五行看成构成物质的元素是一种静态的思维，而事实上五行是在时时刻刻运动变化的，因此要用动态的思维去理解它。在传统文化的观点中，气由虚无中产生，产生之后即开始不断变化，首先变化为水，故有“天一生水，地六盛之”之说，而后才有五行的生化，也即《西游记》中所讲的“土乃五行之母，水乃五行之源”。

故事中唐僧离开长安后首先到达的是法门寺，法门寺位于陕西省扶风县，是一座有名的寺庙，作者安排唐僧出发后首先到达法门寺是有用意的。法古字写作“灋”，但至汉代时已经开始使用“法”字。“灋”字的含义是法平如水，触不平者去之，而“法”字则可简单理解为水去之意。法门在此处有双关之意，一是水离去之门，唐僧五行为水，唐僧出发即为水去，用以明示唐僧的五行属性；二是佛教经典常讲法门无二，既然都一样，到达法门寺意味着已经找到法门了，既然法门无二，到达这里其实已经够了，何必还要走十万八千里呢？前面已经分析过《西游记》对佛教是明捧暗贬，作者虽然在以玄奘西行的事为基础讲故事，但从一开始就已经隐晦地在讲取经并无必要。

离开法门寺后，唐僧首先到达的是“巩州城”，然后又到达了“河州卫”。《西游记》所运用的人名与地名不一定符合史实，但一定符合书中之意。巩乃巩固之意，唐僧三人代表水，水有大小之分，水滴也是水，但力量过小，难以发挥作用，因此需要巩固，不断汇集、状大，这就是先到达巩州城的用意。另外，“恐”字无“心”即为“巩”，“巩”字还有一层意思即放下恐惧之心。《心经》中讲“心无挂碍”“无有恐怖”，此中或包含有修炼方面的内容，叫人自开始之时就要放下恐怖之心。巩州城之后，唐僧所到达的是河州卫，以“河”为名喻示着水量已经较大，达到河流的程度，形成了规模，可以发挥一定的作用了，这也就是巩固所要达到的目标。正是经由河州卫之后，唐僧才开始经历磨难。河州卫有福原寺，这个寺院的名字又有什么含义呢？其所要表达的意思或许是“福原在大唐，何必往天竺”，与后面故事中天竺僧人说他们认为大唐才是最好的地方形成呼应。

出了河州卫，唐僧经历了其出长安以来的第一难——落坑折从。关于这一难的发生，书中解释说是由于唐僧心忙，走得早了，看似解释得比较合理，其实另有用意。在这一难中，抓唐僧、杀两随从的是寅将军（虎精），随后又来了两个妖精，分别是熊山君（熊精）与特处士（牛精），这三个妖精的安排有什么用意呢?《西游记》中的妖精并不是随意安排的，虎属木，熊属火，牛属土，此处这三个妖精各自代表五行中的一行。按五行相生理论来说，水生木，木生火，火生土，唐僧、虎精、熊精、牛精依次代表水、木、火、土，恰好是五行相生的顺序。

作者的用意还是可以回到五行的层面来理解，此时水虽已成规模，但仍不可轻动，否则就会有问题。什么问题呢？五行中水生木，换个角度说木会吸收水，所以水轻动就会为木所吸收。虎为木，寅将军作为木要从水中汲取能量，所以唐僧与两位随从成为了寅将军的桌上之餐。所以当两妖精问到唐僧三人何处来时，寅将军说“自送上门来”。寅将军抓住唐僧后，熊山君与特处士出场，二人一守素，一随时，说明二人都缺乏食物，换言之，都需要补充能量。木生火，火生土，三位妖精的安排是在讲水的能量会依次沿着木、火、土的层次进行传递。此处将五行相生的逻辑进行了初步演示，同时告诉大家，水为五行之源，但不可轻动，否则会被一层层消化殆尽。从五行的角度来说，水、木、火、土依次出场，但还没有金，所以接下来出场来救唐僧的神仙是金星。金星为金，唐僧为水，金星救唐僧脱难，既促成了五行的完整，又取金能生水之意，设计得非常巧妙。

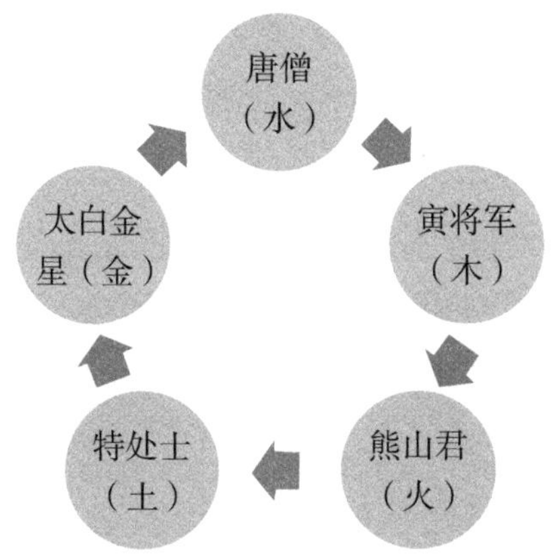

落坑折从发生在双叉岭，“双叉”即分支之意，表明此处有不同路径供选择。从证道的角度上说，此处即是做出选择的地方。两位随从与唐僧在此处走上了不同的道路，随从喻示普通人的道路，而唐僧则喻示着金丹之道。作者在此为什么会设计三位妖精只吃掉两位随从而不吃唐僧呢？金星说由于唐僧本性元明，妖精不敢吃他，但这一理由单从故事情节来说是很牵强的。实际上作者想要表达的意思是，此时水虽然已经成型了，但此水并非真水，含有杂质，安排妖精吃掉两名随从是在去掉坎卦的两阴爻，只保留中间的阳爻，合道教修炼取坎中阳爻之意。在八卦中，水内阳外阴，水中纯阳，是为真水。故事中具体讲了妖精吃人的细节，看起来有些恐怖，作者正是想籍此引起读者的注意，去除杂质才能得到真水。

 以金护水

金星离开后，唐僧再次遇到老虎，这次只是凡虎，而此次救他的也是一名凡人猎户——刘伯钦。“刘”属金，“伯”代表家中长子，中国人讲，“家有长子，国有大臣”，长子是担当责任的角色，“钦”字由金与欠组成，表明其金性仍有欠缺。虎为木，刘伯钦为金，书中安排伯钦杀虎仍是金克木之用。水动时首先要防止被木吸收，金能克木，因此需要金来保护，故此处有金出现。刘伯钦杀虎保护了唐僧，正是金克木从而护水之意。刘伯钦是凡金，其虽能克木，可以杀虎，但比较吃力。也正因他是凡金，所以只能送唐僧到五行山，不能出大唐界。唐僧超度刘父后，刘伯钦敬奉白银一两唐僧不受，表面上看是在讲唐僧不受财，其实是在讲虽然此时需要金，但不是什么金都要，银在五金中已属较高等级，但还不是最好的，所以不要。《西游原旨》分析说，安排刘伯钦是为了引出孙悟空，刘伯钦是凡金，而孙悟空是真金，是最好的，所以接下来的情节是刘伯钦带唐僧找到了孙悟空，笔者亦赞同这一分析。刘伯钦杀虎要争持半日，孙悟空杀虎只消一棒，通过孙悟空杀虎与刘伯钦进行比较可以看出，真金克木是轻而易举的事情。

在人的五脏当中，肾属水，肺属金，如果从练习气功的角度来说，按《西游记》文中之意，虽然练功要从肾水开始，但前提是要先把肺练好，练肺也就是练呼吸。全书从孙悟空的故事讲起，其系在通过孙悟空讲如何练习气息。在猴王求道的故事中，祖师教给孙悟空“显密圆通”一诗，孙悟空领悟后，其所做的是“子前午后，自己调息”，这样坚持了三年之后，祖师才教给他七十二变的。而关于调息的方法其实在《西游记》中也是有记载的，芭蕉扇的咒语其实就是道教气功的修炼之法。

在孙悟空被压五行山的故事中，该回标题为“五行山下定心猿”，从标题可以看出五行山压孙悟空意在“定心”。就修行而言，定心是关键。在禅宗公案中，二祖惠可拜师时，讲的就是心不能安，达摩祖师说“将心来，为汝安”，终使二祖悟得觅心了不可得。金、木、水、火、土五行在中华文化朴素的物质世界观中是构成世界的五种元素，五行山即由五行所组成的山，其代表的就是这个世界。由此看来，五行山下定心猿之意或是既然来到这个世界，就要安心于这个世界，而不要总想着上天入地，遨游宇宙。五行山又名两界山，此处为故事的分水岭，此前发生的事是孙悟空如何修炼成仙，是在讲个人层面的问题；而此后的事则是回到现实社会，在讲人与社会该如何相处的问题。定心则是两个阶段过渡的关键环节。

刘伯钦讲，据老人说两界山乃王莽篡汉之时降下，王莽篡汉为公元 6 年，贞观十三年乃是公元 639 年，两者相差六百多年，而书中又说孙悟空被压五行山下五百年，这岂不是出现了矛盾了吗？此处的破绽亦是在提醒读者要留心有关信息。刘伯钦特意加上“曾闻得老人家说”一语，就是表明其只是听闻，这一说法未必准确。既然不准确为什么还要提呢？此处之所以提到王莽篡汉一事，并不是用以更改“五百年”这一时间信息，目的是要使用一个“新”字，因为王莽篡汉后改国号为“新”，此喻孙悟空被压五行山下乃是孙悟空获得新生之始。唐僧至此称其为两界山，乃是喻唐僧进入一个新的境界。两界既是大唐内外之两界，也是新旧之两界。孙悟空是心，被压五行山下喻为“定心”，定心是防止心乱动，但并不是不动，什么时候可以动？找

到真性的时候，随性而动。唐僧是性，性之动要与心结合，两者在此结合，心性合一，从此进入新的历程。

接下来眼看喜、耳听怒、鼻嗅爱、舌尝思、意见欲、身本忧六贼出现，这些名字已直接表明这六贼不是普通强盗，而是心中六贼，所以孙悟空说出家人是他们的主人公。眼、耳、鼻、舌、身、意即佛教中所谓“六根”“六识”，六者的排列顺序并不一定表明其有位阶上的差异，但意似乎是更高级别的，但《西游记》或许认为身才是最重要的，所以对其顺序进行了调整，把身放到了最后。从六贼的名字即可看出，这里不是在讲杀贼，而是在讲要除掉心中六贼的干扰，要借助金性的刚强方可以消灭心中的六贼。但正是由于金性刚强，其难以驾驭，所以才安排给孙悟空戴上紧箍儿，表明约束之意。《紧箍咒》又名《定心真言》，表明孙悟空虽然经过了五行山下定心，但这是不够的，定心是始终需要的，必须时刻注意的，结合结尾孙悟空成佛后，紧箍儿自然消失，说明如果达到了佛的境界自然不再有定心之困。

伏笔：唐僧师徒到庄院求宿，与庄院老者进行了一番对话，老者说自己一百三十岁，这个数字表明这位老者与唐僧是有关联性的。唐僧出生于贞观十三年，取经出发也是贞观十三年，所以十三这个数字在《西游记》中是唐僧的属性，所以下文中讲到唐僧与老者同宗。老者谈到年纪，孙悟空说只配做自己的重孙子；老者谈到姓氏，唐僧说与自己同宗。这些情节看似唠家常，其实是在讲此时唐僧与孙悟空均着于“我相”的境地。我相可以理解为自我的观念，别人一说什么都会联想到自己身上。你说你年纪大，我马上想到自己年纪比你还大；你一讲你的姓氏是陈，我立即就联想到我的姓氏也是陈。这些都是以自我为中心的想法，这里为后面观音禅院之事埋下伏笔。

三 水火既济

接下来的故事是蛇盘山鹰愁涧收白龙马，讲的是五行得火。蛇为火，蛇盘山之名意为火聚之地，此地宜得火。马为火，唐僧原本有马，但为凡马，不是真火，所以故事中才安排玉龙三太子先吃掉凡马，再变成白龙马，是去除凡火才能得真火之意。白龙马系龙所变，龙属土，由龙而化马，是从土中得火，是逆生的，为土中火，是为真火。观音菩萨在把白龙变为马时有一个动作——摘下项下明珠。为什么要加这个细节？龙为纯阳，在八卦中属乾（☰）卦，观音菩萨摘下其项下明珠意为使第二爻中空，变为离（☲）卦，所代表的正是火。观音菩萨接下来还做了一件事，用杨柳枝蘸净瓶里的水将龙变成马，水为坎（☵），此乃“取坎填离”之意，这应与道教所主张的修炼方法是一致的。唐僧已是真水，故可以驭真火，水上火下合《易经》中水火既济之意。此时队伍的状态是：水已净化为真水，由真金所保，继而降伏真火，五行已具其三。

关于玉龙三太子书中所交代的内容看起来较少，但其实他的身上隐藏了很多信息。首先来说，太子这一称谓来自封建社会皇家规则，皇帝或国王明确的法定继承人就是太子，但太子就是太子，没有大太子、二太子之说，为什么此处会有“三太子”之称呢？如果皇帝有多个子嗣，排行第三者称为三皇子，如果其成为太子则只称太子，而不会称“三太子”，所以这个称谓其实有些奇怪。尽管“三太子”这一称谓在逻辑上有问题，但读者在读《西游记》时却会觉得这一称谓很正常，因为前文征讨花果山时已经有“哪吒三太子”，此处“三太子”的称谓再次出现让人感觉似乎很正常，但那其实只是后世读者的感觉而已。

《西游记》有破绽处即是有深意处，“三太子”这一称谓在万历年间可能是一个敏感词汇。世德堂版本《西游记》刊印于万历二十年，在其刊印的六年前发生了一件事，万历皇帝的宠妃郑贵妃生下了皇子朱常洵，是万历皇帝的三皇子。万历皇帝宠爱郑贵妃，也因此十分喜欢这位三皇子，想将其立为太子。因长子朱常洛（即后来的明光宗）系宫女所生，所以在当时来讲此事并非完全没有可能，但此事却受到所有大臣的反对，于是君臣之间为此僵持多年，后来采用和稀泥的办法，同时册封三位皇子，长子封为太子，三皇子封为福王，五皇子封为瑞王。《西游记》中出现“三太子”的称谓可能有暗指万历皇帝想将

三皇子封为太子之意。此处便可看出再现之笔的妙用，由于故事中早早就出现了“哪吒三太子”“三坛海会大神”，三字反复出现，所以当玉龙三太子的称谓中多出一个“三”字时，读者便会觉得很正常。

对历史的影射可能只是其含义之一，此处的“三”可能还有一层含义。道教中人在取名的时候，常因“三”字形似《乾》(☰)卦，将其当作《乾》卦使用，所以此处称“三太子”即是在提醒其实为《乾》卦。书中介绍三太子的经历时说：

> 因纵火烧了殿上明珠，我父王表奏天庭，告了忤逆。

如果说“三太子”称谓有暗喻朱常洵之意，但在《西游记》刊印时，他也才是一个六七岁的孩子，自然还做不出什么忤逆之事，那此处的忤逆是什么意思呢？而且这一情节设计也颇不合理，火烧明珠系毁坏物品，书中并未交代此明珠为何物，应属家中之事，为什么他的父亲会表奏天庭来处理，而为什么告的却又是忤逆之罪呢？关于这段故事，原著中没有进一步解释，使得读者难以理解。86版《西游记》中为了便于观众理解，增添了一些情节：三太子原定与万圣老龙王的公主成婚，玉帝赐明珠作为贺礼，因公主与九头虫私情被三太子发现，怒烧婚房，毁了明珠，因而获罪。这些情节虽然比较生动，但并非出自原著，因此不能作为对书中原意的解读。

书中对于白龙马的过往经历之所以交代得如此简短，根本原因在于其已经完成了应有的交代，所有的信息都包含在这简简单单的两句话中，之所以不再增添其他环节，就是怕读者误解当中的信息。那么这里面所传达的信息是什么呢？

玉龙三太子来自西海，在后天八卦中，处于西方的是《兑》(☱)卦，代表的是泽，江河湖海都属于泽，所以故事中的“西海”所代表的即是《兑》卦。前面说过，三代表的是《乾》卦，就二者而言，西海为大居上，太子位卑居下，两者六爻在一起组成了泽天《夬》卦。龙王表奏天庭，则是天庭在上，西海在下,《易经》中代表天的是《乾》卦，西海为《兑》卦，二者组合到一起为天泽《履》卦。履是什么意思呢？鞋子，穿在脚上走路的，引申意思为行动起来去办事，去履行职责。而夬字是决的右半边，是决定的意思。决定是领导的职权，履行是下属的职责。天庭与西海之间的关系本来是《履》，但由于太子有了“三”这个因素变成了《夬》，相当于在与上天争夺决定权，所以书中才说太子被告了忤逆。

故事中的明珠指的又是什么意思呢？在白龙马的故事中，两次使用了明珠这个元素。我们先说后一次。太子为《乾》卦，观音菩萨取下项下明珠使其变成了《离》卦，项下指的是三爻当中的第二爻，取下明珠使阳爻变成了阴爻，从这一情节中看出，明珠即是阳爻中间的部分，取下明珠即是将阳爻断成阴爻。那么纵火烧毁殿上明珠又是什么意思呢？前面讲到，太子的罪在于把《履》卦变成了《夬》卦，具体是怎么变的呢?《履》卦与《夬》卦是内外卦之间对调,《履》卦上《乾》下《兑》，太子把下卦《兑》卦变成了《乾》卦；而对于上卦《乾》卦，太子烧了殿上明珠即是把最上一爻从阳爻变成了阴爻，于是变成了《兑》卦，这样就变成了上《兑》下《乾》，成为了《夬》卦。作者只用了“西海”“三太子”“烧毁殿上明珠”“龙王告上天庭”“忤逆”几个关键词，就把《履》卦是如何演变成《夬》卦之事讲清楚了。

白龙马在故事中没有名字，只称其为玉龙三太子。作者是连给他起个名字的精力都没有了吗？当然不是,《西游记》中那么多角色都有名字，龙王家族中除了三太子每个人都有名字，当然不差这一人。这是有意为之，其他人都有名字，只有三太子没有名字，这才突显其与众不同。白龙马是唐僧的坐骑，唐僧为水，水所喻为道，即是“道可道，非常道”，白龙马无名，即是“名可名，非常名”，其系在回归《道德经》之本意。

收白龙马为五行得火，其后书中安排了观音禅院与黑风山的故事，都是围绕着火进行的。五脏之中属火的是心，所以讲火即是讲心。前文中唐僧与孙悟空见到陈老汉时有着相的表现，所以他们师徒二人来到观音禅院时遇到着相的金池长老。金池长老出场对他们说的第一句话是:“适间小的们说东土唐朝来的老爷，我才出来奉见。”“我”表明颇为看重自己的身份，自视颇高，这是着“我相”；说到对方是“东土唐朝来的老爷”，表明其看重对方的身份，这是着“人相”；讲到“才出来”隐含的意思是若是其他人则不出来相见，这是着“众生相”；而其后讲到自己二百七十岁，表明其年纪很大，这是着“寿者相”（“寿者相”其实并非此意）。正是因为唐僧师徒在陈家庄的故事中着相，所以才引出这样一位着“我相、人相、众生相、寿者相”的老僧。接下来的故事围绕着心展开，金池长老慨叹唐僧走万里路而自己不曾远行，已生羡慕之心；孙悟空听闻对方二百七十岁说是自己的“万代孙儿”，已生比斗之心。孙悟空并不是吹牛，孙悟空至阎王殿时是三百四十二岁，第一次上天为弼马温任职半个月左右，天上一日，人间一年，按十五年计算，第二次上天约为半年，人间按一百八十年计算，此后又在炼丹炉里待了七七四十九天，又加了四十九年，然后压在五行山下五百年，孙悟空在人间的年龄已经一千零八十六岁，金池与他差着七八百岁。随后，和尚拿出一个托盘，上有三个茶杯，托盘喻“心”字一折，三个茶杯是三个点，合在一起正是“心”字，意即此时拿出心来进行剖析。《西游记》中几次讲到用茶盘与茶杯奉客，无论唐僧师徒是两人还是三人，对方拿出的都是一个托盘与三个茶杯，这一套茶具就是用来指代心的。

金池长老的年纪为什么是二百七十岁呢?《西游原旨》认为，因为二七为火数，而心属火，这一数字用在此处所指代的是心。笔者赞同这一理解，但其实这个数字还有一层含义，因为《西游记》崇尚《心经》，而《心经》的字数恰好是二百七十个字。《心经》二百七十字，长老二百七十岁,《西游记》只有在这两处使用了这个数字，所以金池长老用来指代心是十分明确的。长老的名字为什么叫金池呢？池是装水的,“金池”意为金的水池，外金内水，是为金中水，而孙悟空为水中金，所以金池即是孙悟空的反面，悟空与金池斗宝即是与自己斗宝。人之争斗非是与他人相斗，而是与自己的心斗。

和尚们为夺袈裟而放火，孙悟空所选择的办法是去南天门借避火罩，其实他还有许多方法可用。除了动用武力之外，还可以用定身法把和尚们定住，用瞌睡虫让和尚们睡着，让六丁六甲诸神挡住和尚的去路，也可以用隐身法让和尚们看不到唐僧的住处，每种方法都比借避火罩要方便，为什么他放着简单的方法不用而要选择较为麻烦的方法呢？而且广目天王在借避火罩的时候有所推托，归还的时候还表示担心孙悟空不还，这些细节安排所表达的都是在给孙悟空借东西的行为增加难度。孙悟空舍易求难，表面上看是他想让火烧起来，让和尚们自食恶果，其实作者是想讲“防火”的问题，故此要用避火罩。观音禅院的故事紧随于白龙马入队之后，用意是得火后需要防火，故此安排和尚们用火烧死唐僧和孙悟空，而孙悟空要去借避火罩来“防火”。

防火即防心中之火，防心念。这一难中金池先生轻慢这心，既而生比斗之心，生贪婪之心，由贪婪之心而生霸占之心，最后生恶毒之心，这些就是所要防的“火”。当其生歹毒之心时，智谋方生，故此有“广智”“广谋”来帮忙。“智”“谋”常为恶毒的帮凶，故《道德经》云：

不尚贤，使民不争；不贵难得之货，使民不为盗；不见可欲，使民心不乱。是以圣人之治，虚其心，实其腹，弱其志，强其骨。常使民无知无欲，使夫知者不敢为也。为无为，则无不治。

孙悟空只注意了防火，却忽略了袈裟，致使被黑风山的妖精偷走。当其追到黑风山后，发现了三个妖怪：黑熊、苍狼和白花蛇。熊、狼、蛇五行属性均是火，所以这三个妖精所喻仍是火。观音院系在得火后讲需防火，而黑风山的安排则是在讲如何治火。观音院的火是心中之火，对于心中之火要避免其燃起，所以要防；而此处的火是肾中之火，是欲火，其本来就存在，对于肾火靠防是不行的，要学会控制、约束。熊、狼、蛇三怪分别代表肾中之神、气、精。孙悟空看到三妖时，黑熊坐在上首，是主位，说明三者中以他为主，肾五色对应为黑，故黑熊全身皆黑。孙悟空一上来就先打死白花蛇，白为男性精子的颜色，蛇喻男性生殖器之形状，因此白花蛇代表的是有形之精，这个情节的安排是在讲不可在肾精上做功夫。白花蛇没有名字，是用其颜色与形状来表达信息，消灭有形即道家所谓“忘形以养气”。苍狼号凌虚子，是以名字来表达信息，凌虚意为气，代表修炼的肾气。孙悟空第二次遇到苍狼才将其打死，喻其修炼的第二个阶段，消灭苍狼而收服熊罴精，意为“忘气以养神”。黑熊精之所以最后成为守山大神，因为其本来就代表肾中之神。黑熊乃肾水之根本，故不可除，但要加以约束和引导，不可任其性而为，所以最后黑熊的下场是收归佛门，加以约束。人的欲望只能控制，不能消灭，否则消灭的就不是欲望，而是整个人类了。前面对付金池是在讲防范自己的心火，此处对付黑熊精是在讲控制自己的欲火。

在这段故事中，不仅金池是孙悟空的反面，黑熊精也是孙悟空的反面。二人打斗不分胜负，表明二者实力相当，但由于孙悟空是心，黑熊精是肾，午时肾气减弱，故打斗到午时妖精要回去吃饭（即补充能量）。后来孙悟空拿到请帖之后，唐僧说“熊与猩猩相类”，此语即在讲黑熊精与孙悟空的相似。孙悟空是猴，猴与猩猩相似是大家都知道的，而熊与猩猩相似自然也就与猴相似。继而孙悟空说“老孙是兽类”,“与他何异”，进一步表明其实二者其实是相似的。后面观音菩萨也说“那怪物有许多神通，却也不亚于你”，亦在表明黑熊精与孙悟空其实是一样的。后来收服黑熊精时，孙悟空钻进他的肚子，是让心中正念控制肾中欲念。而最后观音菩萨为黑熊精亦戴上紧箍儿，两人头上都有紧箍儿，明示二者其实是一体的。黑熊精也是孙悟空的反面，反面也就是对头，黑熊与金池都是孙悟空的对头，敌人的敌人就是朋友，所以二人是朋友。

苍狼炼丹而不免一死，是在说那些炼丹养气之法无甚大用。孙悟空变成一颗丹进入黑熊腑内，搞得黑熊疼痛难忍，从金丹修炼的角度来说，是在提醒所谓金丹并非有形之丹，服用所谓有形之丹，是有害而无益的。书中在此讲道：“菩萨妖精，总是一念。若论本来，皆属无有。”看到这句话，读者就应当意识到此书绝不是一本简单的故事书。

黑熊精在金池长老处偷得袈裟，何以还要请金池长老赴会呢？这又是《西游记》中有破绽之处。故事中安排请金池长老赴会，就是给孙悟空机会假扮金池长老前往索要袈裟。袈裟是黑熊从金池处偷走的，按道理说金池去讨其应当归还，但金池长老并无法力，以金池长老的身份前往索要袈裟所采用的方法只能是讲道理，但这是行不通的，所以这一安排意在表明对于肾中欲火的问题虽然从道理上讲应当克制，但仅靠讲道理来克制是行不通的。

四 金木配合

接下来的故事是到高老庄收猪八戒，前面分析过，猪八戒在队伍中的五行属性为木，所以这一安排意为五行得木。除了木的属性外，猪八戒在队伍中还有一个角色，就是指代情，此处亦在讲情的问题。此处地方为何名为“高老庄”？表面上看是姓高的一个村庄，叫“高老庄”很合理，但《西游记》中所出现的其他以姓氏来称谓的村庄却都不是这样的。如遇到金鱼精的地方名字叫“陈家庄”，初到驼罗庄时孙悟空向对方打听时得知对方的老人姓李，就问那里是否为“李家庄”。所以，按照这一起名的逻辑此处应当叫“高家庄”才对，后来在乌鸡国孙悟空介绍猪八戒时就说是在“高家庄”收的，为什么此处要叫“高老庄”呢？其实只要先拿开“高”这个姓氏就容易理解了，拿开这个姓氏之后就剩“老庄”二字，老子与庄子是道家的代表人物，老庄是道家学说的代称，此处用“老庄”之名其实是指此处是道家之地。孙悟空一到高老庄就毫不客气，自己搬椅子请唐僧坐，然后自己拿一张椅子坐，高老说他“家怀”，意思是不见外，而后孙悟空说如果再多住半年，“还家怀哩”。这段情节很不起眼，似乎是表现孙悟空由于觉得自己可以降妖，所以一上门就不客气，但作者其实另有其意。前面分析过，孙悟空本是属于道教的，被观音菩萨劝善后才“弃道归佛”，而此处为道家之地，相当于他回到了自己家，所以自然“家怀”。

猪八戒是儒教的代表，却来自道家之地，作者可能有儒家师于道家之意。其实在中国历史上，道教除了与佛教相争之外，与儒教之间的官司也不少，主要是围绕孔子是否曾经问礼于老子的问题。道教认为孔子不仅曾向老子问礼，而且可能有五次之多，而儒教则认为此事纯属虚构。作者这样的安排可能就是要加入这方面的内容。在“老庄”前加上“高”字，在故事中是作为姓氏使用，而作者则可能是借此在

称赞道家的水平。

在组建取经队伍的过程中，收服白龙马与沙和尚都需要观音菩萨帮忙，只有收猪八戒是孙悟空独立完成的。为什么这么安排？表面上是表现孙悟空法力高于猪八戒，但其同时也在讲五行相克的问题。猪八戒为木，孙悟空为金，金能克木，故擒拿猪八戒只靠孙悟空自己就够了。

天篷元帅被贬落凡尘后，投为猪胎，名为猪刚鬣，刚鬣是猪的别称，故此时其身上的属性为猪，亥属水，此时这一角色中尚未注入其他元素，故其五行属性为水。故事中之所以安排其先招赘在卯二姐家，因为卯属木，二属火，水生木，系木之所需，故卯二姐要招赘猪刚鬣，但木生火，会有进一步的消耗，所以卯二姐不上一年就死了。观音菩萨劝善后，赐法名悟能，并未改变其五行属性。后来猪刚鬣倒插门娶了高翠兰，高翠兰行三，书中并未安排她两位姐姐出场，却特意安排她排行第三，就是要明确她的五行属性。三在五行中属木，入赘高老庄与高翠兰成亲乃是得木之意。为什么要安排入赘而不是将高翠兰掳走回云栈洞做压寨夫人？因为娶妻是以男方为主，而入赘是以女方为主，是男方属于女方的意思，此时猪刚鬣作为水入已融入高翠兰的木中。猪刚鬣入赘高老庄的时间为三年，仍为木数，进一步增强其木的属性。直至其拜唐僧为师后，得法名八戒，八的五行属性也是木，相当于最终确定这一角色木的属性。而猪八戒木的属性是一步步由水演变而来，再结合水生木之意，书中将其称为木母也是比较合适的。

《西游记》笔法精妙，人物的名字可以用来表达信息，而没有名字同样可以表达信息。小说中对于重要的人物通常会交代姓名，这其实就需要作者给其起名字。而对于不太重要的人物可以不交代姓名，这是小说的通常做法，但书中对于某些重要角色却不交代名字，这就是一种有意的安排。在这段故事中，作者交代了家人的名字是高才，交代未出场的两个女儿“香兰”和“玉兰”，但偏偏没有交代高太公的名字。如果说是因为高翠兰是三女儿而交代其两个姐姐的名字，那么后面故事中在宝象国提到三公主百花羞的时候却没有交代她两位公主姐姐的名字，这又是为什么呢？

这一设计或许有两层意思，第一层是关于三教的话题。前面讲到高老庄所指代的是道家，高太公有三个女儿，第三个许配给了猪八戒。猪八戒是儒教的代表，其意思可能是道家的衍生之一给了儒教，前两个许配给了本庄人家，其所指的道家的衍生给了道教与佛教。把道教看成自家田地没有问题，为什么佛教也被称为“本庄人家”呢？别忘了,《西游记》在传扬《老子化胡经》，其认为佛教是从道教衍生出去的，所以自然与道教一样是“本庄人家”。儒教所得的是最小的女儿，这一排序的意思可能是说三教之中儒教所得最少。

第二层是关于“情”的话题，猪八戒代表情，所以在收服猪八戒这一难当中有许多关于情事的描写，像孙悟空用金箍棒捣开后宅的门，以及接下来对高翠兰形象的描述，还有描写猪八戒来时那阵风的诗，其实都是在讲情事。三姐妹的名字中都有个“兰”字,“兰”即是“拦”，要拦的是什么呢？正是情。前文分析过，刘全的妻子李翠莲名字中的“翠”字即是“啐”，此处再用“翠”字仍是此意,“翠兰”即是“啐拦”。两位姐姐名“香兰”“玉兰”即是“想拦”“欲拦”之意，嫁与本庄人家，指的是就情而言，对于修道之人想拦、欲拦尚可，但如果对于世俗之人也要拦就只能“啐”他一口了。

高太公在故事中没有名字可能也是一个有意的设计,《道德经》云：“名可名，非常名。”在《道德经》中，道是本体，名是道的具体化，相当于给道下个定义，但是无法做到，故经中才说“强谓之道”。此处无名的高太公所指代的就是道，因不可名故无名。他的家人为什么要叫“高才”呢，意思是所谓才能只是道之仆役。那么为什么高太公一见高才就要骂他呢？从故事情节来看是太公着急除妖，其实作者的意思可能不只如此，因为《道德经》主张“绝圣弃智，民利百倍”，所谓高才之人并不好，所以要骂。

这段故事中还有一个问题，猪八戒入赘高家是经过其同意的，而他在高家也干了很多活，并没做什么坏事，为什么高太公一定要孙悟空帮忙除掉他，赶走都不行，为什么心肠会这么狠毒呢？

行者道：“这个何难？老儿你管放心，今夜管情与你拿住，教他写

了退亲文书，还你女儿如何?”高老大喜道:“我为招了他不打紧，坏了我多少清名，疏了我多少亲眷。但得拿住他，要甚么文书？就烦与我除了根罢。”

其实这个问题在前文中是有铺垫的，高太公在讲述事情前因后果时交代了猪八戒最大的问题“会变嘴脸”。

不期三年前，有一个汉子……耕田耙地，不用牛具；收割田禾，不用刀杖。昏去明来，其实也好，只是一件，有些会变嘴脸。

猪八戒是儒教的代表，儒教之人在社会上可以发挥作用，书中对这一点是加以肯定的，但有些儒教之人确实会变嘴脸，口上说一套，实际做的却是另外一套。尤其是宋朝的理学，明明拿了佛家的东西来用，但还反过来骂佛家，指责其为异端，对于这样的人当然是要斥责的。

得木之后的情节为乌巢授心经，让唐僧“了性”。这一情节为何要置于收八戒之后，而不待沙僧入队呢？因为孙悟空为心，唐僧为性，白龙马为意，猪八戒为情，心性意情齐聚，从金丹修炼的角度来说，此时便需了性忘情，所以这一情节安排在此处是十分精确的。为何此处传授的是《心经》，因为就心性意情来说，心是根本，性、意、情每个字中都有“心”字，均系由心而生。为何在后面的故事中孙悟空可以为唐僧解《心经》，因为孙悟空就是心，自然可以解《心经》。猪八戒说乌巢禅师曾经劝自己从他修行，但他未跟随，这里的意思是当时未识真心，真性未至，忘情无从谈起，必须识得真性后才可以。

书中接下来安排了黄风岭一难，这一难中出现的妖精主要是两个，先是虎先锋，后是黄毛貂鼠精，两个妖精的安排也各有用意。虎为木，此处安排虎先锋出现，以金蝉脱壳计抓走唐僧。唐僧从出发到现在，每次遇到抓他的都是虎，说明对于作为五行之源的水来说主要影响仍是来自于木。五行中金能克木，按理说孙悟空为金，他消灭虎先锋应当是顺理成章的事，但书中却未这样安排。孙悟空虽然打得虎先锋落荒而逃，但消灭虎先锋却是由猪八戒完成的。虎先锋与猪八戒都是木，但虎先锋是邪道之木，猪八戒是正道之木，这一安排或许在讲要以正道之木降伏邪道之木。其实准确地说，消灭虎先锋是猪八戒与孙悟空相互配合的结果，从这个情节的设计来看，作者意思可能是得木之后要金木配合运用。金性刚强，能破除障碍，消除一切烦恼，这是破的力量；但只有破是不行的，有破还需有立，而木主生发，代表发展壮大的力量。此处孙悟空与猪八戒的配合，即是破与立的配合，以金之力破除一切阻碍，继而向着正确的方向成长。

虎先锋被消灭后，黄毛貂鼠精正面出场。在此之前，貂鼠精给人感觉有些胆小怕事，但从他与孙悟空交手的表现来看，他的武艺也很高强，且有着强大的法力。为什么作者要安排这个妖精本领如此高强呢？是为了突出某种力量的重要。从五行的角度来说，此时取经队伍当中金木水火均有了，唯一缺少的是土。为了突出五行缺土的严重性，需要先突出作为对手的水的强大，所以此处设计了貂鼠精这样一个对手，鼠为水，貂鼠精是本领极高强的水。克制水需要的是土，但取经队伍中此时尚没有土，因此仅凭悟空、八戒二人是不能降伏貂鼠精的。作者在此突出土的重要性，其实是在为下文沙和尚的加入作铺垫。貂鼠精为黄色，说明其同时具有土的属性，灵吉菩萨用于擒貂鼠精的飞龙杖变成八爪金龙将其收服，八属木，龙属土，黄色为土，鼠为水，木克土，土克水，八爪金龙恰好与黄毛貂鼠完全相克，是以轻易擒拿。为何菩萨名为“灵吉”？灵吉即是灵极，作者的意思是五行相克理论在实践中十分灵验。

五 乌巢禅师与心经

乌巢禅师是一位重量级人物，他在故事中只出现了一次，主要行为是向唐僧传授《心经》。《西游记》对于《心经》是极为推崇的，将经文全文收录其中，这在小说中是不常见的。经书通常给人以刻板的感觉，《心经》虽然不是很长，但两百七十字的内容也不能算短，小说

的读者所感兴趣的是故事情节，看到经文通常会跳过，所以这里收录一部经书相当于在浪费笔墨，那么为什么作者还要把《心经》全文收录其中呢？同样的笔法在书中还出现了一次，就是如来传经时，作者将三十五部经书的清单一一列在书中，既列明了每一部经书的名字，也列明了每部经书的卷数。多数读者是根本不会去看那些经书的名字的，更不会去核对卷数，从讲故事的角度来说，这些完全可以一笔带过，但作者却是很认真地把清单列明。不仅如此，其在经书的卷数上，在传有字真经时，将五千零四十八卷准确地分散于三十五部经书中，一卷不差，作者花费这么多精力绝不是在做无用功，而是有其用意的。

想理解作者的用意，要先考虑一个问题：如来佛传经为什么会是三十五部？如来讲三藏真经共三十五部，这个数字在设计上本身就有问题。通常作为虚构的故事来说，涉及数字时通常都会使用整数，既然是三藏经书，其数量应当能够被三整除才对，假如是三十六部比较合适，为什么书中写的却是三十五部呢？如果说忠于历史就更不对了，玄奘法师从印度带回的经书共六百多部，怎么变成了三十五部呢？

解读这个问题要结合最后传经环节来分析，迦叶、阿傩向唐僧师徒传无字真经时书中清楚地列出了明细，共计传经三十五部，如果将书中所列每一部的卷数相加，所得总卷数为一万五千一百零五卷，比如来所说的一万五千一百四十四卷少了三十九卷。由于是三十五个数字相加，即使出错也是可以理解的，但是在其后传有字真经时，仍为三十五部，但仅为一藏之数，五千零四十八卷，而其中每部的卷数相加则刚好是五千零四十八卷，十分准确，说明作者的计算能力并不差，其并没有忽略数字的精确问题，这样的安排应当是有意的。《西游记》最推崇的佛家著作是《心经》，但如果仔细看就会发现，如来所传的三十五部经书当中却并不包含《心经》。在故事中《心经》是最早传给唐僧的，但并非由如来佛所传，而是乌巢禅师。《心经》二百七十个字，如来所传经书缺少的卷数是三十九卷，三九二十七，这个数字所指代的就是《心经》，传经三十五部而非三十六部，其所表达的信息是这里缺少的就是《心经》。三十五部经书加上《心经》刚好是三十六部，所以如来传经既是三十五部，也是三十六部，这里就是《西游记》

似是而非笔法当中对于六的平方数的运用。

从乌巢授《心经》开始，一直到如来传经,《心经》其实已经成为了故事中一条潜在的线索。因为在此后的情节中，提及《心经》或是围绕《心经》展开的情节共有八处，分别涉及了对《心经》的领悟、对章句的解读、相关的偈子以及对《心经》的无字真解等。上述这些设计再加上如来传经时对《心经》的暗捧，可以说，作者对《心经》的诠释与推广煞费苦心。而从故事情节设计来看,《心经》对于唐僧最后成佛有着极为重要的作用，唐僧成佛的基础就是悟《心经》而了性，食人参果而了命，这两步缺一不可。

乌巢禅师在不经意间所展示的法力是明显高于孙悟空的，而这一举动又引起了众多爱好者的关注。关于乌巢禅师的身份，由于书中没有进一步交代，引发了许多读者的猜测。笔者认为，乌巢禅师是如来佛的化身。

1. 书中描写乌巢禅师出场的时候，其场景与如来佛出场时是极为相似的。如来佛举办盂兰盆会时场景是这样的：

> 玄猿献果，麋鹿衔花；青鸾舞，彩凤鸣；灵龟捧寿，仙鹤擒芝。

而乌巢禅师出场时，场景是这样的：

> 左边有麋鹿衔花，右边有山猴献果。树梢头，有青鸾彩凤齐鸣，玄鹤锦鸡咸集。

可以看出，两者基本相同，区别在于一有灵龟，一有锦鸡。如来与乌巢只是展示在人们面前的不同形象，可动物并不注重人的相貌，就如同人类也通常不会注意两只大象的分别是一样的，所以无论他到了哪里，都会引起这些灵兽的跟随。

2. 乌巢禅师所在地点为浮屠山，作者此处在通过地名表达人物的身份。“浮屠”即为“佛陀”的另一种音译，浮屠山即佛陀之所在，说明他就是佛陀。乌巢禅师出场时认识唐僧、猪八戒，却不认识孙悟空，其实是假装的。老禅师能知过去未来之事，在后面唐僧询问前程时也提到了“多年老石猴”，那他自然不会不知道孙悟空，他的意思是孙悟空应该认识他而不认识。如来佛把孙悟空压在五行山下五百年，再次见面时变换了形象孙悟空即认不出了，他也装作不认识孙悟空，有对孙悟空戏谑之意。

3.“乌巢”与“如来”有相近之意。佛教历史上有位鸟窠禅师，但与乌巢禅师这一角色应关系不大。乌是乌有之意，即没有的意思；巢是巢穴之意，即是家的意思。“乌巢”本意是指没有家，也就是没有归处。按《金刚经》所讲，“如来”的意思是“无所从来，亦无所去，故名如来”，他是既没有来处也没有归处的，自然也就是没有家的。二者名似不同，意则相同。

4. 乌巢禅师所做的工作是属于如来佛的工作。乌巢禅师在浮屠山所做的事情是向唐僧传授《心经》，传经是如来佛要做的事，别人是不会去做的，乌巢的传经其实就是如来的传经。唐僧之所以能够成佛，就是因为一路上都在领悟《心经》，孙悟空也在为其讲解《心经》。事实上，以这样的方式传《心经》其实是最好的方法，其在不经意间传经，唐僧一路都重视《心经》而忽略了乌巢禅师，所以才能从经书中领悟智慧，不知不觉而受，反而有最好的效果。如果当时是以如来佛的身份向唐僧传经，那就会引起唐僧一系列的反应，其可能会对经书顶礼膜拜，甚至不敢随意去研读；而且这里如来佛还要向唐僧解释为什么只传一部经书，而其他的要等他到西天去取。而这样的方式最好，传经的效果达到了，唐僧并不知道传经者是如来佛，自然就免去了所有的麻烦。

六 真土难得

接下来是收服沙和尚的故事，虽然沙和尚在故事中给人感觉不是很重要，但作者却是对这一角色进行了与他人不同的一些情节安排。沙和尚属土，前面通过貂鼠精一难讲出五行缺土的问题，为下一步收沙和尚得土进行了铺垫。唐僧向乌巢禅师问前程的时候，禅师告诉他“水怪前头遇”，其实也是在给沙和尚做广告。沙和尚住在流沙河，流沙河石碑所用的是篆书，这是《西游记》中少有的提到字体的地方。《西游记》中第一次提到字体的地方是花果山，石猴发现水帘洞时，石碣上有“花果山福地，水帘洞洞天”十个字，字体为楷书。两者的字体为什么会有分别？各自代表什么意思呢？这两处字体的使用所表达的应当是时间方面的信息。篆书的历史悠久，在商周时期就开始使用，秦始皇统一中国后，李斯统一文字用的就是小篆；而楷书始于秦汉时期，到晋朝广泛流行。花果山是孙悟空的家，流沙河是沙和尚的家，如果结合二人的身份来看，则不难理解作者之意。孙悟空是佛教的代表，沙和尚是道教的代表，水帘洞的楷书代表佛教文化传入中国的时间（汉明帝时期），而流沙河的篆书则代表道家文化产生的时间。毋庸质疑，道家思想产生的时间自然要早于佛教传入中国的时间。

沙和尚五行属土，五行中木克土，此时猪八戒已经入队，猪八戒为木，为什么收猪八戒时以金克木，由孙悟空一个人就直接收服了，而到了收沙和尚时却不是按照木克土的方式直接交给猪八戒去完成呢？不仅如此，收服沙和尚的过程比前面收服白龙马和猪八戒都要复杂一些。在收服白龙马与猪八戒时，孙悟空都与其进行了两次交战，而收服沙和尚时，却是安排了孙悟空与猪八戒联手与其交战三次，仍未能将其收服。从故事中的描述可以看出，这三次交战的安排是为了充分介绍沙和尚，第一次介绍沙和尚的形象，第二次介绍沙和尚的来历，第三次则是介绍沙和尚的兵器，如此全面而充分地介绍意在突出沙和尚的重要性，说明沙和尚这样一位容易被读者忽略的角色其实在作者眼中是非常重要的。究其原因，主要是因为沙和尚的原型是道教历史上的一位重要人物，而且可能与《西游记》的原作者之间有着非比寻常的关系。但书中仍未忽略沙和尚的五行属性，沙和尚属土，木克土，所以观音派来收服沙和尚的人是木叉，此处称木叉而不称惠岸，正是用其名字中的“木”字，取木能克土之意。

收服沙和尚之后，故事情节的设计与收其他三圣有明显的不同。收孙悟空后，安排的情节是杀贼、戴紧箍儿，喻示的是对金的运用与

约束；收白龙马为坐骑后，安排的情节是观音院与黑风山，喻示的是对火的运用与防控；收猪八戒后，安排的情节是传《心经》、杀虎先锋，喻示的是了性忘情与金木配合运用。上述安排对于金、火、木都有如何运用的内容，而只有对于沙和尚这位土元素的代表，在其加入队伍之后，并未设计任何运用方面的情节。按《西游记》的主张，土在五行中的作用主要是调和，是对内的作用而非对外的，因此这样的情节在此时不易设计，因为调和作用要在团队内出现矛盾、问题的时候才能体现出来，因此其作用的发挥系在后续的取经过程中体现出来的，此处则没有单独的安排。

对于土，书中虽未安排运用方面的情节，但却安排了测试方面的情节——“四圣试禅心”。这一难表面上是在测试唐僧师徒四人，实际上真正想要测试的却是沙和尚——那个在故事中看起来最不起眼的角色。为什么这么说呢？

1. 唐僧不能试。唐僧是如来佛指定的取经人，如果经过测试发现凡心未了怎么办？那岂不是会让如来佛难堪吗？所以，观音菩萨是不会这么做的。从书中所交代的细节来看，这次测试的首要前提就是确保唐僧能够过关，否则就出大问题了。这次测试的安排是一个妈妈带着三个女儿招赘师徒四人，那么对应的自然应当是妈妈招赘唐僧，三个女儿招赘三个徒弟。妈妈的年纪是四十五岁，而唐僧当时只有三十一岁。在双方没有任何感情基础的情况下，用四十五岁的女士招赘三十一岁的男士，即使这位女士风韵犹存，也谈不上很大的诱惑。如果真要诱惑唐僧，可以安排由父母二人带着四个女儿，用二十岁的美女来诱惑唐僧，这才是符合逻辑的。作者在设计角色的年龄时并非未考虑这些问题，因为从后面的故事来看，天竺国的公主向唐僧招亲时恰好就是二十岁。

在测试的过程中，如果仔细分析对话就会发现，黎山老母所变化的妇人是很怕唐僧经不起诱惑的，所以在测试时对其不断进行暗示。妇人首先告诉唐僧这里已是西牛贺洲，就是在提醒唐僧，这里已经是如来佛的地盘，你别忘了自己的任务。然后她又介绍说自己娘家姓贾，夫家姓莫。贾就是假，其在暗示唐僧这一切都是假的；莫就是不要的意思，其想告诉唐僧你可千万不要中计。

2. 孙悟空不用试。用美女来测试孙悟空的抵抗力在思路上就是错误的。因为孙悟空与猪八戒和沙和尚不同，后二者原本是人，修成仙道，然后又变成妖精，可能有人的七情六欲，而孙悟空生下来就是猴，人不是他的同类，他怎么会觉得人类漂亮，所以这个测试根本就不是针对他的。而且孙悟空在花果山称王几百年，也没有在猴群中找个王妃，说明他本身就是不会受美色诱惑的。另外，以孙悟空的法力，早就看穿了这里的一切都是佛仙点化的，以观音菩萨对孙悟空的了解，如果真想测试他，不会留这么大的破绽。

3. 猪八戒不必试。猪八戒是情，注定过不了美色关，试与不试都一样。猪八戒下界后先后两次成亲，说明其本身就是喜好女色之人。而此次测试中，猪八戒中计，可是结果也没什么，只是在树上吊了一夜，说是惩戒，其实对他来说根本算不了什么，因为惩戒对猪八戒没有任何的警示作用，后来遇到白骨精、蜘蛛精、女儿国主，猪八戒仍然色心不泯，见到月宫仙娥又上去搭讪，说明这次测试对他是没有任何作用的。

4. 测试目标为沙和尚。为什么说沙和尚才是四圣测试的目标呢？第一，这个测试的时间点安排在沙和尚入队之后，如果真的要测试唐僧的话，应当安排在两界山那里，在随从被吃、举目无亲的情况下，有美女和安定的家庭放在那里，这才可能是测试唐僧，但并没有这样安排，而是等到沙和尚加入队伍后才安排。第二，测试所用的表面上是美女，其实真正所用的是幸福的家庭生活，美貌妻子只是幸福生活中的一部分。这个家庭产业殷实，能提供给人舒适的生活，这正是沙和尚所欠缺的东西。唐僧是状元之子，应当是有家业的。孙悟空有花果山，条件之好就不用提了。猪八戒入赘高老庄，也算是有家业之人。而沙和尚下界几百年都住在流沙河里，想吃顿饱饭都难，这个对他来说最有诱惑力。第三，为什么安排四人招亲，目的就是为了让沙和尚有份。沙和尚在师徒四人中排名最末，假如只有母女三人的话，那么可能就轮不到沙和尚了，也就失去了测试的意义。第四，从师兄弟三人的回答来看，孙悟空与猪八戒的回答内容都很短，只有沙和尚的回答内容最详细，也说明此次测试所针对的重点是沙和尚。

三藏见他发怒，只得者者谦谦叫道："悟空，你在这里罢。"行者道："我从小儿不晓得干那般事，教八戒在这里罢。"八戒道："哥啊，不要栽人么。大家从长计较。"三藏道："你两个不肯，便教悟净在这里罢。"沙僧道："你看师父说的话。弟子蒙菩萨劝化，受了戒行，等候师父。自蒙师父收了我，又承教诲，跟着师父还不上两月，更不曾进得半分功果，怎敢图此富贵！宁死也要往西天去，决不干此欺心之事。"

孙悟空与猪八戒的回答都只有一两句话，只有沙和尚的回答比较长，意思也表达得很完整。而且从唐僧的问话来看，孙悟空与猪八戒只是铺垫，沙和尚才是重点。尤其是在猪八戒并没有明确拒绝的情况下，唐僧马上转向去问沙和尚，所以，这一次测试，虽然中计的是猪八戒，但测试的重点却是沙和尚。为什么要测试沙和尚，因为他为土，在取经队伍中起调和作用，看似不起眼，但对于整个团队却是重要的基础，因此要测试其是否为真土，如果他自己还不够坚定，那么自然也就不能承担调和水火的职责。所以在后面故事中，当孙悟空发脾气要散伙的时候，猪八戒并不反对，而只有沙和尚坚持劝说两位师兄。

取经队伍组建完毕，书中再次出现了似是而非之笔，这次用的是二的平方数四，其所应用的对象就是取经队伍。西天取经的队伍中有几位？人们常说，唐僧师徒共有四人，唐僧、孙悟空、猪八戒和沙和尚。但唐僧师徒其实又不止四人，故事结尾是五圣成真，取经队伍实为五位，因为还有白龙马。但白龙马似乎算不得唐僧的徒弟，因为书中并未安排白龙马拜师的情节，但他亦称唐僧为师父，称孙悟空、猪八戒为师兄（在宝象国时），所以这样一来，取经队伍既可以说是四位，也可以说是五位。

至此，水、金、火、木、土五行聚齐，这样的安排可以用于解释许多方面，五行学说虽是从物质层面发展而来，但其可以从许多角度加以应用。五行可以用来指代人身方面，也可以用来指代团队方面。

中医认为人体的脏腑有五行之分，肾属水，肺属金，心属火，肝属木，脾属土，这些情节的设计或许与道教所主张的养生、修炼方法有关。用五行来比喻团队也是非常贴切的，取经队伍的组建就是五行聚合的过程。

七 还原了命

现在取经队伍已经组建完成，并且经过了测试。接下来，唐僧师徒来到了非常重要的一个地方——万寿山五庄观。五庄观喻五行，其于取经队伍五行齐聚之后出现，这一难当中有意思的设计非常多，我们一一分析。

1. 地名。此处名为万寿山五庄观，这一名称非常容易让人联想到花果山水帘洞，因为水帘洞有一副对联是“花果山福地，水帘洞洞天”，而五庄观的对联是“万寿山福地，五庄观洞天”，两处均有“福地洞天”之语。中华文化的唯物观即是阴阳五行，花果山代表阴阳，而五庄观指的则是五行。虽然这两处均为“福地洞天”，但不同的是，花果山水帘洞是孙悟空的“福地洞天”，而万寿山五庄观是唐僧的“福地洞天”。在《西游记》当中，唐僧与孙悟空都是主角，水帘洞是孙悟空了命之处，而五庄观是唐僧的了命之处。

万寿山有万寿无疆之意，到了万寿山，意即已经达到了长生境界，唐僧师徒在这里吃了人参果也确实达到了这一效果。那么人的修炼是否至此就是终点了呢？不是。当孙悟空请来观音菩萨救活果树、唐僧吃了人参果之后，读者替孙悟空松了一口气，但书中却在该回结尾处用了两句诗：

有缘吃得草还丹，长寿苦捱妖怪难。

长寿虽然好，却不是人所追求的唯一目标。人不应当只为自己，如果整个世界混乱不堪，一个人即使能长生不老又有什么意义呢？所以，修炼真正的目标不只是人的自身，而应当是世界大同。故事中从此处开始，一步步述及各种社会问题。故此孙悟空才说："早哩！早哩！"世间凡夫俗子都有长生不老的梦想，而《西游记》想得更远，它告诉人们，个人的长生并不是修炼的最终目标。

五庄观门前还有一副对联：长生不老神仙府，与天同寿道人家。为什么孙悟空一看到这副对联就会很不服气呢？一方面是因为这副对联表明此地属于道教，而孙悟空此时已经是佛教的代表，所以其才会有这样的表现。孙悟空看到这副对联后，笑其说大话，这一写法也有为道教做广告之意。因为孙悟空对此表现得越是不相信，读者就会对此越是坚信，因为终于找到了一次孙悟空出错的机会。用我的怀疑引起你的坚信，这正是道家的手法。

2. 仙名。此处的大仙名镇元子。"镇元"是"真元"的谐音，即是性命的根本。这一难中，镇元大仙所做之事目的很明确，就是让唐僧吃人参果，也可以说是让他找到真元。《心经》可以让唐僧"了性"，而人参果可以让唐僧"了命"，或许"了性"与"了命"都是修炼金丹之道所须经历的阶段。镇元子一直不让唐僧师徒走，表面上看是因为他们没有赔偿果树，但连孙悟空都能医活的果树，难道身为地仙之祖的镇元子居然做不到？不可能。那只是个由头，真正的原因是唐僧还没吃人参果，没有让唐僧了命。

3. 宝物名。五庄观的宝物是人参果，人参果似未满三朝的孩儿，这一比喻体现的即《道德经》所言："槫气至柔，能婴儿呼？"道教认为刚出生的婴儿状态是人身的最佳状态，吃人参果可以长寿即是说人如一直保持婴儿的状态即可以延寿长生，即道教经典中"劝君穷取生身处，返本还原即药王"之意。人参果又名草还丹，这个名字表明人参果虽是极为宝贵的"还丹"，但却是像草一样容易得到的，每个人都能得到，即"此般至宝家家有，自是愚人识不全"。

"人参果畏五行"即是"人身果畏五行"之意，意即人本有长生之体，但在后天中为五行所损，故当畏之。前面的故事通过五行齐聚、五行颠倒讲修身，而在五行齐聚后却告诉人们，比五行颠倒之体更好的是天生之体，婴儿一念未生，却是长生的最佳状态。最后，唐僧终于吃了人参果，至此个人修身之事告一段落，那就是攒簇五行，了性了命。

4. 卦名。“镇元”还有一个谐音，即“镇猿”，表明其是可以压制孙悟空的。孙悟空代表《乾》卦，能够压制《乾》卦的只有《坤》卦，所以此处的镇元大仙所代表的是《坤》卦，所以孙悟空不是镇元大仙的对手。为了表达这一含义，书中讲镇元大仙是地仙之祖,《坤》代表地；门前的对联中使用了“与天同寿”的字眼，天地同生同灭，所以“与天同寿”的就是地;《乾》《坤》是相对的，所以代表《乾》卦的孙悟空看到对联后自然要与之争辩;《乾》《坤》地位对等，所以在故事的结尾要安排二人结为兄弟。五庄观供奉天、地二字，就是在提醒这一难中有《乾》《坤》的元素。童子说这下面的还受不得他们的香火，因为镇元子是《坤》卦，他自己就是地，当然不用供奉地。

大仙为《坤》却上天去听讲，意为《坤》卦在上；悟空为《乾》却要在地上行走，意为《乾》卦在下。《坤》上《乾》下为地天《泰》卦，这一设计表明这一难终将是美好的。最后安排大仙与孙悟空结拜，乃《乾》《坤》本应为兄弟之意。大仙上天是去听讲“混元道果”，回来后听到的是孙悟空“混园盗果”，故事情节前后呼应，设计得非常巧妙。前文讲过,《坤》卦战胜《乾》卦关键要靠“用六”，也就是二郎神的细犬，这一难中也有类似的设计吗？没有，因为这一难中《坤》卦战胜《乾》卦的方式变了，其采用的是包裹方式。什么是包裹方式，镇元大仙两次擒拿孙悟空等人用的都是“袖里乾坤”，就是用自己的衣服把他们包裹起来，后来要油炸他们的时候也特意用布把师徒包裹起来，其所要表达的就是包裹之意。所谓《坤》卦包裹《乾》卦，就是把《乾》卦两边的阳爻换成阴爻，如同用两阴爻把四阳爻包裹起来一样，这样就形成了泽风《大过》卦。阴爻包裹阳爻还有一种方式，就是用四阴爻把两阳爻包裹起来，形成雷天《小过》卦。那么这一难中讲的到底是《大过》还是《小过》呢？是《大过》。为了让读者明白，作者还给出了其他信息。大仙的弟子共有四十八名，这个数字就是在表达这方面的意思。《易经》中阳爻为九，阴爻为六,四阳爻加两阴爻的和刚好是四十八，所以此处讲的是《大过》。另外，在故事的结尾处，观音菩萨出面救果树时告诉孙悟空：

当年太上老君曾与我赌胜：他把我的杨柳枝拔了去，放在炼丹炉里，炙得焦干，送来还我。是我拿了插在瓶中，一昼夜，复得青枝绿叶，与旧相同。

如果从讲故事的角度来说，只要讲观音菩萨出面救活果树就可以了，为什么还要加上这段介绍？而且孙悟空是在走投无路的情况下才去求观音菩萨的，不管菩萨的办法是否有效都只能一试，他为什么会在菩萨告诉他有救治办法之后还要表示质疑呢？表面上这里讲的是净瓶的神奇法力，但熟悉《周易》的就会想到其实这是《大过》卦“九五”爻的爻辞：枯杨生华。作者用这段情节在提醒读者，此处讲的是《大过》卦。

5. 人名。留守的两名道童名为清风和明月，清风、明月本身是很美好的事物，但只有自身美好是不够的。五庄观的情节具有承上启下的作用，其承接上文讲到了修身的最高境界就是保持婴儿的状态，同时通过清风、明月的表现，又表达出了人只重自己是不够的，也要懂得人情世故，把修炼的重点从个人转向社会。清风、明月二童是不谙世事的典型代表，他们虽修炼了上千年，最小的明月一千二百岁，比孙悟空还大一百多岁，但在待人接物方面则明显不成熟。师父交代让清风、明月用人参果招待唐僧，但这么点儿简单的事，二人居然没能办成。

唐僧师徒到达时，二人首先要核实其身份。书中讲到二仙童核实唐僧身份时，有意表现了这一点。二童当时向唐僧问的是：

启问老师可是大唐往西天取经的唐三藏？

这样问看似没有什么问题，因为读者都知道对方是唐僧，所以通常不会去考虑这一问法有什么不妥。但如果想核实对方的身份，稍有生活经验的人都不会这样去问，因为这样问既容易被骗，也可能发生误会。通常情况下，如果想了解来者的身份，应当问对方来自哪里，如何称呼，而不是自己给出这些信息让对方确认，如对方不是唐僧，但如果想骗他只要应承下来就可以了；即使不是出于欺骗的目的，也可能随口答应，导致误会。而二童则一上来直接把这些重要信息都告诉对方了，表现出二人缺乏生活经验。接下来的情节就更体现出了这一点，打下两个人参果，唐僧因不识而不敢吃，二童只知苦劝，却不懂该怎么劝。

镇元大仙视人参果为珍宝，本来吃一个即可长生，但为什么要让童儿用两个来招待唐僧？大仙的意思其实是一种授权，如果唐僧不识，二童可以吃一个示范给唐僧看，用剩下的一个招待唐僧即可。如果二童咬开人参果让唐僧看到里面确实是水果而不是婴儿，那么唐僧自然就会明白了，但二童没有经验，只知用言语劝，不懂得用行动示范。大仙的安排本有此意，但未细说，两位仙童因缺乏生活经验而没有想到。后面发生的情节也体现出这一点，他们去找唐僧师徒论理，问题的关键其实是唐僧师徒是否偷了人参果，而不是果子的数量。他们丢失了四个人参果，但孙悟空只偷走了三个，另一个钻进地里了。而当孙悟空承认其偷了三个果子时，双方争执的焦点马上变成偷了三个还是四个，表明两个道童只关注细枝末节的问题，而忽略了问题的根本。后来孙悟空四处求方介绍经过时，就没有再提偷三个还是四个的问题，与二童形成对比。当然，作者此处把争议集中在三个与四个上面可能另有深意，但从这一层面来说，其仍是清风、明月不通人情世故的证明。这些表现都在讲有的修道之人只顾个人修炼，却忽略了对人情世故的学习。《易经》讲元、亨、利、贞，元即是事物的本身。“清风”“明月”本身都是很好的，但仅此是不够的，人仅仅注重自己是不行的，一定要懂得如何融入社会，从这一难开始，书中后面的故事所讲的都是人应当如何融入社会的问题。

孙悟空找三星求方时，书中写到：观局者是寿星，对局者是福星、禄星。用笔言简意赅，告诉人们世人只知争福争禄，却不知只有不争之人才可得长寿。三星到达五庄观后，八戒插科打诨，所讽刺的就是世人的嘴脸，告诉人们日常所谓一些意头、谐音是没有用处的，名为

讨福，实为讨厌，岂会受三星眷顾。孙悟空四海求方，先求三星，后求九老，又求帝君，这个设计意在人身失却天真后，求三、求九、求一均是不可复得，需求得真水方可。

伏笔:《大过》卦的意思是房屋的栋梁受重压而弯曲，用在这里喻示着孙悟空这位取经队伍中的栋梁即将遇到问题。在这一难中，唐僧吃人参果了命对其个人来说是收获，而对于整个队伍的矛盾则埋下了伏笔。首先是队伍集合完毕之后，唐僧已经有了三位本领高强的徒弟，需要规范的管理，要重新建立秩序。当中首要的是要确保唐僧在队伍中的领导地位和权威，而这一点却是孙悟空的硬伤。孙悟空最大的问题就是不注意维护唐僧的权威，在五庄观偷吃人参果时，事先不向唐僧请示，事后也不跟唐僧汇报，自作主张。推倒果树之后，酿成大祸，虽然一直都是孙悟空在应付，但唐僧对此的感觉必然是觉得他招惹祸端，而且是没有必要的。孙悟空外出求医术仙方时，唐僧与他限定三天的期限，已经充分表现出对他的不信任，这为后来猪八戒进谗言打下了基础，而猪八戒也正是此时才知道紧箍咒的。唐僧只给了孙悟空三天期限，于是孙悟空搬出了福、禄、寿三星出面说情，让唐僧宽限时日，这一做法虽然一时间解决了期限过紧的问题，但却加剧了师徒间的矛盾，因为这明显是在用三星来压唐僧，任何一个做领导的都很难接受这一做法。换句话说，如果孙悟空自己先回去报信，申请再宽限几天，唐僧也是会同意的，因为他没有其他选择，但那所显示出的是唐僧的宽容，而孙悟空的做法所显示的是自己的本事，唐僧是被迫同意的。最后，救活果树后，孙悟空与镇元大仙结为兄弟，孙悟空的社会关系又多了一层，其在天地间的地位又提高了，这更加会令唐僧这位凡人有所顾忌。因为就他所知，自己除了一个取经的使命之外，在天地间是没有什么地位的，而本领方面除了会念紧箍咒，也没有别的本事，这样的领导当然会忌惮本领过强的下属，所以这些为下文师徒之间发生冲突埋下了伏笔。

取经第二阶段——团队管理是齐家

取经第一阶段讲述了五行集结的过程，五行理论可以用于很多方面，其既可以指代人身，也可以指代团队。结合前文中孙悟空所讲的“内外相同之理”来说，五行无论是用于指代人身还是指代团队，其道理都是相同的。第一阶段故事情节的设计有双关之意，如果把它理解为人身层面，那么其所讲述的就是所谓金丹之道；但如果把它理解为组织层面，那么其所讲述的就是团队的组建，这也是此前故事中最直观的意思。而从直观上看，西天取经的第二个阶段所讲的就是团队内部管理的问题，当然或许其也可以理解为金丹修炼的内容。

任何一个团队都离不开管理，通常来说，管理可以包含计划、组织、领导、控制等几个方面，虽然唐僧师徒只有四五人，但要想完成取经的任务也离不开管理。我们先来看看取经队伍刚组建时的管理状态：

1. 计划。就这一取经队伍来说，其有着明确的目标——西天取经，由于有了目标，其路径自然也是确定的，即是后面故事中多次提到的要由唐僧西行而取，而不能借助法力，这些属于计划层面的内容。

2. 组织。取经队伍成员都是观音菩萨挑选的，师徒的身份是明确的，团队中每个人有自己的分工，唐僧是队伍的领导，孙悟空负责探路、护卫，猪八戒负责挑担，沙和尚负责牵马（有时也会挑担），八戒与沙僧同时也负有护卫的职责，白龙马是交通工具，各人分工明确，这是组织方面的内容。

3. 领导。唐僧以佛法为宗旨，师徒均有向善之心，五圣均以取经成正果为共同愿景，这些成为了团队中最主要的领导与激励手段；另一方面，唐僧将孙悟空从五行山下救出，其对孙悟空有恩，继而将白龙马、猪八戒、沙和尚收入队伍，给了他们一个能修成正果的机会，这些也是队伍凝聚力的来源，这些都是领导层面的内容。

4. 控制。唐僧作为师父，对于取经这项工作具有决策权，其有权指挥三个徒弟；而孙悟空作为大师兄，在团队当中也负有一定的协调指挥的职能。唐僧的紧箍咒可以约束孙悟空，孙悟空依仗自己大师兄的地位与法力可以管控八戒与沙僧，这些属于控制层面的内容。

5. 外部资源。管理不仅是内部的管理，也包括对外部的管理。作为取经工作的指导人观音菩萨，也会经常给取经团队化解矛盾、提供帮助、解决问题，成为团队管理有效的外部手段。另外，天地间各路神仙都支持取经工作，都是他们团队的外援。

这个管理体系看起来比较完备，但是否真的行之有效则要经过实践的检验。管理模式看起来是合理的，但如果各方面要素结合不紧密，实践中也是会出现问题的。传统管理学中把计划、组织、控制视为管理的三大方面，但现代管理学认为仅注重这三者是不行的。整个取经队伍组建完成之后，计划、组织与控制方面的事宜已经落实完毕，但还要进行磨合，只有把整个团队牢固地凝聚在一起，才能迎接真正的挑战。看似完整的团队其实也存在各种各样的矛盾，正是由于团队内部存在矛盾，所以当一定的外部条件成就时，问题就会出现。所以接下来的故事安排就是在讲如果加强团队管理的事。

一 矛盾与团结

第二阶段首先出现的情节是三打白骨精，这一情节聚焦的是团队内部矛盾的问题。做任何事情都离不开团队之间的协作，而团队在协作的过程中就会产生矛盾。在遇到白骨精之前，唐僧与孙悟空之间已经积累了很深的矛盾。产生矛盾的主要原因是孙悟空经常不听唐僧指挥，孙悟空杀了六贼，唐僧批评他几句他就受不了；在观音禅院时，唐僧告诫孙悟空不要把袈裟拿出来，但孙悟空偏要与人斗宝，致袈裟丢失。当然，孙悟空坚持己见有时候也是能收到效果的，高老庄遇到高才的时候，正是因为孙悟空坚持向高才问路才收到猪八戒的。但是在其后的经历中，师徒二人的矛盾进一步加剧。在四圣试禅心的故事中，孙悟空首先是惊吓白龙马，弄得唐僧很不高兴。猪八戒私下应承招赘后，孙悟空先回报唐僧“悟能牵马来了”，此语本是孙悟空在告猪八戒的状，是调侃八戒之语，而唐僧回了一句“马若不牵，恐怕撒欢走了”，这句话很明显是冲着孙悟空来的，表明唐僧一直把此前孙悟空惊马的事情记在心上。在测试完成后的第二天早上，唐僧发现原来孙悟空早就知道是仙佛点化的庄庐，揣着明白装糊涂，故意不告诉自己，害得自己蒙在鼓里，自然又是对孙悟空有气。而在五庄观孙悟空私自去偷果子，擅自毁坏果树，都是在唐僧完全不知道的情况下实施的，且这些自作主张的后果是让唐僧两次挨骂、两次被抓，更会激起唐僧对孙悟空的不满。读者会觉得孙悟空主动替唐僧挨打，又去四方求救，认为唐僧应当感激他，但实际情况可能相反，唐僧会把所有的责任都归咎到孙悟空的头上，因为所有的事情都是他引起的。

离开五庄观之后，唐僧与孙悟空之间的矛盾开始逐渐公开化，唐僧开始挑孙悟空的毛病，在荒郊野外只因为没能及时化斋这么一点小事也把孙悟空骂了一顿，还讲“想你在两界山，被如来压在石匣之内，口能言，足不能行，也亏我救你性命”，不满之意已十分明显，此时白骨精的出现，进一步加剧了师徒之间的矛盾。白骨精变化成普通人的模样，孙悟空识得，但唐僧不识得，此时对白骨精打还是不打本质上不是白骨精是不是妖精的问题，而是决策权问题。读者普遍喜欢孙悟空，会认为孙悟空做得对，因为他有火眼金睛，识破妖精自然要打；但从唐僧的角度来说，白骨精什么都没做就被孙悟空打死了，也就是说在唐僧尚未确定他是妖精的时候就被除掉了，在他而言与打死普通人是没有区别的。此时团队内真正的问题在于是否认定对方为妖怪以及是否除掉这一权力完全在由孙悟空行使，唐僧作为师父的权威被冒犯了。三次打白骨精，每次都是孙悟空自作主张，唐僧之所以驱逐孙悟空表面上是他打死了三条人命，实则是因为他冒犯了师父的权威。而此时猪八戒为了提高自己的地位，想打压孙悟空，所以进行挑唆。猪八戒并不是真想赶走孙悟空，他只是想动摇孙悟空在队伍中的地位，但唐僧因为心中对孙悟空不满，加之现在猪八戒也能除妖，沙和尚也有本事，于是顺着猪八戒的挑唆赶走了孙悟空。表面上看来，师徒之

间的矛盾是由于唐僧肉眼凡胎被妖精所骗，实际上是由于队伍内部的权力与地位之争。孙悟空能力再大、功劳再大也不能动摇唐僧的权威，这才是问题的关键。

孙悟空之所以被赶走，根本原因可以说是他不适合从政，不能处理好与唐僧之间的关系。关于从政一事，《论语》中记载，季康子向孔子咨询子路、子贡、冉有三个弟子是否适合从政时，孔子说三人都不适合，因为他们三人一个“果”（果敢），一个“达”（通达），一个“艺”（多技能），而这三个问题在孙悟空的身上都有。三打白骨精时，孙悟空每一次看到妖精就打，犯了“果”的问题，如果其不是马上就采取行动，而是先把唐僧保护起来，再与妖精进行周旋，等唐僧决定后再除妖，这就不会激怒唐僧。关于“达”的方面，白骨精变作一个美妇人，唐僧认为她不是妖精时，孙悟空的表现是这样的。

行者笑道：“师父，你那里认得！老孙在水帘洞里做妖魔时，若想人肉吃，便是这等：或变金银，或变庄台，或变醉人，或变女色。有那等痴心的，爱上我，我就迷他到洞里，尽意随心，或蒸或煮受用；吃不了，还要晒干了防天阴哩！师父，我若来迟，你定入他套子，遭他毒手！”那唐僧那里肯信，只说是个好人。行者道：“师父，我知道你了，你见他那等容貌，必然动了凡心。若果有此意，叫八戒伐几棵树来，沙僧寻些草来，我做木匠，就在这里搭个窝铺，你与他圆房成事，我们大家散了，却不是件事业？何必又跋涉，取甚经去！”那长老原是个软善的人，那里吃得他这句言语，羞得个光头彻耳通红。

孙悟空讲得对不对？对。但对的话并不一定应该讲。孙悟空自恃见多识广，直接把事情讲透了，这就会弄得唐僧非常难堪。唐僧就算心里清楚孙悟空讲得对，但从维护面子的角度来说也是不会承认的。唐僧第三次赶孙悟空时，孙悟空讲到其不走的一个原因是“只是你手下无人”，讲得对，但又犯了从政的一忌——“艺”。孙悟空自恃艺高，觉得自己到哪里都能混得不错，自然会让领导心中不快。作为唐僧来说，孙悟空虽然用处很大，但遇事自作主张，把事情都看得很透，又自恃能力很强，这样的人当然不好领导，你让做师父的如何相处，所以他自然要赶走孙悟空。

孙悟空回山杀死了很多猎户，虽然看似很凶残，但其在性质上属于抵御外敌，还是具有正当性的。从另外一个角度来说，这些猎户虽然死于孙悟空之手，但如果唐僧不驱逐孙悟空就不会发生，所以这些人的死与唐僧是有间接关系的。此处的设计除了表达对唐僧的指责之外，也在展现孙悟空的才能。其回到花果山，赶走了外敌，重新招兵屯粮，清洗山林，充分展现出其管理能力，与此时猪八戒化缘不得形成了鲜明的对比。在描写孙悟空打杀猎户的时候，书中用了一首《西江月》：

石打乌头粉碎，沙飞海马俱伤。
人参官桂岭前忙，血染朱砂地上。
附子难归故里，槟榔怎得还乡？
尸骸轻粉卧山场，红娘子家中盼望。

这首词每一句中都有中药的名称，其用在这里不仅是用中医文化来增加阅读的趣味性，还有很重要的一点，就是用中药来比喻团结。因为中药是配合使用的，每一味药都有自己独特的药性，但在治疗疾病时，药方中从来都不会只有一味中药，而是几味药相互配合，因此这里用药材作诗，其用意是要发挥团队的合力方能达成目标，与这一难的主题是相吻合的。孙悟空走后，猪八戒上位成为大师兄，但问题并没解决，队伍的矛盾进一步加剧。猪八戒外出化斋不回，沙僧就开始攻击猪八戒：

师父，你还不晓得哩，他见这西方上人家斋僧的多，他肚子又大，他管你？只等他吃饱了才来哩。

二徒弟通过攻击大徒弟上位，那么三徒弟自然也可以通过攻击二徒弟上位，队伍的内部风气已经彻底坏了。到了宝象国之后，猪八戒

卖弄自己的本领，已不把师父放在眼里，宝象国王敬酒时，他表面上跟师父客气了一下，然后就直接喝了，实际上已经不尊重师父了。沙僧还是守礼的，他虽也喝了一杯酒，却是唐僧不喝而转给他的。

二 欺骗与信任

接下来唐僧来到了碗子山波月洞，遇到了黄袍怪，继而来到了宝象国。这段故事中隐藏着一个主题，就是人与人之间缺乏信任、互相欺骗的问题，因为此处讲到欺骗的地方实在是太多了。这一问题与前面关于团结的主题是紧密相关的，信任是团结的基础，而欺骗是破坏团结的主要原因，信任与欺骗其实是事物的两个方面，放到一起来讲是在延续前一难的主题。这里的故事从欺骗讲起，其中很多情节的设计都是在讲欺骗。孙悟空不在了，化斋的任务落到了猪八戒的头上，猪八戒外出化斋却是偷偷睡觉，是对师父的欺骗。唐僧被黄袍怪抓住后，百花羞公主私放唐僧，编了个金甲神人的梦骗黄袍怪，是夫妻之间的欺骗。唐僧捎家书给宝象国王时，国王说“自十三年前，不见了公主，两班文武官，也不知贬退了多少，宫内宫外，大小婢子太监，也不知打死了多少”，表明君臣之间没有信任，公主被妖精抓走，国王胡乱怀疑，不分青红皂白地处罚。此处第一次展示了唐僧的通关文牒的内容，为什么要展示，其所要用到的还是其中关于欺骗的内容。唐太宗的还魂乃是崔珏受魏征之托作弊放回，而文牒写的却是“因有阳寿未绝，感冥君放送回生”，说明欺骗即使是在国家的正式公文中也是存在的，甚至在阴间都是存在的。接下来又展示了百花羞的信，信中讲公主是被妖怪抢走霸占的，但从后面黄袍怪与公主的对话中可以看出，这一说法似乎只是公主给自己找个台阶而已，黄袍怪对她言听计从，疼爱有加，可以看出两人感情很好，她说是被黄袍怪所强迫恐怕也是假的。

孔子曰：“人之生也直，罔之生也幸而免。”欺骗就属于罔，它是怎么产生的呢？故事接下来就在讲述什么是“幸”和“免”。猪八戒与沙和尚双战黄袍怪，猪八戒临阵脱逃，辜负了沙和尚的信任。接下来，沙和尚被黄袍怪抓住后，黄袍怪怀疑公主，沙和尚与公主联合欺骗了黄袍怪。欺骗的结果是公主平安无事，沙和尚的待遇也得到了改善，这是就是欺骗的“幸”与“免”。

百花羞公主欺骗黄袍怪时提到了“金甲神人”，在故事中是公主随意虚构的，但《西游记》中提到这一元素却又是在给佛教添乱。佛教开始传入我国的时间可以追溯到汉明帝时期，据传明帝梦到金甲神人，此后才允许佛教在我国传播。一个人梦到了什么只有他自己清楚，所以但凡讲梦中之事都是真假难辨的，百花羞公主梦到“金甲神人”是假，那么汉明帝呢？

此后，黄袍怪变化成了一位英俊之人来到宝象国，把唐僧变成了老虎，欺骗了国王和大臣。白龙马想要救唐僧，变成一位宫女为妖怪献舞，实际却是行刺，其采用的方法也是欺骗。后面的故事是猪八戒义激孙悟空，明明是因为唐僧有难来请孙悟空，却说是唐僧想他了，其实所采用的方法还是欺骗，被孙悟空识破后，猪八戒又骗孙悟空说妖精骂他。孙悟空来到碗子山波月洞后，又欺骗了百花羞，本来答应会还她孩子，最后却把妖精的两个孩子都摔死了。然后，孙悟空变成百花羞的样子欺骗了黄袍怪。而在这段故事的最后，最大的骗子——玉帝出现了，表面上他以奎木狼的罪过为由罚他去为太上老君烧火，其实是让他暂时接替金、银童子的工作，因为在后文中就会发现老君的金、银童子下界到平顶山为妖了，烧火工作无人负责，说明这件事太上老君、观音菩萨和玉帝都知道，但就是瞒着孙悟空。这一难讲了这么多欺骗，有大的欺骗，有小的欺骗；有善意的欺骗，有恶意的欺骗；有有效的欺骗，有无效的欺骗。把这么多欺骗的内容以故事情节的形式展现出来，其对于欺骗的讨论可谓丰富而全面。

从心性修持的角度来说，这段故事中也隐藏着许多深意。书中原文写道：“唐僧听信狡性，纵放心猿。”心猿指的自然是孙悟空，那么狡性呢？唐僧贬退孙悟空时，虽然猪八戒从旁挑唆，但狡性指的并不是猪八戒，因为猪八戒的作用只是煽风点火，起的是辅助作用，唐僧贬退孙悟空的主要因素来自他自己，是由于他自己对孙悟空的不满、不信。前面分析过，唐僧是性，狡性是性中不好的那一部分，而在白虎岭时狡性占了上风，故曰“听信狡性”。性离了本心就会“情思紊乱”，所以唐僧走错了路，然后遇到魔头，从这个角度来理解的话，这个魔头指的就是心魔。所谓心魔就是恶的孙悟空，为了表现这一点，书中介绍：

他也曾小妖排蚁阵，他也曾老怪坐蜂衙，你看他威风凛凛，大家吆喝叫一声爷。他也曾月作三人壶酌酒，他也曾风生两腋盏倾茶，你看他神通浩浩，霎着下眼游遍天涯。

这段话中暗含了许多孙悟空的元素：在花果山群妖排阵战天兵、在天庭衙门为官、群猴呼为大圣爷爷、天庭盗酒、龙宫讨茶、神通广大、筋斗云十万八千里等，说明他就是恶的孙悟空。善的孙悟空走了，恶的孙悟空就来了，从修为的角度来说也可以理解为本心被逐，心魔即至。

此处的地名是碗子山波月洞。碗是用来盛饭的，“碗子”指的是饮食之需，是现实生活中的基本需求。白虎岭上师徒生隙，碗子山唐僧遇魔诱因都是唐僧让徒弟去化斋，皆因饮食而起。“波月”指水中的月亮，有镜像之意，是他人之影像。是谁的影像？正是孙悟空。碗子指代人之饮食，花果是孙悟空的饮食，碗子山、花果山都可以理解为饮食之山。孙悟空离去时跟唐僧说，他以前穿的是赭黄袍，所以碗子山的妖精是黄袍怪。孙悟空是花果山的妖王，黄袍怪是碗子山的妖王。孙悟空有火眼金睛，黄袍怪有金睛鬼眼。唐僧给了孙悟空一纸贬书，让孙悟空离去；三公主给了唐僧一封家书，是想把黄袍怪除去。唐僧于贞观十三年出发，公主于十三年前丢失。白虎岭唐僧不识妖精，致使孙悟空蒙冤；宝象国国王不识妖精，致使唐僧受辱。从上述比较可以看出，这两难之间的对应关系非常明显。

宝象国的名字有什么含义？象即是相，“宝象”二字即以相为宝之意，在讲述佛家所谓“着相”的问题。唐僧师徒来到宝象国时，书中首先描述了一番景象，该国景色美丽，富丽堂皇，人物俊美，这就是在讲相——一国之相。佛经上讲要“无我相，无人相，无众生相，无寿者相”，不可着相，故事中通过宝象国的故事在讲着相的问题。公主名百花羞，令百花羞愧，说明其相貌之美丽，这是人的相。公主于八月十五丢失，八月十五乃月圆之夜，圆月之美亦是人们非常向往的，这是月的相。美丽的公主加上美好的夜晚，人相、月相都很美，却招来了妖精，意为着相是不行的，会招致心魔。宝象国王着相之心很明显，看到猪八戒与沙和尚时因其相貌丑陋吓得半死，表明其过分看重相貌；猪八戒显露法力时他不让他显示擒妖之能，却只是让变个大的，仍是只重外相之意；猪八戒拿出武器钉钯时，他觉得很不像件兵器，只重其相，不重其用。正因国王只重相貌，所以妖精变成英俊相貌而来，他便不识妖精；把唐僧变成老虎，他又不识真僧。这一切的原因都在于只重其相，不重其心。宝象国是唐僧取经所到的第一个国家，是在通关文牒上第一个加盖印玺的，如果此处内容中包含有修炼之意，其所讲的可能是叫人首先不可着相。宝象国与白虎岭是一体的，白虎岭上白骨精三次变化，唐僧只重其相，不问其本，就是因着相而导致师徒分离；宝象国进一步论清着相的弊端，师徒复归于好，有“解铃还须系铃人”之意。“解铃还须系铃人”这一典故本就与老虎有关，当中的铃就是指老虎项下之铃，所以前边的故事发生在白虎岭，后面的故事中唐僧被变成老虎，前后呼应。

从五行的角度来说，黄袍怪奎木狼是木系妖精。由于木克土，沙僧属土，所以黄袍怪擒住了沙僧；龙亦属土，所以妖精打败了玉龙三太子。五行中只有金能克木，而作为金的孙悟空已经离开，所以唐僧师徒无法战胜黄袍怪。猪八戒也是木，所以他虽然打不过黄袍怪，但却没有被抓。书中讲猪八戒与沙和尚两个加起来也还与黄袍怪法力相差甚远，原话是“若论赌手段，莫说两个和尚，就是二十个，也敌不过那妖精”。孙悟空虽然武艺高过猪八戒和沙和尚，但似乎也没有相差这么远，何以孙悟空回来后，轻而易举地就战胜了黄袍怪呢？还是由于五行相克的原因。孙悟空的离去导致取经团队五行缺金，缺少了攻坚克难的力量，金木配合可以更好地发挥攻坚之力，但金是其中主要的，缺少了金只有木是不行的。而从管理的角度来说，造成这一局面

的根本原因就是队伍不团结，把孙悟空请回来后，大家又重新团结起来，又是一支完整的队伍了，这段故事中突出的是团结的重要性。

三 分工与秩序

团队需要团结，但团结并非是简单的一团和气，团结的队伍中一样需要秩序，也需要相应的管理规则，接下来平顶山的故事是在讲团队内分工与秩序的问题。这一段故事共有四回，是《西游记》中最长的，因此其中的内容也极为丰富，不可轻易略过。

来到平顶山，首先有功曹前来传信，此时孙悟空说道：

若是天魔，解与玉帝；若是土魔，解与土府。西方的归佛，东方的归圣。北方的解与真武，南方的解与火德。是蛟精解与海主，是鬼祟解与阎王。

这里讲不同的妖魔归不同的人管，其所讲的其实就是分工问题，世间万事万物各有其属性，宜分类管理，这就是天地间的秩序。妖精的五件法宝代表五行，分两座山头存放，是在讲事物因其属性不同需有不同的归属。精细鬼、伶俐虫法宝被孙悟空骗走但并未受到责罚，按说可以派他们去请狐狸精，可为什么金角和银角又改派“常随的伴当巴山虎、倚海龙”去呢？这当中所体现的还是分工，不同的人适合做不同的事，安排每个人做适合自己的事就是分工的基本原则。

在功曹传信之后，孙悟空为什么一定要让猪八戒去巡山呢？表面上看是孙悟空要整蛊猪八戒，对之前猪八戒进谗言之事进行报复，但从管理的角度来看，这一做法是要明确孙悟空在队伍中有一定的指挥权。如果把唐僧比喻为董事长，那么孙悟空就是职业经理人，其想要更好地发挥作用需要指挥权。而此时孙悟空的做法也明显吸取了以往的经验，不是擅自做主去指挥猪八戒，而是向唐僧进行请示。经请示唐僧之后，孙悟空得到了师父的授权，派遣猪八戒去巡山。这样一来，整个取经队伍的管理秩序就明确了。孙悟空可以指挥猪八戒与沙和尚，但要经过唐僧批准。猪八戒巡山时孙悟空暗中监督，这是管理中的控制手段，发现了猪八戒偷懒，然后回报师父，表明孙悟空此时已经是在遵循科学的管理方法在行事。猪八戒偷懒睡觉时孙悟空为什么要变成啄木虫？啄木虫即啄木鸟，是吃树中之虫的，有除蛊去弊之意，正合监督管理之意。

猪八戒对石头编谎一段，书中此处对其称呼为“呆子”，即书呆子之意，所代表的就是儒教中没有生活经验只知照本宣科的那部分人。“呆子”没有进山即称山为石头山，没有进洞就称为石头洞，不知门是何样即称为铁叶门，这是在讽刺那些迂夫子明明自己什么都不知道，却振振有词地宣讲，这些人不是书呆子是什么？说入内有三层，加上门外一共是四层，其所指的可能就是《大学》中所讲的“格物、致知、诚意、正心”，门上钉子就是待格之物，至此其“只说老猪心忙记不真”，可能是在譬喻朱子对于格物的解释是有问题的。银角巡山时遇到了猪八戒，而猪八戒不承认自己的身份，对方已经拿着图对照其仍不承认，表明其说谎。这一安排仍是在讲儒教的书呆子所讲的东西是不对的，儒家思想是成王成圣，也是一种修炼，属于是去取经的，但儒教之人却常常只知道告诉人们一些机械的方法，对于儒家智慧理解过于肤浅，所以猪八戒说自己“是走路的”。

接下来书中用一首诗来描述九齿钉钯，把这件兵器夸得天花乱坠。但此战八戒并未获胜，为什么要夸赞钉钯呢？这不是很尴尬吗？前面已经讲过，钉钯代表的是儒家学说。“巨齿铸来如龙爪，渗金妆就似虎形”，龙指皇帝，虎指官员，其在讲儒家学说包含帝王之术与为官之道。“若逢对敌寒风洒，但遇相持火焰生”意思是儒家学说包含阴阳之道，具有实用价值。“能替唐僧消障碍，西天路上捉妖精”意思是儒家学说可以解决许多佛教学说解决不了的问题。“筑倒泰山老虎怕，掀翻大海老龙惊”意思是儒家学说为帝王与官员所敬畏。作者对钉钯进行了一番夸赞，但最终猪八戒却打了败仗，寓意是儒家思想是非常有用的，但儒教之人却不能很好运用，故屡屡失败。

秩序一旦建立起来就会形成制度的力量。银角大王变成一位受伤的道士骗唐僧，继而用山来压孙悟空，所靠的都是制度的力量。孙悟空本身不会被银角所欺骗，但由于唐僧受骗了，而他的权力足以指挥孙悟空，所以孙悟空即使不受骗也有受骗的效果，这就是制度的力量。而同样，银角之所以能够移山来压孙悟空也并不是因为他力气大，其所靠的是咒语，咒语相当于口令，说到底还是管理秩序方面的问题，也是制度的力量。银角大王所借来的三座山也是有寓意的，第一座是须弥山，代表的是佛教；第二座是峨眉山，代表的是道教；第三座是泰山，泰山古为封禅之地，常与政权相关，此处所代表的是儒教。三教都有自己的秩序，这些秩序可以发挥管理作用，有益于社会管理，但其负作用就是对人的束缚，所以可以用来压人。孙悟空听说平顶山的两位妖精武艺高强、法宝众多时并不在意，但当听说他们拘唤山神土地在洞里轮流当值时却大惊失色。妖精可以调动各方资源，其拥有的是制度的力量。制度的力量有多大？为了展现这一点，书中故意安排了孙悟空为了骗两个小妖而“装天”的情节。孙悟空有“装天”的本领吗？没有。但是在取得玉帝同意后，真武大帝借了皂雕旗，哪吒三太子帮助他实现了“装天”的效果。制度具有可以把各方力量都运用起来的能力，能力大到连天都可以装起来，这个情节就是在讲制度力量之强大是不可估量的。

此处地名为何叫“平顶山”？首先来说，此处所指并不是今日河南省平顶山市，因为从书中所讲的内容来看，那确实是一座山。而山通常是高耸或凸起的，平顶是不常见的，作者取“平顶山”这个名字有何含义呢？山中的洞名为“莲花洞”，这个名字所代表的又是什么呢？“平顶山”所喻的是《易经》中的《艮》卦（☶），《艮》为山，从这一卦的外形来看其自然是平顶的；而莲花所喻则为《震》卦（☳），《震》卦形状似莲花，故称莲花洞。两卦是对称的，上《艮》下《震》合成为《颐》卦，颐就是养的意思，所以在修炼层面来说，这一难中所讨论的是生命供养的问题。前面宝象国一难讲不可着相，但不着相并不意味着可以脱离外部世界，生命需要外界供养，所以作者在接下来这一难提出了生命供养的问题。功曹传信时告诉孙悟空妖怪“画影图形，要捉和尚”，而此时金角还没有给银角画图，功曹就已经知道了，这是很不合理的。取经路上想抓唐僧的妖精很多，但只有此处的妖精是拿着图形去抓，为什么要这么安排？作者是在提醒读者，我们生活中有形的世界里，虽然前一难讲述了不可着相的道理，但我们毕竟是有形之人。有形之人，自然需要有形的供给。《西游记》认为生命供养离不开阴阳五行，所以，在一段故事中出现了代表阴阳的金角和银角，而他们的五件法宝代表的正是五行。五行供养是入世的角度，《西游记》秉承阴阳之道，其在讲入世的同时亦讲到出世的观点。在这一难开始时，当唐僧有所担心的时候，孙悟空对他讲，功成之后，万缘都罢，诸法皆空，自然身闲。

金角大王派银角大王去巡山时，告诉银角，他出天界时听闻吃唐僧肉可以长生，另外他还记得唐僧师徒四人的模样，画了图形给银角，这一说法当中又有破绽。金角说记得唐僧四众五口的模样，但从故事中可以看出，他只可能在大闹天宫时见过孙悟空，而其他人是没有见过的，为什么会说记得四众五口的模样呢？《西游记》有破绽处即是有深意处，此处这样的设计是在告诉读者金角与银角各自代表不同的东西。金性刚为阳，代表的是有，故金角知道唐僧肉的事，记得四众五口的模样；银性柔为阴，代表的是无，故什么也不知道，需要金角来告诉他。金角告诉银角有阴阳相通之意，而金角派银角去巡山则有“用弱不用强”之意。银角与小妖定计要拿唐僧，特别叮嘱小妖不能报金角知道，说怕走漏了风讯，这一说法其实有问题。因为金角、银角始终是一条心，那么为什么金角会走漏消息呢？因为金角喻的是阳，是显露，银角说他容易泄漏意思指的可能是显现。

金银童子共有五件法宝，分别代表五行。紫金葫芦是红色的，书中又称其为红葫芦，红色代表火，故其代表火。书中安排用紫金葫芦装孙悟空，取火能克金之意。火在八卦中为《离》卦，《离》（☲）中间系阴爻，而银角大王代表的就是阴，所以最后银角被装入紫金葫芦。羊脂玉净瓶是用来装水的，故其代表水。道家尚水，称水几于道，故此五件宝贝中，只有玉净瓶虽未怎么使用，却两次提到其能放金光。由于金角代表的是阳，最终被收入代表《坎》卦的净瓶之中，成为《坎》（☵）中阳爻。七星剑是金属做的，故其属性为金。芭蕉扇属性为木，木可以生火，故是用来搧火的。幌金绳这一名字中的金字所指代的是颜色，金色所代表的五行为土，故幌金绳属性为土。五件宝贝中，紫金葫芦、净瓶、七星剑、芭蕉扇均由金角和银角保管，而幌金绳却是放在狐狸精那里。为什么要把其中的幌金绳放在压龙山狐狸精那里？因为幌金绳属土，狐狸亦属土，故幌金绳适合放在那里。土乃五行之母，所以金角银角称呼狐狸精为“老母亲”。狐狸精住在压龙山压龙洞，龙五行属土，压龙山压龙洞所示为土下有土，即“圭”字，这一理念与取经队伍中沙和尚的五行定位是一致的。但《西游记》所主张的五行之土应为土中之土，压龙山有两只狐狸精，虽然也是两个土，但不是土中之土，与真正的“圭”是不同的。

故事的结尾来了一位瞽者，瞽者的谐音是古者，古者也就是老子，所以其自然是太上老君。老君说：“葫芦是我盛丹的，净瓶是我盛水的，宝剑是我炼魔的，扇子是我搧火的，绳子是我一根勒袍的带。”意思是后天五行可以拿来用，但只是辅助性的，不可成为依赖。“老君变瞽”的情节意为那些执着于后天五行的修道之人尽是盲修瞎炼，在故事的结尾太上老君出面讨要宝贝，是在提醒不可执着于后天五行。

故事情节设计中可能还有一层意思，那就是五行的运用离不开阴阳。故事中代表阴阳的金角和银角，孙悟空消灭了这两个妖精，取得了五件法宝，从战斗闯关的情节来讲属于大获全胜，但如果从作者所谓修炼的角度则可能是在指出问题。作者或许想讲的是离开阴阳去讲五行是不行的，阴阳是五行的基础，有了阴阳这一基础五行方才可用，但如果把阴阳抛开了，单纯去运用五行是没有用的。所以故事中安排太上老君收回五件法宝后，又救活了两位童子，这一情节表面上是讲太上老君法力高强，但作者所要表达的可能是阴阳的重要性，因为阴阳加在一起就是《易经》。

在这一段故事的开始，作者设计了“功曹传信”的情节，这一段情节在后面狮驼岭处有再现，只是报信之人变成了太白金星。那么这两难之间有什么联系吗？平顶山的妖精是太上老君的童子，法宝都来自太上老君，而且在故事的结尾处太上老君亲自出面，表明此地是道教之地，而狮驼岭所代表的则是佛教之地（理由详见后文）。唐僧师徒是佛教的取经队伍，但涉及供养问题却安排他们来到道教之地，作者或许想表达佛教修炼离不开道教之意，仍是崇道抑佛的理念。此处还有一个情节要结合后文来看，平顶山有多大？六百里。故事中还有一座山也是六百里，就是红孩儿所在的号山。这两座山同样是六百里，表明这两难亦是有关联的。这两难当中还有其他相似之处，都是妖精变化成弱者骗取唐僧同情，然后由孙悟空来背着妖精前行，妖精用法术压孙悟空。金角、银角把山神土地拘唤在洞里当值，而红孩儿则是把山神土地当仆役使唤。“六百里”所指代的可能是阴爻,《坤》卦代表土地，每一爻都是阴爻，可以说阴爻是《坤》卦之源，所以这可能就是妖精可以使唤土地的原因。比较这两段故事可以看出其关联性，平顶山所讲的是五行之养，而号山所讲的则是五行之攻，红孩儿就是依靠五行车来发动三昧真火的。

四 配合与制约

团队管理有分工必有配合，所以接下来的故事到了宝林寺与乌鸡国，其所讲的是配合与制约的问题。在到达宝林寺之前，故事讲到师徒来到一座高山，在用一首词描述了此山之后，故事中使用了两首诗。第一首是：

自从益智登山盟，王不留行送出城。
路上相逢三棱子，途中催趱马兜铃。
寻坡转涧求荆芥，迈岭登山拜茯苓。
防己一身如竹沥，茴香何日拜朝廷？

这首诗与“石打乌头”词一样，每一句中都包含中药的名称，再次用中药作诗也是再现之笔，两者用意相近，但有所不同。前一首词喻示团结的重要性，而这首诗则昭示着这一难讲的是团队当中的配合问题，如同中药要配合使用一样。而另一首诗则不同：

十里长亭无客走，九重天上现星辰。
八河船只皆收港，七千州县尽关门。
六宫五府回官宰，四海三江罢钓纶。
两座楼头钟鼓响，一轮明月满乾坤。

这首诗从文采方面来说很不错，依次运用了从十到一的数字递减顺序，但从行文的角度来说，这首诗放在这个场景下并不合适。因为当时故事的场景是一座高山，后面出现的宝林寺也是在山里的，而诗中却提到了长亭、河船、港口、州县、宫府，两者完全不对应，难道这首诗是作者放错了位置吗？应该不是，此处又是《西游记》的有破绽处。前面用药材体作诗讲配合，是在做加法；此处的数字运用是从高到底，是在做减法。一阴一阳之谓道，虽然团队需要配合，但并不等于需要调动的力量多多益善，团队管理也要会做减法，这两首诗放在故事的开头就是要先亮出中心思想。这两首诗可能还有一层用意，团队是由多份力量组成的，用得好能实现一加一大于二的效果，用得不好则会完全相反。管理学中经常讲的案例就是，每个人的智商都在120以上，但整个团队的智商却不足80，这种情况在管理中是很常见的，所以如何加强团队管理是十分重要的。

唐僧在宝林寺初逢乌鸡国王时有一处再现之笔。乌鸡国王讲到自己遭水难，太子尚不知时，唐僧感慨自己父亲陈光蕊的水难，两者情节相似。但二者不同之处亦很明显，唐僧父遭水难时，唐僧尚未出生，而乌鸡国太子则不同，其系因受骗而不知。

在宝林寺借宿的时候，唐僧好言好语相求被赶了出来，而孙悟空倚强凌弱却解决了问题，此处所体现的是善与恶的配合。乌鸡国王向唐僧求救后，为什么还要去皇宫给皇后托梦呢？其也是在讲配合的问题。唐僧是外力，皇后是内力，国王向两方面求救，是在讲内外之间的配合。在救乌鸡国王还魂的过程中，是靠孙悟空与猪八戒的配合。猪八戒驮回国王的肉体，为“精”；孙悟空向老君讨得金丹救回国王的灵魂，为“神”；唐僧指挥由孙悟空度一口清气给国王，为“气”：师徒三人通力配合，救回了国王的精、气、神。在这段故事当中，孙悟空与猪八戒之间既有配合又有制约。孙悟空整蛊猪八戒，骗他下井背国王上来；猪八戒也同样整蛊孙悟空，回到师父那里挑唆，让唐僧用紧箍咒惩罚孙悟空。

乌鸡国的青狮精为什么会把国王推下井，然后在上面种上芭蕉树？“井”字由两横两竖组成，如果在一张白纸上画上两横两竖其实就是九宫格。芭蕉代表的是八卦，在九宫八卦图中，八卦分别位于九宫中除中间一格以外的八个格，中间一格为空白，在故事中就成了国王坠落之井。在描述井上芭蕉时，书中用了一首诗，“缄书成妙用，挥洒有奇功”，表面上在讲芭蕉的作用，实际上在暗指《易经》。八卦成书即为《易经》，八卦的运用即是挥洒奇功。在这段故事中，作者借太子之口说，“《周易》之书，极其玄妙”，后来又提到了文王被拘羑里的典故，都是在借机介绍《易经》方面的知识。故事中之所以安排猪八戒下井救人，因为猪八戒是儒教的代表，而《周易》是五经之一，为儒家经典，代表儒教的猪八戒深入其中是合适的。否则，以孙悟空的法力，其可以从东海取走重一万多斤的金箍棒，却背不出一个人是不可能的。

此处为何名乌鸡国？“乌鸡”所比喻的是表里不一，用在此处有讽刺之意。乌鸡的皮肤是黑色的，但外面的羽毛却是白色的，外面白，里面黑，内外是相反的。乌鸡国的故事情节也是如此，表面上看起来是道士走了，国王还在，实际上却是国王被害，道士冒充国王，正合乌鸡之意。当最终表明妖精身份，说明妖精道士其实是佛教派来的，意思非常明显。前面讲过，《西游记》崇道抑佛，此处所要表达的就是表面上是道士在做坏事，实际上那却是佛教派来的。乌鸡国印是取经途中第二个出现在通关文牒上的，如从修炼的角度上说，其所要表达的意思或许是修炼要内外一致。

故事讲到这里，团队管理的要旨已经讲明：要团结才有凝聚力，要建立起相互的信任，确立秩序形成制度的力量，各种力量之间既要分工配合又要相互制约，但离不开统一协调领导。

取经第三阶段——社会管理为治国

唐僧取经所经历的各难看起来像是作者随意发挥的一段段小故事，好像各自独立，相互之间没有什么关联性，其实不然，《西游记》故事情节的设计其实是遵循一定的逻辑线索展开的。随着取经的前进，故事的视角也在逐渐扩大，讲完了团队管理的问题之后，取经的第三阶段已经转向讨论社会治理方面的问题。中国人谈到安身立命，常常会引用儒家经典《大学》“修身、齐家、治国、平天下”的四个境界，这也可以说正是《西游记》的线索。其实对于这个问题，道家亦有类似的观点，不过其采用的是五分法。《道德经》云：“善，建者不拔，善，抱者不脱，子孙以祭祀不绝。修之身，其德乃真。修之家，其德有余。修之乡，其德乃长。修之国，其德乃夆。修之天下，其德乃博。[①]”《西游记》中第三阶段的内容比其他各阶段都要多，其中既包含了社会思想也包括了治国的理念，如果将其划分为两个阶段也是可以的，但鉴于“修齐治平”的提法影响更广，本书还是将其作为一个阶段来分析。

 社会管理要依靠各个方面的力量

唐僧师徒接下来到了号山，遇到了红孩儿。这一难共用了三回，篇幅在书中也较长。与此前所经历的各难一样，这一难也是有主题的，其所讲的是统筹协调各方力量、发挥合力的问题，这一主题开始研讨社会问题。

故事一开始，红孩儿与银角大王一样，发现唐僧身边孙悟空不好

① 《老子》第五十四章，梁海明译注，2004 年 10 月第 1 版，远方出版社。本书断句与其不同。

对付，于是想到了用计。但两者不同的是，银角的想法是以善图之，而红孩儿是以善迷之。此处用“迷”字是为了首尾呼应，后来观音收红孩儿时其在孙悟空手心所写的就是“迷”字，意为迷人者终为人所迷。红孩儿使用了与银角大王相似的手法，变作一个小孩儿，让孙悟空背着他，然后再使法术压孙悟空。但红孩儿与银角大王不同，银角系以三座山压孙悟空，将孙悟空困住，红孩儿用重身法压孙悟空，并未能困住孙悟空，只是一时阻碍了孙悟空行动，为抓走唐僧争取了时间。在抓唐僧的情况上两者也不同，银角大王是把除孙悟空外的所有人都抓走了，只留下了孙悟空一个人，而红孩儿则只抓唐僧一个人，其余四众均无事。号山故事的主题是发挥合力，所以作者设计了让三兄弟都留下的情节，这样才能发挥兄弟间的合力。于是在之后的情节中，有沙僧看守行李马匹、八戒为悟空助阵、八戒救活悟空、八戒请观音等情节的设计，表明每个人都可以发挥作用。

唐僧被擒后，孙悟空先后动用了各种力量，但都未能成功。

1. 他先是自己去劝说红孩儿，想依靠当年与牛魔王的交情攀亲威，结果不行，说明仅仅靠关系不行；

2. 与猪八戒前去挑战，想依靠武力解决，结果对付不了三昧真火，说明一味地靠武力解决问题也不行；

3. 找龙王借水，想用水来对付三昧真火，结果适得其反，说明借助的力量不恰当也不行；

4. 派八戒去请观音菩萨，结果被红孩儿所骗，请来了假的菩萨，意思是借到假力也不行；

5. 悟空扮成牛魔王，以诈术骗红孩儿，但最终被发现，说明不是真正实力还是不行。

通过孙悟空这一系列的表现，作者所要表达的是说各种力量单一使用或简单结合效果常常不好，要深度有机地融合各种力量，才能把事办好。

收服红孩儿时观音菩萨亲自出场，且看观音菩萨收红孩儿时是如何协调调度各方力量的：

1. 安排众神守山，以众神之力稳固自己的后方；

2. 用净瓶借了一海之水，但其借水并非是用于灭火，而是借海水之力保护大地；

3. 让惠岸去借李天王的天罡刀，是通过其父子关系的便利，借助合适的设备；

4. 让山神土地救护地方生灵，是发挥基层的力量做好基础的事，并非法力不高的人就没有用；

5. 用孙悟空去诱敌，许败不许胜，其亦在借助孙悟空的武力，但用法并非是去战胜对方，而是将其引出，用法与孙悟空此前是不一样的；

6. 用天罡刀化作莲台骗红孩儿坐在上面，也应用了诈术，只困不伤，是用弱不用强的理念；

7. 将红孩儿封为善财童子，系用名利缚其心，同时又用金箍儿对其进行约束，恩威并施；

8. 让红孩儿一路拜到南海，是借路程之难磨炼红孩儿的心性。

其实如果进行对比的话，应当说孙悟空所用的各种手段在观音菩萨的方案中都包括，但用法已经不一样了，观音菩萨的方案考虑得更加全面，更加恰当。整个方案充分体现了要想把事情办好，对于各种力量都不能忽视。

红孩儿本领并不算很大，如果不是借助三昧真火，其并非孙悟空的对手，而其发动三昧真火还要借助五行车，如果孙悟空赶在五行车布好之前就动手无疑是可以战胜红孩儿的，这个办法不难想到，为什么书中要安排得如此大费周章呢？有人分析是由于红孩儿的身份，其虽表面上只是牛魔王的儿子，但他在火焰山修炼三百年，炼成了三昧真火，而三昧真火是太上老君的，这说明红孩儿与太上老君有关系，所以观音不想除掉他，而是将其收在身边。这样的解释比较有趣，但笔者认为还是应当回到小说的逻辑体系中来理解。这一部分在讲社会问题，社会力量是多元的，并非所有力量都遵循社会主流，那么对于社会上的反面力量该怎么办，不能简单一除了之，最佳方法是收服，使其转为对社会有用的力量，这才是观音菩萨收红孩儿的意义所在。

每种力量的影响都不可小视

接下来的故事到了黑水河，这一难的妖精是西海龙王的外甥。四海龙王加在一起也是奈何不了孙悟空的，这样的妖精对孙悟空来说简直是小菜一碟。安排如此平庸的妖精出场无疑会降低故事的精彩程度，那作者为什么要这么做呢？因为其在继续展开故事的主题。前一难的主题在讲社会治理需要依靠各种社会力量，提到了社会力量的问题。就社会力量而言，有的强大，有的则看起来很有限，黑水河一难的主题是对每一种力量都不可忽视，即使是看似不太起眼的力量。

各种社会力量的正面作用很重要，而负面作用同样不可忽视。正如《孙子兵法》所言：不尽知用兵之害者，不能尽知用兵之利也。一直以来，中国都是一个人情社会，社会关系的作用本身就有其负作用。黑水河一难就是以地位不高、法力不强的神仙为例，讲述社会关系的负作用。鼍龙是西海龙王的外甥，他抢占黑水河靠的是武力，但能够占着不还所靠的却是社会关系。黑水河神讲到其最大的困境是：

> 我却没奈何，径往海内告他。原来西海龙王是他的母舅，不准我的状子，教我让与他住。我欲启奏上天，奈何神微职小，不能得见玉帝。今闻得大圣到此，特来参拜投生，万望大圣与我出力报冤！

西海龙王的官职并不算很高，法力也算不上高强，但其社会关系广泛，这种社会关系网就成了黑水河神维权最大的障碍。官职是明的，法力高低也是看得见的，而无形的社会关系网却是一种更为强大的力量，这种力量如果不加制约是会给社会造成不良后果的。当然，这种力量也有其积极作用，后来孙悟空收服鼍龙靠的也是关系，而不是自己的法力。他找到西海，龙王派太子摩昂出面擒拿，孙悟空完全不用动手就救出了师父，是在讲社会关系的正用。

摩昂拿下鼍龙后，请孙悟空发落，按说孙悟空的性格疾恶如仇，又喜欢打杀，应该除掉才是，但他这一次却没有这样做，而是把鼍龙交还西海龙王发落。其实孙悟空给西海龙王面子是合乎人情世故的，

因为前面在号山刚刚请西海龙王出面相助，欠了人家的人情，所以此时对于龙王家族的人也就要手下留情。这也就解释了为什么龙王虽然职位不高但社会影响却很大的原因，因为人情网的建立并不仅仅取决于职位的高低。连孙悟空这么不守规矩的人都会给龙王面子，那么其他神仙自然可想而知。这一难与红孩儿一难是配合运用的，二者一阳一阴，前面讲到对于各种社会力量都要重视，其各有用处，而此处又讲每一种力量也都会有负面问题，不可忽视。

此处关于龙生九子的说法也是一种错写之笔。中国有句成语叫“龙生九子，各有不同”，关于九子的说法不一，一般认为是：老大囚牛、老二睚眦、老三狴犴、老四狻猊、老五饕餮、老六椒图、老七赑屃、老八螭吻、老九貔貅。但在《西游记》中，九子为西海龙王之妹所生，其名字与通常所说截然不同：

第一个小黄龙，见居淮渎；第二个小骊龙，见住济渎；第三个青背龙，占了江渎；第四个赤髯龙，镇守河渎；第五个徒劳龙，与佛祖司钟；第六个稳兽龙，与神官镇脊；第七个敬仲龙，与玉帝守擎天华表；第八个蜃龙，在大家兄处砥据太岳。此乃第九个鼍龙……

单从这段话来看，也可以理解为是西海龙王之妹恰好生了九个儿子，九子各异，并非成语中的“龙生九子”，只是在数量上巧合而已。但在接下来的第五十回中，孙悟空又说：“龙生九种，内有一种名‘蜃’，蜃气放出，就如楼阁浅池。”蜃是前面讲的九子中的第八个，此处讲到这件事意在表明前文的“九子”并不是巧合，作者所要使用的就是“龙生九子”这个成语。在《西游记》的说法中较为有意思的是“徒劳龙”与“敬仲龙”，“徒劳龙”是与佛祖司钟的，“徒劳”应为徒劳无功之意，意思是为佛教做事不值得；“敬仲龙”是与天帝守擎天华表的，所谓“敬仲”是敬仲尼之意，而天帝的华表所指代的则是皇权，意为帝王对儒教的重视。

 执政者要有自己的主见

过了黑水河之后，取经队伍来到了车迟国，这里发生的故事情节丰富，寓意也颇深。前面讲到了社会关系是很繁杂的，而在复杂的社会关系中，政权是社会力量的中心。前面讲了社会管理可以借助的社会力量，属于国家管理的外部因素，车迟国的故事则是在讲国家管理仅依靠外部因素是不行的，更重要的是内部因素——管理者的定力。车迟国表面上在讲佛道之争，但实际所表达的则是掌握政权的人要有自己的主见，不能被教派所左右，只有君王有主见，才能避免两教相争。各种教派、各种社会力量都可以用于社会管理，但不应为其左右。

车迟国的名字与道教修炼功法有关，“车”指的是河车，是道教气功中的术语，元气从下腹部出发，沿后背的督脉上行到头部与元神相交，此时的元气运行被称为运转河车。元气经过督脉上尾闾、夹脊、玉枕三穴时会变慢，元气通过这三关时被称为“牛车”“鹿车”“羊车”，所以车迟国的妖精为虎力、鹿力、羊力三位大仙。书中在描写车迟国时写到：

滩头上坡坂最高，又有一道夹脊小路，两座大关，关下之路都是直立壁陡之崖，那车儿怎么拽得上去？

从中医经络角度上来说，尾闾是督脉上的一处穴位，玉枕是膀胱经上的穴位，夹脊共有十七处穴位，位于督脉旁 0.3 寸处，这三处看似位置相连，其实分属不同的经络，并不直接相通，故从气功的角度上说难以打通。故事开始讲到和尚们号子喊得震天响，费尽力气想把车拽过夹脊也未能成功，所指的可能就是所谓运转河车是很难实现的。

那大圣径至沙滩上，使个神通，将车儿拽过两关，穿过夹脊，提起来，捽得粉碎，把那些砖瓦木植，尽抛下坡坂……

孙悟空是从上面把车提上去的，“将车儿拽过两关，穿过夹脊”，

这里所讲的可能即是道教的修炼之法，运气上行难度很大，作者或是在告诉人们可以从上面把气引上去。孙悟空把车子提上去之后摔得碎粉，其意或为叫修炼之人不要执着于河车之事。《西游记》作者或许有过这方面的经历，勤修苦练而河车总是不能通过，后来转换了角度，找到了正确的方法，轻松解决，但最后却发现其实并没有多大的用处。此处加一“迟”字或是作者自以为对河车之事的领悟太迟了，结合后面故事中佛道之斗的情节，其可能是在叹惜由于自己领悟得太迟，以至于错过了现实中的佛道之争。

孙悟空兄弟三人变化成三清去骗食贡品，孙悟空让猪八戒把三清像丢去厕所，当时猪八戒对三清像说了一段话：

三清三清，我说你听：
远方到此，惯灭妖精，
欲享供养，无处安宁。
借你坐位，略略少停。
你等坐久，也且暂下毛坑。
你平日家受用无穷，做个清净道士；
今日里不免享些秽物，也做个受臭气的天尊！

这段话看似是猪八戒的调侃之语，事实上可能却是作者要表达的真意。佛道之争道教失败后，境地是非常悲惨的，这段话所要表达的或是对道教的安慰。为什么把三清像丢厕所的是猪八戒呢？从故事情节上来看，这件事是孙悟空安排的，但具体执行的是猪八戒，书中提到猪八戒把三清像丢下茅坑后自己也溅了“半衣襟臭水”，特意加这个情节，作者或有他意。猪八戒是儒教的代表，而此处这段故事所影射的是佛道两教之争，所以作者这样安排所表达的或是说在佛道相争的过程中，儒教也受佛教指使起了推波助澜的作用，但把道教推下神坛之后，儒教自身却也受到了负面的影响，所以后面才有孙悟空说道：“不知可得个干净身子出门。”

接下来的故事中，孙悟空三人以尿为圣水赐给三位国师，从故事的角度上看是三位师兄弟戏弄了三位国师，但在修道之人眼中却并不这么理解。他们认为《西游记》中的荒诞之处反而需要正面理解，其所隐藏的正是修道之要诀。《西游真诠》批注此处时即分别引用了三教经典加以注解，“释典云：‘道在干屎橛’，《南华》云：‘道在尿溺’，《大学》云：‘如恶恶臭’”“最浊之中即有至清，溺未始不可言道”。对于这些经典之真意，笔者一无所知，或许这些笔墨只是前人的故弄玄虚。

本书开篇即从“隔板猜枚”谈起，为什么“隔板猜枚”时作者所选取的分别是“山河社稷袄，乾坤地理裙”，桃子与道士，作者是否有隐喻之意呢？笔者认为是有的。

“山河社稷袄，乾坤地理裙”是衣服，衣服是用来包裹身体的，那么这两件衣服所包裹的却不是人的身体，而是山河社稷袄，锦绣乾坤。而一口钟所包裹的是佛教中人的身体衣服，此处的还是破烂的。作者的意思是，这本书中包含有拯救乾坤、指点江山的大智慧，可读者可能只把它看成一个与佛教有关的神话故事，只拿它来娱乐消遣，这样的话这本书真正的价值就完全被忽略了。

桃子在《西游记》中经常出现，菩提祖师在向孙悟空传道之前问孙悟空来了多少时日的时候，孙悟空就回答去后山吃过七次饱桃了，祖师特别强调那座山的名字就是“烂桃山”。后来孙悟空在天上的工作就是看管蟠桃园，也是种桃子的。在取经路上（遇白骨精那次），唐僧让孙悟空去化斋，孙悟空说看见远处有一片山桃，唐僧说出家人若有桃子吃已是上品。这次隔板猜枚时，第二次上场的又是桃子，说明作者对桃的使用是很重视的。桃与逃同音，即是逃的意思。逃什么？逃离生死。道教中人一直认为《西游记》所讲述的是金丹之道，也就是逃离生死轮回之道。此处作者所表达的意思可能是书中有逃离生死的金丹之道，但读者吸取不到其中的养分，只得到了一个没有价值的桃核。

第三次竞猜换成了人，道士是国师们安排进去的，这明显已经不再是竞猜，作者就是在提醒读者要注意此处所表达的意思。除了前文讲到的佛道两教因素之外，此处可能还包含着对作者身份的暗示。按郭健先生的研究，《西游记》的原作者应为道教南宗之人，但读者却可

能因为故事选材于佛教故事而认为作者是佛教之人。可能作者此处想要说的是自己明明是道教中人，但在读者眼中却可能变成佛教之人。

前面已经讲过，车迟国一难所写的是佛道之斗，而从整个故事线索的设计来看，这一难其实是借两教之斗引出另一话题——执政者的掌控力。社会关系的核心在于政权，执政者一定要有自己的主见，不能随便被某派理论学说所左右。车迟国斗法虽然只有两教现身，其实讲的是三教的事。儒、释、道三家可以说都是在追求真理，但以三家理论为基础而形成的三教则在世俗生活中变得有些功利。三教不离社会，所围绕的都是政权，政权始终是各种力量争夺的中心。就车迟国的故事而言，先是佛教占据，后由道教替代，而唐僧师徒到来后战胜了道教，夺回了佛教的地位。各教争来斗去，目的都是对政权的依附，政权才是核心。作为执政者来说，必须要有自己的主见，三教的东西当中都有好的，也都有不合适的，要吸取三教之长，用三教而非为三教所用，这才是正确的执政理念。所以在故事的最后，孙悟空对国王所讲的是要“既敬僧，也敬道，也养育人才”，就是在点明这一主题。

车迟国有乌鸡国的再现之笔，两者相同之处是妖精均为道士，且都来自终南山。在乌鸡国时，通过国王之口说道士是从终南山来的，而在车迟国三位国师自己讲到其法术是在终南山修炼的。但这两处作者所要表达的意思可能是不同的。终南山属于道教的北宗，而《西游记》始作者是南宗的，所以其在乌鸡国讲妖精是来自北宗的道士，有内部宗派划分之嫌。而在车迟国讲三位国师在终南山修炼法术，则可能是在影射历史上的佛道之争事件。元朝时终南山仍是道教正宗，在佛道之争中失败后，道士们被逼加入佛教，还被骂为畜牲。这一难中之所以最后三位国师死后都变成动物，从故事的角度来说是现了原形，但作者却很可能是借此讲述当时道教中人所遭受的境遇。

四　片面听从会发生问题

车迟国的故事在讲不可片面听从某一教派，接下来的通天河一难是在以佛教为例讲片面听从某一教派的理论所造成的社会问题。这一难中猪八戒的表现很突出，唐僧师徒到达通天河时已是夜晚，不知河水深浅，猪八戒用鹅卵石试河水深浅，后来河面结冰，师徒过河时又是猪八戒先用钉钯试冰的结实程度，然后给马蹄包上稻草，让唐僧横握锡杖，这些都表明其富有生活经验，正是其所代表的儒教入世角色。八戒表现如此积极，说明此处以儒教为主，所以后面打妖精的也是八戒。

通天河石碑用的是篆字，与流沙河一样，两者虽都用篆字，但意义不同。篆字喻示年代久远，用于流沙河所喻为道家历史悠久，而用于通天河则是因为此处在讲人类生命的来源，意为人类社会历史的悠久。

唐僧师徒所到之处为陈家庄，陈家庄两位老者是兄弟二人，兄名陈澄，北名陈清，兄弟二人之名合在一起为“澄清”，意即有些事情需要澄清一下。要澄清什么事呢？此庄以陈为姓，陈系唐僧的俗家姓氏，而唐僧系佛教中人，所以其表明要澄清的是与佛教有关之事。妖精名为灵感大王，《西游记》中称呼观音菩萨全名“大慈大悲救苦救难灵感观世音菩萨”，后面又说明金鱼精是观音菩萨荷花池中之鱼，说明其系来自佛教的妖精。作者通过一系列的设计来表明对于某些事情，佛教应当澄清一下。

陈家庄属于车迟国元会县，为什么这么安排？国的范围大，县的范围小，作者的意思是这里所讲的问题仍在此前的范围之内，车迟国是佛道相争之处，说明这里在延续前一难的相关事宜，但此处所讲的问题范围已经缩小，只是某一方面的问题。唐僧师徒在陈家庄遇到一些正在作法的和尚，这些人一见到孙悟空三兄弟的样子就吓得像丢了魂似的，是对佛教人物的负面描写，虽然前面孙悟空代表了佛教的胜利，但此处在说佛教之人未必有什么真本事。

“元会”这一名字进一步点明此处的主题，《西游记》开篇即讲造化会元功，而此处则是元会县，最后取经归来后再次降落于通天河，来到元会县，所以这个地方是非常重要的。“元”即生命之源，“会”即先天与后天的交汇，“通天”即是人天相通之意，这三个因素都指向

同一个问题，即生命之孕育。人类的繁衍源于人的性欲，但佛教通常提倡禁欲，道教则主张对欲望要加以控制但并不禁止，通天河的故事就在讲禁欲是不可行的。这里的妖精是金鱼精，“金鱼”正是“禁欲”的谐音，妖精名为“灵感”，这一称号来自观音菩萨的称号“南无大慈大悲救苦救难灵感观世音菩萨”，又来自南海，明显喻其所代表的是佛教的主张。金鱼精的武器是未开的菡萏（荷花），形态与女性的子宫有些相似，被他运炼成兵，指的是禁欲把女性的子宫当作兵器来使用。金鱼精吃童男童女，意思是在讲禁欲就是在牺牲后代。禁欲自然是影响繁衍的，所以金鱼精一来就伤了老鼋许多子孙。

陈家的两个孩子一名“关保”，意为求关老爷保佑所得；一名“一秤金”，意为花了一秤之金行善求得。这两个名字意在表明，现实生活中有许多人想生育子女尚不容易实现，为此要求神灵保佑，要花钱多做善事，好不容易才育有子女，而佛教却无论针对什么人都讲禁欲，明显是不合适的。为什么在灵感大王庙对妖精动手的人是猪八戒而不是孙悟空？因为猪八戒是木，木主生发，对于禁欲自然是要动手的。而且猪八戒是代表儒教的，儒教以家庭为社会关系的基础，而生育又是家庭的基础，禁欲把这个基础破坏了，儒教当然要动手打它。

在河底八戒、沙僧与妖精交战时，书中把三人的兵器各用诗描述了一番，其中对八戒的钉钯与沙僧的宝杖的描述都是再现之笔，既然此前已经描述过，这里再次描述，就是要引起读者的注意。注意什么？注意兵器的象征意义。前文分析过，三徒的兵器分别代表三教的学说，此处讲了儒教学说的代表钉钯，讲了道教学说的代表宝杖，那另一首诗中所描述的妖精的兵器铜锤自然所指的就是佛教的学说。所以书中在描述三人打斗时写的是“三家变脸”，就是在提醒此时的三人各自代表一家。后面诗文中有“还丹炮炼伏三家”“故然变脸各争差”等句，也是在讲三家争辩之意。

金鱼原本养在观音的鱼池里，一日海潮泛涨而出走，意思是说禁欲只局限于佛教内部尚可，而一旦传播开来就会对社会产生严重的负面影响。这个道理是显而易见的，如果整个社会都禁欲，人类就会灭绝。为什么此处观音菩萨未梳洗打扮就来了，说明事态的紧急程度，禁欲文化一旦流传到社会上就会产生很大的问题，因此对其加以遏制是刻不容缓的。观音收金鱼精用的是竹篮，竹篮反过来就是“拦住”。观音菩萨最后说的是：“死的去！活的住！”意思是告诉人们过去的就不要再追究了，赶紧恢复正常的生活。

大唐至西天十万八千里，到达通天河是五万四千里，书中明示此处为取经的中点。为何要强调此处为取经的中点呢？这应当与个人修炼有关，而且还可能是源自儒家的主张。《大学》有言：“知止而后有定，定而后能静，静而后能安，安而后能虑，虑而后能得。”南怀瑾先生将这段话解读为人生修为的七个阶段，分别是知、止、定、静、安、虑、得[①]。而进一步说，这七个阶段并非简单的线性结构，而应当是“U”形结构（见下图）[②]。

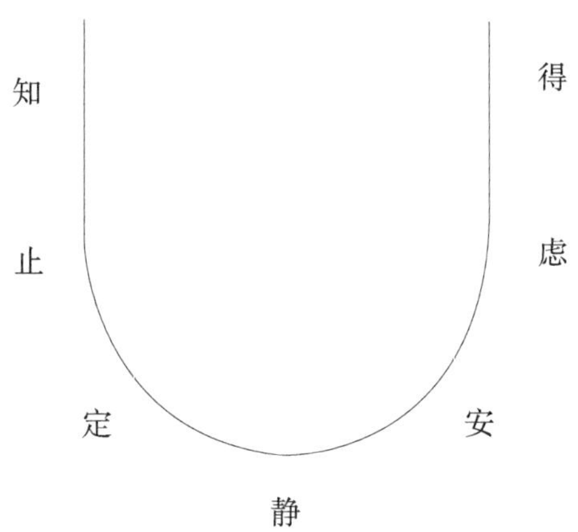

在七个阶段中，居于中间的是静，而在“U”形结构中，其则位于底部，所以在故事中，当唐僧被抓之后，猪八戒反复打趣地在讲师父变成“陈到底”了。书中这样写不单单是为了提升阅读的趣味性，更是为了强调人生的智慧。从这七个阶段的角度上说，前段故事中讲了君王要有主见，有主见也就是有定力，可以合得上“定”字阶段，而“定”之后即是“静”字阶段，而后续的故事如果要解释为

① 见南怀瑾《原本大学微言》。
② 此观点见《第五项修炼》。

“安”“虑”“得”三个阶段也是成立的。《西游记》之所以会被三教争抢，根源就在于三家学说在故事中都可得到印证，这正是《西游记》的玄妙之处。

过了通天河来到金兜山，通天河讲佛教主张禁欲不可扩大，金兜山则是延续这一话题，讲不禁欲并非是说情欲不需要约束。这里的故事围绕着圈子展开，圈子就是约束，但这个圈子所约束的到底是什么却没有明说。虽然故事中没说，但该回标题为“情乱性从因爱欲　神昏心动遇魔头”，结合标题来看就能明白，此处讲的是情欲方面的问题。也正因如此，故事中才会有床上的白骨，猪八戒面对这骨讲“你不知是那代那朝元帅体，何邦何国大将军。当时豪杰争强胜，……可惜兴王霸业人”，意思是男人通过征服世界来征服女人，看似可行，但最终却只是成为床上的白骨。金兜山的妖精是青牛精，青牛代表的是“情”，其所使用的兵器是枪，正是“忄”的形状，加上“青”字一起构成了“情”字，用以暗示这一难的主题。

在金兜山唐僧与猪八戒、沙和尚走出了孙悟空所画的圈子，误入妖精的陷阱，猪八戒找到了三件纳锦背心，这三件背心是“四圣试禅心”中三件珍珠汗衫的再现之笔，但两者不同的是，珍珠汗衫的绑缚象征的是家庭的束缚，而纳锦背心的绑缚象征的是情欲的绑缚。此前的三件珍珠汗衫只用了一件，绑了八戒；此处三件纳锦背心则用了两件，分别绑了八戒和沙僧。孙悟空与青牛精对话时，青牛精说唐僧“心爱情欲”，孙悟空并未反驳，说明青牛精讲的是有依据的，其依据是什么呢？应当就是猪八戒拿了纳锦背心一事，纳锦背心可能就是当时的情趣内衣，拿背心就是心爱情欲的表现，回到了这一难的主题——情欲。猪八戒偷了三件纳锦背心，他和沙和尚都穿上了，只有唐僧没有穿，此处唐僧代表的是佛教，八戒、沙僧分别代表儒教与道教，这一情节安排的意思是儒教对于情欲是积极主动的态度，道教虽不主动追求却也可以接受，只有佛教是明确拒绝的。

青牛精是很难对付的一位妖精，其法宝金钢圈喻示的是女性的生殖器，当然是投胎转世所必经的，所以老君才说“化胡为佛”甚是亏它。金钢圈收孙悟空的金箍棒，其实是在比喻性对于男性的诱惑。此后孙悟空四处搬兵，但均未能获胜，则是表明情欲之难控。在这一难中，作者意思是如果没有约束，情欲还是会害人的。那么该怎么办呢？首先，孙悟空金箍棒被收，说明男人是控制不住自己的。李天王、哪吒及雷神出场，各种兵器都被收，这些人来自天庭，代表行政权力，意指对于情欲依靠行政手段、雷霆之力强制是不行的。孙悟空请来火神，又请来水伯。火神不但无功，还被收了法器；水伯虽然法器未失，但也不能降伏。这样的安排意思是对于情欲，用水火来压制都不行，火意味着强力毁灭，效果更差，水不那么强，虽无效但可保自身无恙。书中设计孙悟空偷回所有被收兵器后，众神一起对付妖精，结果还是不能取胜，意思是说对于情欲，即使是行政手段、雷霆之力、水火之功一起发动也不能克制。接下来，佛教人物出场，如来识得妖精，表明佛教明白情欲是怎么回事，但想使用金丹砂困住情欲也是无效的，而道教用芭蕉扇轻轻一搧就搞定，表面上看是在说太上老君的法力高强，其实是由于方法正确，因为道法自然，其对情欲因势利导，自然可以控制。作者先后安排了天王父子、火神、水伯、罗汉帮忙，但都不能胜，但他们当中只有水伯的兵器没有失去，其他人的兵器俱被收走，这一安排也是有意设计的。道家主张"水几于道"，所以水伯作为水神，其虽然未能克制情欲，却可以保得法宝不失。

接下来唐僧师徒误饮子母河水，孙悟空取落胎泉水，表面上看是女儿国故事的铺垫，其实是在延续前面的话题。前面的故事主题是对于情欲要加以控制，但如果没有控制好情欲，已经发生了该怎么办，这里讨论的就是如何解决问题。人如果不能控制情欲，可能导致的后果即意外怀孕，而如果想消除这一后果，那么可能就需要堕胎。佛教对于堕胎是极其反对的，他们认为堕胎是大罪，因此禁止堕胎，在故事中就是如意真仙看守落胎泉的设计。落胎泉本来无人看守，谁都可以去取，意思是说堕胎本来是不受限制的，禁止堕胎的要求是佛教传入后才开始的。孙悟空战胜如意真仙后，既未将其打死，也未驱逐，这是在表明作者的态度，其认为佛教反对堕胎是可以的，但不应过度限制，更不能借机敛财。

此处子母河水的设计还有一个用意。前面通天河的主题讲到了情欲是人类繁衍所必需的，那么抛开种族繁衍的角度来说，是不是我们就不需要情欲了呢？子母河水的设计就是在指出这个问题，假如繁衍后代的问题可以通过其他方法来解决，那么是否人们就可以不要情欲，不要婚姻了呢？其后女儿国的故事就在回答这个问题，其指出这是不行的，因为情欲是人自身的需求。女儿国王愿以一国之富换一个如意夫君，表明了人情感需求之强烈已经超过了江山社稷，更是超过了物质的需求。女儿国王提出这样的想法后，朝中大臣没有一个反对，说明她的想法不仅代表她自己个人，而是女性的共识，这里所讲的是情感需求对人来说是多么重要。此处讨论的是女性的需求，女儿国王所代表的是女性对婚姻的正当需求；她选中了相貌堂堂的唐僧，这是其对于爱情的追求；继而她要与唐僧结婚、生儿育女，这是女性对于家庭幸福生活以及繁衍后代的需求。而这当中情欲是基础，所以此处在讲情欲的作用不仅是繁衍后代，其与婚姻和家庭是紧紧联系在一起的，自然不可一禁了之。女儿国招亲是“四圣试禅心”的再现之笔，四圣是以富贵之家坐山招亲，女儿国主以一国之富招亲。但两者又有不同，四圣招亲是为了招个男人，不限人数，随便谁都可以，是凑数的，所以连猪八戒也接受；而女儿国王招亲则是出于情感需求，在对象方面比较挑剔，只针对唐僧一人，对猪八戒这样的还是不愿意的。

在玄奘法师所著《大唐西域记》中即有关于女人国的记载，可以说是女儿国的原型。但《西游记》中女儿国的正式名称为西梁女国，“西梁”是地名，但作者用这一名字却似乎并非在讲述地理位置，而是因为“西梁女”是“惜良女”的谐音。这个名字的喻义是世上有非常美好的女性，但佛教却一律敬而远之。女性明明承担着繁衍人类的重任，但在佛教文化中却被当作老虎，可惜了那些善良的女性。

女儿国有一个很关键的情节，就是国王把孙悟空三兄弟的名字加在了通关文牒上，这一情节的安排十分合理，因为她要留唐僧成亲，取经由三位徒弟继续前往，那文牒上没有三人的名字自然是说不通的。而这也看到白马无名的巧妙安排，正由于白龙马没有名字，所以没有办法写在文牒上，否则可以安排孙悟空讲一句“还有白龙马某某”，女王一样会加上的。

接下来出现的是毒敌山的蝎子精，这一难与女儿国紧紧相连，两者形成对比。

此怪比那女王不同，女王还是人身，行动以礼；此怪乃是妖神，恐为加害，奈何？

女儿国王对唐僧是爱欲，想要白头偕老，而蝎子精只有性欲。“毒敌”二字加上蝎子这个要素，意思是讲毒如蛇蝎的女人是敌人。蝎子精与唐僧对话时提到了“月明和尚度柳翠”的故事，这是宋代的故事，自元代起以杂剧开始流传，明代冯梦龙又进行了整理，故事中主要是涉及一位高僧被妓女诱惑而犯戒。提到这个故事是在讲如果女人把性当成武器、当成工具那就是毒如蛇蝎的行为。“水高舟行急，沙陷马行迟”应有双关之意，可能是那个时代的荤段子。蝎子精听经时被佛祖推了一把，是说佛教想要把这种有毒的情欲赶走，但结果却是佛祖也被扎得疼痛难忍，说明佛教的处理方法是行不通的。最后使用的解决办法是昴日星官除妖精，昴日星官居于光明宫，说明这种情欲是见不得光的，对付其最有效的方法是曝光。之所以安排猪八戒把蝎子精筑烂，与之前猪八戒动手打灵感大王是相呼应的。金鱼精禁欲，蝎子精滥交，两者都该打，两个任务都交给猪八戒，是因为他代表儒教。儒教维护正常的婚姻伦理，过度严格的禁欲与无礼的纵欲都是儒教所反对的。

五 不尚贤，使民不争

接下来师徒来到一座高山，在这里发生了真假猴王的故事。由于孙悟空打死了三十几个强盗，被唐僧一番数落，师徒之间的冲突爆发，最终唐僧将孙悟空再次逐走。但这座山在书中没有名字，只能称作无名高山。《西游记》中的其他高山通常都有名字，作者会把相关信息通过名字表达出来，但这里没有。没有名字不等于没有信息，其所要表

达的信息可能就是“无名”。“无名”在佛教中常用来代表心中怒火，在这一难中，唐僧讲了很多宣泄情绪的话，孙悟空也发了一通脾气，明着是对死强盗，实际却是针对唐僧。正是在这座高山上所发生的故事引发孙悟空的二心相竞，无论是从故事冲突的角度上来说，还是从修行的角度来说，这一地点都非常重要，而作者对于这一重要地点的处理就是不为其起名字——或许其名字就应为“无名”。

这一难中大量使用了再现之笔，故事中的许多情节都在此前出现过。打死强盗是悟空杀六贼的再现，但二者对象不同，之前杀的对象是眼见喜等六贼，此处则是三十几名强盗；师徒之间爆发冲突是白骨精情节的再现，但不同之处是此前因三次杀人致矛盾不断升级，而此处是悟空杀人后双方言语冲突不断升级，最终致悟空被逐；被逐后的情况也不一样，前一次孙悟空直接回了花果山，而此处其却没有这样，而是去找观音菩萨；后来辨别真假猴王也是使用了遇青狮精时真假唐僧的分辨情节，通过念紧箍咒来辨别孙悟空的真假，这一方法在真假唐僧的情节中奏效了，而在真假猴王中则不行。前后情节中真假唐僧与真假猴王的安排都能够给人以深刻的印象，其或许是在表明唐僧与孙悟空这两个角色之间的微妙关系，可能是在暗示唐僧与孙悟空到底谁是真正的主角。前文中已经分析过,《西游记》其实是双主角的设计，你可以认为唐僧是主角，也可以认为孙悟空是主角；既可以说是一个主角，也可以说是两个主角。

这一难的情节虽然有许多看似与此前的故事重复，容易令人略过，但其实作者在这一难中添加了许多新的信息。在故事的开始，唐僧师徒所遇到的强盗有三十多人，为头有两个大汉,“三十”即是五六，代表的是五个阴爻，五爻皆为阴爻，为首的自然是两个人，其系在进一步提醒此处所指乃阴爻之意。在遇强盗的时候，唐僧时师徒是分开的，唐僧在前，三徒在后。之所以安排唐僧先行，目的就是让他单独与这些强盗相遇。唐僧是《坤》卦的代表，为《坤》卦的“上六”，也是阴爻，强盗组成的五阴爻再加上唐僧这一阴爻就构成了《坤》卦。强盗抓住唐僧后明明把他绑起来就可以，但却把他吊了起来，吊起来的目的就是要让唐僧处于最高处，其所要表达的信息即是唐僧为《坤》卦最上面的一爻——上六。孙悟空到来后，把金箍棒立在地上让强盗们拿，此处特意提及金箍棒“一万三千五百斤重”，系在用这一数字提醒读者这是《乾》卦初九至九五之和，所喻为五个阳爻。三十个强盗为五阴爻，孙悟空为五阳爻，孙悟空杀贼系以五阳爻克五阴爻。唐僧与强盗一起组成了《坤》卦，孙悟空解救唐僧系以五阳爻战胜五阴爻后，孙悟空所代表的五阳爻与唐僧所代表的是“上六”结合即为泽天《夬》卦。夬代表决断，这一难所讲的其实就是关于决定权的事。《夬》卦中决定性的一爻是“上六”，但作为“上六”的唐僧却离开了，相当于把决定权又交还给了孙悟空，那孙悟空当然会大开杀戒了。

此处出现的老汉姓杨，《西游记》一共只有两位姓杨的人物，一位是二郎神的父亲，另一位就是此处这位杨老汉。前文分析过，二郎神姓李，之所以安排他的父亲姓杨目的是表明这一角色代表《易经》的第二卦《坤》卦，此处亦是此意。杨老汉所代表的也是《易经》，老汉只有一子，那么其自然为长子，所代表的是《易经》的第一卦《乾》卦。孙悟空代表《乾》卦的初九至九五，但第六爻却是不确定的，其可以为阳爻，亦可以为阴爻。如果该爻为阳爻即为《乾》卦，阴爻即为《夬》卦。在取经途中，孙悟空什么时候是《乾》卦，什么时候是《夬》卦呢？就看他是按自己的意志行事还是按唐僧的意志行事。如果按唐僧意志行事，则决定权在唐僧，为《夬》卦；如果按自己的意志行事，那就是一刚到底，为《乾》卦。在无名高山这里，孙悟空不遵从唐僧指令，按自己意志行事，对所有人都是强硬态度，因此其此处为《乾》卦。此处的孙悟空与杨老汉逆子都是《乾》卦，所以孙悟空打死逆子其实就是自己打死自己，与后面故事中孙悟空打死六耳猕猴是一样的，所以这段故事从一开始就已经点明了二心相竞的主题。书中特别交代杨老汉七十四岁，这个数字要分开来看。七为火数，代表的是心，十四为二七之数，代表的是两颗心。或许这个数字在这里所要表达的是此处在讲心，讲的是二心相竞的问题。后面故事中如来说的是“汝等俱是一心，且看二心竞斗而来也”，故事中所给出的信息都是围绕二心相竞这一问题的，其很明显是在突出这一难的主题。孙悟空为什么要割下逆子的头，这个情节看起来血淋淋的，似乎孙悟空

很残暴，其实作者要表达的另有其意。在车迟国斗法时书中即已说过，“头乃六阳之首”，所以此处的砍头指的就是去掉《乾》卦六阳爻中最上的一爻。因为头代表的是《乾》卦最上面一卦——上九“亢龙有悔”，是不可取的，故要将其去掉。从《易经》的角度来说，二心相竞的本质就是《乾》与《夬》之间的选择，前面五爻情况是相同的，只是在最后一爻的问题上，是选择坚持按自己的意志走下去，还是回归本性听从于那个有决定权的人。

关于真假猴王的问题，如来佛讲到，天地有四猴不入十类之中，分别是灵明石猴、赤尻马猴、通臂猿猴、六耳猕猴，这四个名字各有什么含义呢？在此前的故事中，花果山有通背猿猴与赤尻马猴分别被封为元帅与将军，既然赤尻马猴是四猴之一，那么通背猿猴应该也是四猴之一，对应的就是通臂猿猴。前文中提过，“通背”即通晓事物的反面，而“赤尻”指红屁股，是猴子的基础特征，也就是猴子的正面，赤尻马猴与通臂猿猴之间是一正一反的关系。“灵明”指的是本性通明，即向内所求者，恰是返求于心而得道的孙悟空；“六耳”则是向外而求者，故六耳猕猴“能知千里外之事，凡人说话，亦能知之，故此善聆音，能察理，知前后，万物皆明”，其与孙悟空是一内一外的关系。

另外，“六耳”这个名字还有一个妙处！妖精与孙悟空的本领一样，孙悟空会的他都会，这是不合逻辑的，因为孙悟空的本领是很难学成的，为什么妖精就这么容易呢？回过头再看前文，菩提祖师半夜传道时孙悟空所说“此间更无六耳”，而妖精恰名“六耳”猕猴，也即是说妖精就是“六耳”，孙悟空求道之时，祖师传给孙悟空的东西妖精都能听到，所以孙悟空的本领妖精全部都会。

真假猴王的故事表面上是假悟空与真悟空之争，实际上并非如此。假猴王虽是妖精，却和别的妖精不同，他的目的并不是要吃唐僧肉，也不是要报复，而是要代替唐僧去取经。假猴王出现后本想取代孙悟空前往取经，被唐僧拒绝后即抢了包袱，回到花果山找了几个妖精变化成唐僧、猪八戒、沙和尚和白马，另外组建了一支取经队伍。这样一来就出现了两个取经队伍，书中还特意借猪八戒之口讲到：“应了这施主家婆婆之言了！他说有几起取经的，这却不又是一起？”假悟空抢走了唐僧的包裹，其目的是为了夺取取经的事业，所以这里所讲的不是真假猴王两个人之间的争斗，而是两个取经队伍之争。两个取经队伍所争的是什么？是取经的事业。取经成功即可成正果，争夺取经的事业当然不是争那份辛苦，而是争最后的成果，如果没有那份成果的诱惑，自然就不会有两支队伍的相争，所以此处所讲的就是《道德经》中“不尚贤，使民不争”这一主题。

假猴王与唐僧争正果，这一点看起来似乎是可笑的，因为如来能识得他是假的，怎么会传经给他呢？这一问题作者并非没有想到，沙和尚在花果山对假猴王已经讲清了这个道理，可为什么还要设计这样的情节呢？这两支取经队伍一真一假，二者的实质区别是一个是以唐僧为中心的取经队伍，一个是以假悟空为中心的取经队伍。两个取经队伍的中心不同，即是队伍的管理模式不同，此处似乎是在讨论国家治理到底是应该以皇帝为中心还是以大臣为中心的问题。故而诗云：“欲思宝马三公位，又忆金銮一品台。”“三公”是官员中地位最高、权力最大的，而“金銮”是皇帝的宝殿，借指皇权。

封建社会整个国家体制的建立都是以皇帝为中心的，人们通常认为皇帝是至高无上的，拥有一切的权力，这个问题还需要讨论吗？其实不然，在明朝皇帝与大臣之间就这一问题的矛盾是非常明显的。明朝国家治理的理论依据是儒教经典四书五经，皇帝从小就要从文官当中选择学问好、人品好的大臣来教，皇帝也要遵从儒教的伦理道德，否则会就被臣子指责。明朝的文官集团从来都不会盲从于皇帝的意旨，而是有着自己的价值标准，他们常常会把自己的意志强加给皇帝，与皇帝之间的矛盾一直是存在的。唐僧那个队伍代表以皇帝为中心的国家治理模式，假悟空那个队伍代表的是以大臣为中心的国家治理模式。

在这段故事中，真假悟空搅乱乾坤，说的就是大臣在国家治理的过程中经常会有不遵从皇帝意愿的时候，而最终除掉假悟空，作者表明了态度，认为国家还是要以皇帝为中心的。但大臣的作用同样不可忽视，其作用的重要性与皇帝是一样的，所以如来说的是“功成归极乐，汝亦坐莲台”。观音菩萨对唐僧说的是“须得他保护你，才得到灵

山”，就是在讲如果没有大臣的支持，光靠皇帝治理国家是行不通的。

这段故事的主题是“二心相竞”，章回的题目就叫作“二心搅乱大乾坤”，表面上看其讲的是真假猴王的二心，其实其是在讲皇帝与大臣的二心。《西游记》首次刊印于万历年间，万历皇帝年轻时事事都听从他的老师张居正的安排，而张居正又是文官之首，所以在这种情况下二心之争是不明显的。但张居正去世后，文官集团大举攻击张居正生前的各种作为，导致皇帝对大臣有了防备之心。尤其是在万历十四年三皇子朱常洵出生后，因为立储之争皇帝与大臣之间产生了不可调和的矛盾，大臣们坚决反对皇帝废长立幼，皇帝也就因此拒绝执行文官们各种意志，这种情况对于当时的国家与社会所产生的问题影响是十分深远的，甚至可以说其最终导致了明朝的灭亡。万历二十年，既是世德堂《西游记》刊印的年份，也是原本万历皇帝承诺大臣们册立长子朱常洛为太子的年份，但到了这一年，皇帝却违背了自己的承诺。《西游记》看到君臣离心给国家造成的影响，故此才借这段故事提出建议和主张：国家治理要以皇帝为中心，但皇帝也必须重视大臣的作用，君臣一心才能治理好国家。《西游记》就像大明朝的谶语，故事中假猴王队伍中的唐僧系妖精所变，似乎影射了当时大臣们所拥戴的朱常洛，他虽然是皇长子，但由于母亲是身份低下的宫女，而又一直没有得到万历皇帝的宠爱，即位五年后命丧“红丸案”。而其子朱由校更是没有一个皇帝的样子，只想做好一个木匠，明朝在这段时间明显走向衰落。其后继位的崇祯皇帝虽然自己很努力，但却不相信大臣，这一点也是导致明朝后来灭亡的原因之一。

假猴王抢夺了包袱之后，沙和尚为讨包袱来到花果山，听到假悟空正在宣读通关文牒。这是通关文牒的内容第二次在书中出现，如果把两次展示的内容进行比较就会发现，第二次所展示的内容与第一次已经不一样了。作为像《西游记》这样一部精彩的小说，读者其实不会介意两次所展示的文牒内容之间有所不同，但这里的不同可能并非作者的疏忽，而是有意的安排，作者想告诉读者的是此处发生了一件非常重大的事件——通关文牒的内容被篡改了。这并不是笔者的臆测，因为该回标题为“假猴王水帘洞誊文”，誊是抄写的意思，标题已经明确指出此事，此处展示的文牒内容是假猴王誊抄之后的。文牒的内容第一次披露是在宝象国的时候，当时文牒的内容是说由于唐太宗未能救回泾河龙王，以致身死；而第二次披露时内容变成了唐太宗本是因病而死，内容已经发生了变化。而文牒最大的变化是在宝象国时文牒中有大唐的宝印九颗，而此处的文牒上已没有了大唐的宝印。后来唐僧取经回到大唐时向唐太宗展示通关文牒，虽有宝印九颗，却是路上各国之印，已无大唐的九颗宝印，这九印之失就发生在此处。为了引起读者注意，书中特意交代假悟空抢走的是“两个青毡包袱”，后面猪八戒拿回的也是“两个包袱”。为什么这一难要强调包袱是两个，其就是在告诉读者，包袱有两个，孙悟空也有两个，甚至取经队伍都出现了两个，通关文牒难道就不能有两个？

真假猴王的事解决之后，唐僧师徒来到了火焰山，这里的故事仍是在继续“争”这一主题。真假猴王之争讲到了“争”的问题，其实“争”存在于各个层面，家庭之内亦有“争”。前面所讲的是国家层面的争，是大的方面之争，其实小到一个家庭当中也有“争”，接下来火焰山就以牛魔王为例，讲家庭当中的妻妾之争。铁扇公主与狐狸精一个为妻，一个为妾，铁扇公主是牛魔王的原配夫人，为人贤淑，感情笃厚，狐狸精年轻貌美，又颇有财产，二人都在争同一个丈夫。罗刹女说的是：“男儿无妇财无主，女子无夫身无主。”玉面狐狸说的是：“我因父母无依，招你护身养命。”可以看出两人对于丈夫的态度一是归属，一是利用。而从两人的表现来看，铁扇公主符合传统社会中正妻的形象，大度，持家，“妻者齐也，夫乃养身之父”，对于丈夫纳妾的事予以接纳。而狐狸精则比较形象地表现出了小妾的形象，忌妒，争宠。牛魔王则是旧时男人的标准形象，流连在小妾那里，但心中还是觉得原配更重要。

那女子一听铁扇公主请牛魔王之言，心中大怒，彻耳根子通红，泼口骂道：“这贱婢，着实无知！牛王自到我家，未及二载，也不知送了他多少珠翠金银，绫罗缎匹。年供柴，月供米，自自在在受用，还不识羞，又来请他怎的！”

在这段故事中法宝芭蕉扇大出风头，加上在金兜山时老君为其所做的宣传，使得人们认为芭蕉扇是《西游记》中最厉害的法宝。那么芭蕉扇到底是件什么宝贝呢？书中介绍这把扇子时说它一搧火熄，二搧起风，三搧下雨，表面上看是其灭火的功能，但其实如果换一个角度来解读就会发现其中隐含之意。在《易经》中，八卦的演变是由内而外（自下而上）的，而其变化就是阴阳交替。代表火的是《离》卦（☲），由《离》卦开始演变的话，第一爻变化一下即为《艮》卦（☶），《艮》卦代表山，也有止的意思，火焰山的火止了自然就是山，这就是一搧熄火之意；第二爻再变化一下为《巽》卦（☴），《巽》卦代表风，所以二搧生风；第三爻再变化一下就变成了《坎》卦（☵），《坎》卦代表水，所以三搧下雨。

火（火焰山）	山（一搧火止）	风（二搧生风）	水（三搧下雨）
☲	☶	☴	☵

表面上在讲法宝如何用来灭火，其实是在讲八卦变化的奥秘。这也解释了为什么芭蕉扇会是故事中最厉害的法宝，因为它代表的是《易经》的变化之法。芭与八同音，代表八卦；蕉与交同音，《易经》中讲“爻者，交也”，其代表对于八卦各爻的运用；扇与善同音，代表八卦之妙，所以芭蕉扇即是“八交善”。关于芭蕉扇，在有的《西游记》版本中称它为“太阴之精叶”，而有的版本称其为“太阳之精叶”。那么它到底应该是“太阴之精叶”还是“太阳之精叶”呢？我们清楚芭蕉扇的真正意思就明白了。在下图中，太极分阴阳之后，继而产生四象，四象又生八卦。《艮》卦（☶）、《巽》卦（☴）和《坎》卦（☵）都源自于“阴”，所以芭蕉扇应当为太阴之精叶。

《西游记》不止在法宝的设计方面融入了文化的因素，其在虚幻的咒语设计方面也是花费了心思的。人们通常认为神话小说中的咒语不过是作者胡乱编排的而已，但《西游记》中的咒语却不是这样的。芭蕉扇的咒语“呬嘘呵吸嘻吹呼”，也有“泗嘘呵吸嘻吹呼”“哃嘘呵吸嘻吹呼”等其他版本，但清代的《西游真诠》《西游原旨》中均为“呬

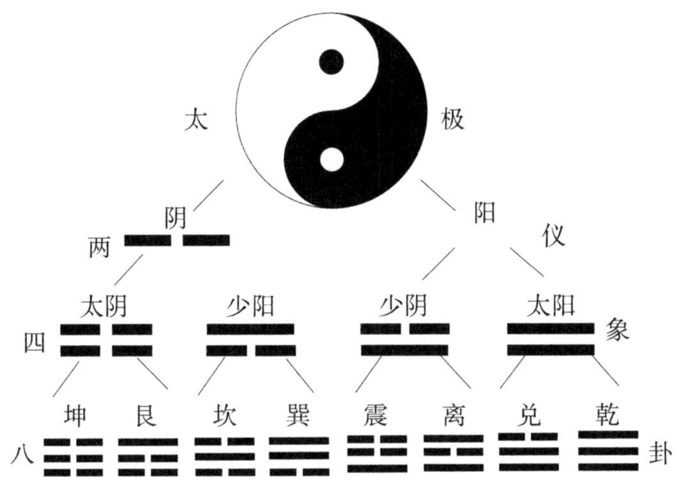

嘘呵吸嘻吹呼”。笔者认为“呬”字的版本可能更符合作者原意，因为呬、嘘、呵、吸、嘻、吹、呼这几个字都是口字旁，而且都是一声，更为重要的是这句咒语看似没有任何意义，其实是古代修炼气息的功法。唐代道士司马承祯所著《服气疗病论》中记载的调息方法分为呼吸两步，其中的呼即有呬、嘘、呵、嘻、吹、呼六字诀，佛教天台宗“小止观”的调息功法也是这六个字，作者可能是把吸气加进去变成了七个字。两教这一调息功法非常接近，都是呼气时按这六个字口形用口将气尽量呼出（不用发出声音），吸气时则用鼻正常吸气。而且这六个字分别对应人体的不同器官或脏脉，呬对应肺，嘘对应肝脏，呵对应心，嘻对应三焦经，吹对应肾脏，呼对应脾胃。

书中最早出现的咒语是五行山用于压孙悟空的六个金字“唵、嘛、呢、叭、咪、吽”，其中的“唵”字是故事中使用最多的一个咒语，这个字是佛教咒语的发声词，本身没有什么特别意义，但作者却把它作为最常用的咒语。故事中还有个咒语“唵蓝净法界，乾元亨利贞”，其中“唵蓝净法界”是出自佛教咒语，“唵蓝”相当于标题，“净法界”是内容中的开头部分，作者有意把它们连在一起来用以混淆佛教的咒语，而“乾元亨利贞”则是《周易》中《乾》卦的卦辞。紫金葫芦的咒语是“太上老君急急如律令奉敕”，“急急如律令”似乎是较为常见的咒语；但它本是汉代公文中的常用语，跟咒语无关，事实上它可能是在

《西游记》面世后才在许多小说中被当成咒语来使用。从这些咒语来看，它们有的来自佛教，有的来自道教，有的来自儒教，仍是遵循三教合一的理念，而这当中的具体情景的安排作者可能亦有其特殊用意。

书中收服牛魔王的情节是三教配合的典型案例。儒教出场的是哪吒，佛教出场的是四大金刚，而道教出场的则是老君的看炉道士。三家的方法明显不同，哪吒是直接动手，把牛头砍掉了七次，七为火数，所以接下来用火烧；佛家四大金刚分头围堵；而道士则主要是各方引导，指挥协调。最终，牛魔王被困，被迫而归降佛教。罗刹女换上一身道士装扮，表明其自愿归顺道教，两夫妻出路不同。书中特意交代罗刹女后来修成了正果，意思是归入道教的有了好结果，而对于牛魔王的结果则没有交代。战牛魔王时猪八戒一反常态，表现得非常勇猛。为什么面对本领高强的牛魔王，猪八戒变得毫无惧意呢？作者可能还是在运用五行相克的理论。牛五行属土，而八戒为木，木克土，八戒占有优势。狐狸五行也属土，所以牛魔王的小妾玉面狐狸也是被八戒打死的。故事中最后帮忙擒住牛魔王的是哪吒，为什么孙悟空战胜不了牛魔王，而法力不如孙悟空的哪吒却可以擒拿他呢？因为孙悟空是金，金不能克土；而哪吒是三太子，三属木，木克土，故其能战胜牛魔王。

在收牛魔王的过程中，那位道士土地表现抢眼，他给孙悟空、猪八戒提供信息，出谋划策，最后还亲自出战拦阻牛魔王，作用十分重要。这位土地其实是沙和尚的化身，其指挥孙悟空与猪八戒去战牛魔王所替代的是沙和尚引领方向的作用，其为孙悟空、猪八戒鼓劲所替代的是沙和尚在队伍中的调和作用，沙和尚在队伍中的五行为土，而土地自然是土，正是沙和尚的替代者。作者不安排土地留下陪唐僧，让三徒前去战斗，而是让沙和尚留下保护唐僧，由土地替代沙和尚的作用，就是要通过土地的表现明确沙和尚的作用及身份。此处土地形象特殊，是位道士，其在暗示沙和尚在三徒当中其实是道教的代表。作者为什么要这么设计？因为道家通常主张无为而治，所以沙和尚只有少表现才合乎道家理念，但现在需要他充分发挥作用了怎么办？那就换个身份去表现。

此处牛魔王与孙悟空赌斗变化是孙悟空与二郎神赌斗变化的再现之笔，只不过此时孙悟空所代表的已不是《乾》卦而是《夬》卦。在大闹天宫时，孙悟空一直是按照自己的意愿在做事，因此其为《乾》卦；但到达火焰山时，二心相竞的矛盾已经解决，孙悟空已经回到唐僧的指挥之下，因此其卦象为师徒组合的《夬》卦。书中讲“牛王本是心猿变”，意思是牛魔王是由孙悟空演变而来，有人将这一演变解读为心的演变，有其道理，但笔者认为，从《易经》的角度来说，牛魔王所代表的是由《夬》卦演化而来的另一卦。牛魔王是孙悟空的对手，《夬》卦从对面来看即是《姤》卦，称为综卦，故牛魔王此时其所代表的应当是《姤》卦。在孙悟空与二郎神变化时，二郎神遇《夬》卦而止，而这一次孙悟空与牛魔王的赌斗恰恰是从《夬》卦与其综卦《姤》卦开始的，承接了前一次的赌斗。为了表达这一意思，书中特别为牛魔王安排了辟水金睛兽为其坐骑，辟水即避水，需要避水的是火，所以辟水金睛即是火眼金睛。《夬》卦只有最上一爻是阴爻，其余都是阳爻，这一阴爻象征着孙悟空的火眼金睛；而牛魔王的辟水金睛兽是坐骑，从上面到了下面，象征的是最下面一爻是阴爻，其他五阳爻变成了上面五爻，所组成的正是天风《姤》卦。此次赌斗与前一次有明显的不同，在与二郎神赌斗时，孙悟空变化了七次，而二郎神变化了四次；而在与牛魔王赌斗的过程中，牛魔王与孙悟空各变化了六次，然后各现出原身。《易经》的变化通常是由内向外变化，也即从下向上变化，但在二人的六次变化中，前三次均变为飞禽，后三次均为走兽。飞禽在天上为上，走兽在地上为下，其喻示着在这次变化过程中两卦均是从上向下变化的，与此前由下向上的变化刚好相反。而《姤》卦同时可能也是火焰山一难的主题。《姤》卦的卦词为：女壮，勿用取女。故事中玉面狐狸家产丰厚，家丁众多，虽招赘牛魔王但牛魔王并没有娶他为妻，与此卦词相符。《姤》卦“九三”的爻辞中有“臀无肤”之语，所以故事中安排孙悟空用假扇灭火之时，两股上的毫毛被烧，相当于臀部受伤。

六 不贵难得之货，使民不为盗

过了火焰山来到了祭赛国，这一难与一件宝物有关——舍利子。这里为什么要讲宝物的问题呢？因为此前的故事所讲的是“不尚贤，使民不争”，而此处则继续讲“不贵难得之货，使民不为盗”，其系依《道德经》中的逻辑所展开的。“祭赛”是“忌赛”的谐音，乃切忌攀比之意。祭赛国文也不贤，武也不能，之所以受四方朝贡，仅是因为其有宝物。宝物是怎么来的？是相互比较来的。我有你没有，我的比你的好，这就是宝。宝物之所以成为宝物是因其稀有，在《道德经》中称其为“难得之货”。宝物为祭赛国带来了好处，也带来了麻烦。大家都想要宝物，祭赛国的宝物在那里炫耀，自然会招致别人惦记，故有妖精偷宝之事。奇珍异宝是好东西，有了舍利子万邦朝贡，但缺点就是会被他人觊觎。不但祭赛国的舍利子如此，即便是天上的仙草也如此，说明宝物无论在哪里都不安全。碧波潭龙王一家虽盗宝成功，但最终家破人亡，所以说宝物未必能给人带来好处。有了失宝、得宝这些情节的设计，可以看出处理这一问题最好的办法就是不要看重宝物，大家自然就不争夺了，这就回到了《道德经》的思想上来。

这一难当中的妖精九头虫以其法力的高强给人印象深刻，以往一些作品把九头虫理解为其有九个头，每个头都像蛇一样，如希腊神话中的美杜莎一样，其实这是一种误解。因为书中讲到九头虫有羽毛和翅膀，应当属于鸟类。古人对于虫所指的范围是很广的，毒蛇是长虫，老虎是大虫，都属于虫。《西游记》把虫分为五类：裸虫、毛虫、羽虫、昆虫、鳞介。裸虫就是我们人类，因为身上没有动物一样的长毛，称为裸虫。而鸟类属于羽虫，孙悟空变成啄木鸟戏弄猪八戒时，书中即称其为“啄木虫”，所以九头虫即九头鸟。九头鸟之所以能够轻松擒住八戒，是因为五行中九属金，而八戒为木，是金克木之意。因为孙悟空与九头鸟都属金，所以二者谁也不能战胜谁。

前面讲过，书中除了孙悟空之外还安排有《乾》卦的代表，即是此处的九头鸟。《乾》卦每一爻都是阳爻，阳爻又称为“九”，故称九头鸟。九头鸟为什么腰间还有一个头，其所代表的是《乾》卦中的

"用九"。《周易》对于《乾》卦在六爻介绍完毕后最后写到"用九：见群龙无首，吉"。似乎"用九"就在六爻之上，其实不然。所谓"用九"，即是把"九"拿来用，而非为"九"所用，不拘泥于任何形式，没有任何的限制，所以故事中才讲这个头是从腰间伸出来的。孙悟空之所以战不胜九头鸟，还因为他二人都是《乾》卦，自然难分胜负。

《西游记》中曾经两次安排二郎神出现，两次都是在讲《乾》《坤》之战,《坤》卦的代表均为二郎神，而《乾》卦的代表第一次是孙悟空，第二次就是九头鸟。二郎神战孙悟空时，最后战胜悟空是两个因素，一是太上老君丢下金钢琢打到了孙悟空的天灵盖，二是细犬咬住了孙悟空的腿。金钢琢代表的就是"用九"，其打中的天灵盖是"上九","上九"亢龙有悔，所以要把它打掉。为什么金钢琢那么厉害，因为它是"用九"。而细犬是"用六"，所以这一故事中拿住孙悟空的是"用九"与"用六"。二郎神战胜九头鸟，关键之处是细犬咬住了九头鸟腰间的头，意为对付"用九"要靠"用六"。九头鸟是《西游记》的妖精下场中与众不同的，其同样被打败，但既没有被杀死，也没有被收服，而是放任其逃走，原因就是他是《乾》卦，与孙悟空一样，所以孙悟空放过了他。二者相比，孙悟空是动态的《乾》卦，九头鸟是静态的《乾》卦。

祭赛国的故事中还影射了明朝的一个重大历史事件——土木堡之变，在这次战争中明英宗被俘，所以故事中把金光寺改成伏龙寺就是在讲这段历史，但单独看此处的故事这一内容并不明显，在后面朱紫国的故事中我们对此一并加以分析。

七 用于社会属儒教

过祭赛国之后，唐僧师徒来到了荆棘岭与木仙庵。此处的经历其实可以作为两难，荆棘阻路是一难，唐僧被擒是一难，二者除了地点因素外，似乎没有什么联系性，但书中将其视为一难——"棘林吟咏"，说明两者之间是有关联性的。这一难的设计给人感觉不怎么精彩，妖

精的法力不高，唐僧也没有遇到什么像样的危险，孙悟空的法力更是没有得到施展，似乎只是通过故事秀一些诗词而已，给人一种文戏的感觉，完全不像《西游记》的风格。之所以这样设计，因为作者在这一难中以儒教为主题，其所讲的是治理社会还是要发挥儒教的作用。

荆棘岭所象征的就是社会，社会关系盘根错节，各种因素交织在一起，想做任何事情都困难重重，正像布满荆棘的山岭一样。面对这样的社会问题，佛教的代表孙悟空腾空而起，发现一望无际，不知该如何通过，这一情节所表达的是佛教对此虽然能够从高处看到，但不能看清全貌，也没有办法解决问题。道教的代表沙和尚提出了烧荒的方案，这个方案完全符合道教的理念，是根据对象的性质所选择的，简单实用，但这一方案要等待时机，在条件不具备时也是不可行的。这就如孔子见老子时，老子说的是“君子得其时则驾，不得其时则蓬累而行”，道教做事讲究因势利导，顺势而为。而这次表现突出的则是大家觉得又懒又馋的猪八戒，他升高身躯，变大钉钯，为取经队伍开辟了道路。猪八戒是儒教的代表，其所表现出的正是儒教之人面对社会上方方面面的问题不回避、不等待，勇于担当，有明知不可而为之的勇气。这一阶段前面讲到了许多社会治理的理论，但最为可贵的是勇于担当的气概，所以这一难作者是在表达对儒者的敬意。儒，即社会所需之人！

作者为何要把木仙庵与荆棘岭合为一难？因为木仙庵仍在讲儒教。荆棘岭的故事是对儒教的肯定，而木仙庵则是在指出儒教存在的问题。二者是针对儒教的一阳一阴，表明了《西游记》对于儒教的完整态度。孔子曰：“不学诗，无以言；不学礼，无以立。”儒教文化向来讲究诗礼传家，木仙庵所讲的就是诗与礼的问题。这里出现了四位树仙，他们与唐僧切磋诗文，所讲的主题就是诗。而后面来了一位杏仙，表面上看她有自荐枕席之意，与其他女妖精一样，但作者此处用意并非如此。杏仙自荐之后，唐僧不从，其他几位妖精马上就出来讲关于婚礼的问题，作者借这个设计是要引出礼的话题，杏仙只是个由头，而非唐僧的主要对手，所以故事中并没有她与唐僧进一步纠缠的情节，后续都是其他几个妖精在与唐僧谈论如何依礼成婚的事。诗与礼都属于文化的范畴，而文化是社会问题的最高等级。

几位树精修行千年，他们并不觊觎唐僧肉，掳走唐僧只为吟诗谈风月。松树称十八公，柏树称孤直公，桧树称凌空子，竹称拂云叟，合称深山“四操”，在自我介绍时，每个人都用了一首诗，引用了许多典故，令人可以感受到什么是风雅，感受到文化是如何把平淡无奇之事变得有韵味的。杏仙之所以在吟诗结束时才出场，因为要用她引出礼的话题。杏坛是孔子讲学的场所，孔子一生的目标就是复兴礼教，杏仙对唐僧有意，实际上有暗指儒教与佛教结合之意。宋代理学的发展其实就是儒教吸收了佛教的东西，但其反过来又指责佛教是异端。书中对礼的讲述是在促成杏仙与唐僧婚事的过程中体现出来的。杏仙说的是：“趁此良宵，不要子待要怎的？”接下来孤直公说的是：“圣僧乃有道有名之士，决不苟且行事。”然后提出由两人做媒，两人保亲，赤枫鬼又表示要为其主婚，这些内容所讲的均是儒家文化中关于礼的内容。为何最后故事中安排猪八戒将木仙全部除掉，因为八戒是代表儒教的，木仙虽然懂得礼，但其用得不对。礼的形式离不开仁的内涵，他们只知成亲要守礼，但却强迫唐僧成亲，只重形式不重内涵，错用了儒教之礼，故此要由儒教代表来清理门户。或许此处作者的意思是，儒教中人过于注重诗与礼，把文化固化为了繁文缛节，对于这些繁文缛节应当将其除去。

虽然此处推崇儒家，也为儒教在现实中所发挥的作用致敬，但本着三家合一之意，安排了一场唐僧与拂云叟之间的佛道论辩，阐述“道乃非常，体用合一”。唐僧讲的是体，扫除六根六识，悟得无生之道；拂云讲的是用，检点本来面目，静中自有生涯。而对于取经一事，此处直截了当表明了态度：

道也者，本安中国，反来求证西方。空费了草鞋，不知寻个甚么？石狮子剜了心肝，野狐涎灌彻骨髓。忘本参禅，妄求佛果，都似我荆棘岭葛藤谜语，萝蓏浑言。此般君子，怎生接引？这等规模，如何印授？必须要检点见前面目，静中自有生涯。没底竹篮汲水，无根铁树生花。灵宝峰头牢着脚，归来雅会上龙华。

取经第四阶段——天下问题在人性

从小西天开始,《西游记》开始探讨人性的问题。天下之事归根结底可以说是人性的问题，人性包括人的自然属性与社会属性，自然属性始于生命的基础，而社会属性则是人在融入社会的过程中所发生的影响变化。社会属性在前面已经讲过了，此处开始回归本源，讲人性的问题。

 生命的起源

唐僧师徒来到的小雷音寺地处小西天，西天是人的归处，而小西天则代表人的来处，小雷音寺的故事就是在讲生命来源的问题。谈到人性首先要讲的问题就是人是从哪里来的。关于这个问题，宗教与科学有着不同的看法，但从生理层面来说，人是由受精卵生长发育而成的，中国古代医学并不像现代这样发达，认为人是由父精母血生成的，理念上是相近的。小雷音寺的妖精名黄眉，黄眉古时是男性好色的象征。他的兵器是短软狼牙棒，指的是男性的生殖器，而且是非勃起的状态。人种袋指的则是男性的睾丸，二十八星宿被人种袋拿住后，“皮肤窊皱”，所描述的其实是男性阴囊的形象。金铙的形象则是女性的子宫，亢角龙的角伸进了金铙，孙悟空在角尖上钻了一个孔，其所讲的是什么已经再明显不过了。救出孙悟空后，亢角龙“力尽筋柔，倒在地上”，描写的正是男性房事过后的状态。那些被人种袋拿住的神仙指代的就是精子，金铙内三日即化为脓血，意指精子在子宫内存活不了多久。被人种袋拿住的神仙共三批，分别有不同的含义。第一批是二十八星宿，这些星宿本体是各种动物，意即动物都是由精子而来；第二批是龟蛇二将与五大神龙，龟蛇代表阴阳，五大神龙代表金木水

火土五行，意即世间万物都可理解为由精子而来；第三批是小张太子加四大神将，小张太子代表已有修为但尚未登顶的人，四大神将代表东南西北，意即是那些有修为的大师也是由精子所生，四方一切生灵均是由精子所生。

猜想：故事中出现的小张太子与真武大帝均指向同一个人——张三丰（理由见后文），二者分别代表张三丰的不同阶段。生命与性是分不开的，因此这里讲到了性欲的问题。小张太子是修为尚浅的张三丰，此时他也还不能完全控制自己的性欲，被装进了人种袋；真武大帝则是修为有成的张三丰，已不受性欲的困扰，所以没有装进人种袋的安排。小张太子当年曾降伏水母娘娘，代表女性控制性欲，其师国师王菩萨指代的可能就是丘处机。《三丰祖师全集》中记载，张三丰年轻时曾受丘真人点化，后来出家修道时又遇到丘真人。这位丘真人很可能就是丘处机。丘处机远赴万里为成吉思汗讲道，后被封为国师，故此处有国师王菩萨为小张太子的师父。国师王菩萨新收了水猿大圣，代表男性控制性欲，男女的性欲均可控制，但控制男性难度更大。水猿大圣其实就是孙悟空，国师王菩萨派出小张太子与四大神将帮助孙悟空，而自己看守水猿大圣，意思是对于性欲既要正确地引导，又要加以约束，约束所需的力量更强。收服黄眉的是弥勒佛，是佛教中的未来佛，未来佛是指引方向的，所以这段故事是在为人们如何对待性欲进行指引。弥勒佛收服黄眉先是用了一个“禁”字，黄眉便不能动用人种袋，指的是禁欲；然后用一个熟了的西瓜，意为瓜熟蒂落，让他吃进肚子里加以限制，从内部来加以控制。作者的意思是，人作为万物之灵长，对自然属性要加以控制，如果过于好色就要加以禁，但并非绝对禁止，而是防止其泛滥。

这段故事中特别提到了一个地方——泗州城。泗州城原是漕运枢纽，于唐宋时期开始兴旺，明朝时朱元璋在泗州城修建祖陵，更提高了泗州城的地位。泗州城因水而兴，而其最大的问题也是水患，那里地势低洼，常年受到水患困扰，多次被淹。到了清朝康熙年间，全部没入水中而消失。书中提到小张太子曾降伏水母娘娘，以及国师王菩萨所说的“时值初夏，正淮水泛涨之时，新收了水猿大圣，那厮遇水即兴，恐我去后，他乘空生顽，无神可治”，这些都与水患相关。作者所要表达的可能既有对当时战胜水患的歌颂，也有对长久治服水患的良好祝愿。

 安全需求与环境需求

接下来唐僧师徒来到了驼罗庄，从这里开始讲人的需求问题。人自出生后便有各种需求,《西游记》接下来的几难所讲的就是人的需求问题。其实在孙悟空学成回山后，书中已经提出了人的需求问题，但那是从个人角度来讲的，讲人有哪些方面的需求，而现在开始则是从社会角度来讲的，在讲如何解决人的需求问题。

驼罗庄讲的是人对于生存安全的需要。为什么此处命名为驼罗庄，其实指的是佛教之地。驼系陀字的谐音，指的是佛陀，而罗则是指罗汉，驼罗庄即是佛陀与罗汉所居之处。驼罗庄安排在小西天之后马上出现，说明其与佛教联系紧密。故事中出场的庄众代表姓李，也是一个有意的安排。《西游记》中不轻易使用姓氏，尤其在西天取经的过程中，很多角色都没有交代其姓氏。但书中对李姓使用却较多，此处这位老者就姓李。因为老子姓李，所以李姓容易令人与道家产生联想。

行者躬身问道:“公公高姓?”老者道:“姓李。”行者道:“贵地想就是李家庄?”老者道:“不是，这里唤做驼罗庄，共有五百多人家居住。别姓俱多，惟我姓李。”

作者特别强调整个庄中只有此一家姓李，仍是把佛道两教关系问题融入其中。意为佛教中能够起作用的还是要具有一定的道家元素。所以在这一难中，作者安排了佛道两教相比的许多内容。

在到达驼罗庄之前，作者首先安排了一段师徒间的对话。

三藏勒马道:“徒弟啊，天色晚矣，往那条路上求宿去?”行者笑

道："师父放心，若是没有借宿处，我三人都有些本事，叫八戒砍草，沙和尚扳松，老孙会做木匠，就在这路上搭个蓬庵，好道也住得年把，你忙怎的！"八戒道："哥呀，这个所在，岂是住场！满山多虎豹狼虫，遍地有魑魅魍魉。白日里尚且难行，黑夜里怎生敢宿？"

从剧情上看，这段对话没有什么意义，似乎有些画蛇添足。但其实作者是要通过猪八戒之口讲出人对于安全的需求。"满山多虎豹狼虫，遍地有魑魅魍魉。白日里尚且难行，黑夜里怎生敢宿"，所表达的正是对于安全的担忧。这一难的主题并不是唐僧师徒的磨难，而是驼罗庄的安全问题，所以师徒间的对话是为下文所作的铺垫。驼罗庄人开始对师徒的态度平平，一听说他们能拿妖精马上就热情起来，这是由于村民们受困于妖精的攻击，安全得不到保障。这里的蟒蛇精本领并不大，甚至还没有修炼成人形，不能说话，但已经给人们的安全造成了极大的威胁。此处的安全不仅是个人的安全，也是整个村庄的安全，扩大而言就是国家安全。如何保卫国家安全，孙悟空指出了问题的关键——团结。

行者道："老儿，妖精好拿。只是你这方人家不齐心，所以难拿。"

降妖对孙悟空来说是稀松平常的事，为什么强调要齐心呢？孙悟空从来不把钱财当回事，当然不是想赚庄户们的钱，这样写是因为其真正所要讲的是社会问题。五百户人家出钱请人降妖所比喻的就是纳税养兵，这就是《西游记》所提出的安全需求的解决方案。

安全的范围是很广的，除了人身安全，还有饮食方面的安全、社会生活方面的安全等，故而故事中接下来安排了稀柿衕七绝山的情节。稀柿衕七绝山所直接讲到的是环境安全的问题，其中讲到柿子的一些属性及对环境的影响，亦是人们对生活环境的正当需求。这个生活环境表面上看指的是自然环境，其实暗指的是社会环境。柿即是事，稀柿衕表面上在讲柿子如何，实际上指的是社会上很多事污秽不堪，使人难以忍受。为什么此处安排猪八戒立臭功，还是因为猪八戒所代表的是儒教，社会上污秽不堪的事很多，佛教与道教都倾向于躲避，而只有儒教持面对的态度，帮助人们解决这些问题。当然，这些事光靠儒教的力量也是办不到的，还需要人们的支持，故此书中安排八戒立臭功时村民们得源源不断地为其输送食物。

 健康需求与情感需求

唐僧师徒的下一站是朱紫国，从篇幅上看，朱紫国一难共用了四回，在取经的故事中也是最长的。朱紫国故事情节的基础还是在讲人的需求问题，其讲的是人的健康需求与情感需求。朱紫国王的病其实分为两部分，一部分是身体上的病，另一部分是心理上的病，即忧思所致。孙悟空用乌金丹治好了国王身体上的病，继而引出拆凤三年的话题。拆凤三年是夫妻分居，讲的是夫妻分隔之苦，属于情感方面的需求，还是在讲人的需求问题。

朱紫国王生病求医，讲的是人的健康需求，解决健康需求的方案就是医药。通过为朱紫国王治病情节的安排，书中把传统中医药的知识融入其中，既讲到了望闻问切的治疗手法，还有悬丝诊脉的神奇医术，同时书中还提到了《素问》《难经》《本草》《脉诀》几部医学经典。而在三徒制药的过程中，通过三兄弟的对话，提到了一些药品的药性和用法。书中所讲的医理、药理都是准确的，说明作者对医学有着相当的了解，而这一点也成为一些《西游记》爱好者探寻作者的一个突破点，因为从这部分内容来看，作者应当是精通医术之人。有人据此分析《西游记》的作者为李春芳，因为李春芳的弟弟是当时的国医圣手，对中医十分精通，所以李春芳有条件把中医学的内容写到故事当中，这种推断是有其合理性的。

朱紫国一难有多处较为明显的再现之笔，一是朱紫国有三位娘娘，是宝象国三位公主的再现之笔；二是朱紫国王与娘娘拆凤三年，是乌鸡国王落井三年的再现之笔；三是孙悟空用假的紫金铃换了真的紫金铃，是平顶山盗紫金葫芦的再现之笔。宝象国公主被掳走与朱紫国娘

娘被掳走情节相似；宝象国被掳走的公主系第三位，朱紫国被掳走的娘娘系第一位，这是二者的不同之处。乌鸡国王落井三年与朱紫国王拆凤三年都源于佛教的报复，这是二者的相似之处；二者不同之处是乌鸡国王系被内部人所害，朱紫国王系被外人所害。孙悟空盗紫金葫芦与盗紫金铃这两件法宝都有“紫金”属性，而且之后都是用真法宝战胜假法宝，这是二者相似之处；二者不同之处在于用紫金葫芦时是雌的怕雄的，而用紫金铃时是雄的怕雌的。

《西游记》在明代曾一度成为禁书，原因有多个，其中之一即与朱紫国的故事有关，因为这里触碰了大明王朝一个禁忌的话题——景泰帝。

景泰帝朱祁钰，是明英宗的弟弟。明英宗名朱祁镇，他们这一代皇族五行属金，所以名字里都是有金字旁的。顺便说一下，明朝的皇帝除了朱元璋之外，名字都是遵循着五行相生的规律来起的，这一代正好到了金字辈。明英宗朱祁镇曾两度为帝，第一次是继位登基，当时北方的瓦剌进犯，明英宗亲自出征，但由于崇信宦官，指挥不当，发生了土木堡之变，明军大败，明英宗被俘虏。大明朝为了不受瓦剌控制，朱祁钰临危受命，继皇帝位，尊朱祁镇为太上皇，第二年改年号为景泰。朱祁钰在危急时刻，带领军民打败了瓦剌，保卫了国家。此时朱祁镇被囚禁在北方，但打败瓦剌后朱祁钰并不想把哥哥接回来，原因很简单，帝位只有一个，你回来了我怎么办？所以朱祁镇在北方待了好多年，后来才阴差阳错地被接了回来。朱祁镇回国后即被软禁起来，但是在朱祁钰病危之时，发生了夺门之变，朱祁镇重新夺回了帝位。朱祁镇十分憎恨自己的弟弟，复位后废除了“景泰”这一年号，还废了朱祁钰的帝号，死后赐谥号为“戾”，属于恶谥，按亲王礼葬于西山，是明朝迁都后唯一一个没有葬入十三陵的明朝皇帝。朱祁钰一直没有庙号，直到南明时期才追加其庙号为“代宗”，意思是他只是临时代替了一下。应当说这样对待朱祁钰是不公平的，因为他毕竟临危受命，拯救国家于危难之中，对社稷是有功的。但是，朱祁钰没有后人，此后继位的皇帝都是朱祁镇的子孙，即使认为朱祁镇的做法欠妥也不好纠正，所以这一话题一直是不能触碰的。

作者为什么给此国取名为“朱紫国”？有人认为“朱紫”系富贵之意，但笔者认为其系用以指代明朝。朱紫国即“朱子国”，明朝皇帝姓朱，“朱子国”就是朱氏子孙之国，其所指的就是明朝，所以故事中有司礼监，有锦衣卫，这些都是明朝才有的设置。“朱子”也是对宋代大儒朱熹的尊称，虽然朱元璋与朱熹没有任何血缘关系，但他当了皇帝后，总觉得自己出身不够荣耀，想与朱熹攀亲，在修建孔庙时特意把朱熹列入十二贤人当中，并且在科举中指定朱熹对于儒家经典的注解为标准答案，所以此处使用“朱子”有双关之意。

《论语》中有“恶紫之夺朱”之语，如果结合这一出处，这一国名的选用似与儒教也有着一定的关系。朱熹本就是儒教的代表，以朱紫国譬喻儒教之地也是合理的。朱熹师从二程，二程与邵雍为表兄弟，唐僧论前世时所讲的“三皇治世”一段内容，就是在模仿邵雍的《皇极经世》，其所表达的是对该书的敬意。值得注意的是，唐僧论前世时讲到“成周子众，各立乾坤。倚强欺弱，分国称君。邦君十八，分野边尘”，这里表明作者对周武王是有微词的，指责他伐纣胜利后分封的多是自己的兄弟和家人。此事其实无可辩驳，虽然人们受《封神演义》的影响一直认为武王伐纣是正义的，但商朝号称有八百诸侯，可武王伐纣之后，大的诸侯国都成了姬家的，这难道不是最能说明问题的事吗？而这一微词同时可能也是针对朱元璋的，因为两者是一样的，明朝建立后，朱元璋一样是把自己的儿子分封各地。

从小说中交代的情节来看，唐僧师徒到达朱紫国的时候先安排了一段孙悟空与唐僧的斗嘴。孙悟空先是讥讽唐僧不识字，之后孙悟空看到旗上“朱紫国”的字样告诉唐僧后，唐僧说了一句：“朱紫国必是西邦王位！”这句话从逻辑上来说是不合理的，假如师徒尚未看到旗上的名称，唐僧根据所走的路程或其他因素猜出了结果，说“此必是朱紫国”，这样讲话是合理的，因为事物外延在缩小，有判断的必要；而此处的逻辑是相反的，西邦王位很多，朱紫国只是其中之一，当已知是朱紫国的情况下，唐僧判断出其为西邦王位，把外延扩大了，明显是一句废话。如果我们把这句话翻译一下，它其实是这样的意思：这里不是大唐！“西邦王位”的意思是在表明其不是大唐？这更显得可笑，唐僧从大唐出发，向西走了几万里路后看到一个国家，猛然警醒判断出这里不是大唐，这不是非常明显的废话吗？

但是，《西游记》中没有废话。这句话对于唐僧来说确属废话，但对于《西游记》来说却非常有意义，因为其想表达的意思是这里就是大唐！再直白一点来说，它是大唐的延续——大明。《西游记》刊印于明朝，书中讲明朝之事会有诸多不便，于是便采用了这种“此地无银三百两”的表达方式，先声明这里不是大唐。但在接下来描写街中景象的词中，又讲到“真不亚大唐世界”，其实是在提醒其所写的就是大唐。而当孙悟空抱怨会同馆不让他住正厅时，唐僧又说“他这里不服我大唐管属”，这种没有必要的解释仍是欲盖弥彰，不是大唐即是大唐！作者之所以在开始这段故事之前反复澄清，就是因为此处提到的问题过于敏感。

朱紫国有一特殊之处——避妖楼，在四方石板下。这个避妖楼什么样子呢？书中描写：“有三丈多深，挖成的九间朝殿。内有四个大缸，缸内满注清油，点着灯火，昼夜不息。”为什么一个避妖的地下场所要挖得三丈深，还要有九间朝殿，难道说是皇家防空洞也要有这样的排场？不是。作者想说的是避妖楼其实就是宫殿，朱紫国有两个宫殿，一个在地上，一个在地下。宫殿四面都会放四个大缸装水用于防火，故事中将其换成了灯油。灯火昼夜不息所喻正是“明”字，表明其所指的就是明朝。写这个避妖楼，作者其实想表达的是明朝还有一个皇宫。明成祖迁都北京后，仍保留了南京的朝廷，并配备有一套官员系统，相当于备用政府。明朝虽然有两套政府，但真正发挥作用的是北京政府，南京政府基本并没有什么作用。这样的政府组织形式是十分罕见的。朱紫国的地下宫殿所影射的就是明朝的备用政府，而《西游记》对于明朝设置两套政府的做法是不赞成的，故借孙悟空之口说“那妖精还是不害你，若要害你，这里如何躲得？”

在朱紫国为国王治病时，孙悟空制作了一颗乌金丹，当中最难得的原料是白龙马的龙尿，而在服用时又用龙王的唾液作药引送服。黄周星对此处的点评是：“此药可名二龙丹。”这一点评非常妙，此药如果叫二龙丹确实比乌金丹要好听，也更贴切，但为什么作者不这么起名呢，反而解释说“锅灰拌的，怎么不是乌金!”《西游记》中对事物的名称都是有寓意的，但其通常不解释，而当其解释的时候就可能是在掩盖。此处确实运用了二龙的元素，龙代表皇帝，二龙即是两位皇帝，指朱祁镇与朱祁钰。明明应该叫二龙丹，但却偏偏不叫这个名字，连读者都能想到的事情作者会想不到吗？不会的，作者是在引发读者自己去思考。金是祁字辈这一代人名字的要素，所以朱祁镇、朱祁钰的名字都是金字旁的。乌本意是黑，又与污字同意，即抹黑之意，二龙、乌金意在表达朱祁镇、朱祁钰两兄弟为他们那一代皇族抹黑，这才是“乌金丹”的真正意思。

故事中猪八戒把太监称为奶奶，而不称公公，其不仅是在表达对太监的厌恶，而且可能有影射明朝的官员与太监之间的斗争之意。明朝的党争主要是在东林党与阉党之间的，阉党即宦官集团，掌握着东厂、西厂等特务机构，东林党可以说是读书人组成的集团，其中也有担任各种官职的，两派的争斗十分激烈。东林党可以算是儒教的，三兄弟中代表儒教的正是猪八戒，太监本来被人们称为公公，但猪八戒故意称其为奶奶，正是站在儒教的立场上讽刺太监。

在《西游记》的故事当中，当三兄弟都在的时候，如果需要主动出击去打妖精，通常都是把沙和尚留下来保护唐僧，孙悟空与猪八戒一同前往妖精的洞府去战斗，红孩儿、狮驼岭、祭赛国等都是如此。而此次前往麒麟山獬豸洞却是孙悟空自己前往。为什么要这么安排？为什么这次猪八戒没有跟着去帮忙？取经队伍中的五位分别代表五行，猪八戒、沙和尚的五行分别为木和土，猪八戒是木，沙和尚是土，把木、土都留在城里，其似乎指向的就是土木堡。朱紫国王特别强调该国的后妃称谓不同于其他国家，为什么？因为他所说的不是后妃，而是皇帝。朱紫国的后妃称为金圣宫、玉圣宫、银圣宫，“圣宫”即是“圣躬”，是对皇帝的称谓，表面上说的是后妃，其实指的是皇帝。金圣宫被妖精抓走的时间是端午节，端午节是纪念屈原的，屈原是由于楚怀王被抓才投江的，也喻示君王被抓的因素。明英宗名祁镇，“镇”字由“金”“真”二字组成，金圣宫指的就是朱祁镇。朱祁钰的钰字由“金”“玉”二字组成，所以玉圣宫指的是朱祁钰，朱祁钰接替朱祁镇为帝，所以玉圣宫排在金圣宫之后。朱祁镇后来又夺回了皇位，虽然仍为皇帝，但比之前当然已经有所逊色了，银圣宫指代的就是复位后的朱祁镇。朱紫国王曾差“夜不收”军马探得妖精的所在，却从未发兵征讨，其喻示的可能就是朱祁钰明知朱祁镇在哪里却不去接他。孙悟空打死送信的小妖后，有一个藏匿战书的情节，这在故事里看来很不正常，因为他即便早点将战书拿出来也不会影响情节的发展，其所暗指的应该就是朱祁钰不接朱祁镇回国的事。在孙悟空提出要去救金圣宫娘娘时，国王表态情愿让出王位，还因此受到猪八戒的嘲讽，这个表态本身就有些不合常理。你把皇后救回来是应当加以感谢，但也不用让出皇位。但如果金圣宫指的是朱祁镇，那么接他回来后就会涉及朱祁钰让不让位的问题。金圣宫回国时所乘的是孙悟空编的“草龙”，这个设计是什么意思呢？龙代表皇帝，而朱祁镇这位太上皇回国时是很惨的，迎接礼仪十分简陋，回国后又被软禁起来，连基本生活保障都没有，成为了待遇最差的皇帝，这就是“草龙”之意。

故事中有一名送战书的小妖名“有来有去”，这一名字可能亦是有含义的。朱祁镇被俘时有位宦官叛变投降了瓦剌，然后就挖空心思帮助瓦剌对付明朝，让朱祁镇头痛不已。朱祁镇设计让他出使明朝，然后暗中通知明朝守军在其出使过程中将其除掉，所以孙悟空说他“有去无来”。

《西游记》世德堂本刊印于万历二十年（1592年），当时朱祁钰去世已经一百多年，但一直没有真正平反。书中写这一难的妖精住在麒麟山獬豸洞，朱祁镇、朱祁钰均为“祁”字辈，“麒”与“祁”同音，“麟”与“林”同音，林就是树林众多的意思，这一辈皇族之人就是“祁”之“林”，喻示这里说的是整个“祁”字辈的事。獬豸即独角兽，是传说中的神兽，执掌公平。洞在山中，比山要小，麒麟山中有个獬豸洞，意思就是在“祁”字辈中讨论一下关于公平这一话题。麒麟是中国神话传说中的神兽，《西游记》在描写古洞仙山时多次出现麒麟，但并没有哪位妖精或神仙为麒麟所变，也没有哪位神仙以麒麟为坐骑。而作为地名，麒麟在书中共出现过两次，此处的麒麟山是第二次，第一次出现是在此前的祭赛国。唐僧师徒扫塔时抓住了两个妖精，查清

了宝贝被盗的情况，按说此时应当先去除妖夺宝，但国王却一定要先宴请师徒四人。而且国王宴请时坚持宴请两顿，这两顿饭之间几乎没有时间间隔，并非是一顿午餐、一顿晚餐，而是连续的。这样的情节是不合理的，虽然国王富有，但对于一个刚吃饱饭的人再请他吃饭是没有意义的。作者为什么要这么设计呢？其意在提醒读者注意两次吃饭的地点，第一次宴请的地点是麒麟殿，第二次是在建章宫。结合此处的麒麟山，可知麒麟殿这个名字所表达的是“祁”字辈之事，那么“建章”可能是“见璋”的谐音，即见朱元璋之意，是在问他们如何面对自己的老祖宗朱元璋。这是不是笔者过于敏感了呢？或是为了哗众取宠而牵强附会呢？我们再往后看。书中讲祭赛国文也不贤，武也不良，全凭舍利子而受四方朝贡。一般认为，舍利子是佛祖或高僧涅槃后所留下的骨头，也可以说是前人留下的，这个设计是在说祭赛国群臣并无出众之能，只是靠前人留下的东西。祭赛国的寺庙名为“金光寺”，这个名字是什么用意呢？在这段故事结束时，借孙悟空之口说道：

“陛下，金光二字不好，不是久住之物：金乃流动之物，光乃闪灼之气。贫僧为你劳碌这场，将此寺改作伏龙寺，教你永远常存。”

这段话中虽然讲出了金、光二字有何不好，却没有讲清“伏龙”二字好在哪里。由于此处发生了打杀万圣老龙王的情节，读者对这个名字容易接受，但作者的用意并不这么简单。光就是明，暗指明朝国号，而金指代的就是明英宗朱祁镇他们这一辈。金也不好，光也不好，意思是说大明朱祁镇皇帝这一代不好。而“伏龙”这个名字就更明显，龙代表皇帝，伏龙就是皇帝被擒，寺与事谐音。孙悟空的话翻译过来就是：大明朱祁镇皇帝这一代不好，发生了皇帝被俘之事。在那段故事里，万圣老龙王、龙子、龙孙全都被打死，这一设计在当时来讲简直是太大胆了。

朱紫国的妖精为金毛犼，这个神兽的名字也是有用意的。“犼”字由反犬旁与“孔”字组成，这个字其实是用来骂人的，而且骂得很重，意即有的人口言孔孟之道，却行禽兽之事。《封神演义》中有万仙阵中三大菩萨收狮、象、犼的情节，如果读者越熟悉《封神》中的情形，就会越忽略《西游记》的用意。但这两部小说之间并不是上下集的关系,《封神演义》成书晚于《西游记》,其中的内容看似是为《西游记》进行了补足,实则是在改变《西游记》的原意,所以不能把金毛犼的出现视为理所当然。妖精的法宝是紫金铃,虽然在书中夸得很很厉害,却并没真的给孙悟空带来什么障碍,为什么这么设计?"紫金"二字仍是在围绕这一难的主题,"金"字还在强调"祁"字辈这一对象,而"紫"字与朱紫国的"紫"字是相同的用意。《论语》中孔子讲过,"恶紫之夺朱","紫"是为孔子所反感的,为什么?因为过分了。朱就是红,是三元色之一,这一颜色本来很好了,但人们却非要追求更加绚丽的紫色,这就过了,这就是孔子反感"紫"的原因。这句话在《论语》中是紧接着"巧言令色鲜矣仁"一章的,都是不赞成过分的意思。而放在这一难中来讲,"紫金"就是你们"祁"字辈两兄弟事情做得过分了。一个在哥哥被俘的情况下不去营救,回来就软禁;另一个则是在复位后疯狂报复,无所不用其极,你们这样的人还好意思以圣人门徒自居?

回到故事的逻辑主线,前面讲了人有情感需求是正当的,接下来盘丝洞的故事则是承接上文,讲对于情感需求要懂得适当控制。"盘丝洞七情迷本"的标题已经表明,这一难讲的是人易为情所迷的问题。"本"指的是唐僧,情指的是蜘蛛精,七个蜘蛛精代表七情,其所编织的网自然就是情网。因与情有关,所以盘丝洞的土地不是一个人,而是夫妻二人。"盘丝洞"喻情丝盘根错节之意,唐僧误入盘丝洞,为情网所困;孙悟空看到七只蜘蛛精之所以不打,其所比喻的是遇情不沾身,悄然远离;而猪八戒则是欣然前往,占女性的便宜,最终为情网所缚。八戒变成鲇鱼之后的动作就是对房事的描写,"把个呆子跌得身麻脚软,头晕眼花,爬也爬不动,只睡在地下呻吟"所描写的正是男性房事之后的状态。

情与美貌有关,通常美貌是情的基础,所以蜘蛛精要抢夺濯垢泉;情与异性有关,所以她们要擒唐僧;情是较为私密的,而且要受伦理道德的约束,所以孙悟空偷衣服导致她们不敢从水中出来;情是有选择性的,所以妖精面对猪八戒时在尽力躲避他的侵犯;情是可以向后代传递的，所以蜘蛛精有一堆干儿子。

黄花观的故事是盘丝洞故事的延续，讲的是情感不加控制的后果。“情因旧恨生灾毒”表明这里所讲的是因情生恨的意思，由于猪八戒对情不加控制，在濯垢泉调戏了七个妖精致使其生恨意。客观地说，七个蜘蛛精对付唐僧是不对的，但其报复猪八戒却是合理的，故其对猪八戒的“旧恨”是整个事件的导火索。所谓“旧恨”已是昨日黄花，故这一难发生的地点为“黄花观”，与标题相呼应。唐僧师徒在黄花观遇到的道士最开始是比较友好的，并没有任何不良之心，其之所以要对唐僧师徒下毒，是为了给几个师妹报仇，此毒正是因恨而生。道士报仇采用的方式是下毒，仇恨是双刃剑，既会伤人，也会伤己。七个蜘蛛精因放不下心中的恨而请师兄帮忙，道士下毒后招致孙悟空报复，最终导致七位蜘蛛精丧命，似在表达冤冤相报何时了之意。

四 佛教的问题

接下来故事到了狮驼岭，这部分共有三回，篇幅也较长，作者花费这么多笔墨其所表达的意思应当也不简单。“狮”为“师”的谐音，即老师之意；“驼”为“陀”的谐音，此处指的是佛陀；“师陀”意为以佛陀为师，喻学佛之事。此处的三位妖精都与佛教有关，狮、象是文殊、普贤两位菩萨的坐骑，而鹏则可算是如来佛的亲属。以“狮驼”命名的地方有三个：狮驼岭、狮驼洞与狮驼国，表明虽同为学佛之事，但有三层境界。岭在明处，容易到达；洞在深处，难以到达；国在社会当中，指的是社会状况。“狮驼”意为学习佛法，但大多数人只是停留于表面，即在“岭上”，只有极个别人能够深入，进入“洞中”。故金星介绍情况时说，洞里有三个魔头，手下四万七八千小妖则都是在岭上。

故事一开始，老者告诉他们山中妖魔“吃尽了阎浮世上人”，其所喻的是佛教徒用其教义改变了许多人的思想。接下来的情节安排所体现的是我相、人相、众生相及寿者相的问题。孙悟空向老者打探情况时，得知对方情况后，首先在内心与自己作比较，认为这些事情自己也做过，没什么了不起，然后又声称自己的能力有多强，这是着我相；猪八戒听到老者介绍妖精数量有四万七八千，非常害怕，吓得半死，直接去出恭，是过分注重对方的情况，属于着人相；最后太白金星显现本相，才知道老者系金星的化身，金星所代表的即为寿者。太白金星为什么不直接以本来面目出现，而要变化成为一老者，其要表达的意思是所谓寿者相并不是指年纪很大，孙悟空说自己有一万个七八岁，其在第一阶段讲这个话意思是这属于我相，而非寿者相。“无我相，无人相，无众生相，无寿者相”是《金刚经》中的章句，源自鸠摩罗什所翻译的版本，而在玄奘法师所译的版本中，对应章句中的“人”与“众生”被合称为“有情”，而“寿者”则被译成七种情形，其中并无长寿之人的意思。像金星这样的神仙有些接近七种情形中“摩纳婆”的境界。此处情节的安排，如果仅仅是介绍前方的困难情况，无须这么多笔墨，其所讲的就是佛法中所强调的着相的问题。

此处的三个妖精狮、象、鹏各具象征意义。小妖在介绍狮精时侧重于他的能力，介绍象精时侧重于他的形象，介绍鹏精时则是侧重于他的法宝。从逻辑上讲，此处的狮精是文殊菩萨的坐骑，应当与乌鸡国出现的青狮精是同一位，但从情节来看，二者似乎又有不同，这个狮精本领比青狮精要大得多。其实在这个环节中，读者关注角色的形象，而作者所注重的是角色的含义。文殊菩萨在佛教中为七佛之师，此处的狮精所喻即为师，与前面的青狮精无关。师指的是向大众传播佛教经典，一本经书即可以影响成千上万的人，故称“一口曾吞了十万天兵”。这个妖精所指代的是佛教传播的第一种方式——传授，佛教通过传授而有许多信众，许多人学佛要拜师，因此其所喻是佛教传播方法。象即是相，指的是佛教传播的第二种方式——展示。佛经上说佛有三十二相，八十种好，阿傩就是因为看到释迦牟尼之相才跟随修行的。故小妖介绍象精时说他“身高三丈，卧蚕眉，丹凤眼，美人声，匾担牙，鼻似蛟龙”。

师的传播方式是靠论理，是内在的元素，无形的；相的传播方式是靠表现，是外在的元素，是有形的。就理论传播而言，学佛之人通

常会以佛经为基础，也会得到一些前辈老师的指导，但这些并不是真正的佛法。真正的佛法“不立文字，教外别传”，禅宗要义为以心印心，所以孙悟空用一根绳子系在狮精的心上就把他制服了。就相的方式而言，凡着相者必有弱点，弱点就在长处当中，所以孙悟空用金箍棒捅象鼻子将其制服。这两个妖精的寓意是对于人性，佛教的方法是通过教义加以引导，以形象进行引导，但这两种方法也都有其不足之处。

鹏即是朋，指的是学佛之人会主动传播佛教，影响自己身边的人学佛。其实佛家与道家的教育理念是一样的，但学佛之人与学道之人在学问的传播方式上却有着明显的不同。学道之人稍有领悟，即会采用较为被动的方式，要等对方上门请教才加以点拨；而学佛之人则不同，常有普度众生之心，自己有了一些理解之后便想帮助更多的人，会主动去传播给别人。学佛之人通常愿意为人讲经、自费刊印佛经，还会无偿地去帮助他人，赠送他人礼物，希望以此引导他人学佛。这种情况导致佛教实现了滚雪球式的传播，看似很原始，却是佛教传播中起主要作用的。有的人因为信服佛教经典教义而学佛，有人因为佛相之好而学佛，但这两种方式对佛教的传播其实影响是比较有限的。因为有机会跟从名师学习的人并不多，因看到有修为之人的相而受影响的也不多，能够最广泛传播佛教的人反而是那些对佛教教义有一些理解但并不精深的人，因为这类人的数量众多，而且其影响从自己的身边之人开始，如同星火燎原一样，这种传播的概率是最大的，因此成为了佛教最主要的传播方式。故此狮驼岭上虽然有几万小妖，但妖精最多的地方却是在狮驼国，全国都是妖精。鹏精本来居于四百里外的狮驼国，狮与象指的是基于佛学自身的传播，而鹏指的则是针对对象的情况而进行传播，相比之下自然是第三位更厉害一些，所以鹏精的法力高于狮精与象精。

书中介绍鹏精的宝贝是阴阳二气瓶，是在进一步阐述此种传播方式的主要方法。阴阳二气指的是通过宣扬学佛的好处与不学佛的坏处来进行传播。这种传播方式简言之就是给人以压力，所以阴阳二气瓶才会很重。书中介绍阴阳二气瓶时说：

假若装了人，一年不语，一年荫凉，但闻得人言，就有火来烧了。大圣未曾说完，只见满瓶都是火焰。

这里所形容的就是面对当时那些有意传播佛教之人，如果你什么都不讲，他就不知如何说服你，但只要你一开口，他就会告诉你学佛有什么样的好处，不学佛会有什么样的后果。古人讲："垂老投僧，临了报佛。"老年人出于对死亡的畏惧，希望找办法解决，此时容易接受佛教的理论，从中寻求心理寄托。应当说这种心理寄托对人来讲通常是比较好的，可以让人心安，但过去的佛教中人有时会把问题夸大，有的甚至借此对人进行恐吓、利诱，这就不合适了。《西游记》的观点是，对于这些人，你不开口，他是没有什么办法的。那么，如果已经开了口怎么办，是不是就没有办法了呢？也不是，办法还是有的，那就是观音菩萨给的三根救命毫毛。观音菩萨在此处指代的就是《心经》，因为《心经》开篇第一句就是"观自在菩萨"，是观音菩萨的另一个名字。孙悟空把三根救命毫毛变成了一个金刚钻，一根竹片，一根棉绳，三个物件当中有极硬的金刚钻，也有柔软的棉绳，还有一个软硬居中的竹片，意思就是《心经》当中的智慧有极坚硬的，能攻克一切障碍，也有柔软的，可以慢慢化解问题。观音菩萨的三根救命毫毛与如来佛祖的三个金箍是相对的，二者都与佛教有关，金箍是用来束缚人的，而毫毛是用来解救人的。孙悟空脱离阴阳二气瓶用的方法是把瓶钻出一个孔，把阴阳之气泄了，瓶内就凉了，气就是风，用的方法是钻，所以此处的小妖名为"小钻风"，其所指代的是那些受佛教学说困惑尚未能深刻领悟佛法之人，作者希望这些人能够从《心经》中汲取智慧，摆脱佛教学说的困扰。为何孙悟空变化之后自称"总钻风"？表面上看，这段故事比较有趣，孙悟空打趣小妖，还要每人送见面钱，实际另有深意。此处书中称孙悟空为"孙行者"，其实是在点出其此刻代表的是其原型，即六祖惠能。前面我们讲过，《六祖坛经》中，六祖是被称为"行者"的，故此处称"行者"而不称"悟空"。作者把孙行者称为"总钻风"，意思是他是可以带领"小钻风"钻透阴阳瓶的人，这个人就是六祖。六祖惠能讲过，修行不必出家，在家亦可

修行。六祖从来都主张学佛不是禁锢，不必宥于条条框框。其实人只要一心向善，即使不学佛、不修道，也是一样可成正果的。

佛教教义不能等同于佛法，狮驼岭与狮驼洞对于佛教教义处于学的状态，而狮驼国则是用的状态。狮驼国人全部被吃，全国都是妖精，其意在表明佛教传播导致了一个很大的问题，就是使人性灭失，这就是狮驼国之意。朋者众也，宗教最大的力量在于其传播，所以对于鹏精孙悟空无能为力，最后只能由如来佛祖出面，喻真正的佛法胜过有形的教义。

《西游记》此处对佛教的微词极为明显，就是防止读者把这里当成是宣扬佛教的内容。在讲述如来佛祖与大鹏之间的关系时，书中是这样写的：

孔雀出世之时最恶，能吃人，四十五里路把人一口吸之。我在雪山顶上，修成丈六金身，早被他也把我吸下肚去。我欲从他便门而出，恐污真身，是我剖开他脊背，跨上灵山。欲伤他命，当被诸佛劝解，伤孔雀如伤我母，故此留他在灵山会上，封他做佛母孔雀大明王菩萨。

这段表述看似光怪陆离，非常引人入胜，其实讲出如来佛祖有以下问题：

1．本领有限。以如来佛祖的修为居然轻易就被孔雀吸下肚去，说明其修为还是有限的。

2．有嗔念。佛家讲不可生贪嗔痴慢疑，如来佛嫌孔雀肛门污秽，属于心生嗔念。

3．有怨念，欲杀生。如来佛从孔雀腹中出来之后，已无杀死孔雀的必要，但他仍想杀死孔雀，属于杀生之念，不是佛应有之念。

4．藏污纳垢。对于凶恶吃人的孔雀，如来佛封其为大明王菩萨，说明其并非惩恶扬善，而对于杀了整个狮驼国之人的大鹏，最后却也一样被如来佛收入佛门。

读懂作者对于佛教的态度，明确了这三位妖精所代表的含义，就能理解为什么这段故事中最后一回的题目是“群魔欺本性　一体拜真如”。作者是在说当时在社会上传播佛法的那些人，无论他采用什么手段，你都要把他当成魔来看待，而对于真正的佛法只能用心去寻求。

孙悟空初探狮驼岭回来后，唐僧问了他一句话：“你这番不曾与妖精赌斗么?”在孙悟空回答未斗之后，唐僧又说：“不曾与他见个胜负，只这般含糊，我怎敢前进!”在这番对话中，唐僧并没有想让孙悟空消灭妖精，其所关注的重点是孙悟空与妖精的比斗。唐僧师徒对于这一难与其他各难的态度是不一样的，其并非采取降妖除魔的策略，而是想通过比斗，胜过妖精好过关。此处所讲的其实是旧时绿林的江湖规矩。绿林是封建时代的一种社会现象，一些人占山为王，不服从政府的管理，也可以算作是一种社会力量，并且形成了其特有的文化。

1. 绿林具有庞大而复杂的社会关系。关于绿林现象，书中指出其最主要的原因是有复杂的社会关系，金星报信时，首先并不强调妖精法力有多强，而是告诉孙悟空妖精关系很厉害，有社会关系。但此处的妖精其社会关系层级比较低，“一封书到灵山，五百阿罗都来迎接；一纸简上天宫，十一大曜个个相钦。四海龙曾与他为友，八洞仙常与他作会，十地阎君以兄弟相称，社令城隍以宾朋相爱。”狮驼岭与黑水河都在讲社会关系，但二者是不同的。黑水河讲的是每一种社会力量都会为自己谋利，而狮驼岭所讲的则是当社会关系积累到一定程度的时候，其会形成一股势力。妖精虽然与各路神仙都有关系，但都是层级比较低的。妖精的关系通至灵山、天庭、高山、大海、地府、城隍，可以说无所不通，这种社会能力是令人生畏的。按说绿林不服朝廷管辖，朝廷经常会出兵征讨，绿林与朝廷会有社会关系吗？现实中经常是会有的，聪明的官兵都懂得养寇自重的道理，如果把匪剿完了，自己也就拿不到那么多粮饷了。绿林的头目常常有一定的社会背景，三位妖精两位是菩萨的坐骑，一位是天地初分时的重量级人物，均非比寻常。

2. 绿林形成了较为完备的管理体制。狮驼岭有四五万小妖，喻绿林人数众多，规模较大。这些妖精由三位大王统领，表明其是有领导机构的。小钻风说他们巡山的一班有四十名，十班共四百名，各自年貌，各自名色，烧火的烧火，巡山的巡山，说明其管理已经比较成

体系。

3. 绿林的头目都有一定的本领。孙悟空盘问小钻风三位妖精的本领，打探对方的实力，这一安排从另一层面也有介绍三个妖精的作用。这三个妖精相当于绿林的头目，绿林的头目常常自身在某方面具有一技之长，其凭借自己的本领使手下人信服，从而使其接受自己的管理。狮、象二精的本领是其武艺与法力，而鹏精的本领更大，有法宝阴阳二气瓶，见识广博，足智多谋，从其能够统治狮驼国来看，其还具有一定的管理能力。

4. 绿林有江湖规矩。任何组织的存在都离不开秩序，也离不开价值。江湖规矩是绿林中人主动遵守的，包含有这些人心中共同认可的价值，当中最核心的就是义与信。绿林中人有各种比试项目，一旦你在比试中胜过他，他就会听从你的命令，所以古时候经常有一位英雄可以凭一己之力征服一座山寨的故事。孙悟空胜过狮精与象精之后，妖精都承诺送他们师徒过关，可惜大鹏并不遵守。

5. 绿林足以对政权产生威胁。绿林并不仅仅只是占山为王，在某些情况下是会威胁到政权甚至会夺取政权的。隋朝的瓦岗寨、宋朝的梁山都是现实的案例。故事中的狮驼国就是被绿林攻占的国家，虽然所有的人都被妖精吃掉了，但它仍然是一个国家，唐僧的文牒上还加盖了它的印。

五 道教的问题

狮驼国之后就是比丘国，该回的题目是“比丘怜子遣阴神　金殿识魔谈道德”，由“比丘”始，至“道德”终，比丘指代的是佛教，而道德其实隐喻的是《道德经》，这一标题含有由佛至道过渡之意。

佛教中修行之人称为比丘，女性称为比丘尼，比丘国即佛教徒之国。该国家家户户都把孩子放在笼子里交出去，这是极不合情理的，即使有国王的命令也是一样，不可能整个国家的人因守法而达到泯灭人性的地步。这个设计所指的是禁欲，把孩子放在笼子里就是让精子待在阴囊中。牺牲全城小儿的性命而实现国王一人的长生，即是说通过所有人禁欲而最终能获得长生的只有个别人，其意在指向佛教中某些主张。而这一主意来自一个假道士，其所表达的意思则是说佛教中这样的观念其实是受到了道教的某种引导，但那引导却是错误的。这段故事中还有一层含义，道教给人的印象是可以通过修炼最终达到成仙的目标，于是衍生出许多所谓功法，这些功法有些在强身健体方面是有一定帮助的，但有一些则是损害别人健康的旁门左道，这段故事中也有揭露此事之意，这也是道教传播中所存在的问题。

从称呼来看，这一难所指的是佛教。但《西游记》非常调皮，上一难看似在讲绿林，其实在讲佛教；而这一难看似在讲佛教，其实却是在讲道教。通过国师与唐僧的佛道之辩，展现出道教的好处。通过二人的论述可以看出，唐僧所讲的佛法讲的是生命的根本，可以帮助人把人生看透，而国师所讲的则是如何过得更好。从其理论来看，修道可以使人自由自在，不受任何拘束，这当然是令人向往的，但随后又通过国师与国王的行为，指责有些道教中人自私自利，只想追求自己长生（且不能实现），但却无视别人的生命，不把老百姓死活放在心上。其最终所表达的观点是道教之人虽然教义不错，但在实践中却经常会发生问题。问题的关键在哪里呢？在于心。

比丘国的故事是《西游记》在明朝时成为禁书的另一个原因，因为作者用比丘国王影射了明朝的三位皇帝。第一位便是明神宗万历皇帝朱翊钧。书中提到该国“原唤比丘国，今改作小子城”，这一细节不可略过。

唐僧疑惑道：“既云比丘，又何云小子？”八戒道：“想是比丘王崩了，新立王位的是个小子，故名小子城。”唐僧道：“无此理！无此理……”

万历皇帝即位时只有九岁，还只是个孩子，《西游记》刊印于万历二十年，“小子城”所指代的就是万历皇帝这一朝，所以比丘国的别名就是八戒所说之意。但称呼当时的皇帝为“小子”自然是会惹麻烦的，

所以书中故意借师父之口来否定徒弟的话，是欲盖弥彰的写法。

比丘国王所影射的第二位皇帝是神宗的父亲明穆宗朱载垕。比丘国王好色，而明穆宗的一大缺点就是沉迷声色，“游幸无时，嫔御相随，后车充斥”，也因此弄坏了身体，这与比丘国王的形象是完全一样的。虽然历史上好色并因此伤身的皇帝有许多，不能因此就简单认定皇帝好色就是在影射明穆宗，但比丘国王所影射的另一位皇帝是穆宗的父亲明世宗嘉靖皇帝朱厚熜，把祖孙三代皇帝的形象集中在比丘国王一个角色身上，这样的设计是十分符合小说创作风格的。

比丘国王所影射的最明显是嘉靖皇帝。明代有好几位皇帝都迷信方士、宠信道士，想长生不老，这在古代帝王中并不少见。但其中有一位，竟然听信方士之言通过摧残少女来修炼。宫中的宫女首先成为受害者，以至于后来有十几个宫女乘夜晚皇帝熟睡之时，协力要将其勒死，可惜未能成功。经此事之后，皇帝为安全起见，改用幼女炼药，先后两次下令，第一次选八至十四岁的三百人，第二次选十岁以下的一百六十人，实施如此令人发指之事的便是嘉靖皇帝。在故事中，比丘国王崇信道士，奉为国师，为了追求长生不老，听信国师之言，用一千一百一十一个小儿的心肝做药引，这些情节就是嘉靖皇帝行径的变形。皇帝因修道而迷信祥瑞之说，嘉靖年间多次出现所谓祥瑞——白鹿。嘉靖十三年，河南巡抚天山献白鹿；嘉靖二十四年，永和王朱知焕献白鹿，嘉靖告于太庙；嘉靖三十七年四月、五月，总督胡宗宪先后献白鹿两只，由当时的大才子徐渭写表上奏，得到了嘉靖皇帝的赞赏，嘉靖告谢太庙，胡宗宪因此还得以升官。而比丘国故事中的国师正是白鹿。

比丘国的故事在《西游记》中并不算最精彩刺激的，唐僧师徒虽受到阻碍但闯关难度并不大，孙悟空一个人就都解决了，因此给读者的印象不太深刻，但如果我们意识到那其实是在讲历史的话，就能感受到作者的良苦用心，看到当中的血与泪。

而在这一难中还有一个有意的设计，孙悟空变化成唐僧前往王宫，国师提出要他的黑心，孙悟空施法术从腹中取出了一堆心。书中写的是：

红心、白心、黄心、悭贪心、利名心、嫉妒心、计较心、好胜心、望高心、侮慢心、杀害心、狠毒心、恐怖心、谨慎心、邪妄心、无名隐暗之心，种种不善之心，更无一个黑心。

写这么多心其实所围绕的中心是黑心。如果黑心指的颜色，但作者罗列了这么多心，其中只有前三种是按颜色来描述的，分别是红心、白心和黄心，天下间的颜色千千万万，为什么后面不再按颜色来写呢？因为红心、白心、黄心和黑心加起来是四种颜色，作者此处以四为基础使用四的平方数——十六。作者在此处一共写了多少颗心？刚好是十六颗。但这十六颗心当中并不包含作者所要讨论的黑心，所以如果再加上黑心则又不是十六颗，此处即是似是而非之笔关于四的平方数的运用。

在前面三颗心按颜色来描述之后，而后面所罗列的心则是按照品德属性来分的，这些心都是有缺点的，所以作者称其为“种种不善之心”。尽管这些心已经都很不好，但作者强调当中并无一个黑心，说明这些心虽然不善，但还没有达到黑心的程度。那么哪个才是黑心？后面孙悟空说到，国师的心才是黑心。从故事的角度来看，我们以为作者在写孙悟空法力高强，实际上作者是在咒骂国师以及其背后嘉靖皇帝的黑心！《西游记》不仅是故事，更是血泪的控诉！

六 儒教的问题

离开比丘国之后，唐僧师徒在路上遇到了另一个妖精——老鼠精。《西游记》中想要与唐僧成亲的女性有女儿国王、蝎子精、杏仙、老鼠精和玉兔精，但这五者又各有不同。女儿国王所追求的是婚姻，蝎子精追求的是生理需求，杏仙是为了引出礼的话题，而老鼠精所表现的却是对家庭的渴望。

儒教对于人性或社会问题与佛教和道教是不同的，佛教、道教常常以个人为单位，而儒教侧重于发挥家庭的作用。中华文化一直把家庭当作最小的社会单位，其主张孝、悌是治理社会的根本，处理社会问题先从家庭开始。这一思想在两千多年的中国社会中发挥很大的作用，但这一方法也有问题，那就是并非每个人都有家庭，老鼠精一难就是在讲家庭缺失的问题。

老鼠精出场时，“上半截使葛藤绑在树上，下半截埋在土里”。再加上后文中介绍她的名字“半截观音”“地涌夫人”，与此形象十分贴切。所谓“半截观音”意思是仅看上半部分是贞洁圣女的形象，那么下半部分呢？讲到人的下半身容易引出生理需求方面的话题，而这可能确为书中之意。“地涌夫人”这个名字可能是在说她就是这样来的，是从泥土中一点点挣扎出来的，而且只是挣扎出来一半，另一半仍然陷在困苦的生活中。而随后出现的禅林寺的钟也与之相似，寺里：

> 一口铜钟，札在地下。上半截如雪之白，下半截如靛之青，原来是日久年深，上边被雨淋白，下边是土气上的铜青。

钟是用来警醒人的，此处的钟则代表社会对于妇女的态度。钟上白下青，上半截如雪之白代表的是社会道德要求妇女表面上必须表现得冰清玉洁，下半截的青则代表这些女性的现实状况。而禅林寺的建筑也是一样，这段故事开始时的这些元素设计，都在提醒人们事物的表面与事物的背后可能是有着极大反差的。人们只看到其光鲜的容貌，哪能想到其不为人知的一面。老鼠精说自己来自贫婆国，贫婆指的可能是贫穷的成年女性，而她又因强盗掳走而失去了家人。

在这一难中，作者通过一系列的设计意在提醒读者，儒教对于社会治理以家庭为单位，家庭十分重要，但对于已经失去家庭的人该如何呢？老鼠精刚一出场时自我介绍：“家住在贫婆国。离此有二百余里。父母在堂，十分好善，一生的和亲爱友。”表明其原本是有家庭的，后来失去了家庭的保护。到了禅林寺，和尚讲的是：“我们不是好意要出家的，皆因父母生身，命犯华盖，家里养不住，才舍断了出家。”老鼠精也罢，和尚们也好，都是没有家庭的人。儒教主张要靠家庭来治理社会，可是有的人已经没有家庭或是被家庭抛弃了该怎么办？

男人被家庭抛弃可以到寺院出家，女性又该怎么办呢？老鼠精所指代的就是孤苦无依的女性，包括旧时的妓女与离家的寡妇，故李卓吾先生点评至此时说，陷空山无底洞是什么，想得着定是大笑又大哭。

到了无底洞时的描写进一步在表明老鼠精所指代的人群：

只见那陡崖前，有一座玲珑剔透细妆花、堆五采、三檐四簇的牌楼……牌楼下山脚下有一块大石，约有十余里方圆；正中间有缸口大的一个洞儿，爬得光溜溜的。

牌楼所喻为贞节牌坊，而洞口则喻女性的生殖器。封建社会提倡妇德，对于妇女丧偶后不再嫁保持贞节的，为其树立牌坊，这种做法其实是一种道德绑架。贞节牌坊代表了道德的力量高高在上压着女性，而下面的洞口爬得光溜溜的可能在暗示这一人群的实际情况。封建社会女性常常是没有财产也没有生产资料的，家庭是她们的依靠，离开了家庭是难以生存的，陷于一切成空的境地，故此处山名为陷空山。这些女性失去了基本的生活保障，其生活是没有底的，故山中洞名为无底洞。

禅林寺其实是宝林寺情节的再现之笔。唐僧师徒来到宝林寺时寺中并没有宝，只来了一个死了的乌鸡国王，孙悟空说那就是宝；后半段来到禅林寺时没有禅，只有一些修为不足的僧人，没有一个僧人能抵挡得住老鼠精的诱惑。在禅林寺，妖精三天诱杀了六个和尚，说明出家是不行的。

在取经路上所遇到的妖精中，老鼠精与女儿国王的目的是一样的，二人都是想与唐僧成亲，组成家庭。所以此处老鼠精想与唐僧成亲也是一处再现之笔。虽然同样都是想与唐僧成亲，老鼠精与女儿国王是有所不同的。女儿国王的目的是与唐僧成亲，组成家庭，哺育后代，其所代表的是女性对婚姻的正常需求。而老鼠精则不同，结合前文的分析来看，老鼠精所代表的是失去生存依靠的女性对家庭的渴求。妖精擒到唐僧之后既非想吃唐僧肉，也不像蝎子精一样想得他的元阳成太乙金仙，而是欲与其成亲，其行为所表达的是对家庭的渴望。

对于没有家庭之人，除了成亲组成家庭之外，有没有其他的办法呢？人们会认为还可以建立拟制的亲属关系。那么这种家庭行不行呢？书中把矛盾引向李天王就是在讲这方面的问题。老鼠精没有家庭，虽然拜李天王为义父，认哪吒为义兄，这就算有家庭了吗？其实不然。孙悟空上界问罪时，李天王根本没想起自己还有这个义女，这说明拟制的亲属关系是不能替代真正的亲情的。李天王提到他只有一个七岁的女儿，与老鼠精形成鲜明的对比。有家庭的女儿自然是幸福的，而漂泊在外的则是悲惨的。

此处提到了哪吒与李天王之间的矛盾，意思是说家庭内部的关系处理起来也并不简单，并非说有了骨肉亲情，子女与父母之间就会融洽相处，家庭内部本就存在着各式各样的矛盾。生活中人们常常会认为家中会出不孝子，问题主要出在子女的一方，天下无不是的父母，而这个故事就是讲父母有时也是会有问题的。

人们对于哪吒的故事通常会以《封神演义》的情节为标准，其实在《西游记》中哪吒的故事与后来的《封神演义》中是不一样的。哪吒是梵文“哪吒俱代罗”的略称，在宋代《五灯会元》中有哪吒太子析肉还母、析骨还父，然后现身为父母说法的故事,《景德传灯录》中讲哪吒有三头六臂，这些可视为小说中哪吒的原型。在《封神演义》与《西游记》两部小说中，哪吒都是托塔天王李靖之子，还有两个兄长金吒和木吒，而且哪吒与李靖父子之间有着很深的矛盾，后为莲藕化身，有三头六臂。两部小说的情节看似接近，但是二者在形象与情节的设计上其实是有许多差别的。比如人们普遍认为哪吒手提火尖枪、脚蹬风火轮就是其在《封神演义》中的形象，而在《西游记》中哪吒是没有火尖枪也没有风火轮的，在《西游记》中火尖枪是红孩儿的兵器。哪吒共有六件兵器：斩妖剑、砍妖刀、缚妖索、降妖杵、绣球儿、火轮儿，其中的“火轮儿”与风火轮有些接近，但它是兵器而不是交通工具，收牛魔王时最后用的就是它。在《封神演义》中，哪吒还有法宝混天绫、乾坤圈等。

在故事情节方面,《封神演义》用了很多篇幅在讲哪吒闹海的故事与父子间的恩怨，这些情节大家普遍比较熟悉，此处不重述了，但

《西游记》中的情节是不同的：

原来天王生此子时，他左手掌上有个“哪”字，右手掌上有个“吒”字，故名哪吒。这太子三朝儿就下海净身闯祸，踏倒水晶宫，捉住蛟龙要抽筋为绦子。天王知道，恐生后患，欲杀之。哪吒奋怒，将刀在手，割肉还母，剔骨还父，还了父精母血，一点灵魂，径到西方极乐世界告佛。佛正与众菩萨讲经，只闻得幢幡宝盖有人叫道：“救命！”佛慧眼一看，知是哪吒之魂，即将碧藕为骨，荷叶为衣，念动起死回生真言，哪吒遂得了性命。运用神力，法降九十六洞妖魔，神通广大，后来要杀天王，报那剔骨之仇。天王无奈，告求我佛如来。如来以和为尚，赐他一座玲珑剔透舍利子如意黄金宝塔，那塔上层层有佛，艳艳光明。唤哪吒以佛为父，解释了冤仇。

在《封神演义》中，救活哪吒的是他的师父太乙真人，而送给李靖宝塔的是燃灯道人。神话小说的故事本来就是虚构的，所以情节不同是完全正常的，但《封神演义》的故事主题是武王伐纣，花费大量笔墨描写哪吒父子之间的恩怨，而这段情节与武王伐纣这一主题关联并不紧密，从文学创作的角度来说并不恰当。但有了这段情节之后，人们对于李天王与哪吒父子之间的恩怨情仇变得十分熟悉，再回到《西游记》中看到讲述这对父子矛盾的时候便觉得理所当然，甚至可能一带而过，而《西游记》所要表达的东西自然也就被忽略了。

当然，故事最终由李天王与哪吒出面降伏妖精，是通过家庭的力量解决问题，讲家庭的力量对于社会治理也是有帮助的，但这并不能掩盖仅仅依靠伦理治理社会所面临的困境。

七 法尚应舍，何况非法

《西游记》主张三教归一，其通过上面三段故事对三教的问题都进行了分析，佛教、道教、儒教在引导人性、治理社会方面都有各自的作用，但也都存在一些问题。佛教倡导人学佛，但容易使人忽略自身的人性，实际效果并不好；道教倡导追求长生，在现实中变成了极为小众的追求，而且会给邪门歪道可乘之机，造成了严重的问题；儒教以家庭为社会治理的基本单位，但对于那些没有家庭之人却没有有效的救济方案，故盲目遵从哪一教派的观点都是不行的。究其原因，主要是各教的思想都不是真正的道、真正的法，于是引出了下一难——灭法国。灭法者，取《金刚经》“法尚应舍，何况非法”之意。灭法即是希望人们明白，所有的法都不对，真正的法非法非非法。

灭法国的故事给人印象不深，主要是这一难中似乎没有什么精彩的情节，而且这一难中连个妖精都没有，让人看过之后感觉完全不像是《西游记》的风格。灭法国故事开始时，观音菩萨与善财童子变成一老母和一个小孩儿前来报信，此次孙悟空的表现与“四圣试禅心”时已明显不同，赶紧下拜，不再隐瞒唐僧。观音菩萨告诉唐僧灭法国要杀僧一万，已杀了九千九百九十六，还差四人。为什么要安排观音菩萨来报信，因为此处灭法国杀的是和尚，是佛教中人，而佛教对此事的反应如何呢？他们知道吗？知道。管吗？既管也不管。观音菩萨知道灭法国王要杀僧一万，肯定不是唐僧到达之时才知道的，所以此前杀僧之事其知道但并不干预。但如果你说他不管，此次又是通过唐僧师徒来终结这一恩怨，这又是在管。所以佛教对于灭法国杀僧之事是既不管又管，把事情交给合适的人去处理，其完全是道家的行事风格，所表现的还是佛道合一的理念。后面孙悟空施展手段之后，他对唐僧说的是：“我已打点停当了。开柜时，他就拜我们为师哩，只教八戒不要争竞长短。”为什么偏要说不要让猪八戒争竞，因为猪八戒是代表儒教的，这是在讲儒教与佛教相争的问题。前面佛道两家的因素都已经注入了，此处再注入儒教的因素，《西游记》从来都没有脱离三教合一的理念。

接下来孙悟空去打探时，书中用了几首诗。其中一首是：

十字街灯光灿烂，九重殿香蔼钟鸣。
七点皎星照碧汉，八方客旅卸行踪。

六军营，隐隐的画角才吹；
五鼓楼，点点的铜壶初滴。
四边宿雾昏昏，三市寒烟蔼蔼。
两两夫妻归绣幕，一轮明月上东方。

这首诗与宝林寺前出现的诗相似，都是按照数字从高到低排列，只是把七排在了八的前面，其所喻的也是要做减法。佛、道、儒三教的主张都有各自的用处，但也均存在一定问题，都不可片面应用，要想寻求真正的智慧，均应舍弃，故曰灭法。如何舍弃，可以一点一点地减少，这就使人联想起猴王初遇菩提时的场景《剥》卦，一层一层剥掉，才能寻得智慧。

灭法国为什么国王要杀僧一万？是因为僧谤了国王。但对于僧是怎么谤了国王的，书中却没有提到。《西游记》既然有贬低佛教之意，为何此处不写和尚是如何谤国王的呢？不写的原因是不需要写，因为书中所交代的信息已经够了。谤字由"言""旁"二字组成，其本意是所讲的东西偏离了正道，僧是怎么谤的国王，当然是讲佛法。为什么讲佛法会成为谤呢？因为佛云：不可说。正法不可言说，凡是说出来的都不对。只要讲佛法就是谤，不仅是谤国工，还是谤佛，这是《金刚经》中所讲的。灭法国的故事可以说只有一回，但故事的结尾却是在下一回的开头，这种设计在《西游记》中也是较为少见的，作者的意思是有破还需有立，不仅讲万法均应舍，也要给出可行的办法。

最后为什么会安排国王拜师的结局？如果国王发现自己错了，放他们师徒西去就可以了，为什么还要拜师呢？难道只是因为头发被剃掉了？不对，因为头发是可以再长出来的啊，这一理由明显是不成立的。解释这一安排就要结合作者的用意来考虑了。前面讲过，国王说僧谤了国王，故此要杀僧，也就是说，那些给国王讲佛法的僧人所讲的都不对。而唐僧师徒则是不给国王讲佛法的僧人，他们什么也没讲，只是暗中给他们剃了头发，或许作者想表达的是这几个不讲佛法的和尚所讲的才是真正的佛法，故此通过国王拜师的安排加以呈现。

取经第五阶段——返求智慧问中华

唐僧终于到了天竺。

天竺是我国古代对古印度的称谓，当书中描写唐僧到达天竺之后所发生的故事时，其实所写的并不是印度之事，而是大唐之事。《西游记》通过前面一系列取经的故事讲述了修身、齐家、治国、平天下的问题，那么这些理论在实践中该如何应用呢？从隐雾山开始，作者在讲治理天下问题的解决方案，其实这些问题在我们中华的历史上是有经验的，是有一整套方案的，回到作者关于取经的理念上来说是：此中华自古之有，何必向西而求？

一 以孝为本

隐雾山折月连环洞是西天取经中不太受到重视的一难，这一难当中的情节也不算特别精彩，妖精的本领也不强，所以当代影视作品普遍不太重视这一段。其实这一难也是有其主题的，这一难融合了中华传统文化中的孝道，当中还融入了一些兵法方面的元素。孝是中华文化的基础，孙悟空骗猪八戒去找妖精时说前面有人斋僧，当时讲了一句“父在，子不得自专”，此语出自宋代朱熹《论语集注》，是对《论语》中“子曰：父在观其志，父没观其行。三年无改于父之道，可谓孝也”的注解，与孝道有关，此语看似不经意的使用是在点明了这一难的主题是孝。

妖精抓走了唐僧，骗三位徒弟说已经把唐僧吃了，然后丢个假人头出来，第一次被孙悟空识破了，第二次孙悟空相信了，然后三位师兄弟放声大哭，又将人头埋葬，寻东西供养。这些都做完了之后，留沙僧看守庐墓，悟空与八戒前去为师父报仇。这一段表达的是师父去世之后的孝。孙悟空要变化后从后门进洞，其先想变作水蛇，但却顾虑“唐僧的阴灵儿怪他出家人变蛇缠长”，“又想变成螃蟹，又恐唐僧怪他脚多”。当时孙悟空认为唐僧已经死了，但却仍然按照唐僧的意志行事，就是在突出孝这一主题，正合“父没观其行，三年无改于父之道”之意。唐僧被抓进洞，遇到被抓的樵夫乃是位孝子，亦在突出这一难的主题是孝。樵夫回见母亲的情节，所表现的是《论语》中“父母在，不远行”之意，仍有关孝道。

为什么此处要讲孝道？因为从这一部分开始，《西游记》在讲实务问题。前面系统地讲了社会治理的理论问题，而从这一难开始，作者在提出治理天下的实际方案。从这一难中的地名来看，隐雾山比喻的是社会关系层层叠叠，让人看不清楚，如坠雾中；连环洞则是指社会关系环环相扣，故谓之连环。面对这样的社会环境该怎么做呢？作者认为应从孝开始，解决各种问题的第一环即是孝。《论语》引述孔子讲年轻人该学什么的时候说：“入则孝，出则弟，谨而信，泛爱众，而亲仁，行有余力，则以学文。”有子也说：“孝弟也者，其为仁之本与？”都主张社会关系一环接着一环，而孝是第一环。

此处小妖先哭后笑情节的设计亦是一处再现之笔。孙悟空大闹天宫时，李天王二次征讨花果山，擒拿了除猴子外的一些妖精，孙悟空回山时，四健将领众“哽哽咽咽大哭三声，又唏唏哈哈大笑三声”；在隐雾山折月连环洞妖精想吃唐僧肉时，有一个小妖上前相劝时也是“对老妖哽哽咽咽哭了三声，又嘻嘻哈哈的笑了三声”。这个举动看似有些矛盾，而这一情节的设计可能喻示其使用的是《易经》中“先号咷，后大笑”的爻辞。

这一难中有许多兵法方面的因素，孙悟空让猪八戒先行时，说“就似行军的一般”“你做个开路将军”，后面又讲到“大将军怕谶语”，妖精此处抓唐僧用的是“分瓣梅花计”，小妖立功之后被封为先锋，而没有像黑水河一样结拜兄弟。其实这些都是兵法方面的东西，作者将兵家文化融入故事当中。后来孙悟空与猪八戒先从前面进攻，虽取得胜利，打死了先锋后并未直接进入山洞，而是由孙悟空变成水老鼠进入山洞救人，乃是兵法中暗度陈仓之计。

二 止于至善

在儒家文化中，孝是始，善是终。隐雾山的故事中讲到了孝，后面并没有再依次讲悌、谨、信、仁爱等，因为如果那样的话内容太多，会让人觉得啰嗦，社会关系的最高追求还是善，所以接下来用凤仙郡的故事直接跳至最后一环，在讲善的重要，即所谓止于至善。这就如同《论语·为政》在讲什么是“为政以德”时，也只是以孝为例，讲完了孝，其他内容就不再讲了，留给人们自己去思考。

凤仙郡的故事在讲善，这一点是比较明显的。凤仙郡因郡侯德行有失，致三年无雨。唐僧师徒到来之后，发现当地所面临的最大问题是求雨。这个问题对于孙悟空来说实在是太简单了，呼风唤雨在孙悟空看来本是非常小儿科的事情，可是在凤仙郡他居然也没有办法。经过上天了解，孙悟空知道了事情的原委，于是告诉全郡之人此事只能从善中作解，于是一时间人人向善，天降甘霖。书中以这样一个故事，讲出了善的重要。

然而，凤仙郡的故事表面上是在讲善，实际上却是在讲恶，其所讲的恶就是封建帝王的专制。

凤仙郡的地方官复姓上官，品行非常好，清廉、勤政、爱民，可以称得上是好官的典范。其姓氏使用的是“上官”，就在表明他是一位好官。孙悟空说“上官”这个姓氏少见，实际上是在说好官少见。凤仙郡的故事所讲的是一位好官因为自己家庭中的矛盾，一时没控制好情绪，推倒了供桌，把供品喂了狗，导致全体百姓受苦。那么，这一问题的根本原因是上官未能控制好自己的情绪，还是玉帝过于专横呢？人无完人，谁都有缺点，人也不可能永远都很好地控制自己的情绪。上官的事发生在自己家里，本来是不会对外产生影响的，但凑巧被玉帝发现了，于是导致了如此严厉的惩罚。故事中强调上官是名好官，是在通过官员的好反衬帝王的不好，实际上是在讲封建帝王专制的问题。

凤仙郡在书中为天竺外郡，是到达天竺的第一站。名字为什么是“凤仙”二字，其可能是“凤山”的谐音，即凤凰山。朱元璋的老家是濠州，有一座凤凰山，洪武二年在那里设立凤阳，为中都，朱元璋一度曾拟建都凤阳，并在那里建皇城，后改建为明皇陵。进入天竺国后，表面上是在讲天竺的事，其实是在讲明朝的事。

朱元璋出身于社会下层，可能由于其早年的个人经历，他对官员有一种先天性的憎恨，称帝后即有报复的心理。无论官员的品行有多么好，只要被皇帝揪住一点儿小问题，都可能严厉处罚，甚至说杀就杀，有时还会株连许多人。如明朝时空印案与郭桓案，坐死者数万人，打击面明显过大。如果说郭桓案系惩治贪官污吏，还可以理解的话，那么当时的空印案其实就是官员们迫于制度死板而在工作中的一种变通的工作方法，根本无关贪腐，却被定性为舞弊，而牵连甚广。

凤仙郡一难有两处再现之笔，第一处是"人心生一念"之诗：

人心生一念，
天地悉皆知。
善恶若无报，
乾坤必有私。

这首诗第一次出现是观音菩萨五行山下劝善，在讲心生善念得解脱，其中有一句不同，"天地尽皆知"；而此处却是在讲心生恶念遭报应的问题，表面上看来是孙悟空教别人向善，帮别人脱难，其实不是，其所讲的是恶，帝王的专制。这首诗用在这里有些奇怪，表面上看，这首诗前两句是在讲人心生善念可感动天地，与故事情节有所关联，但后两句就很奇怪了。因为后两句的真实意思并不是说善恶终有报，而是在讲天地是有私的。为什么这么说？因为如果此诗之意在导人向善，后两句应当指向人的行事，但它指向的却是天地。此处真正讨论的并不是上官的行为，而是玉帝的行为到底是善还是恶。玉帝有权定人的善恶，而评价一个人应当看他的整体，上官大部分的事情都做得非常好，只是在一件小事上没能控制住自己的情绪，即使算是私德有失，性质也不严重，这件事该受惩罚吗？如果我们还是秉承封建时代的观点认为做人就要不能有一点儿过失，那不但不合实际，而且太奴性了，《西游记》应该不是这样的观点。玉帝不管上官平时如何清廉爱民，只是抓住他私德上的一点小问题就加以严厉的惩罚，而且把这种

惩罚任意扩大化，全郡的百姓都要受其牵连，这才是真正的恶。这里所体现的是对玉帝的抨击，玉帝所影射的自然是现实中的皇帝，加上凤阳这个因素自然就指向了明朝的皇帝朱元璋，讲帝制下专制之恶。此难的化解过程中使用了细思极恐的设计，表面上看当时人人归善，天降甘霖，皆大欢喜，在故事中说起来很简单，但如果成千上万的人当中有一个人不向善怎么办呢？是不是当地就再也不降雨了呢？

凤仙郡榜文中写道："连年亢旱，累岁干荒""富室聊以全生，穷民难以活命""十岁女易米三升，五岁男随人带去"。这些词如果用凤阳花鼓来唱就是：

说凤阳，道凤阳，
凤阳本是好地方。
自从出了朱皇帝，
十年倒有九年荒。
大户人家卖骡马，
小户人家卖儿郎……

此处是在表达对朱元璋时期帝制专制、严苛的控诉，而这种恶却没有受到天地的报复，所以作者此处是在慨叹乾坤是有私的。"天地生一念"这首诗在第一次出现的时候，其重点在前两句，所表达的是人心生善念，老天就会给人机会；而到了第二次使用的时候，重点其实是在后两句，意在控诉上天的不公。再现之笔的妙处就在于再现意不同，再次出现时，人们会认为其还是之前的意思，不容易发现其中的隐藏之意。求雨成功后，天降雨三尺零四十二点，又一处再现之笔。孙悟空之死使用这一数字表达的是生死之逆，而凤仙郡表达的则是善恶之逆。凤仙郡的故事表面上是在讲扬善，而实际上是在讲止恶的问题。

凤仙郡的故事中还藏有另一个在当时犯忌的话题，却只是一个不起眼的数字——三百四十二。这个数字在《西游记》中出现过两次。孙悟空被勾死人勾至地府时，在生死簿上看到其寿止三百四十二岁，这是该数字第一次出现。这个数字的含义是什么呢？《西游原旨》解读认为这个数字中的"百"指的是"一百"，也即是一，所以这个数字实为三、一、四、十、二。在五行角度来讲，数字一、六属水，二、七属火，

三、八属木，四、九属金，五、十属土，因此三、一、四、十、二这五个数字依次代表木、水、金、土、火五行。笔者赞同这一理解，但除此之外，这个数字还有进一步的含义，这层含义是通过这五个数字的排列顺序来表达的。五行中水生木，木生火，火生土，土生金，金生水，而这个数字中五行的排列顺序依次是木、水、金、土、火，与五行相生的顺序恰好是相反的，是逆向的排列顺序。《西游记》中隐藏了道教所谓的金丹之法，在孙悟空求道时即提到要“攒簇五行颠倒用”，颠倒就是逆的意思，作者的意思或许是五行逆用，生即是死，死即是生，所以孙悟空虽来到地府，反而得到了长生，可以说是因死而生。

《西游记》中含有证道的内容，作为一部证道之书讲五行逆生也还算是正常的。如果这一数字只出现这一次，可以理解为只是道教中人在讲修炼之事，但是书中又使用了第二次。第二次出现在什么地方？凤仙郡求雨，求雨成功后，降雨三尺零四十二点。这就是再现之笔，而《西游记》再现之笔的特点是再现意不同，当这一信息再次出现的时候，其所表达的含义已经发生变化了。《西游记》讲道教修炼本来没有问题，但讲五行逆生则可能有问题。

明朝皇帝起名字是有规律的，朱元璋为其子孙后代起名字就是按照五行相生来取的。

朱元璋太子朱标（朱允炆之父，早亡）、四子朱棣（成祖）	木字旁
朱标之子朱允炆（惠帝）、朱棣之子朱高炽（仁宗）	火字旁
仁宗之子朱瞻基（宣帝）	土字旁
宣帝之子朱祁镇（英宗）、朱祁钰（代宗）	金字旁
英宗之子朱见深（宪宗）	水字旁
宪宗之子朱佑樘（孝宗）	木字旁
孝宗之子朱厚照（武宗）及其堂弟朱厚熜（世宗）	火字旁
世宗之子朱载垕（穆宗）	土字旁
穆宗之字朱翊钧（神宗）	金字旁
神宗之子朱常洛（光宗）	水字旁
光宗之子朱由校（熹宗）、朱由检（思宗）以及南明的朱由崧、朱由榔	木字旁

从上述名字的规律中可以看出，明代皇家子弟取名所遵循的就是五行相生，木生火，火生土，土生金，金生水，水又生木，往复循环。但皇家所讲的是五行顺生，而《西游记》讲的是五行相逆，讲到了皇家的头上，而且唱反调，当然会为大明王朝所不容。

三 中华文化

中华文化从来都不是单一的、片面的，其以孝为基础，以善为最高目标，而在这中间还包含有丰富的内容。取经第五部分的故事从隐雾山开始，然后到了天竺外郡，之后就到了玉华州。玉华州中的“华州”即华夏神州之意，山在野外，其后是外郡，然后才至州府，这个设计的意思是一步步由外而内，进入到中华文化的领地当中。玉华州和与其相关联的万灵竹节山就是较为全面地介绍中华文化，在这段故事中，作者尽其所能地植入中华文化。但由于受篇幅与故事情节所限，对于许多内容只能是点到为止。这当中介绍的内容包含以下一些方面：

一、教育。在玉华州首先发生的情节就是收徒弟的故事，三位小王子见三徒本领高超，意欲拜师。关于为何收徒，孙悟空说的是：“我等出家人，巴不得要传几个徒弟。”八戒、沙僧说的是：“招个徒弟耍耍，也是西方路上之忆念。”由于三徒各代表释、儒、道三教，从这段对话中来看，佛教对于传徒之事意愿似乎更强。在拜师的过程中，三徒均是征得唐僧同意后才敢收徒，表明师徒传承的伦理与规矩。悟空三兄弟各自收徒，使棒的收使棒的，使钯的收使钯的，使杖的收使杖的，体现了孔子因材施教的理念。接下来“训教不严师之惰，学问无成子之罪”则更是体现了教育的系统化思想。而后面孙悟空到天庭时，天王讲“那厢因你欲为人师，所以惹出这一窝狮子来也”，其所讲的正是孟子“人之患在好为人师”的观点。两方面一阴一阳，分别讲述了教育的正面效果与负面效果，非常符合《易经》的理念。

二、诚信。黄狮精偷了三件兵器，要办钉钯宴，派两个小妖去买猪牛羊，沙和尚扮成羊贩子来要账，黄狮精不仅如数付款，还应小妖的要求给羊贩提供用餐，还允许参观钉钯。妖精是强盗，不是讲诚信的商人，他完全可以赖账不给，甚至把羊贩杀死，至少他可以不用管饭，不允许参观，但黄狮精却没有这样做，而是十分遵守规矩，凡事有商量，表明其在为盗的时候同样遵守各方面的社会规则，其所表达的是庄子“盗亦有道”的观点。强盗固然不好，但盗亦有道则是其好的一面。而这种一分为二的看法，所体现的也是《易经》的辩证思想。

三、文化。黄狮精偷了三件兵器后办“钉钯宴”，把钉钯摆在中间，金箍棒与宝杖在两边。前文分析过，三徒的兵器代表三教的学说，这样的设计表明其是以儒教教义为主，佛、道两教为辅的喻义。中华文化博大精深，有诸子百家之说，而社会影响最大的还是儒、释、道三家。三教学说经过流传都造成了一些问题，这些问题本教之人讳莫如深，外教之人的意见又常常不被接受，所以已经演变成了社会问题。书中有诗云：“失却慧兵缘不谨，顿教魔起众邪凶。”表面上是在说三徒未能照看好自己的兵器，其真实意思却是说三教学说原本智慧很深，但传承时不够严谨，主旨可能遗失或是被人改动，结果被外道之人拿来利用，反成了凶邪之说。这一话题牵涉甚广，此处讨论仅限书中之意。此处的妖精盗宝也是一处再现之笔。观音院黑熊精盗走了师父的一件袈裟，然后要办佛衣会；黄狮精偷走了徒弟的三件兵器，然后要办钉钯宴。

四、历史。九灵元圣在万灵竹节山九曲盘桓洞，这个名字在《西游记》的山洞中是最长的。“万灵竹节山”指的是历史，灵即是魂，“万灵”即是历史上所存在过的人们，历史正是由他们所组成的。竹是用来书写历史的，节指我国历史上的朝代更替。中国人自古就有编撰历史的习惯，其已经成为了中华文化中固有的一部分。历史不仅是记录给后人查看的档案，同时也是对当世之人的评价，这一点对于注重名节的中国人是十分重要的，故有“孔子编春秋，而乱臣贼子惧”之说。“九曲盘桓洞”喻中华民族的历史是曲折的，“九曲”乃曲折之意，“盘桓”则是停留在特定历史时期之意。

五、起源。妖精为何名九灵元圣？九灵指的是九宫格，也是易经八卦的一种形式：戴九履一，二四为肩，六八为足，左三右七，五坐中

央。而这九个位置又分别对应了八卦中的每一卦：一属坎来二属坤，三震四巽数中分，五坐中宫六乾是，七兑八艮九离门。元者一也，所代表的是中华文化之始——一画开天。所谓一是从无到有的过程，而后一画分阴阳，就是《易经》之始。而一画在《易经》中又是阳爻，称为“九”，故元圣即是九灵，九灵元圣指代的就是中华文化之始——《易经》。

《易经》是中华文化之始，诸子百家都是由其衍生而来，而衍生后的各家各派却自以为是，开门授徒，以师自居，所以才有了故事中的七个狮子。这种做法导致了各个学术流派的出现，其虽对文化传播作出了积极的贡献，但也产生了一些问题，尤其是这些人各自固守自己的领地，形成门派之见，反而防碍了人们对智慧的探索。故书中对于七个狮子要将其“剥了皮”，意为不要停留于表面，“将肉安排来受用”意为使用其内涵与精髓。

把一个留在本府内外人用，一个与王府长史等官分用，把五个都剁做一二两重的块子，差校尉散给州城内外军民人等，各吃些须：一则尝尝滋味，二则押押惊恐。

这是在说各派学说，有的适合君王，有的适合官吏，而对于民间百姓，则应浅尝辄止。老百姓的生活并没有那么复杂，但许多学说却很复杂，并不适合老百姓，故书中提出尝尝滋味就好。

九灵元圣其实是九头虫的再现，九头虫厉害之处为“用九”，而九灵元圣则是“用六”。其虽有九个头，却只用六个来抓人，此为“用六，利永贞”之意。所以，他虽想为黄狮精报仇，但却不杀人。

在这段故事结尾处使用了一首诗，当中提到了明成祖朱棣的年号“永乐”：

缘因善庆遇神师，习武何期动怪狮。
扫荡群邪安社稷，皈依一体定边夷。
九灵数合元阳理，四面精通道果之。

授受心明遗万古，玉华永乐太平时。

通过前面凤仙郡的故事可以看出,《西游记》对于明太祖朱元璋是有微辞的，但从这首诗来看，其对于明成祖的评价是比较高的，称其年代为“太平时”。《西游记》称赞明成祖是很正常的，因为明成祖崇尚道教，在武当山修建道观，而《西游记》的作者可能与道教、武当山之间有着极深的渊源。明成祖即位后确实取得了很多功绩，有名的事件有郑和下西洋、编纂永乐大典等。这一难的主题是文化，而永乐大典这部巨著正是中华文化的集大成者。

四 警惕负文化

唐僧师徒来到金平府，金平府指的即是北平府，是明成祖迁都后的首都，元夜观灯正是中华的习俗，所以此处所讲的亦是我们中国自己的问题。在观灯时，唐僧听说佛祖来收取香油，在其他人躲避时伏身下拜，因此被妖精抓走了。这里的妖精是三只犀牛精，分别名辟寒、辟暑、辟尘。犀牛角夏凉冬温，又不易沾灰尘，可以说其有避寒、避暑、避尘三种功效，所以这三个妖精的名字取得可以说是很贴切的。

但是，作者使用这三个名字可能还有另外一层意思。辟寒亦可以理解为需要过冬之物来御寒之意，这本是人们生活中的一种正常需求，可如果放到明代官场中的话则变成了另外一种东西——炭敬。每年到了冬天的时候，下级官员为了贿赂上级官员，常常会以买火炭等御寒之物的名义向上级奉送一些银两，美其名曰“炭敬”。冬天有“炭敬”，夏天有“冰敬”，辟暑所指代的就是“冰敬”。炭敬与冰敬是日常联络感情之用，但如果官员遇到有什么事情需要上级额外关照，那就涉及到第三种贿赂——事敬。“事敬”在故事中所对应的角色就是辟尘。辟尘，帮忙除去灰尘，也就是帮忙解决问题的意思。

文化除了有正面激励的作用之外，当中也有一部分不好的东西，这部分被称为负文化。事实上，社会上的负文化有很多，比如说拜金主义、享乐之风、攀比之心都是负文化。《西游记》在玉华州讲述了中华文化的正文化之后，通过金平府元夜观灯讲的就是负文化当中的一种——腐败。

腐败通常是针对官员而言的，但此处的三个犀牛精均无职务在身，说明其所影射的并非是官员，那他们指的是什么人呢？我们来看一下书中所传达的信息。

1. 犀牛精只要收取了香油就会风调雨顺，从前面凤仙郡的故事中可以看出，风雨之事系由天庭掌管，收取香油与风调雨顺之间产生了逻辑关系，说明收香油的妖精是在天庭有影响力的。故事中的天庭指的就是明王朝，这样看来，犀牛精所指代的就是虽没有官职却有权力的一些人——吏。在明朝的管理体系中，吏与官是不同的，官指文官，是有正式国家编制的，都是由读书人担任，而吏并非正式官员，其只是按照官员的指令去办事的下属。但在明朝的制度中，官员不得随意外出，所以所有出外勤的事务都是由吏完成的，官员要行使权力只能让吏把人带回府衙。简单理解，官是有决定权的，而吏是负责执行的，但其实在执行环节一样是有权力的。比如皇帝身边的太监，明朝时地方需要向皇帝按时进贡，皇宫里那些负责接收贡品的太监虽无什么官职，但手中却掌握着较大的权力，因为当各地前来进贡的时候，贡品是否合格并无客观标准，所以判断贡品是否合格的权力就掌握在了接收人手中。如果这些人刁难地方官，那地方官的贡品就难以过关，所以这些官员就要想办法找到掮客，通过他们来疏通接收人，以顺利通过验收。

2. 虽然风调雨顺的受益者是全体百姓，但向犀牛精供奉酥合香油的却是那些有钱的大户，与百姓无关。此处涉及明朝的税赋制度，明代税与赋是不同的，税可以说是面向所有人的，或者是同一行业所有人的，但赋则不同。明代许多赋役只针对大户，比如驿站所需的交通经费和正常运营费用，都由大户供给，再如地方财政支出中官员旅费也是由地方上的大户分摊的，其他各种赋役也很多。

3. 三只犀牛精假扮佛祖收取香油，说明他们的行为并未得到灵山的批准。这一点所喻示的是有些吏在执行赋役的时候会假公济私，打着上面的旗号中饱私囊。当然，故事中可能还有一层意思是佛祖收取香油后可保地方风调雨顺，说明了灵山对天庭的影响力，其影射的就是宗教力量对朝廷的影响。

4. 西海龙王听说有三只犀牛入海，就知道"想是犀牛精辟寒、辟暑、辟尘儿三个惹了孙行者"，说明这些人的情况虽然老百姓不知道，但官场中人是清楚的。龙王知道后马上拔刀相助，表面上看是其帮助唐僧师徒，但从另外一个角度上看说明以龙王为代表的基层官员对这些人极为憎恨，一有机会就马上除掉。

虽然妖精是假扮佛祖来收取香油的，但如果从法律逻辑上来说，这些香油应当认定就是佛祖收取的。具体理由如下：

1. 百姓敬献香油的对象是佛祖，而妖精是以佛祖的形象来收取的，说明其行为系以佛祖的名义实施的。

2. 百姓敬献香油的目的是求风调雨顺，而妖精收取香油之后即可满足百姓的要求，不收取则不行，说明妖精收取香油后佛祖履行了自己的责任。

3. 妖精收取香油之后有没有交到灵山呢？故事中并没有明说，但给出了一些其他信息。犀牛精收取香油的地点就在灵山附近，其每年都以佛祖的形象收取大量香油，却从未被灵山追究，说明其行为是得到灵山默许的。查抄妖精山洞时发现了大量的"珊瑚、玛瑙、珍珠、琥珀、砗琚、宝贝、美玉、良金"，佛教所谓七宝指的是"砗磲、金、银、玛瑙、珊瑚、琉璃、琥珀"，山洞中所发现的宝贝与七宝大致相同。妖精收取了大量香油，但山洞中却没有发现任何香油，说明妖精本身并不需要香油。妖精并未收取佛教的七宝，但山洞里却满是七宝，佛教的七宝当然应当为佛教所有。香油是灵山的常用之物，但灵山并未收取香油；妖精不需要香油，所收取的香油不知去向；妖精并未向百姓收取七宝，但山洞里却满是佛教七宝。这些信息综合起来就是：妖精收取香油后送上灵山，换来七宝。

在追赶犀牛精时，孙悟空最初要求留下活口，但抓住两只犀牛后最终没有进行任何审问，这与其一开始的要求是明显矛盾的。较为合理的解释就是他发现四木对于犀牛擒住就杀，明显是在灭口，于是也

就明白了这背后可能另有隐情，改变了态度。当猪八戒提出要把两只活着的犀牛从天下直接推下去，四木闻之大喜，夸赞猪八戒，也是因为这样一来犀牛精就没有讲话的机会。后来他们对于这两只犀牛也没有审讯，没有查香油哪里去了，七宝哪里来的等问题，猪八戒对其砍头锯角，孙悟空看出四木对于三只犀牛不想留活口，于是非常识相地在处死另两只犀牛前没有给他们说话的机会。天庭所代表的是儒教，三徒中猪八戒亦为儒教的代表，他的做为正是在帮助天庭善后。

孙悟空对犀牛角的处置也是有深意的，其除了留一只作为免征香油的证明之外，四支送上天庭，一支送给佛祖。三只犀牛共有六只角，如果要分为三份，正常来说应当每份两只，但作者偏不这样设计。除了作为免征香油证明的那只以外，其余的犀牛角是按照二八比例分至灵山与天庭的，暗示的是佛教与朝廷之间二八分账的问题。

这段故事当中再次谈及了景泰帝的话题。

我们先来看进入天竺之后的几个地名，金平府、玉华州，此后是青龙山玄英洞。这几个名字是什么意思？金平府即是北平府，把“北”换成了“金”字；玉华州就是华夏神州，加进了个“玉”字；“金”“玉”二字放在一起就组成了朱祁钰的“钰”字。青龙山的“龙”字代表皇帝，表明说的是皇家的事；玄英洞的“英”字指代的是明英宗，而“玄”指的是黑色，与乌金丹的“乌”字用意是相同的，为抹黑之意。如果说前一部分在讲到两位皇帝时还有各打五十大板之意，那么此处则是重点指责明英宗了。

在金平府唐僧被抓走之后，孙悟空前往营救，路遇四值功曹赶着三只羊，口称“开泰”，还解释说这就叫三阳开泰，是给唐僧解困的，有好寓意。黄周星对此的点评是“此语不通”，因为三阳开泰当然不是这样的意思，但《西游记》为什么这么写？意在突出“泰”字。这段故事的结尾是四木禽星擒三只犀牛，牛属土，天庭派四木助擒犀牛，取的是木克土之意。在擒拿犀牛精的过程中表现最抢眼的是井木犴，书中又称其为“井宿”，这里突出使用的是“井”字，两个字加在一起就是“景泰”——朱祁钰的年号。把两个情节对比一下就会发现，四值赶三羊，四木擒三犀，都是四对三，为什么这么设计？一个四克三可以理解为五行中金克木之意，因为四属金、三属木；但两次使用其意义则不仅于此，作者希望读者能把这两个情节联系起来，其中之意自然就明了了。作者通过一系列的设计，都是希望人们不要忘记大明朝还曾经有位有功于社稷的景泰帝。说到景泰大家都会想到景泰蓝，这种珐琅掐丝的工艺就是在景泰年间达到巅峰，景泰蓝名扬天下，明英宗虽然取消了景泰年号，但是民间艺人却用自己的工艺把它保留了下来！

故事中三只犀牛的结局的设计是有所不同的，有一只是被井木犴当场咬死，而且差点儿吃光，另两只则是生擒后，从云端推下摔死的。大家认为被当场咬死的是哪只犀牛？如果就辟寒、辟暑、辟尘三个名字的本意来说，如果对其中一个要特殊处理，似乎应当是辟尘，因为辟寒与辟暑在性质上是一样的，属于灰色收入地带，辟尘与他们两者是不同的，性质更为恶劣一些。但是，书中被咬死的却是辟寒。为什么这样设计？因为寒是寒冷，代表的是北方的侵略者，而井木犴代表的是景泰帝，井木犴咬死辟寒喻示的是景泰帝打败北方民族的侵略。所以为什么井木犴差点儿当场就把辟寒吃光了，天上的神仙哪会饿成这个样子，真正的原因是太痛恨对方了。

五 齐之以礼

天竺国都城一难看似在讲假公主借招亲算计唐僧的故事，其实是在讲礼的问题，礼即社会的制度化管理。我们后世流传的礼的基础为周礼，相传为周公所制定。孔子曾经说过："夏礼吾能言之，杞不足征也；殷礼吾能言之，宋不足征也。文献不足故也，足则吾能征之矣。"这说明在周朝之前，夏、商之时亦有各自礼的制度，只是后来被周礼所吸收，没有专门流传。《周礼》分为天、地、春、夏、秋、冬六个部分，里面包含了许多内容。中国人讲"礼"从来都不是片面的，礼是外在的，而内在的是仁，两者是有机结合的。孔子曰："人而不仁，如礼何？[①]”

在唐僧师徒到达天竺国之前，故事中先安排了舍卫国给孤园的故事，其意是在讲礼之前说明一下没有制度保障所造成的问题，即“无礼”的问题。老和尚想保护公主，这是仁心，但只有一副好心肠是不够的，由于没有制度的保障，所以导致公主的境遇很惨。说明只有禅没有礼，人的权利是得不到保障的。老和尚为什么要让公主装疯，就是因为他没有能够用来保护她的制度，而离开制度的约束，人是不可靠的，哪怕是寺庙里的和尚也是如此，此处在为下文引出制度的重要性。没有礼的话，仁的作用也是难以发挥的。如有子所言：“不以礼节之，亦不可行也。[②]”

此处侧面反映了修禅之难。唐僧师徒来到舍卫国布金寺，首先讲到了布金寺的来历，以示真佛难遇，真禅难修。之后唐僧参观给孤独园的原址，发现已是一块空地，此喻真正的佛法已经不在了。接下来通过保护公主的方式，表明布金寺的和尚不让人放心，公主因“恐为众僧点污，就装风作怪，尿里眠，屎里卧”，这种说法中似也包含着对和尚的攻讦。

此处又安排了一处再现之笔——绣球招亲。陈光蕊中状元后，被丞相府绣球招亲；唐僧途经天竺国，被假公主绣球招亲。书中还借孙悟空之口说道：“先母也是抛打绣球，遇旧缘，成其夫妇。”特别提醒此事。但两者不同之处在于，前者为真姻缘，后者为假姻缘。

礼是中国社会十分重要的管理制度。此处讲到春夏秋冬四时之礼，讲到了婚庆之礼，讲到了社会行为中的礼节。孙悟空进入宫中看见唐僧在旁侍立，即开始指责国王礼数不周：

既招我师为驸马，如何教他侍立？世间称女夫谓之贵人，岂有贵人不坐之理！

---

① 《论语·里仁》
② 《论语·学而》

孙悟空三兄弟此处向国王所作的自我介绍与以往任何时候都是不同的，其主要特点是非常守礼。此后又写到饮宴之礼、四时之礼、婚庆之礼。中间还有诗词文化，因为礼是文化的内容。猪八戒看到霓裳仙子又生逾礼之举，还是在讲礼的问题。来到天竺国，通过驿丞的口说："我敝处乃大天竺国，自太祖太宗传到今，已五百余年。"这一说法明显与历史不符，古代印度也是文明古国，文化源远流长，当然不是只有五百年的历史。这个五百年其实指的应当是自周公作礼到孔子时代主张复兴礼教之间的时间间隔为五百年。唐僧说他于贞观十三年离家，经历十四年，此时在大唐应为二十七年，而此时天竺驿丞说他们皇帝在位已二十八年，按古时习惯，新君登基后次年才改年号，所以至贞观二十七年时，唐太宗即位实为二十八年，所以这段对话就在提醒读者：所谓天竺即是大唐。这一难在时间设计上有诸多与前文呼应之处，如公主的年龄为二十岁，婚期定在十二日。为什么设计公主为二十岁，是回应四圣试禅心的故事，三个女儿中最大的二十岁，说明作者清楚，如果要诱惑唐僧该用二十岁的姑娘，而不是四十五岁的母亲（四圣所变化的母亲四十五岁）。为什么婚期定在十二日，因为这是唐僧取经出发的时间。唐僧从大唐出发时为九月望前三日，望为十五日，望前三日正是十二日。

在取经路上的妖精中，玉兔精与蝎子精对于唐僧的目的是相同的，都是与唐僧交合，此处又是一处再现之笔。但玉兔精与蝎子精又有所不同，蝎子精与唐僧交合的目的是为了满足自己的生理欲望，而玉兔精的出发点则是为了获取唐僧的真阳，二者虽然目的相同，但动机是有所不同的。

六 礼刑结合

唐僧取经从大唐出发到达天竺，按说至此行程应当结束，接下来的情节应当是灵山拜佛祖了，但书中并未这样安排，而是插入了一段地灵县的故事。为什么要这么安排呢？因为天竺国所讲的是社会治理

要依靠礼，但社会治理光靠礼是不够的，中国社会管理模式是德主刑辅，礼刑结合，出礼则入刑，不能片面地讲礼，所以书中接下来用地灵县的故事来讲刑。在社会治理当中，礼与刑虽配合使用，但两者层次是不一样的，“礼不下庶人，刑不上大夫”，礼是引导人们主动遵守的，是适用于君子的，属于高层级的应当在上，故为天；刑是强迫人们被动遵守的，是适用于小人的，属于低层级的应当在下，故为地。国所喻范围大，县所喻范围小，礼的作用重要，调整的范围广，涉及生活中的方方面面，故以天竺国喻之；刑的作用次要，调整的范围有限，只适用生活中的部分情况，故以地灵县喻之。地灵县的灵字喻刑罚虽然适用的范围小，却很有效，故称灵。

书中安排地灵县归属于铜台府，“铜台”之名是什么意思呢？其实书中是有交代的。唐僧师徒到达寇员外家后，书中对其家中景象进行了描述。描述分为两部分：室外有“古铜炉”“古铜瓶”，是拜佛时进香献花用的；堂中有“方台竖柜”，是信佛之人摆放经文用的。一“铜”一“台”，均为拜佛所用之器物，所以“铜台”之名表达的是此处乃佛教之地。另外，古时的镜子一般是铜制的，铜也可用来指代镜子，从这个角度上说，“铜台”即“镜台”。据《六祖坛经》记载，五祖欲传衣钵时，大弟子神秀所作偈子即是“身是菩提树，心如明镜台”。镜子是用来正己的，因此这个名字的另一层意思可能告诉佛教中人要把自己看清楚，结合后面寇员外的夫人及两个儿子的表现来看，是在提醒佛教中人，那些好善斋僧之人都是有功利心的，所谓斋僧不过是想花钱买功德而已。

寇员外虽然行为上好善斋僧，但其实算不上善良之人。首先从名字上看，作者为他选择的姓氏为“寇”，寇有强盗之意（此处请寇姓读者海涵），其名为洪，所以这个人就是陈光蕊遇难时强盗刘洪的再现。寇洪字大宽，取宽宏大量之意，用这个名字是反衬其为斤斤计较之人，否则何来斋僧之账目，每斋一僧都要记上。

寇员外立志斋僧一万，这是一个很有意思的安排。如果一个人诚心向佛，斋僧还愿，或是广结善缘，这都是可以理解的，是人有善念的表现。但斋僧居然还定了个目标，这就是问题了。你立志斋僧一万，第一万零一个僧人来你还斋不斋呢？如果不斋那就不是积善缘，而是追求功利。中国人讲有心为善，虽善不赏，把行善当作一种功利的手段，从来都是不被认可的。当年梁武帝问达摩祖师，自己修建了许多寺院，积了多少功德？达摩祖师告诉他：实无功德。因为你是为了积功德而修寺院，那么修寺院就不是功德。所以，此处的寇员外也是这样的问题。他把斋僧一万当成一种手段，认为斋僧一万就能得到某种好的结果，完全是利益交换的想法，所以当然得不到好报，故此才有其被强盗所杀的下场。

通过后面故事中邻居家的私房话，可以看出寇员外的发家史并不光彩。

妈妈，寇大官且是有子有财，只是没寿。我和他小时同学读书，我还大他五岁。他老子叫做寇铭，当时也不上千亩田地，放些租帐，也讨不起。他到二十岁时，那铭老儿死了，他掌着家当，其实也是他一步好运。娶的妻是那张旺之女，小名叫做穿针儿，却倒旺夫。自进他门，种田又收，放帐又起；买着的有利，做着的赚钱，被他如今挣了有十万家私。他到四十岁上，就回心向善，斋了万僧，不期昨夜被强盗踢死。

从这段介绍来看，寇洪前半生只顾经营，四十岁后才开始行善，是有功利心的。这些所谓善人不过是发财之后，愿意拿出一部分钱财出来求福报、买心安之人而已。而从寇家斋僧的情况来看，寇洪、寇夫人，以及两个儿子都有斋僧的需求，完全是出于功利心，并不是善心，所以当唐僧师徒要走的时候，他们心生怨念。书中不吝笔墨介绍这一家许多人的姓名，都是有用意的。除寇洪外，在其上一辈中其父名为寇铭，岳父名为张旺，意为原先有的是“名望”，夫人名“穿针儿”，即是穿针引线之意，名与望通过婚姻结合起来，生下两个儿子名为寇梁、寇栋，意为“栋梁”。寇家祖孙三代的名字设计还有一个特别的含义，祖辈名“铭”，系金字旁；父辈名“洪”，系水字旁；孙辈名“梁”“栋”，均系木字旁。三代人取名正是按照五行中金生水、水生木

的规则所取，而这一取名规则恰是明代皇家的取名规则，这里的设计有影射明代皇族之意。后面描写寇家大敞厅时讲，“虽然是百姓之家，却不亚王侯之宅”，暗示此处讲的是王侯。封建时代讲成王败寇，此处讥讽王即是寇。唐僧师徒离开寇员外家后来到华光行院，华即中华，光即是明，所以这里指的就是明朝宫廷。而后又将华光行院称为华光破屋，其所表达的似是对朝廷的不满。

此处又有再现之笔。灭法国王杀僧一万少四人，寇员外斋僧一万差四人。万指的或是“卍”字，本是来自梵文中的符号，在佛教中较为常用。在过去“卍”字与“卐”字两种写法都存在，有时用法上有区别，而有时通用，两者的区别是一为左旋，一为右旋。这也解释了为什么故事中所设计的情况一为杀僧，一为斋僧。从字形上看，少四人即上下左右各去掉一笔，变成了“十”。这两个情节结合来看，即是左旋也罢，右旋也罢，减少四笔，两者即相同。斋僧与杀僧是一样的，国王要杀僧，唐僧师徒被关进了柜子；寇员外留唐僧师徒盘桓半月，最终的结果却是把他们关进了监狱。

在其后的故事中，通过诉讼过程的讲述，暴露出了其中的许多问题。抓捕唐僧师徒的行为还算是合理的，虽然寇家是诬告，但从诉讼程序的启动上讲官府的行为是正确的。但接下来狱卒收受贿赂的行为就已经把封建社会司法腐败的问题揭露了出来。而后孙悟空采取了一系列的手段来应对诉讼，表面上看其打赢了官司，让读者为他们松了一口气，但作者其实留给了读者一个细思极恐的问题：在现实生活中，人是没有孙悟空的本领的，寇员外也不可能活过来，人遇到这样的诬告该如何证明自己的清白呢？唐僧师徒脱困靠的并不是证据，也不是程序上的诉讼权利，这暴露出了司法制度中所存在的问题。作者既赞成采用礼刑结合的方式治理社会，但同时也在提醒人们要看到司法制度自身所存在的问题。

第五阶段所讲的内容综合起来就是：以孝为始，止于至善，遵循中华传统文化，但也要警惕负文化，在社会治理方面采用礼刑结合的模式。

这套社会治理理念看起来基本属于儒家的理念，但其实当中也包含道家的思想。《西游记》可以说是借佛教的故事，依道家的理念，讲儒家的方案。在治理天下的问题上，儒家是有一整套方案的，法家也有一整套方案，只有道家不同，似乎并没有自己的一整套方案。其实道家的方案是这样的：如果原先使用的是儒家的方案，而这一情况仍适用于现在的社会，那么就继续使用儒家的方案；如果儒家的方案已经不能适应社会形势的需要，需要使用法家的方案，那就改为法家的方案。所以如果非要说道家有什么治理方案，那就是不确定，道家从来不讲固化的东西，随着社会情况变化而变化。

取经大结局

一 通关文牒的奥秘

在《西游记》的故事中，有一样东西看似非常不起眼，那就是通关文牒。但这件物品在故事中的作用其实非常重要，在小西天遇到黄眉老佛的时候，孙悟空说了这样一句话：

人固要紧，衣钵尤要紧。包袱中有通关文牒、锦襕袈裟、紫金钵盂，俱是佛门至宝，如何不要！

从这句话看来，通关文牒不仅是一本护照，还是佛门至宝。从书中的介绍可以看出，唐僧的袈裟是佛门至宝；紫金钵盂虽是唐太宗所赐，但终究比不上佛祖所赐，应当排在袈裟之后；而通关文牒却排在了袈裟之前，说明通关文牒比袈裟更重要。从证道的角度来说，或许通关文牒才是问题的关键。

通关文牒系出发时唐太宗发给唐僧的凭证，文牒中的内容第一次展示是在宝象国，此时文牒上有大唐的九颗宝印；第二次展示是假猴王抢了包袱到水帘洞的时候，此时文牒上有沿途各国之印，但已无大唐九印。唐僧师徒取经回大唐后，故事中特意安排了向唐太宗出示通关文牒的情节，文牒上加盖有取经路上所经过国家的宝印。关于具体有哪些国家的印，人民文学出版社第三版的内容为：

牒文上有宝象国印，乌鸡国印，车迟国印，西梁女国印，祭赛国印，朱紫国印，狮驼国印，比丘国印，灭法国印；又有凤仙郡印，玉华州印，金平府印。

人民文学出版社第四版则采纳了《西游证道书》中的写法，减去了狮驼国印，增加了天竺国印，同时还减去了凤仙郡印与金平府印。修改后的内容为：

牒文上有宝象国印，乌鸡国印，车迟国印，西梁女国印，祭赛国印，朱紫国印，比丘国印，灭法国印；又有玉华州印，天竺国印。

从故事情节的合理性来说，文牒上没有狮驼国印，有天竺国印是比较合理的。狮驼国君臣居民俱已被妖精吃掉，国家被妖精占领，如来佛出面降伏大鹏后，国中小妖跑净了，一个都不见，找不到人盖印是合乎逻辑的。而关于天竺国印，第九十四回明确写到："行者称谢，遂教沙僧取出关文递上。国王看了，即用了印，押了花字。"因此，文牒中没有狮驼国印而有天竺国印是符合逻辑的。但是，合乎逻辑并不等于合乎《西游记》的原意，别忘了《西游记》的错写笔法，该书是常常故意留下显著的破绽来引人思考的。

猜想：通送文牒的用印设计可能基于以下一些考虑。

（一）唐僧出发时通关文牒上有大唐九颗宝印，回到大唐时文牒上国家之印仍是九颗，二者是相对应的。因为通关文牒在取经途中被替换，所以回到大唐时的文牒中已经没有了大唐之印是合乎逻辑的。而这九国之印所对应的并非是取经所经历的地点，按证道之说而言，其所对应的或许是证道经历中的重要内容。除天竺国外，唐僧所经过的九个国家的名字都应当有其寓意。

国家	名称含义	故事寓意
宝象国	以相为宝	不可执着于相
乌鸡国	内外相反	不可只注重表面
车迟国	迟悟河车	内心要有定力
西梁女国	痛惜良女	情感需求是正当的，修炼不等于出家

（续表）

祭赛国	切忌攀比	不可依赖所谓宝物
朱紫国	儒教之地	纲常伦理有其所不能
狮驼国	佛教之地	佛教教义中存在一定的问题
比丘国	道教之地	道教理论中亦存在一定的问题
灭法国	灭一切法	法尚应舍，何况非法

（二）文牒上九国之印所代表的不是真实存在的国家。天竺国与宝象国等其他九国的不同之处在于其是真实存在的国家。天竺国是我国古代对印度的称呼，在《西游记》故事中，唐僧取经陆续经过了宝象国等九国，最后才到达天竺国。关于通关文牒中国家之印的数量，所使用的是似是而非之笔，无论按照上述哪种版本，作者所表达的意思都是唐僧所经历的国家既是九个，又不是九个，其所运用的是三的平方数九。

在这十个国家当中，宝象国等九国均是虚构的，而天竺国是真实存在的，所以两者的性质是不同的，不应当并列出现在文牒当中。其实故事中唐僧还经过两个国家——哈咇国与乌斯藏国，但文牒中也没有这两国的印。这两国都是真实存在的，哈咇（泌）国即哈密国，曾是新疆和中亚各地派往北京的贡使及往来内地商旅必经之路，永乐年间成为明朝的属国，即今天的哈密市；乌斯藏国是元明时期对西藏的称呼。这就说明，《西游记》中出现在文牒上的国家均是虚构的国家，而非真实的国家，所以关于天竺国，虽然书中在前文特意交代已经加盖了印鉴，但却在最终结尾处告诉读者文牒中并没有它的印鉴，是一处错写之笔，但只有这样才能引起读者的注意。

（三）天竺国无印的意义推测

1. 天竺国无印的设计其所要表达的可能是所谓取经其实并不需要到达天竺。西天取经关键在于取经，而不在于西天，天竺国无印的设计就是告诉人们不要认为西天真的有真经。故事中的天竺国名为天竺，实为大唐，所以从故事设计来看，表面上唐僧师徒到达了天竺国，其实他们并没有到达天竺国，其智慧系返求中华而得，所以文牒中没有天竺国印可能是有此含义的。如第六十四回所言："道也者，本安中国，反来求证西方。空费了草鞋，不知寻个甚么?"

2. 唐僧取经回到大唐时，通关文牒上既无大唐之印，亦无天竺之印，从证道的角度来说，这一设计或许是在表明对于修道而言，来处要放下，归处也要放下，重要的只是历程。

3. 在五圣成真的时候，只有唐僧与孙悟空成佛了，其他人均未成佛，原因之一可能与通关文牒有关。佛即如来，《金刚经》云："无所从来，亦无所去，故曰如来。"文牒上本有大唐九颗宝印，而后来宝印消失了，即"无所从来"之意；唐僧师徒明明到达了天竺国，文牒上却没有天竺国印，即"亦无所去"之意。有了这两处的设计，唐僧才达到了"无所从来，亦无所去"的境界，故能成佛。为什么孙悟空也能成佛，因为只有他是同样从大唐出发的。孙悟空被压五行山下，处于大唐边界，那么他算不算是大唐的人呢？算。因为当时刘伯钦讲过，自己不能出大唐的地界，但在救孙悟空出五行山时，刘伯钦曾为孙悟空脸上薅草，表明孙悟空仍在大唐地界范围内，所以文牒对他与唐僧的意义是一样的。而其他三众，从白龙马开始，都是离开大唐之后加入的，因此达不到佛的境界，故不能成佛。

（四）州府三印的特殊用意。文牒上有凤仙郡、玉华州、金平府的印在逻辑上是明显不合理的。在到达比丘国时，孙悟空说过："若是西邸王位，须要倒换关文；若是府州县，径过。"后面到了铜台府地灵县的时候也说："此间既是府县，不必照验关文。"从这些内容来看，取经途中倒换关文的规则是遇国则换，遇府州县不换，就像唐僧师徒经过车迟国元会县也不需要在文牒上盖印是一样的。凤仙郡、玉华州、金平府位于比丘国之后，地灵县之前，当然应当受这一规则的调整，而在这三地的故事中也确实没有倒换关文情节的描述，因此从逻辑上说，文牒上是不应当有这三处中任何一处的关文的。但是这三个郡府州却在文牒上加盖了印，从前文的分析可以看出，这一设计其实仍是与景泰帝有关，作者希望大家不要忘了那个人。凤仙郡、玉华州、金平府故事的安排所影射的明朝那段想隐藏的历史，所以在唐僧回到大唐时，通关文牒上才会出现这三个本不应有的州府之印。

二 何谓真经

如来佛向东土传经三藏，读完整个故事，如果我们仔细分析一下就会得出这样的结论：唐僧虽然取得了这些经书，却没有学习这些经书，然而唐僧成佛了，说明想成佛是不用读三藏经书的。唐僧因取经而成佛，非因读经而成佛。回顾唐僧的成佛历程，就在取经过程当中，故《西游原旨》说,《西游》取经并非除《西游》外别有真经。

回顾唐僧成佛的历程，可以分为四个阶段：

1. 浮屠山受《心经》。《心经》是唐僧的理论指引，其在浮屠山经乌巢禅师传授此经，是其成佛的第一步。

2. 五庄观吃人参果。吃了人参果之后，唐僧“脱胎换骨，神爽体健”。

3. 取经路上领悟《心经》。得《心经》后，唐僧每当遇难时都会念《心经》，但结果并没什么用，说明《心经》不是这样用的。而后来孙悟空一路上为唐僧解《心经》，尤其是“无言真解”后，唐僧才真正领悟了《心经》。

4. 凌云渡脱胎。至凌云渡无底船上，唐僧脱去肉身，为成佛做好准备。

这样的情节安排意在说明，三藏真经只是给普通人用的，却并非成佛所需。如来佛在介绍三藏真经时说，其有法一藏谈天，论一藏说地，经一藏度鬼。是谈天、说地、度鬼的用处大呢，还是成佛的用处更大呢？当然是成佛的用处更大了，谈天说地，其实只是对外界事物的认知，因此单从功利的角度来讲，对修行的人吸引力并不大，而度鬼，其实唐僧早在西天取经之前就已经能够做到了。他在双叉岭碰到刘伯钦的时候，超度刘伯钦亡故一年的父亲，这个时候唐僧所念的经书已经具有度鬼的能力了。唐僧在超度刘伯钦亡父的时候，念的经书分别是《度亡经》《金刚经》《观音经》《法华经》《弥陀经》《孔雀经》，这些经书有的后来包含在如来佛向东土所传的三藏经书之内，而有的没有，所以，综合整个小说的安排可以看出，作者的意思是，如来所传的三藏经书，其实并不能够度人成佛成仙，相比之下并不是最重要的。而唐僧在路途中受乌巢禅师传授了《心经》之后，又经历了吃人参果脱胎换骨，然后一路上反复揣摩《心经》，尤其是经孙悟空以无言之解为其解得《心经》，最后到接引佛祖那里上无底船，实现了真正的脱胎，从而成佛。相比之下，那么所谓真经乃是唐僧个人的收获，而非所取得的三藏经书。三藏经书不能保证成佛，而要成佛也不需要去读那三藏经书，这才是作者的真实用意。在如来佛意欲传经的时候，原话说的是“我今有三藏真经，可以劝人为善”，也就是说他所向东土要传的三藏经书是劝人为善的，并不是教人如何修成正果的。

三 五圣成真

《西游记》最后一回为唐僧师徒安排了一个大团圆的结局，即五圣成真，每个人都修成了正果。唐僧为旃檀功德佛，孙悟空为斗战胜佛，猪八戒为净坛使者，沙和尚为金身罗汉，白龙马为八部天龙马。按照书中结尾处的记载，唐僧与孙悟空成佛，而猪八戒、沙和尚、白龙马均为菩萨果位。在这样的安排中，书中仍是在讲述五行相生的道理。

唐僧为何成为旃檀功德佛？因为唐僧为水，旃檀为木，此处所运用的是水生木的原理。

孙悟空为何是斗战胜佛？孙悟空为金，金生水，斗战胜佛与水有关系吗？有。《道德经》云：“天下莫柔弱于水，而攻坚强者莫之能胜。”水看似是最柔弱的，其实却是最强的，故名“斗战胜”。

沙和尚为何是金身罗汉？因为沙和尚为土，土生金，故此为金身罗汉。

白龙马由马而变回为龙，是由火生土。

猜想：上述四人均是按照五行相生的规则安排的，但猪八戒不同。猪八戒为何成为净坛使者？因为猪八戒是儒教的代表，儒教之人的结局当然不是成佛。所谓净坛使者可能指的是杏坛使者。杏坛是孔子讲学之处，所以此处其实是安排猪八戒回归儒教。另外，在分封果位时，对于如来佛的安排其他人都没有提出异议，只有猪八戒不同。

八戒口中嚷道："他们都成佛，如何把我做个净坛使者？"如来道："因汝口壮身慵，食肠宽大。盖天下四大部洲，瞻仰吾教者甚多，凡诸佛事，教汝净坛，乃是个有受用的品级，如何不好！"

这一说法可能是在讽刺那些礼佛之人，所有的供奉其实最后都是喂猪的。

五圣成真中其他四圣均是按照五行相生的规律进行的，为什么只有猪八戒不同？可能还有一个原因，虽然前面我们分析过猪八戒五行为木，但作者或意其为动态的木，即水——木母，其可生木但并非木，其中或许包含着修炼方面的隐意。

为什么沙和尚对分封的结果不提异议？沙和尚既没有成佛，也没有得到观音菩萨当初的承诺"功成复你本职"，继续回去当卷帘大将，他为什么不像猪八戒一样提异议呢？因为沙和尚是道教的代表，从其自身追求来讲，本就不以成佛为目标；从其行事风格来讲，遇事不争才符合道家的理念，所以怎么安排都不会提异议的。

而对于白龙马，佛教并未食言。玉龙三太子受难时，观音菩萨先将其救下是为有恩，后来对他的承诺是"功成后，超越凡龙，还你个金身正果"，而最后如来佛是兑现了观音菩萨的承诺的。

四　似是而非的结尾

唐僧前往西天取经共要经历九九八十一难，但到达灵山时只有八十难，不算圆满，于是观音菩萨又为其增设了一难。其实如果单独从讲故事的角度来说，在完成取经时可以说已有八十一难，因为除了书中所列的八十难之外，取经时发生的"阿傩索人事"也可以说是一难，白雄尊者打翻无字经也可以算一难，这样一来八十一难就圆满了，但作者却故意不这样算。"棘林吟咏"亦可以分为"荆棘阻路"与"木仙吟咏"两难，但作者也不这样算，所以增设一难的情节明显是作者有意为之。观音菩萨增设的第八十一难应为通天河水淹经书，但他们落到河里后又发生了阴魔夺经一难，相当于增加了两难，但由于两难是紧接着发生的，而作者着墨又不多，读者容易忽略。有人认为，唐僧师徒本有阴魔夺经一难在归途中等候，即八十一难本是完整的，但观音菩萨忽略了未来的事，只算了以前的经历，因而认为八十一难少了一难，再增设一难，结果导致多了一难。而这样一来，唐僧所经历的既是八十一难，也是八十二难。这样的安排实在是巧妙，观音菩萨若不设这一难则只有八十难，增设一难后就变成了八十二难，八十一难是圆满，要么少一难，要么多一难，这样才真正体现了该处所讲的难全之妙。

《西游记》的似是而非之笔运用了从一到十的平方数，此处即是九的平方数，关于二、三、四、六、十的平方数前面已经讲过了，现在到了结尾的时候，我们把其他数字的平方数补齐。

一一得一，指的是故事的主线。《西游记》故事有一条主线，就是唐僧西天取经。但是书中开头部分用了太多的笔墨讲述孙悟空的成长经历，让读者很难确定唐僧与孙悟空谁才是故事真正的主角。我们完全可以说故事还有一条主线，就是孙悟空的成佛历程，所以这个故事既可以说是一条主线，也可以说是两条主线。

而就故事中的人物来说，其实很难区分唐僧与孙悟空到底谁才是小说的主人公。关于孙悟空这个角色，作者为什么会为他取姓为“孙”呢？在宋代《大唐三藏取经诗话》中该角色是白衣秀才，是花果山紫云洞的猕猴王，并未提及姓氏；在宋代《陈巡检梅岭失妻》话本中，齐天大圣猢狲精名为白申公，与孙悟空的角色已经非常接近了，但其应当姓“白”；在元代杨景贤《西游记》中其名为“孙行者”，此时以“孙”为姓。《西游记》中孙悟空以“孙”为姓除了在此前故事的传承及民间传说影响外，可能还有一个原因：陈、孙同宗。陈姓与孙姓均有一支出自妫姓，为舜的后裔。唐僧姓陈，孙悟空姓孙，二人实为同姓。在《西游记》“真假猴王”故事中唐僧在向被孙悟空所杀的强盗祷告时特意说两者不同姓，是反写的手法，实则是在暗示两者同姓。

你到森罗殿下兴词，倒树寻根，他姓孙，我姓陈，各居异姓。冤有头，债有主，切莫告我取经僧人。

而在比丘国时师徒又互换身份，师即徒，徒即师，是在暗示两个角色实为一个角色。故事中既有真假唐僧，又有真假猴王的设计，就是要提醒读者注意两个角色谁才是真的主角。回头来看，孙悟空名为“悟空”，唐僧在取经一路上都在不断地领悟《心经》，非“悟空”而何？孙悟空又名“行者”，真经在西天雷音寺，唐僧远行十万八千里前往取经，非“行者”而何？所以，唐僧的故事与孙悟空的故事是全书的两条主线，但这两个主角实为一人，所以故事的主线既是两条也是一条。最终唐僧与孙悟空都成佛了，孙悟空悟道是向内而求，属顿悟型的；唐僧取经是向外而求，走的是渐悟的路线。为什么故事中要安排一顿悟、一渐悟两个角色，可能还是与《六祖坛经》有关，《坛经》云：“本来正教，无有顿渐，人性自有利钝。迷人渐修，悟人顿契。”

取经完成后，唐僧被封为旃檀功德佛，孙悟空为斗战胜佛，为什么会使用这样两个称号。首先来说，这个佛的名字是佛教经典中没有的，是作者创造的。对于创造的原因在前文中已经交代过，《西游记》在混淆视听，想把佛教的东西弄乱。但作者的创造却不是凭空创造，而是有所指向的，并且其在成佛这一环节对两位角色进行了调换。孙悟空喜欢打打杀杀，被封为斗战胜佛比较符合这个角色的性格，但事实上历史上的玄奘法师才可称得上真正的“斗战胜佛”。玄奘法师到达印度修习佛法多年，举办了无遮大会，连续十五天接受任何人关于佛法的论战，如果有人辩赢了他，他是要被砍头的，但如果没有人能辩赢他，则所有人都要尊奉他为大师。最终，玄奘法师战胜了所有人，为大唐赢得了荣誉，也正是因此才奠定了他在佛教史上的地位，所以他才真正应当称为“斗战胜佛”。旃檀功德佛这一称号通常令解读《西游》之人很费解，因为《西游记》中每个名字都不是随便用的，唐僧最后成佛的封号当然不会没有意义，但这一称号既非玄奘法师的称号，也并非借用佛教典籍中的记载，显得似乎有点儿奇怪。事实上，作者这样安排是因为孙悟空，因为在此处作者将两位主角的身份再一次互换，再次强调二者一而二、二而一的关系。唐僧得到这样的封号是因为孙悟空才是“旃檀功德佛”，因为孙悟空的原型是六祖惠能，六祖的金身至今仍保存在南华寺，以千年不坏的肉身向世人传递佛法，正可称得上“旃檀功德”四字。

前面说过，孙悟空为心，唐僧为性，在故事的第一回中题目即为“心性修持大道生”，心、性所指都是猴王一人，而在取经途中，二人分别代表心、性，又合而为《夬》卦，所以整个故事最开始只有一个主角，后面分作两个主角。

五五二十五，唐僧取经经过了二十五座山岭。唐僧取经经过的山岭有：双叉岭、两界山、蛇盘山、浮屠山、黄风山、万寿山、白虎岭、碗子山、平顶山、号山、金兜山、毒敌山、火焰山、荆棘岭、小西天、七绝山、盘丝岭、狮驼岭、陷空山、隐雾山、竹节山、青龙山、宝华山、灵山。上述只有二十四座，但请不要忘记，真假猴王的故事是发生在一座无名高山上，那座山中虽无妖精阻路，亦无仙佛所在，但却是取经途中很重要的一座山，不可忽略，所以其所经过的山岭既是二十四座，也是二十五座。

上述二十五座山的共同特点为均是唐僧所到达的山岭，故事中出现的还有花果山、黑风山、福陵山、压龙山、解阳山、翠云山、积雷山、乱石山、紫云山、麒麟山、豹头山、毛颖山等，但这些山只有孙悟空等人去过，唐僧并未到达，因此不纳入上述数字的计算。

七七四十九。这个数字从书中相关内容来看，最接近的是结尾处写的四十八位佛。《六祖坛经》记载佛共有七位，而《西游记》直接用错写之笔加似是而非之笔将其改为七七四十九位。按上述逻辑推算，此处佛应有四十九位，但书中只写了四十八位，作者完全可以虚构一位凑成四十九位，可为什么不这么做呢？经过华光行院时书中提到了一位火焰五光佛，但这位佛却未出现在结尾的经文当中，作者为什么会有这样的遗漏呢？书中这一写法或有隐藏之意，作者想表达的是书中应有四十九位佛，结尾处只写四十八位并不是想不出第四十九位的名号，或许其想对读者说的是“你就是第四十九位佛！”《西游记》认为人人可成佛，也希望人人都成佛。《西游真诠》与《西游原旨》都在讲，取得真经之人在释成佛，在道成仙，在儒成圣，这就是第四十九

位佛之意。所以，书中的佛既不是四十九位，也是四十九位。

细心的读者可能会发现，在四十八位佛当中，排名最后一位的是斗战胜佛，也就是孙悟空；观音菩萨排在孙悟空之后，仍然是菩萨，而没有成佛。按理来说，观音菩萨是整个取经事项的总策划，在取经过程中的作用极为重要，其对于取经之事的功劳很大，为什么如来佛没有将观音菩萨升为佛呢？读《西游记》对于此类细节均不可轻易放过，因为我们可能觉得那就是个故事，作者可能只是随便编排一下而已，孰不知其实作者在当中隐藏了重要的信息，却可能被我们就此略过。这一设计说明作者对于“菩萨”的理解是非常到位的，《楞严经》讲：“自未得度，先度人者，菩萨发心。自觉已圆，能觉他者，如来应世。”菩萨就是度人在己之前的，所以观音菩萨策划、统筹了整个取经事宜，但最后唐僧和孙悟空都成了佛，而他自己却并未成佛。

八八六十四。既然《西游记》中从一到十十个数字中，其余九个数字的平方数都已经出现了，那么八的平方数六十四应当也是有的，这也正是本书的猜想——《易经》的卦数。《西游记》的写作是按照《易经》的方式进行的，到达灵山前《易经》六十四卦演算完毕，所以寇洪的寿命为六十四岁，书中说其“止该卦数”。但在此之后的情节又续演了一卦，沿续上述风格，所以书中所运用的既是六十四卦，又不是六十四卦。

对《西游记》的猜想

 西游记的作者是谁

关于《西游记》的作者，现在权威的说法是明朝人吴承恩，这一说法是胡适先生和鲁迅先生确定的，但也有许多学者提出质疑。因为吴承恩所写的《西游记》，当时被归入地理类的文献中，不太符合小说《西游记》的特点，所以吴承恩所写的《西游记》有可能并非我们所熟识的名著小说《西游记》。

（一）西游记作者为什么不署名

《西游记》是一部内涵如此丰富的小说，作者为什么不留下自己的名字呢？其原因可能有二：一不贪功，二为避祸。关于第二个原因，前面已经讲过，《西游记》影射了许多历史事件，涉及许多犯禁的话题，对于这些作者无疑是最清楚的。《西游记》明贬道教，暗讽佛教，上骂皇帝，下骂太监，得罪人太多，所以其不署名是完全可以理解的。但笔者认为，《西游记》在万历二十年刊印时，没有人以作者身份署名的最主要原因可能是第一个——不想侵吞前人的成果。

道教中人曾经一度认为《西游记》的作者是长春子丘处机，这样一来其创作即应始于元朝。《西游记》中也确有元代的因素，如孙悟空学会筋斗云后，师兄弟说他可以去当“铺兵”，这个职业就是元代的称谓，而如果《西游记》创作于明万历年间的话，则通常不会使用元代的职业称谓。清代的纪晓岚在其志怪小说《阅微草堂笔记》中即对此提出了质疑，后来《长春真人西游记》面世后，人们才清楚把两本《西游记》弄混了。

《西游记》中出现了司礼监、锦衣卫、兵马司、大学士、翰林院、中书科等明朝的官职，而且故事中还运用了许多大明律当中的元素，

说明其确系明代的作品。但是，这只能说明其最终成书在明朝，但不能代表其创作亦始于明朝。《西游记》的成书可能经历了数百年的积累过程。玄奘法师归国后曾口述西行见闻，由弟子辩机写成《大唐西域记》，晚唐五代时期出现了《大唐三藏取经诗话》，元末明初已出现比较完整的小说《西游记》。原书已佚，但《永乐大典》中所引《梦斩泾河龙》的故事标题即为“西游记”，其内容与现存百回本第九回前半部分基本相同。古朝鲜汉语教材《朴通事谚解》中有“车迟国斗圣”的故事片段，书中还有八条注文，介绍了取经故事的主要情节，也与百回本十分接近。

《西游记》的内涵如此丰富，其创作应当要经历许多年，可能在元朝时已初步创作，此后又有其他人不断进行补充与添加，到了明朝万历年间才形成了世德堂的版本。即便从《永乐大典》时期算起，到《西游记》刊印时已经过了差不多两百年了，其中的很多内容可能是在这两百年中添加进去的，否则不会有对后来历史事件的影射。如果这部小说的创作经历了两三百年的时间，最终的作者将此书整理完成之后，应该不会把前人的成果完全归入自己名下，故此不署自己的名字，在该书刊印时只是标明编校者为“华阳洞天主人”，而没有自称为作者。

关于“华阳洞天主人”的身份，有人认为是唐光禄，有人认为是李春芳，有人认为是吴承恩，其实这三种说法都是针对明代刊印的《西游记》而言的，如果追溯到《永乐大典》成书时，无论是李春芳、吴承恩还是唐光禄都还没有出生，自然不可能是原作者。唐光禄对于《西游记》是有重大贡献的，据记载他见到《西游记》后认为这是一部奇书，为购得此书而不惜散尽家财，这也说明唐光禄并非该书原作者，但如果他对该书进行编校则是在情理之中的。李春芳与吴承恩是同时代的人，以他们的才学和能力，如果说他们参与了《西游记》的创作也是完全可以令人相信的。但是，基于目前的文献记载，我们都很难确定到底谁才是《西游记》真正的作者，也同样难以确定谁是真正的“华阳洞天主人”。

（二）西游记可能采取了另一种署名方式

虽然书中有那么多犯忌的话题，但《西游记》毕竟是一部巨著，倾注了作者无数的心血，作者会甘心不署名吗？如果换作是笔者，即使不署名也会在书中留下一些痕迹。由于《西游记》是一部奇书，其在很多方面都与普通的书不一样，所以如果书中有作者的署名，其署名方式可能也是不一样的。

1. 李春芳。假如李春芳在书中也有署名，那么其方式就是第九十五回的一首诗：

缤纷瑞霭满天香，一座荒山倏被祥。
虹流千载清河海，电绕长春赛禹汤。
草木沾恩添秀色，野花得润有余芳。
古来长者留遗迹，今喜明君降宝堂。

此诗前两句意思可以理解为《西游记》内涵丰富，但已是一座荒山，现重新被发现；第三、四句可以理解为该书历史悠久，“电绕长春”说明与长春子丘处机有很大关系，可能当时他也认为丘处机是原作者，同时也把自己名字中的“春”字体现出来；第五句木添秀色乃木下生子，是“李”字；第六句“野花”可能意指《西游记》不被重视，同时后面使用“芳”字；第七句说《西游记》是古来长者所留，表明《西游记》在此前是已有一定基础的；第八句有双关之意，一方面可以理解为有聪慧之人发现了《西游记》的宝贵，另一方面也可以用来捧一下当时的嘉靖皇帝，毕竟小说中明显有讽刺他的地方。

2. 吴承恩。假如吴承恩是《西游记》的作者，那么他的署名方式就是把自己的名字用在书中不该用的地方。

《西游记》第九回渔樵问答时讲到“受爵的，抱虎而眠；承恩的，袖蛇而走”，第二十九回标题为“承恩八戒转山林”，两次出现“承恩”的字样。古人很注重避自己的名讳，像这样使用自己的名字，而且还是略带贬意的使用，是不太合常理的。尤其是“承恩八戒转山林”

一语中“承恩”一词使用得并不恰当，虽然猪八戒是奉国王之命前去救百花羞公主的，但这明显是为国王帮忙，而非受到国王的恩惠，谈不上“承恩”二字。这两处“承恩”的使用常常会被作为否认吴承恩系小说作者的依据，但基于前面已经分析了作者不署名的理由，这样的使用也有可能是作者避嫌的一种方式。尤其是第二次的使用明显不太恰当，亦有可能是在提醒读者。《西游记》所秉持的是道家的理念，“署即是不署，不署即是署”。

3. 金蟾子。假如金蟾子是《西游记》的作者，那么他的署名方式则更加特别，就是以自己为故事的主人公。

故事中交代，唐僧的前世是如来佛的二弟子金蝉子。事实上，两千年前随释迦牟尼佛修行者很多，其中有名者甚多，作者一律不用，却取了这样一个道教人物的名字。

道教有一位金蟾子，与“金蝉子”同音，是张三丰的二弟子。张三丰的弟子中除了武侠迷所熟知的武当七侠外，还有两位道士弟子，大弟子名铁蟾子，二弟子名金蟾子。那么这位金蟾子与《西游记》中的金蝉子有关系吗？咱们还是先从张三丰谈起。

“张三丰”是道号，“三”代表乾卦，“丰”代表坤卦，这两个字代表的是乾坤之意，历史上可能有多个张三丰。明成祖时期，下诏访求活了两百多岁的神仙道人张三丰，在武当山为其大兴土木。始于张三丰的武当派以身心内炼金丹，达成性命双修的丹法为主，与《西游记》中的证道内容是高度吻合的。武当供奉的是真武大帝，而《西游记》对于真武大帝是极为推崇的，将其列为与玉帝、佛祖同等级别的人物。在第三十二回时孙悟空讲道：

若是天魔，解与玉帝；若是土魔，解与土府。西方的归佛，东方的归圣。北方的解与真武，南方的解与火德。

“三丰”二字中的“丰”字如果旋转九十度，再把中间的一竖向上提起，然后把中间的一横逆时针旋转变成一撇，就成了一个“少”字，再加上“三”字的变形“三点水”，组合在一起就是“沙”字，所以“沙”

字有可能是“三丰”的变形，这样看来沙和尚的原型可能就是张三丰。

在小雷音寺大战黄梅老佛的时候，孙悟空去请荡魔天尊，也就是真武大帝，其实这个角色可能指的也是张三丰。

祖师道：“我当年威镇北方，统摄真武之位，剪伐天下妖邪，乃奉玉帝敕旨。后又披发跣足，踏腾蛇神龟，领五雷神将、巨虬狮子、猛兽毒龙，收降东北方黑气妖氛，乃奉元始天尊符召。今日静享武当山，安逸太和殿，一向海岳平宁，乾坤清泰。”

这一段经历前面讲的可能是全真教，当年在北方得到了成吉思汗的认可，道法传扬天下；而后面则可能是指张三丰在南方重振道教，另立武当派。

真武大帝身上可能还有一个人的影子——明成祖朱棣。太和殿即是明成祖下令修建的，据说殿中真武大帝的容貌就是按照朱棣本人的形象雕塑的，而明代皇宫当中所供奉的也是真武大帝。朱棣在夺取皇位之前为燕王，镇守北方，亦合“当年威镇北方”之语；而后其从建文帝手中夺取了皇位，后来才有武当山修建太和殿供奉真武之事，所以二者之间是有关联的。

在这段故事当中，孙悟空还请到了一位小张太子，其实小张太子有可能也是指张三丰。书中有一首诗用来介绍小张太子：

祖居西土流沙国，我父原为沙国王。

……

如今静乐蠙城内，大地扬名说小张！

“流沙国”“沙国王”都在突出“沙”字，即“三丰”，而太子姓“张”，合在一起正是“张三丰”。“小张太子”之所以加上一个“小”字，其所指代的可能是年轻时的张三丰，或者说是修为尚浅时的张三丰，而真武大帝则是修为有成的张三丰。

假设：《西游记》的原作者是金蟾子。《西游记》能够被道家之人认为系撰写修炼金丹方法之书，足以说明其所讲述的道家的修丹理论是得到道教专业人士认可的，而其一度被认为是丘处机的作品，说明作者对于道家理论已经达到了很高的水平。能具有这样水平的人，很有可能是在道教历史上颇有影响的人。张三丰符合这样的条件，金蟾子作为张三丰的弟子，如果他写出一部这样的书也是符合情理的。如果自己已经担任了书中的主角，自然就不需要再署名了。

张三丰是师父，在书中的角色变成徒弟沙和尚，而徒弟金蟾子在故事中却变成了师傅唐僧，二者的身份互换了。徒弟对于自己的师父当然不敢不敬，所以孙悟空、猪八戒都是动物，而沙和尚只是晦气脸色的妖精，不是动物，而且唐僧在整个故事中都没有对沙和尚说过重话。在比丘国的时候书中安排唐僧与孙悟空师徒互换身份，有“师作徒，徒作师”之语，这或许也是作者特意隐藏在书中的信息。

以上存属臆想，笔者连张三丰是谁都搞不清楚，更不清楚金蟾子的相关情况，只是胡乱言之。《西游记》已经为我们传承了中华民族的宝贵智慧，至于谁是作者其实已经没那么重要了。

功遂身退，天之道也！

 成书原因的猜想

无论《西游记》成书于明代还是元代，其创作背景都很可能与一件事情有关，那就是发生在元朝的佛道之争。《西游记》可以说确与丘处机有关，丘处机曾带领弟子跋涉万里，西行为成吉思汗讲道，并借机劝他止杀爱民。后来，他的弟子李志常撰写了《长春真人西游记》，记述了这件事。丘处机也因此得到了元太祖的认可，命他掌管道教。丘处机在任掌教期间通过自己的影响，使整个道教的发展进入了兴盛时期。道教的发展自然会影响到佛教，于是两教产生竞争。佛道之争的根本目的还是在于世间的名利，但导火索却是《老子化胡经》。历史上比较大规模的佛道相争发生在两个朝代，都是围绕《老子化胡经》的真伪进行的，每个朝代都发生了两次，每次都是以佛教获胜告终。

书中在讲到唐僧师徒来到车迟国时，孙悟空、猪八戒、沙和尚三人冒充三清，孙悟空让猪八戒把三清像挪去厕所。其实这个情节所暗喻的就是道教的地位被佛教取代，佛教来自远方，取代了道教成为国教，而以往受人景仰的道教却被打压到非常难堪的境地。《西游记》中写到每个寺院都有道士的出现，寺院都是由和尚做主，道士要听从和尚的安排，这种设计就是在表现当时佛教与道教的地位差异。而且作者还通过对一些细节的处理来表达某些内容。如在观音禅院的时候，抬柜子干活的都是道士，而放火想要烧死唐僧时却只有和尚，道士并未参与其中，但后来孙悟空惩罚时却是和尚道士一并处理的。

关于《西游记》成书原因的猜想：道教辩论失败后，《老子化胡经》被毁，道教各方面一落千丈，社会地位没有了，现实利益也不复存在，连想招收门徒都很困难，道教的人物因此产生危机感。他们一方面输得不服气，另一方面也担心道教其他的理论与经典也可能会被毁，于是想到以另外一种形式把自家的理论留存下来。小说受众最广，写成小说无疑是一个好办法，而更为聪明的做法是选择一个佛教的故事作为掩护，这样就可以避免受到佛教的打压，于是选择了玄奘法师取经的故事，在前人已有的创作基础上，把自己的思想添加进去。

首先，书中对佛教与道教进行比较，前文已经讲过了，对于佛教明捧暗讽，而对于道教的主旨却是褒扬的。其次，书中以比喻的方式详细记载了道教所主张的修炼金丹的方法，意为道教精华在此，在两教相争时没拿出来用，所以才失败，现在到书中重新比过。第三，书中认为儒、释、道三家应当合一，两教不该相争。从书中可以看出，作者涉猎广泛，对于三家理论的理解都很深入，但在学识范围上，则对于道教的理论和方法了解得非常全面，宣传得也很多，而对于释、儒两家所了解的广度以及展现则不如道家。

《西游记》的原意或许是：

三家本应合一，两教何须相争。
如果真要相争，道教未必不行。
现实所以败阵，因无吾师三丰。
诸君如若不信，且看书中相竞。

三 还有一个猜想

《西游原旨》说,《西游》取经并非《西游》之外别有真经，所取即是《西游》之经。那么,《西游记》中的真经是什么呢?

在佛教来说,《西游记》是《心经》。

在道教来说,《西游记》是《老子化胡经》。

而在儒教来说,《西游记》可能还是另一部经书——《易经》。

《易经》是中华文化的群经之首，其中的内容博大精深，想真正读懂《易经》是非常难的。而《西游记》是一部脍炙人口的神话小说，很少有人会把《西游记》与《易经》联系起来。《西游原旨》认为,《西游记》是一本贯通儒释道三家文化的奇书，其所讲述的儒家原理即为河图、洛书与《周易》，书中以唐僧师徒之事演河图、洛书与《周易》。如果我们将两部书相对照的话，就会发现二者之间似乎有着密切的关系。

《易经》共有六十四卦，根据卦的排列顺序不同，有《连山易》《归藏易》《周易》，合称“三易”。流传广泛的《周易》其实只是《易经》当中的一种。事实上,《易经》的六十四卦还可以有更多的排列方式，每一种排列都是一种应用方式，每一种其实都可以算作是一本《易经》。《西游记》就是在以讲故事的方式，写一本属于自己的《易经》。

前面分析过,《西游记》与《易经》之间有许多关联，书中用孙悟空与九头鸟分别代表了动态与静态的《乾》卦，用唐僧与二郎神分别代表动态与静态的《坤》卦。《乾》卦与《坤》卦是《易经》中最基础的两卦，其他各卦可以说都是由这两卦变化而来。既然《乾》卦与《坤》卦都有了，那么作者有没有把《易经》中其他各卦用在《西游记》当中呢?应该是有的。如果我们把《西游记》与《易经》对照着来读，就会发现，整部《西游记》讲故事的顺序似乎从一开始就是按照《周易》的顺序展开的。《周易》前七卦的顺序依次是乾、坤、屯、蒙、需、讼、师，而《西游记》一开始的故事情节与其完全是相对应的。

	《周易》卦序	《西游记》情节	关联
1	乾为天	天开于子	天
2	坤为地	地辟于丑	地
3	水雷屯	石猴出世	屯即万物之生
4	山水蒙	猴王求道	求道即启蒙
5	水天需	四方索需	需即所需之物
6	天水讼	大闹天宫	天庭征伐为讼
7	地水师	组建取经队伍	组建队伍为师

这两者的一致难道只是巧合吗？恐怕不是。

《西游记》不仅在大的情节设计上与《周易》有关联，在细节上也常能对应。《易经》的每一卦均由六爻组成，爻共有两种：阴爻与阳爻。阴爻与阳爻相对，二者可以代表很多东西，如否定与肯定、内在与外在、失败与成功、恶与善等等。我们如果把《西游记》中的故事情节安排对应地转换成阴爻与阳爻的话，就会发现，似乎《西游记》所讲的就是《易经》。

（一）乾坤——《西游记》之始

《西游记》开篇讲到了是邵康节的会元之数，由一元分为十二会，然后通过对十二会的相互关系引出了“天开于子”“地辟于丑”“人生于寅”。这一顺序与《周易》的前三卦《乾》卦、《坤》卦、《屯》卦的顺序完全一致。《乾》卦代表天，对应“天开于子”；《坤》卦代表地，对应“地辟于丑”；《屯》卦代表万物，对应“人生于寅”。“人生于寅”在这里所指的不止是人类的产生，还包括了世间一切生命的产生，小说原文是“正当寅会，生人，生兽，生禽”，而《屯》指的是万物，两者的内涵是比较接近的。作为一部神话小说，先讲天地之始及万物生成是正常的，《封神演义》开篇之诗也有“子天丑地人生寅”之句，其与《周易》有一致之处可能只是巧合，后续的内容或许更能说明问题。

《乾》《坤》两卦是整个《易经》的基础，为什么作者会在开篇之处轻轻一笔带过呢？这又是道家的理念——不用即是用。《乾》《坤》

两卦十分重要，以至于作者全书其实都在讲这两卦的问题，两大主角分别代表了这两卦。正因其非常重要，所以才不像其他各卦一样在自己的顺位上加以诠释，只是在开篇处点到即止，至于深度的发挥，要贯穿全书去理解。

（二）屯——石猴出世的安排

《屯》卦坎上震下，其在《周易》中为第三卦，卦辞为：元，亨，利，贞。勿用有攸往。利建侯。

《西游记》在介绍“三才定位”时已经提到了《屯》卦，而之后在讲“石猴出世”的时候，则似乎是在把《屯》卦扩展开来运用。《屯》卦代表万物之生，既包括人之生，也包括一切生命的诞生。而小说中这一段故事的主要内容就是石猴的出生，所以故事的主题与《屯》卦的内容是吻合的。

《周易》中经常使用“元”“亨”“利”“贞”四个字。“元”可以理解为本原，指的是事物的基础；“亨”可以理解为连通，是事物与外界之间的关系；“利”可以理解为运用，即事物的作用该如何发挥；“贞”可以理解为美好的品质，所指的是价值层面的东西到底是好与不好的问题。在上述六段情节中，石猴出世是事物的产生，产生是事物存在的基础，对应的即为“元”。石猴出世后目运金光，惊动玉帝，这是事物与外界产生了联系，对外界形成了影响，对应的即为“亨”。石猴与众猴在山间快乐地生活，发现了水帘洞，并带领大家找到了新的居所，为猴群带来了巨大的利益，这是在讲石猴是如何发挥自己的作用的，对应的即为“利”。而最后一段情节中，石猴因忧虑生死与众猴就生死危机进行讨论，已经上升到对价值的追求层面，对应的即为“贞”。而孙悟空成为美猴王又恰合卦辞中“利建侯”之语，所以从情节的安排来看，可以说上述内容对卦辞进行了生动的诠释，似乎可以说这些内容把《屯》卦的内容变成了一段小故事。

《周易》中每一卦都有六爻，《屯》卦亦是如此，而“石猴出世”这一部分似乎也可以分为六段情节：石猴出世、惊动玉帝、山林生活、发现水帘洞、成为美猴王、忧虑生死。这六段情节与《屯》卦有什么关系呢？如果我们能在六段情节与六爻之间找到对应关系，那是不是一种巧合呢？《易经》中每一卦的六爻都是按照由下向上的顺序发展变化的，下面将每段情节与《屯》卦中的六爻对照比较一下，看其中具有怎样的联系。

初九：磐桓，利居贞，利建侯。

这一爻为阳爻，对应的情节为石猴出世。就有无而言，有为阳，无为阴，因此事物的存在为阳，消失为阴。而生命的出生是由无到有的变化，所以石猴出世应当用阳爻来代表。

六二：屯如邅如，乘马班如。匪寇婚媾。女子贞不字，十年乃字。

这一爻为阴爻，对应的情节为惊动玉帝。就己身与外界之间的关系而言，己身为阳，外界为阴。石猴出世之后，目运金光，直冲斗牛，惊动了玉皇大帝。这是外部世界对于石猴出生的反应，所以应当用阴爻来表示。

六三：即鹿无虞，惟入于林中，君子几不如舍，往吝。

这一爻为阴爻，对应的情节为山间度日。通常就故事而言，精彩的地方是故事的重点，但故事也离不开那些平淡的情节所作的铺垫。就精彩与平淡而言，精彩为阳，铺垫为阴，而石猴的山间生活只是其日常生活，为后面的剧情作铺垫，因此应当用阴爻来表示。石猴整天攀枝摘果，自是在树林当中，合“入于林中”之语。

六四：乘马班如，求婚媾。往吉，无不利。

这一爻为阴爻，对应的情节为发现水帘洞。虽然石猴发现水帘洞是一个勇敢的举动，但水帘洞是大自然所生成的，属于外部环境，因此属阴。而且这一行为是在为其之后成为美猴王所作的铺垫，所以应当用阴爻来表示。另外，水帘洞在被发现之前是一种未知的风险，但石猴前往却是一件有利之事，恰合这一爻中“往吉，无不利”之言。

九五：屯其膏，小贞吉，大贞凶。

这一爻为阳爻，对应的情节为成为美猴王。成为美猴王是石猴所取得的成就，其与未取得成就的状态以及此前的铺垫状态相比，应当用阳爻来表示。猴王自然是猴群中拥有最多资源的角色，合“屯其膏”之语；而美猴王的权力只局限在猴群，只能管理众猴，支配一下山间

的野果，能力有限，仅可称为小贞，合“小贞吉，大贞凶”之言。

上六：乘马班如，泣血涟如。

这一爻为阴爻，对应的情节为忧虑生死。美猴王产生了对生死的忧虑，这一忧虑是内在的想法，属于阴的性质，同时其也是为下文猴王求道所作的铺垫，因此应当用阴爻来表示。另，“众猴闻此言，一个个掩面悲啼”，这一描写恰与这一爻“泣血涟如”的爻词相吻合。

（三）蒙——猴王求道的玄机

《蒙》卦艮上坎下，其在《周易》中为第四卦，卦辞为：亨。匪我求童蒙，童蒙求我。初筮告，再三渎，渎则不告。利，贞。

《蒙》卦所讲的是学习教育方面的内容，有启蒙之意。《西游记》接下来的情节是猴王求道，故事情节与《蒙》卦的主题完全吻合。美猴王忧虑生死，并非自己开始盲修瞎炼，而是外出求道，充分发挥外部世界对自己的作用，正是在“亨”字上做文章。猴王学道有成之后，回山打败了混世魔王，乃是其本领的初用，合卦辞中的“利”字。打败混世魔王是为了保卫自己的家园，价值取向上是积极正面的，合卦辞中的“贞”字。

猴王求道这段内容也可以分为六段情节：南赡部洲不可学、西牛贺洲访菩萨、七年平常之学、术流静动四门不学、学道开悟、学成归山。且看这六段情节是否可以与《蒙》卦六爻之间一一对应。

初六：发蒙，利用刑人。用说桎梏，以往吝。

这一爻为阴爻，对应的情节为南赡部洲不可学。美猴王来到南赡部洲八九年，虽然穿人衣，说人话，但发现南赡部洲之人皆为名为利之徒，故弃之而去。《蒙》乃启蒙、求学之事，就学习而言，应当学的为阳，不应当学的为阴。这里首先讲不可学之事，因此应当用阴爻来表示。但不可学中亦有可学之处，美猴王学人礼、学人话都是在这个阶段完成的。这些虽非智慧，亦是学的基础，如果没有这个阶段，其在后面的学习也是无法进行的，所以，此处亦有准备、铺垫之意，仍属阴爻的性质。

这段故事内容虽短，亦很有深意。做学问时知道该学什么是很重要的，猴王弃南赡部洲而去是他发现了什么是不该学的，不能跟着什么人学，知道不该跟谁学自然也就明白了该跟谁学，这是学的起点，合爻辞中“发蒙”之意。

九二：包蒙，吉。纳妇，吉。子克家。

这一爻为阳爻，对应的情节为西牛贺洲访菩提。美猴王来到西牛贺洲觅得菩提祖师，找到了正确的老师，这是学习当中非常重要的一个条件，而且也是应当跟随其学习的人。孙悟空访得明师后第一件事是得到名字，得名相当于让其找到了根本，其在做学问中是至关重要的，因此访师、得名均应当用阳爻来表示。

六三：勿用取女，见金夫，不有躬。无攸利。

这一爻为阴爻，对应的情节为七年平常之学。孙悟空得名之后，菩提祖师并未马上开始教授各种本领，而是让他平平淡淡地过了七年。七年无所传授，但这七年当中孙悟空随着师兄们学习洒扫应对、进退周旋。这些礼节方面的东西看似平常，实为人生智慧，对于孙悟空后面的发展亦有很重要的意义，但由于属于故事情节中平淡的内容，应当用阴爻来表示。

六四：困蒙，吝。

这一爻为阴爻，对应的情节为不学旁门。菩提祖师同意向孙悟空传授本领，但却没有马上写孙悟空学了什么，而是首先讲不学什么。找到对的老师固然重要，但要学什么还是要坚守自己的内心。孙悟空目的很明确，其所要求的是长生，祖师虽同意传授其本领，但只要不是能得长生的都不学。祖师问悟空想学什么，悟空答“凭师尊意思，弟子倾心听从”，此为不要之要；继而明确术、流、静、动四门不学，此为要之不要，皆阴阳之妙用也。《蒙》卦讲的是求学之事，而此部分讲的是什么不该学，应当用阴爻来表示。而至此，祖师给出了诸多内容孙悟空都不学，那到底该学什么似乎又成了一个难题，这种状态合爻辞中“困蒙”之语。

六五：童蒙，吉。

这一爻为阴爻，对应的情节为学道有成。祖师的发怒之举正是启蒙之举，孙悟空打破菩提祖师哑谜，半夜得祖师传授“显密圆通”一诗而开悟，继而又经几年修炼之后，蒙祖师传授了七十二变与筋斗云，至此学道有成。学有所成是这段故事的中心，似乎应当用阳爻来表示，但学实为内在之事，故可以用阴爻来表示。这一爻的爻辞为“童蒙”，即学有所成之意，内容与爻辞吻合。

上九：击蒙，不利为寇，利御寇。

这一爻为阳爻，对应的情节为学成回山。孙悟空学成回山后发现有妖魔占了他的洞府，为了保卫家园他前往打败了混世魔王，夺回了自己的家业。如果单从故事的角度来说，孙悟空回山后应当要大干一场，那么回山之前与回山之后应当分作两回才对，但作者却把孙悟空击杀混世魔王的故事安排在第二回，与前面的求道故事放在一起。学为内事，用为外事，学成回山使自己的能力得以显现，故应当用阳爻来表示。孙悟空回山后所做的第一件事是御敌，先求自保，合爻辞中“不利为寇，利御寇”之语。

（四）需——孙悟空需要什么

《需》卦坎上乾下，其在《周易》中为第五卦，卦辞为：有孚，光亨。贞吉，利涉大川。

《需》卦乃需要之意，《序卦传》说“物稺不可不养也，故受之以需”。孙悟空回山后，陆续做了许多事情，看似孙悟空仗着法力高强四处欺负人，其实孙悟空所做的只是在满足自己的需求。所以这一部分的内容与《需》卦的主题是完全吻合的。孙悟空回山后的行为也可以分为六段情节：傲来国偷兵器、龙宫求宝、七妖结拜、鬼差索命、地府销死籍、金星招安。

初九：需于郊，利用恒，无咎。

这一爻为阳爻，对应的情节为傲来国偷兵器。孙悟空到傲来国偷兵器，目的是为了花果山的安全，是为了自保的需求，属于需求的内容，因此应当用阳爻来表示。“郊”指的是平坦之地，与“沙”“泥”相比更加安全，这次的行为只是解决最基础的需求，属于合理的范围，正因如此没有给花果山带来任何的麻烦后果，合“无咎”之语。

九二：需于沙，小有言，终吉。

这一爻为阳爻，对应的情节为龙宫求宝。孙悟空因没有称手的兵器而前往龙宫，解决自己武器装备方面的需求，属于需求的内容，因此应当用阳爻来表示。孙悟空在龙宫得金箍棒，得盔甲装备，仍然在合理范围之内，比之前的需求层次更进了一步。“沙”有陷的属性，危险系数比“郊”有所提高，因此孙悟空的此次行为是有不良后果的。由于他倚强向四海龙王索要，导致龙王不满上告，合爻辞中“小有言”之语，而最终天庭亦未对孙悟空采取措施，合爻辞中“终吉”之言。

九三：需于泥，致寇至。

这一爻为阳爻，对应的情节为与六魔王为友。孙悟空结交朋友，是社会交往的需求，也属于需求的内容，因此应当用阳爻来表示。“泥”与“沙”相比，其危险程度更进了一层，说明此事的风险更大。孙悟空结交朋友的对象有问题，与六魔王为友，终日宴饮享乐，这种需求已经超过了正常的限度，其需求又进了一步，但已超出合理需求的范围。六魔王均为妖精，非正道人物，合爻辞中“致寇至”之语。

六四：需于血，出自穴。

这一爻为阴爻，对应的情节为鬼差索命。孙悟空睡梦中被鬼差索命，这一情节系为孙悟空闹地府所作的铺垫，因此应当用阴爻来表示。孙悟空的魂魄被拘，离开了自己的身体，如同人离开了自己的家，合爻辞中“出自穴”之语。

九五：需于酒食，贞吉。

这一爻为阳爻，对应的情节为销生死簿得长生。孙悟空来到地府后，发现自己仍有生死之难，打死鬼差，销了生死簿，还阳复生。生命是人的第一需求，孙悟空强销死籍，此时所得的才是真正的需求，故其应当用阳爻来表示。此爻既是上卦中最重要的一爻，也是全卦中最关键的一爻。

上六：入于穴，有不速之客三人来，敬之终吉。

这一爻为阴爻，对应的情节为金星招安。龙王、阎王向天庭告状，太白金星奉旨进行招安，这些情节是为后面大闹天宫所作的铺垫，因此应当用阴爻来表示。从内容上看，孙悟空从地府回山，与之前被拘至地府相对，合爻辞中“入于穴”之语。上告天庭的事件中，直接参与者共有东海龙王敖广、秦广王与地藏王菩萨三位，合爻辞中“有不速之客三人来”之语。而这也可以解释阎王明明自己就可以上告，为什么还要地藏王菩萨上表。而太白金星下界招安，合爻辞中“敬之终吉”之语。

（五）讼——天庭为何两次招安

《讼》卦乾上坎下，其在《周易》中为第六卦，卦辞为：有孚，窒惕，中吉，终凶。利见大人。不利涉大川。

《讼》即为诉讼之意，中国古代“重刑轻民”，诉讼主要指刑事诉讼，有惩罚之意。接下来《西游记》的故事讲到了“大闹天宫”的部分，这部分内容较多，共分为四回：第四回“官封弼马心何足　名注齐天意未宁”、第五回“乱蟠桃大圣偷丹　反天宫诸神捉怪”、第六回“观音赴会问原因　小圣施威降大圣”、第七回“八卦炉中逃大圣　五行山下定心猿”。“大闹天宫”即为讼，所有的故事情节都是围绕着是否要对孙悟空进行惩罚展开的。从逻辑上来说，天庭首次派出李天王征讨失利后，应当继续派出更强的力量去讨伐孙悟空，而不应当再次招安，因为这明显有损玉帝的威严，但小说中居然直接安排了第二次招安，有些不符合逻辑。但这些情节的安排却非常符合《讼》卦的逻辑，因为该卦中共有初六、六三两个阴爻，其他四爻均为阳爻，小说中对应阳爻的部分均为对孙悟空的征讨，而对应两阴爻的部分则是不征讨，故此安排了两次招安。

大闹天宫的故事虽然很长，但其所对应的却只是《讼》卦这一卦。大闹天宫的故事也可以分为六段情节：官卦弼马温、李天王征讨、招为齐天圣、天王再征讨、小圣擒大圣、如来降悟空。

初六：不永所事，小有言，终吉。

这一爻为阴爻，对应的情节为官封弼马温。孙悟空被招安到上天后，官封弼马温，为天庭养马。《讼》卦的主题是征讨，而这一段内容却是不征讨，以官职对孙悟空加以约束，故应用阴爻来表示。此时天庭的态度为不用讼事，以官职安抚，合爻辞中“不永所事”之语。随后孙悟空得知自己的官职原来是很小的，并未得到真正任用，因而有怨意，反下天宫，但未生大乱，这一情节合爻辞中“小有言，终吉”之语。

九二：不克讼，归而逋。其邑人三百户，无眚。

这一爻为阳爻，对应的情节为李天王初次征讨。孙悟空反下界之后，李天王带兵前往征讨，正是“讼”的行为，因此应当用阳爻来表示。李天王带领哪吒与巨灵神攻打花果山却不能取胜，合爻辞中“不克讼，归而逋”之语。花果山虽然取胜，但仍只是偏安于傲来国之一隅，合爻辞中“其邑人三百户，无眚”之语。

六三：食旧德，贞厉，终吉。或从王事，无成。

这一爻为阴爻，对应的情节为封齐天大圣。李天王战败后，太白金星再次提出招安，又是“不讼”的主张，而该主张被玉帝采纳，再次作出不征讨的决定，因此应当用阴爻来表示。由于此前已经采取过招安的手段，此次再采用怀柔政策，属于沿袭旧策，合爻辞中“食旧德”之语。孙悟空的官职齐天大圣在天庭中品阶其实是相当高的，用玉帝的原话讲是“官品极矣”，可以说天上所有的官员官阶都没有孙悟空大，但他只是一个空名而已，有官无禄，无权无责，合爻辞中“或从王事，无成”之语。

九四：不克讼，复既命渝。安贞吉。

这一爻为阳爻，对应的情节为李天王再次征讨。孙悟空偷吃蟠桃、御酒、金丹后，再次反下天庭，李天王带十万天兵下界捉拿，是再次实施征讨行为，合《讼》卦的主旨，因此应当用阳爻来表示。但李天王此次仍不能取胜，合爻辞中“不克讼”之语。“渝”即放弃之意，回报玉帝后，玉帝放弃了继续由自己手下的人马征讨的方案，转为向外界求助，合爻辞中“复既命渝”之语。

九五：讼，元吉。

这一爻为阳爻，对应的情节为二郎神擒拿孙悟空。观音菩萨举荐二郎神捉拿孙悟空，二郎神与孙悟空赌斗，李天王为其助阵，太上老君用暗器协助，终于成功捉拿孙悟空，属于讼事达成，故此应当用阳爻来表示，且合九五正中之位。这部分情节亦非常契合爻辞中“讼，元吉”之语。

上九：或锡之鞶带，终朝三褫之。

这一爻为阳爻，对应的情节为如来佛祖治服孙悟空。孙悟空逃离八卦炉后，玉帝请来如来佛祖将其最终捉拿，压在五行山下，该行为仍系征讨的属性，因此应当用阳爻来表示。如来佛擒拿孙悟空之后，玉帝开安天大会，请如来坐首席，这是一种答谢、奖赏的行为，合爻辞中“锡之鞶带”之语（锡通赐）。

（六）师——取经队伍的组建

《师》卦坤上坎下，其在《周易》中为第七卦，卦辞为：贞，丈人吉，无咎。

《师》卦的意思是军队、队伍。《西游记》第八回“我佛造经传极乐　观音奉旨上长安”的内容看似与前文的故事已经有很大的跳跃，但其与《师》卦亦可以说是相互对应的，从《周易》的角度来说，其逻辑上是非常紧密的。这段故事的内容是组建取经队伍的过程，两者在主题内容上是对应的。此次组建队伍的关键在于观音菩萨领旨，故其他各段情节均为阴爻，与《师》卦六爻完全吻合。

这一回的故事可以分为以下六段情节：如来佛意欲传经、观音菩萨领旨、收沙悟净、收猪悟能、收白龙马、收孙悟空。

初六：师出以律，否臧凶。

这一爻为阴爻，对应的情节为如来提出向东土传经之事。如来佛欲将佛法传向东土，想要由取经人来取的环节，这一想法是组建取经队伍的基础，其对于组建取经队伍来说是铺垫，因此应当用阴爻来表示。“师出以律”本意是说军队要有纪律约束，但如果仅从字面来看也可以解释为“队伍的出现是由于律法”，这就完全与《西游记》的情节完全符合。如来欲引导规范南赡部洲之人，想把自己的三藏真经传至东土。三藏真经分为法、论、经三部，其原型为《大藏经》的经、律、论三部，本身就含有律法之意。由于如来提出这样的想法，因此需要组建一支队伍来取经，合爻辞“师出以律”之语。

九二：在师，中吉，无咎，王三锡命。

这一爻为阳爻，对应的情节为观音领旨。如来佛有向东土传经之意，而接下来重要的是找到一位合适的执行者，故观音菩萨领旨后，如来佛说也只有他能够完成这一任务。《师》卦乃队伍之意，观音菩萨就是负责组建队伍之人，因此这部分应当用阳爻来表示。《师》卦六爻中只有“九二”一爻为阳爻，其余均为阴爻，此时阳爻为全卦的关键，统领其他五爻。这一爻所对应的是这段故事中最重要的内容，承上启下，可当此阳爻之位。如来佛交代给观音菩萨的内容主要有三项，一是向东土寻一个合适的取经人，二是路上半云半雾考察路程，三是用好袈裟、锡杖与金紧禁三箍儿，这些内容合爻辞中“王三锡命”之语。

六三：师或舆尸，凶。

这一爻为阴爻，对应的情节为收沙悟净。观音菩萨行至流沙河遇到沙悟净，劝其加入取经队伍，沙悟净是队伍招收的对象，故此应当用阴爻来表示，后面三人亦是如此。沙悟净被贬下界，在遇到观音菩萨之前经常吃人，其中包括九个取经人。吃了这么多人，合爻辞中“舆尸”之语。

六四：师左次，无咎。

这一爻为阴爻，对应的情节为收猪悟能。观音菩萨行至福陵山，劝猪悟能加入取经队伍。猪悟能为卯二姐之夫，男左女右，猪悟能在左，合爻辞中“左”字之意。

六五：田有禽。利执言，无咎。长子帅师，弟子舆尸，贞凶。

这一爻为阴爻，对应的情节为收玉龙三太子。观音菩萨在鹰愁涧遇到玉龙三太子，劝说其加入取经队伍作唐僧的脚力。收玉龙于涧中，是为“涧有龙”。龙本就应当生活在深涧中，这一情形与“田有禽”其实是一样的，此情形合爻辞中“田有禽”之语。玉龙之脱罪是由于观音菩萨向玉帝求情，这一情节合爻辞“利执言”之语。玉龙为三太子，并非长子，乃是弟子之属。玉龙三太子原本面临遭诛之灾，亦接近爻辞中“弟子舆尸”之意。

上六：大君有命，开国承家，小人勿用。

这一爻为阴爻，对应的情节为收孙悟空。观音菩萨到五行山劝说

孙悟空加入取经队伍，孙悟空是取经队伍中的灵魂人物，他的加入对于整个取经事业是至关重要的，只有这样的角色才能配得上爻辞“大君有命，开国承家”之语。

接下来的情况开始发生了变化，按照顺序来说，此时《西游记》接下来所讲的故事应当是观音菩萨到达大唐之后的事，即找到玄奘法师为取经人的事，这部分内容在书中所处位置为第十二回。《周易》的第八卦为《比》卦，比即比较之意，其所对应的故事情节是挑选取经人，而这段故事的内容也是合乎《比》卦的逻辑的。

（七）比——如何选定取经人

《比》卦坎上坤下，其在《周易》中为第八卦，卦辞为：吉。原筮，元，永贞，无咎。不宁方来，后夫凶。

《比》卦有比较之意，比较是为了什么，为了挑选合适的人，所以这一卦的主题与观音菩萨选择取经人的情节是比较契合的。

初六：有孚比之，无咎。有孚盈缶，终来有它，吉。

这一爻为阴爻，对应的情节为唐太宗选定了玄奘法师负责水陆大会。这段故事的中心是观音菩萨选定玄奘法师为取经人，唐太宗选择其主持法事只是铺垫，故应当用阴爻来表示。

六二：比之自内，贞吉。

这一爻为阴爻，对应情节为观音尚未找到合适的取经人。观音菩萨来到长安之后，首先是进行暗访，但“日久未逢真实有德行者”，故应当用阴爻来表示。

六三：比之匪人。

这一爻为阴爻，对应的情节为外出遇到几个愚僧。观音菩萨货卖袈裟与锡杖，遇到愚僧嘲笑，此时所遇到之人虽也算佛门中人，但不是合适的取经人，故应当用阴爻来表示。愚僧不识宝物，正合“比之匪人”之语。

六四：外比之，贞吉。

这一爻为阴爻，对应的情节为将袈裟与锡杖卖与唐太宗。观音菩萨因遇到宰相萧瑀，由萧瑀引荐给唐太宗，观音菩萨将袈裟与锡杖送给了唐太宗。此时仍未确定合适的取经人，送给唐太宗其实是间接送给玄奘法师，是为下面的情节所作的铺垫，故应当用阴爻表示。在这段故事中，袈裟与锡杖均为佛门之物，而向唐太宗售卖，唐太宗与萧瑀都不是佛门中人，故合“外比之”之语。

九五：显比，王用三驱，失前禽，邑人不诫，吉。

这一爻为阳爻，对应的情节是确定玄奘法师为取经之人。玄奘法师主持水陆大会之时，观音菩萨告诉他大乘佛法三藏在西天，引其去取。这一部分的内容为确定玄奘法师是合适的取经人，故应当用阳爻表示。水陆大会之时，玄奘法师在台上讲经，观音菩萨显现，合“显比”之意。玄奘取经乃奉旨行事，合“王用三驱”之语。

上六：比之无首，凶。

这一爻为阴爻，对应的情节是唐太宗为玄奘送行。唐太宗为玄奘法师准备了文牒、钵盂、马匹、随从，还赐其法号三藏，奉酒送行，这一系列行为都是对下文的铺垫，故应当用阴爻来表示。

接下来的故事则是唐僧出发开始西天取经，其第十三回的故事恰好可以对应《履》卦的主题。

（八）履——唐僧出发了

《履》卦乾上兑下，在《周易》中为第十卦，卦辞为：履虎尾，不咥人。亨。

《履》卦，履指鞋子，鞋子一动即是行走，引申为出发之意，其所对应的故事情节是唐僧出发。唐僧出发离开河州卫后掉入坑中，遇到了虎精，但虎精并没有吃他，这些情节的内容与“履虎尾，不咥人”有相近之意。

初九：素履往，无咎。

这一爻为阳爻，所对应的情节是唐僧从大唐出发。唐僧出发为有为之事，是一种积极的表现，故应当用阳爻来表示。唐僧出发时骑着一匹普通的白马，带着两名随从，随从与马都没有什么特别的本领，合爻辞中“素履往”之语。

九二：履道坦坦，幽人贞吉。

这一爻为阳爻，对应的情节是巩州城与河州卫。唐僧从长安出发，首先到达这两个地方，是履之始，故应当用阳爻来表示。唐僧来到这里，受到当地很好的招待，合爻辞中“履道坦坦”之语。

六三：眇能视，跛能履，履虎尾，咥人，凶。武人为于大君。

这一爻为阴爻，所对应的情节是妖精吃掉了唐僧的两个随从。唐僧落坑被擒，两随从被吃，是这段故事中唐僧所遭受的凶险，是不好的，故应当用阴爻来表示。唐僧与随从落坑后，被妖精所擒，而妖精正是虎精，合爻辞中“履虎尾”之语。妖精吃掉了两位随从，合“咥人”之语。虽然随从被吃掉了，但唐僧的马匹和包裹仍在，还是可以去西天取经的，其取经的能力仍在，合“眇能视，跛能履”之语。

九四：履虎尾，愬愬，终吉。

这一爻为阳爻，所对应的情节是妖精没有吃掉唐僧。虽经历危险，但唐僧仍保得平安，故应当用阳爻来表示。妖精没有吃唐僧，唐僧虽然受到惊吓，但最终还是平安渡过了这一难，与爻辞“履虎尾，愬愬，终吉”是一致的。

九五：夬履，贞厉。

这一爻为阳爻，所对应的情节是金星解厄。金星帮助唐僧脱离了困境，是好的事情，因此应当用阳爻来表示。金星解厄最大的作用是帮助唐僧树立信心，其告诉唐僧前途自有神徒相助，要坚定地走下去，合爻辞中“夬履”之意，夬即决定之意，“夬履”的意思是要坚决走下去。

上九：视履，考祥，其旋元吉。

这一爻为阳爻，所对应的情节是伯钦留僧。金星离开后，唐僧又遇到了老虎，这次有刘伯钦相救，并把他请回家款待，这些都是对唐僧的帮助，因此应当用阳爻来表示。在与爻辞对应方面，“视履”指的是唐僧应当换一个角度来看待自己的取经之事，路上虽有磨难，但从这段经历可以看出，一切困难都有会有相应的力量加以解决，会得到适当的帮助，如果能够从这个角度看待问题，那么自然就能够坚定信心，而且也会更加顺利地完成自己的任务。“考”是父亲的代称，故事中安排了唐僧超度刘父，使其顺利投胎去富贵人家，投胎即轮回，与

"旋"意思接近，投胎到富贵人家是一个好的开始，即为"元吉"，这些情节设计合爻辞中"考祥，其旋元吉"之语。

（九）小畜——附录的妙用

《小畜》卦巽上乾下，其在《周易》中为第九卦，其卦辞为：亨。密云不雨，自我西郊。

为什么本书讲完第十卦才讲到第九卦？因为从第九卦开始，《西游记》对《易经》卦序的使用已不再严格依照《周易》的顺序。畜通蓄，有积蓄、铺垫之意，而作为取经的所需条件来说，故事中一共有两方面：一是唐僧的身世，可以让人明白他是怎样成为取经人的；二是李世民的经历，让人清楚为什么大唐皇帝会派人去取经。两者都是取经的要件，前者是小的方面，可以称之为小畜，而这一部分——《附录》也恰好与《小畜》卦的内容吻合。

《附录》的用法其实非常巧妙，因为其内容在时间和逻辑关系上与前后故事都不具有衔接的性质，如果说采用倒叙插入的方式，书中第九回已经这样做了，第九回就是在交代唐太宗派玄奘法师西天取经的背景事件。《附录》中的内容是在提前交代唐僧的身世，如果在一部小说中背景事件交代得过多会影响阅读的流畅性，而使用《附录》的方式则不同。其实这一部分如果放在小说的最后也是可以的，放在当前的部分但将其定性为《附录》意思是告诉读者即使暂时不看也不影响全文的阅读，这个写作技巧的安排其实是非常巧妙的。

《附录》中所交代的是唐僧的身世背景，就整个取经事业来说是一个小的背景，其中的内容共可分为六段情节：光蕊中状元、相府成婚、外放江州、出生几杀、玄奘寻亲、一家团圆。《易经》除了讲"元亨利贞"之外，还讲"吉凶悔吝"。上述六个部分如果按照吉凶来分的话，第四段情节为凶，其他五段情节都属于吉。吉为阳，凶为阴，这六个部分分别对应五阳爻与一阴爻。这些内容在八十一难中为第二难"出生几杀"，关键人物在刘洪。而《附录》中如果分为六个部分的话，其中第四部分是悲剧部分，但这部分却是最关键的部分。同样，在对应的卦当中，这一爻也是一卦中唯一的阴爻，是全卦的关键。

为了点明这一部分所对应的卦为《小畜》卦，书中一开始讲到文榜招贤的对象是“三场精通”，考试有“廷试三策”，状元“游街三日”，三次出现“三”字，就是在提醒下卦为《乾》，首先有三个阳爻，而这三阳爻所对应的就是高中状元、相府成亲、外放江州。第四爻则是遇难之事，所对应的为阴爻。

初九：复自道，何其咎？吉。

这一爻为阳爻，对应的情节为陈光蕊中状元。金榜题名是吉事，因此应当用阳爻来表示。故事当中陈光蕊准备去参加科举时，母亲告诉他“幼而学，壮而行”，鼓励他作为读书人就应该走读书人的道路，合爻辞中“复自道，何其咎”之语，而最终科举高中自然是吉。

九二：牵复，吉。

这一爻为阳爻，对应的情节为相府成婚。陈光蕊中状元后遇相府招亲，招赘为婿，入府成婚，也是吉事，因此应当用阳爻来表示。千里姻缘一线牵，这一婚姻合爻辞中“牵复”之意。洞房花烛乃人生喜事，自然属于吉。

九三：舆说辐。夫妻反目。

这一爻为阳爻，对应的情节为外放江州，刘洪行凶。陈光蕊除江州之主，回乡探母，正是衣锦还乡之意，均属吉事，因此应当用阳爻来表示。舆是车的意思，辐是车轮上的车条，二者是整体与部件的关系。说通悦，陈光蕊回家后得到母亲的夸奖，合爻辞中“舆说辐”之意。书中继而安排刘洪的出现，杀死陈光蕊，使其夫妻阴阳相隔，亦有些接近爻辞中“夫妻反目”之意。如果认为夫妻指的是殷小姐与刘洪，那么二人貌合神离，可作“夫妻反目”之解。

六四：有孚，血去，惕出无咎。

这一爻为阴爻，对应的情节为出生几杀。这一段的情节是江流出世，因刘洪要杀死他，母亲咬下小脚趾，抱至江边安放于木板之上，推放江中，此时母子的处境均比较凶险，因此应当用阴爻来表示。江流出世虽历险难，但却是一个有大成就人生的开始，合爻辞中“有孚”之意。母亲送他走时咬下脚趾，合爻辞中“血去”之语。母亲送他走时找到了有浮力的木板将孩子安放之上，乃是爻辞中“惕出”之意。

江流最终为法明禅师所救，合爻辞中“无咎”之语。

九五：有孚挛如，富以其邻。

这一爻为阳爻，对应的情节为玄奘寻亲。玄奘长大后，得知自己的身世，找到母亲相认，随后又找到了祖母，找到外公家。这些都属于吉的范畴，故为“九五”阳爻。殷小姐为了与儿子相认，想到了送鞋还愿的主意，于是刘洪命王左衙与李右衙让江州百姓每家交僧鞋一双。“鞋子”在四川话中与“孩子”同音，所以明清小说中常会在认亲的环节中加入“鞋子”这个因素。但刘洪向百姓征鞋这个情节的设计，除了可以表现刘洪的蛮横之外，其实还有合爻辞中“富以其邻”之语。从百姓家中征鞋，自然就有了很多鞋子，自可称之为“富以其邻”。

上九：既雨既处，尚德载。妇贞厉。月几望，君子征凶。

这一爻为阳爻，对应的情节为报仇团圆。殷丞相奏报唐王后，玄奘家仇得报，继而陈光蕊还魂，一家团圆，都是好事，因此应当用阳爻来表示。江流众人祭奠陈光蕊之处即为其原先落水之处，合爻辞中“既雨既处”之意，而陈光蕊能够还魂是因为其曾放生了洪江龙王才有此好报，可合爻辞中“尚德载”之意。殷温娇最终从容自尽，恰合爻辞中“妇贞厉”之语。而殷开山请皇帝发兵江州捉拿刘洪，亦合“君子征凶”之语。

如果把《西游记》的情节转换为阴爻与阳爻两种符号，就可以看出作者把《易经》中的每一卦、每一爻都变成了故事情节，而故事情节的安排所体现的其实是作者对各卦顺序的重新排列，也即对《易经》的又一种用法。在此基础上，回头再分析故事中的情节，就能明白作者对于《易经》中每一卦、每一爻的解读。

猜想：《西游记》的创作系以《易经》六十四卦为写作线索，用一个几乎人人都能读懂的故事来解读一本几乎人人都读不懂的经书。虽然开头部分所遵循的是《周易》的顺序，但该书并非完全按照《周易》的顺序展开，其将《易经》中的六十四卦重新排列，所表达的是作者自己对《易经》的理解，可以说其是在创作一部新的《易经》。《易经》过去已知有三种用法，即《周易》《连山易》《归藏易》，而现在有了第四种——《西游易》。

《封神演义》对《西游记》的篡改

《西游记》故事当中的很多寓意今天不容易读懂，但在其成书的时代则不然。有人读懂了《西游记》，写了另一部神话小说——《封神演义》。关于《封神演义》的作者通常认为是许仲琳，但其实也有争议，有人认为是道教北宗人物陆西星，此事难以论断，但《封神演义》确实是较为推崇道教北宗的。《封神演义》用大量的情节来影响《西游记》，以混淆视听，事实上其也的确达到了这一效果。如前文中讲过二郎神与哪吒，其在《西游记》中的形象都被《封神演义》给篡改了。所以，要想读懂《西游记》，要先排除《封神演义》的干扰。

《封神演义》对《西游记》有很强的针对性，不如来听听它们的对话吧。

西：我给大家讲一个神话故事。

封：我也给大家讲一个神话故事。

西：我的故事有一百回。

封：真巧，我的故事也是一百回。

西：我的故事是从东往西走。

封：我的故事是从西往东走。

西：我的故事发生在唐朝，基础是玄奘法师西行取经的故事（按书中所讲年份计算，孙悟空出生的时间大概是公元前五世纪，为春秋时期）。

封：虽然我成书时间比你晚，但故事的时间比你早，发生在商朝末年，基础是武王伐纣的故事，因此关于神仙的事要先听我的（先发生的故事更有发言权）。

西：我讲故事是借禅说事，讲佛教的故事但讽刺佛教，本质上是推崇道教的。

封：那我以其人之道还治其人之身，讲道教的故事时也顺便讽刺一下道教中的某些人。

西：我要把“老子化胡”的故事放在我的故事当中。

封：我也提一下这个故事，顺便把佛教中的几位菩萨也演化成道教中的人物。

西：我故事开篇讲“天开于子”“地辟于丑”“人生于寅”，源自中华经典《周易》的前三卦，当中包含深意。

封：我开篇也有一句诗叫“子天丑地人寅出”，让人觉得神话小说都是从天地初开讲起的，忽略你的用意。

西：我在故事开始时安排一场渔樵问答，既展示文采，又富含深意。

封：我在故事里也提到渔樵问答，作为姜子牙与武吉师徒之间的对话，让人们认为这是很常见的。

西：我的故事是双主角设计，唐僧为阳，孙悟空为阴，阴阳配合来讲取经的故事。

封：这个我也会，我的故事中明着封神的是姜子牙，暗中配合他的是申公豹。姜子牙是因为让他封神而去封神，申公豹则是因为不让他封神而参与封神。

西：我的故事中神仙排名最靠前的是道教三清：元始天尊、太上老君、灵宝道君。

封：我的故事说法不同，“老子一气化三清”；而从角色上面来说，我所设计的三位大咖是太上老君、元始天尊、通天教主，而且他们还有一位共同的师父鸿钧老祖。你的灵宝道君没有什么故事情节，容易被通天教主的形象代替。

西：我的故事主人公是石猴孙悟空，会筋斗云，有七十二变，与二郎神打斗时，双方比斗变化，寓意丰富。

封：我的故事中有个白猿精叫袁洪，也会七十二变，跟孙悟空差不多，他与杨戬打斗时也有斗变化的情节，让人认为袁洪差不多就是孙悟空。

西：孙悟空有个师弟叫猪八戒。

封：白猿有个兄弟是猪精朱子真，让人认为是猪八戒的原型。

西：我的故事里二郎神手下有梅山六兄弟，连同二郎神共七位，诗称“义结梅山圣七行”。

封：那我把它改为梅山有七个妖精，称为梅山七怪，俱为杨戬收服。

西：我的故事中有千里眼、顺风耳。

封：在我的故事里他们前身是神荼、郁垒，化名高明、高觉。

西：我的故事中有佛教四位菩萨。

封：我说他们当中有三位来自道教。

西：我的故事中讲到佛教的孔雀佛母大明王。

封：我说他此前的名字叫孔宣，是位将军。

西：我的故事中讲到佛教四大金刚，分别是五台山秘魔岩神通广大泼法金刚、峨眉山清凉洞法力无量胜至金刚、须弥山摩耳崖毗卢沙门大力金刚、昆仑山金霞岭不坏尊王永住金刚。这四大金刚即四大天王，分别名为持国天王、多闻天王、增长天王、广目天王，其像在寺庙中按东北西南风调雨顺之意。

封：我给他们起名为魔家四将，分别为魔里青、魔里红、魔里海、魔里寿，把风调雨顺之意也融入其中，这些名字比你的好记。

西：我的故事中有四海龙王敖广、敖钦、敖闰、敖顺。

封：我给他们改名为敖光、敖顺、敖明、敖吉，在明朝统治者耳中，“光、明、吉、顺”都是称赞之语，可比你那“广、钦、闰、顺”的比喻好听多了。

西：我的故事中多次讲到中医药，每次都强调中药的配合使用，还需要药引。

封：我对中医药不熟悉，但故事中也会提到中药，每次都是一味单独使用就够了，就是要跟你唱反调。

西：我的故事推崇道教南宗，以武当山为尊，所以每当有妖精道士出现时，都说是来自终南山的。

封：我的故事推崇道教北宗，以终南山为正，以昆仑山为尊。早期出现的神仙云中子就来自终南山，而玉虚宫则位于昆仑山，都属于北方。

西：我的故事中提到了道教四大天师，还有许多有修为的道教人物。

封：时间相差太久，又都是自家人，这个我就不提了。

西：我很成功，被列入四大名著。

封：我没你那么成功，但给你添乱还是够的……

后 记

有人说，读一百本好书，不如把一本好书读一百遍。

作为中国人，我们更具有读好书的条件。先人经典中蕴含着深奥的智慧，很多书我们可能一辈子也读不明白，甚至几百年也读不明白。因为这些书并不是作者随随便便花个几年时间写出来的，有的书写了上百年，是几代人的心血，更有如《易经》者，可能写了上千年，是整个民族智慧的结晶。

想读懂《西游记》是很难的，因其涉及中华文化的各个领域，对于知识储备的要求极高，解读《西游记》难免会陷入挂一漏万的困境，这也正是笔者所遇到的困境。笔者学识有限，但赶上了一个好时代，在读书方面具有充足的便利条件。前人不仅留下了《西游记》这么经典的作品，也已经在该书的解读方面进行了深入的探索，近代、当代学者也一直在不断地研究。而笔者不仅有这些前人的成果为研究的基础，还可以轻松地从互联网上查阅相关各方面的知识。尽管有这么多便利条件，但笔者对《西游记》的理解最多只有 5%。这并非是谦虚，因为对于书中的很多内容，笔者根本没能理解作者之意，本书中的许多分析都不严密，许多观点都是很牵强的。笔者反复读此书，每当为发现书中某处的原意而欣喜的时候，禁不住会回想五百年前，先人在农业时代的条件下就能够写出这样一部巨著，简直是不可思议！这才是真正值得我们骄傲的事！

参考书目

《西游记》吴承恩著　人民文学出版社 2010 年 10 月第 3 版 2018 年 8 月第 59 次印刷

《西游记》吴承恩著　长春出版社 2006 年 1 月第 1 版 2008 年 9 月第 10 次印刷

《西游记》吴承恩著　人民文学出版社 2020 年 4 月第 4 版 2021 年 6 月第 1 次印刷

《西游记 / 黄周星点评》 中华书局 2009 年 6 月第 1 版 2020 年 8 月第 13 次印刷

《李卓吾批评本・西游记（上、下）》［明］吴承恩著，李卓吾评　岳麓书社 2015 年 9 月第 1 版 2022 年 11 月第 9 次印刷

《孤往山人评注西游记》华阳洞天主人原著，李卓吾原评，孤往山人评注　上海辞书出版社 2022 年 9 月第 1 版 2022 年 9 月第 1 次印刷

《西游真诠》［清］陈士斌著，江凌编　中国人民大学出版社 1992 年 8 月第 1 版第 1 次印刷

《西游原旨》［清］刘一明著　中国致公出版社 2016 年 1 月第 1 版 2018 年 5 月第 3 次印刷

《封神演义》许仲琳著　岳麓书社 2010 年 11 月第 1 版第 1 次印刷

《明史：多重性格的时代》王天有、高寿仙著　中信出版社 2017 年 10 月第 1 版 2020 年 6 月第 5 次印刷

《万历十五年》黄仁宇著　九洲出版社 2015 年 3 月第 1 版 2019 年 6 月第 11 次印刷

《〈西游记〉与中国古代政治》萨孟武著　北京出版社 2016 年 7 月第 1 版 2018 年 5 月第 3 次印刷

《刘荫柏讲西游》刘荫柏著　东方出版中心 2018 年 9 月第 1 版第 1 次印刷

《明清时期的〈西游记〉“证道书”研究》郭健著　中国社会科学出版社 2021 年 5 月第 1 版第 1 次印刷